MISTER MAGIC

DA MESMA AUTORA, PELA **PLATAFORMA21**

Filha das trevas
Dona do poder
Senhora do fogo

Caçadora
Escolhida

A sombria queda de Elizabeth Frankenstein

A farsa de Guinevere
A traição de Camelot
A maldição de Excalibur

Hide: esconda-se quem puder

KIERSTEN WHITE

MISTER MAGIC

OS BASTIDORES DA ILUSÃO

TRADUÇÃO
Lavínia Fávero

PLATAFORMA 21

TÍTULO ORIGINAL *Mister Magic*

Plataforma21 é o selo jovem da VR Editora

GERENTE EDITORIAL Tamires von Atzingen
EDITORA Thaíse Costa
EDITORA-ASSISTENTE Marina Constantino
ASSISTENTE EDITORIAL Michelle Oshiro
PREPARAÇÃO Natália Chagas Máximo
REVISÃO Luana Negraes e João Pedroso
COORDENAÇÃO DE ARTE Pamella Destefi
ARTE DE CAPA Scott Biel
IMAGENS DE ARTE DE CAPA RTimages/Shutterstock; Andrey_Kuzmin/Shutterstock; FotografiaBasica/iStock
DIAGRAMAÇÃO E ADAPTAÇÃO DE CAPA P.H. Carbone
PRODUÇÃO GRÁFICA Alexandre Magno

Dados Internacionais de Catalogação na Publicação (CIP)
(Câmara Brasileira do Livro, SP, Brasil)

White, Kiersten
Mister Magic: Os bastidores da ilusão / Kiersten White; tradução Lavínia Fávero. – São Paulo: Plataforma21, 2025.

Título original: Mister Magic.
ISBN 978-65-5008-041-9

1. Ficção de suspense 2. Ficção norte-americana I. Título

25-252265 CDD-813

Índices para catálogo sistemático:
1. Ficção: Literatura norte-americana 813
Cibele Maria Dias – Bibliotecária – CRB 8/9427

VR Editora S.A.
Av. Paulista, 1337 – Conj. 11 | Bela Vista
CEP 01311-200 | São Paulo | SP
plataforma21.com.br | plataforma21@vreditoras.com.br

Para todos que vêm me procurar, com o olhar afoito
e um desespero furtivo, sussurrando:
– Como é a vida depois que a gente escapa?

A sensação é de que seu programa de TV preferido da infância é um delírio febril.

Você nem se lembra de nada, até que começa a cantarolar o tema de abertura e aí – ah, dá para ver nos seus olhos. Aquela enxurrada de imagens, ideias, sentimentos.

Porque é disso que você se lembra. Não do nome do programa. (Era *Mister Magic*? *O Show da Magia*? *Hora da Magia*? Cada um vai te dizer algo ligeiramente diferente.) Nem de nenhum dos enredos ou episódios específicos. Nem mesmo do nome das seis crianças que, para você, eram tão reais quanto seus próprios amigos.

Você só se lembra de como *se sentia* com esse programa.

A empolgação quando aquelas crianças formavam um círculo naquele espaço preto sem nada, diziam as palavras mágicas e aí faziam aquela capa efêmera voar pelos ares. Aquela tensão terrível e deliciosa enquanto observava a capa cair flutuando, bem devagar. Esperando. Torcendo. Sempre com aquela onda de medo subjacente, das mais estranhas, medo de que, talvez, *desta vez* a capa cairia direto no chão, sem revelar nada de especial ou de maravilhoso, medo de que a magia se perdesse. E aí voltava a respirar normalmente e batia palmas, porque a capa definia, com elegância, os contornos súbitos do Mister Magic em pessoa.

Que é mais uma impressão do que um homem. Uma presença esmagadora, de cartola. O fundo preto ia ganhando vida só com um borrão vermelho, no forro da capa dele.

Que aparência tinha o Mister Magic? Era alto e enorme. Era magro e esbelto. Não tinha braços nem pernas. Era só braços e pernas. Era uma pessoa. Era uma marionete. Todo mundo concorda com uma coisa: nunca vimos o rosto dele. Mas você não se lembra? Já chegou a vê-lo, não viu?

Será que viu?

A única exceção nas nossas debilitadas lembranças do programa: a música de abertura. Que você ainda sabe de cor, tantos anos depois.

Vá em frente. Está na ponta da língua. Vou começar.

Pegue na minha mão
Fique no seu lugar
Forme um círculo
Na escuridão
Feche os olhos
E faça o pedido comigo
Não abra, não
Que agora vamos avistar
Homem Mágico!
Homem Mágico!
Homem Mágico!
Está aqui pra me ajudar!

Não é gostoso cantar essa música, sentir a magia de volta por um instante? A magia que sempre esteve de prontidão para te ajudar, que sempre funcionou.

Até o dia em que deixou de ser assim.

Por toda a internet, dá para encontrar pessoas que juram – e isso não é possível, porque o programa não era transmitido ao vivo – que viram. *Viram* o episódio em que a capa caiu e não pousou em nada. E aí viram Kitty, a menorzinha do círculo de amigos, gritar. (Você não se lembrava de que o nome era "círculo de amigos" até este exato momento, quando o leu, e a sensação é de que uma peça do quebra-cabeça se encaixou, não é mesmo? Aquele círculo, aqueles amigos, *seus* amigos.)

Há quem jure ter visto o Mister Magic sumir ali mesmo, no estúdio. Há quem jure ter visto o cenário desmoronar. Há quem jure ter visto o lugar inteiro pegar fogo. (O incêndio ocorreu depois, após o programa ter deixado de ir ao ar.)

Óbvio que nenhuma das pessoas que postam suas memórias vívidas assistiu a nada realmente violento acontecer na tela, mas a mente-esponja de criança preencheu aquelas lacunas de escuridão, aquela ausência deixada pelo Mister Magic. Onde a magia, até que enfim, falhou.

Mas o negócio é o seguinte com as lembranças de infância: não dá para confiar nelas. E, no caso de *Mister Magic*, tampouco dá para confirmá-las. Tente encontrar no YouTube, dando busca com todas as versões do título. Nada. Ninguém encontra gravações, nem piratas nem originais, em lugar nenhum. Então, você se lembra do programa, só que *não*.

Na ausência de gravações, roteiros ou de, literalmente, qualquer registro da época em que o programa foi ao ar, consegui a segunda melhor coisa:

O círculo de amigos.

Que se reencontraram, até que enfim. Trinta anos depois da tragédia que pôs fim à produção, de terem sido expulsos de seu amoroso círculo de magia, de terem sido jogados de supetão no mundo real – seja lá o que isso queria dizer para eles.

Foi fácil encontrar alguns, ficaram empolgados com a possibilidade de relembrar e de retomar o contato. Foi impossível localizar outros, uma impossibilidade deliberada. Mas tenho uma carta na manga.

Este é o reencontro televisivo de que você nem sequer sabia que precisava. E, agora que está cantarolando aquela canção, tentando descobrir se viu *mesmo* o rosto do Mister Magic, pensando na sensação de que aquelas crianças eram seus melhores amigos – agora que está se lembrando –, nunca precisou tanto de uma coisa quanto disso, precisou?

Eu também não.

E, sendo assim, meus queridos amigos, enfim, depois de tantos anos... está na Hora da Magia.

UM

O negócio é o seguinte: naquela manhã, as portas estavam abertas.

Val sabe – ela sabe, *sabe* – que, provavelmente, acordou e deu de cara com as duas portas da cabana escancaradas só porque o pai não estava dormindo bem e que ela deveria amarrar um sininho no pé dele antes de ir para a cama hoje à noite. Só por precaução.

Mas.

"Uma porta aberta é um convite", sussurra com seus botões. E mantém fechadas a sete chaves as portas da cabana dos dois, o tempo todo. Vai pedir para um dos peões do rancho inventar algum tipo de sistema de tranca e o instalar bem no alto, onde o pai não consiga alcançar.

Isso pode dar um jeito. Ela não precisará mais se preocupar.

Só que continua. Ela passa a manhã toda preocupada, durante as aulas de equitação; almoça preocupada, com o acampamento cheio de maravilhas pubescentes e desajeitadas; passa o começo da tarde preocupada, durante as atividades de grupo, mais equitação, arrumação e da limpeza. Todas as suas coisas preferidas – especialmente a parte da arrumação e da limpeza, pois sabe que os pais estão pagando uma pequena fortuna para que as filhas possam passar a semana desempenhando as tarefas que Val mais odeia – são devoradas pela preocupação.

Lá pelo fim da tarde, entretanto, ela quase consegue esquecer. Às vezes, uma porta aberta é só uma porta aberta. Não significa nada.

Lola, uma das meninas, sardenta, queimada de sol e maravilhosa, levanta a mão.

– Srta. Val?

– Você sabe onde é o banheiro – responde Val. – Não precisa pedir permissão quando sente vontade de ir.

Está quase na hora de os pais virem buscá-las, e isso quer dizer que ela precisa tirar Poppy do cercadinho dos cabritos. As outras cinco meninas cobertas de poeira, felizes e cansadas que participam do acampamento estão ali com Val, terminando de limpar os estábulos.

– Não! – Lola dá uma risadinha tímida. – Não é isso. A senhorita não tem filhos?

Uma imagem surge na mente de Val. Uma garota mais nova até do que essas cinco, cujo cabelo castanho tentava permanentemente fugir das marias-chiquinhas despenteadas, de olhos tão azuis que partem seu coração. Ela dá um sorriso.

– Ainda não, mas sei que terei um no futuro.

– Como? – pergunta Hannah, outra menina que participa do acampamento, franzindo o nariz por baixo dos óculos imundos. Val resiste ao impulso de limpá-los para a garotinha. A independência faz parte das promessas do seu acampamento, mesmo que isso signifique óculos sujos. Val coordena o programa de verão do Rancho da Glória desde que tinha vinte anos, e esse é o ponto alto do seu ano.

Ela dá de ombros.

– Eu sempre soube.

– Mas a senhorita não está ficando velha para isso?

Val arqueia a sobrancelha. Lola faz uma careta e dá uma cotovelada em Hannah, mas Val faz que não com a cabeça.

– Não, tudo bem fazer perguntas. É com perguntas que a gente conhece o mundo. E a resposta é: não estou velha. Ainda não.

Seu coração faz tique-taque feito um relógio, mas ela ainda tem tempo. A crença que Val tem em sua garotinha de olhos azuis é tão firme quanto sua crença na força da gravidade. Quando e como são perguntas que ela não se permite fazer. É fácil não questionar. Pegue as perguntas, coloque atrás da porta. Feche a porta. Não deixe nada aberto. Val tem consciência da hipocrisia que é sempre incentivar as alunas a fazerem perguntas e não se permitir a mesma liberdade, mas tem uma porta inteira dentro da cabeça só para a dissonância cognitiva do "Faça o que eu digo, não faça o que eu faço".

– A senhorita tem namorado? – dispara Lola, e de repente o interrogatório fez sentido. O pai dela encontra desculpas para ficar enrolando quando vem trazer ou buscar a menina.

– Só quando eu quero – responde Val. – Às vezes, tenho namorada. – Mas "namorado" e "namorada" são termos exagerados para os relacionamentos que ela se permite ter.

Ainda assim, a resposta surte o efeito desejado de mudar de assunto, porque todas as meninas arregalam os olhos. Val consegue enxergar as próximas perguntas borbulhando, mas não tem tempo para isso. Precisa ir buscar Poppy antes que...

– Droga – sussurra entre dentes. A mãe de Poppy já chegou, numa Mercedes SUV que tem quase tanta utilidade quanto as botas de grife que ela mandou para a filha no primeiro dia do acampamento. E Poppy ainda está no cercadinho dos cabritos, e não nos estábulos.

Val bate palmas.

– Certo! A última a tirar as roupas de ficar no celeiro vai limpar todo o cocô da baia da Tempestade amanhã!

As meninas soltam gritinhos e saem correndo para tirar os macacões e botas que Val lhes dá para proteger as roupinhas tão bonitinhas que os pais sempre as obrigam a usar. Val atravessa a trilha empoeirada para interceptar a mãe de Poppy antes que a menina ouça o que está prestes a acontecer.

– Oi – cumprimenta. Não consegue se lembrar do nome da mulher. Nunca consegue quando se trata de outros adultos. É difícil se dar a esse trabalho.

Os óculos de sol são erguidos e apoiados no cabelo penteado com esmero.

– O que Poppy está fazendo no cercadinho dos cabritos?

– Está com Luke e Leia, nossos cabritinhos. Ela está treinando os dois para...

– Eu a pago por aulas de equitação!

Os pais sempre tentam essa chantagem. Mas, tecnicamente, a mulher não está pagando nem um centavo para Val. O trabalho de Val não é pago. Ela dá um sorriso educado.

– Você está pagando por uma semana de acampamento durante o dia no Rancho da Glória, o que inclui experiências com diversos animais. E *pode* incluir aulas de equitação, se as meninas quiserem, coisa que Poppy não quer.

– Não é ela quem decide! Quero que minha filha aprenda a andar a cavalo!

Val resiste ao ímpeto de dar um tapa nos óculos de sol e arrancá-los da cabeça da mulher.

– Poppy está passando uma semana ao ar livre, aprendendo a confiar em si mesma com a ajuda das amigas e dos animais. Quer que eu a obrigue a subir numa sela e fique ali parada, vendo a menina ter um ataque de pânico? Porque isso é perigoso, tanto para Poppy quanto para o cavalo.

– Mas estou *pagando*...

– Não. – Val a interrompe. – Olhe só pra sua filha. Neste exato momento.

Poppy está empoleirada em um fardo de feno, com uma expressão de intensa concentração, equilibrando-se ao lado de um minúsculo bebê cabrito. Dá uma ordem, pula e vira para trás, na expectativa. O cabrito a imita. A menina, encantada, solta um "eba" triunfante.

– Mas... – diz a mãe, mas a raiva míngua diante da euforia de Poppy.

– Ela tem medo de cavalo. Um medo bem racional. Cavalos são criaturas apavorantes. Aquele peito enorme, pernas finas e... por acaso você já *viu* os dentes desses bichos?

A mulher arqueia a sobrancelha perfeita.

– Parece que você é quem tem medo deles.

– Ah, tenho mesmo. Eu ignoro isso porque preciso. Mas não tem nenhum motivo para Poppy superar esse medo específico. Ninguém *precisa* andar a cavalo. Ela é uma menininha incrível, e quando se tornar uma adulta incrível vai se lembrar de que a mãe lhe deu ouvidos e a ajudou a encontrar outras coisas nas quais se saía bem.

A mulher solta um suspiro, eliminado o que restava de sua braveza.

– Ela parece mesmo feliz.

– E imunda. – Val franze o nariz. Nem ficou satisfeita por ter convencido a mulher de que tinha razão. Vai ser sempre assim. Quando Val põe alguma coisa na cabeça, essa coisa acontece.

A mulher dá risada, vencida.

– E imunda.

– Poppy! Já para o celeiro! – Val aponta, e Poppy pula a cerca como se fosse um dos cabritinhos.

– Eu queria muito comprar roupas de equitação fofas para ela – insiste a mãe, pesarosa.

Às vezes, Val se esquece de que os adultos não passam de crianças que têm, ao mesmo tempo, mais e menos autonomia. Dá um sorrisinho malicioso e cutuca a mulher no ombro.

– Sabe, também temos aulas para adultos, e *você* ficaria fabulosa com uma roupa de equitação nova.

Isso lhe rende mais uma risada e um olhar pensativo em direção aos estábulos. A mulher já está escolhendo qual é o cavalo mais bonito, e deve estar se imaginando como dona de um. Seria bom para os negócios se ela o deixasse ali nos estábulos.

"O que faríamos sem você, Val?", pergunta Glória, em pensamento, e Val pensa na resposta de sempre: "Você nunca vai precisar descobrir".

Hoje, a resposta tem um sabor amargo.

Deixando os sentimentos de lado, ela supervisiona a hora da saída. Toma o cuidado de não se aproximar muito do pai de Lola, que, definitivamente, instigou a filha a perguntar sobre a vida amorosa de Val. Que não sai com gente com quem possa formar laços, o que exclui pessoas com filhos. Val se lembra de cada criança para quem lecionou nos últimos dezoito anos: sabe que *ela* é quem vai criar laços. Felizmente, a mãe de Poppy monopoliza seu tempo, e o pai de Lola vai embora, decepcionado, com o restante das crianças e seus pais.

Val dá uma última verificada nos estábulos, certifica-se de que os portões estão trancados e de que tudo foi guardado.

– Até amanhã, suas bestas sinistras – diz, despedindo-se dos cavalos e fazendo um gesto obsceno para Tempestade, só por garantia.

Pelo que ouviu dos peões do rancho, todo estábulo tem uma égua daquele tipo – e um número surpreendente delas também têm esse mesmo nome. Mas saber que Tempestade não é uma anomalia não faz dela uma égua menos amaldiçoada.

Como os cabritos estão ótimos, graças a Poppy, Val vai atravessando o campo, passa pela casa grande e se dirige à cabana onde mora com o pai, a mesma de quando foram parar ali, trinta anos atrás.

Trinta anos. É *isso*. É isso que está devorando Val por dentro, deixando-a irritada desde a manhã. É primeiro de agosto, data em que completa trinta anos que os dois chegaram ao rancho e nunca mais foram embora. Ela solta a trança grossa e castanho-escura, que cai pelas suas costas. A sensação é de que está mais pesada do que o normal.

Vai tomar um banho demorado – supondo que o aquecedor de água esteja funcionando. Ela e o aquecedor têm quase a mesma idade, e se Val trabalha todos os dias, por que ele não deveria funcionar? Depois, ela vai ler para o pai e colocá-lo na cama, então vai atrás de um dos peões pedir ajuda para bolar um novo sistema de tranca para a porta.

Atrás da cabana, o sol está baixo e ofuscante, por isso ela só se dá conta de que a porta da frente está escancarada quando está quase chegando.

Val não quer entrar. Não pode entrar. A porta aberta é um convite corriqueiro. O que quer que esteja à espreita é tão ruim quanto qualquer outra coisa – quase qualquer coisa – que já apareceu antes. E lhe custa toda a sua tremenda força de vontade para colocar um pé na frente do outro. Ela não consegue se convencer de que é só uma porta aberta. Sabe que não é.

Portas abertas engolem pessoas por inteiro.

Val para no primeiro degrau do alpendre desgastado pelo tempo, o silêncio no interior pouco iluminado da cabana é avassalador. Palavras, feito um bafo gelado na nuca, lhe vêm à cabeça.

"E, quando tiver um probleminha e precisar de uma mãozinha, é só esticar o braço e falar baixinho, você sabe que pode..."

É como se deparar com o buraco mais fundo e escuro de todos e enfiar o braço lá dentro. Saber que alguma coisa vai segurar sua mão. Saber que a coisa esteve lá esse tempo todo, esperando que ela esticasse o braço e chamasse. Saber muito bem que, quando fizer isso, não vai poder controlar o que vai atender ao seu chamado do outro lado.

Val estica uma das mãos trêmulas porta adentro, para o além.

– Por favor – sussurra. – Por favor. – O que é o mais próximo de rezar que ela já chegou. Mantém a mão parada e espera, mas nada a segura. Nada atende à sua súplica.

Ela entra na cabana e, de todo modo, nada disso tem importância. Nunca teve. As portas abertas eram um aviso, mas Val se enganou em relação à mensagem. Nada havia entrado. Algo tinha *saído*. Fugido e a deixado ali, sozinha.

O pai estava morto.

Assunto: Reencontro??

Oi, pessoal!

Sim, sou eu mesma, e sim, é oficial. Vamos fazer um episódio de reencontro, em homenagem ao trigésimo aniversário do fim do programa. Eu avaliei e aprovei o podcast. Acho que eles vão fazer tudo direitinho e honrar o legado do programa.

O mais fácil seria pegar um voo até o aeroporto de Salt Lake City e, daí, pegar uma conexão até Saint George, alugar um carro e ir de lá. Eu poderia ir buscar vocês, mas minha agenda é um desastre constante. Quem diria que a gente fica tão ocupada tendo seis filhos? kkk

Mas, se coordenarem os horários de viagem, podem vir de carro juntos. Mais eficiente e mais barato. Mas não se preocupem com o custo. Os patrocinadores do podcast vão reembolsar vocês. Dentro do razoável, óbvio. Mando em anexo o mapa de como chegar até a minha casa. Sei que é de última hora, mas acho importante. Tem muita gente que nunca conseguiu pôr uma pedra nesse assunto. Incluindo nós. Especialmente nós.

Tomara que vocês venham. Sinto muita falta dos meus amigos, muita mesmo.

Com carinho,
Jenny

DOIS

– Eu ainda me lembro da noite em que ele apareceu aqui, com você no colo. – Glória olha pela janela que fica sobre a pia. As mãos estão mergulhadas na água ensaboada, mas, na verdade, ela não está lavando nada. O dia lá fora está claro e ensolarado, um torvelinho de vida verde e dourada, nem um pouco fúnebre. Os olhos dela lacrimejam por trás dos óculos de armação azul, combinando com o delineador da mesma cor com o qual, assim como o penteado, ela se comprometeu nos anos 1980 e nunca mais abandonou.

À primeira vista, Glória parecia estar se encarregando de todos os preparativos, mas na verdade isso queria dizer apenas que dava ordens enquanto Val fazia todo o trabalho. É assim que as coisas sempre foram entre as duas, e não foi diferente na hora de preparar o casarão para receber quem viesse ao funeral.

Val não dava importância. Não sabe o que faria sem uma tarefa em mãos, sem trabalho. Não sabe como sentir este... seja lá o que *isso* for. É luto? Tem uma vibração muito próxima da raiva. Caso ela fosse uma das meninas do acampamento, diria a si mesma para não se apressar, que tem o direito de sentir o que sente. Mas Val não sabe o que sente nem como quer se sentir.

O pai morreu, e ela não faz ideia do que isso significa para si. O que muda, se é que algo muda. O pai se foi muito antes de morrer. Era uma sensação tão estranha, vê-lo deitado ali, tranquilo. Com as roupas boas e sem as onipresentes luvas de trabalho. Val nunca o vira sem as luvas. As mãos do pai eram tão pequenas sem elas, tão frágeis. Cheias de rugas e de perebas, uma coisa horrível de se ver. Gostaria de não as ter visto.

"Espera aí."

– Comigo no colo? – Ela chegou ali quando tinha oito anos. Por que o pai a carregaria no colo?

– Todo mundo estava preocupado com você, sabia? – comenta Glória, perdida nessa lembrança. Tira um copo da água ensaboada como se estivesse perplexa com o fato de ele estar ali. – Você não falava nem uma palavra. Não falou durante todo aquele primeiro ano. Às vezes, eu te encontrava parada no meio do campo, com os olhos bem fechados, o punho da mão esquerda cerrado, com a mão direita por cima, como se estivesse tentando manter a outra mão fechada. Sempre nessa mesma posição. Ficava imaginando que você poderia ser, quem sabe... bom. Você sabe. – Glória bate na lateral da cabeça, como se esse gesto explicasse o resto, deixando um amontoado de bolhas de sabão na têmpora.

– Meu pai nunca falou sobre nada di...

Bem, ele nunca falava de nada. Sobre o que os dois conversavam quando ele ainda era capaz de falar? Das tarefas do dia. Um detalhe notável do livro de não ficção que ele estivesse lendo. Nada de muito importante, nada que contivesse alguma emoção verdadeira. Existiam as regras, que eram incontestáveis. O pai só ficava bravo com Val quando a filha tentava desobedecê-las, como nas vezes em que entrava ali de fininho, para ver TV com os filhos mais velhos de Glória. "É perigoso", ele gritava e a obrigava a voltar para a cabana sem vida dos dois.

Só que, para o pai, muita coisa era perigosa. Escola. Amigos. Médicos. Val massageia o pulso, onde tem um calombo de quando quebrou o osso, aos doze anos, e o próprio pai o consertou. Puxa as mangas do vestido preto emprestado para baixo, para cobrir o calombo e as cicatrizes. As pessoas logo vão chegar, e ela não quer ouvir perguntas. Acho que, nesse sentido, ainda tem muito em comum com o pai.

Hoje, ao ir ao cemitério, foi a primeira vez no ano que Val saiu do rancho. Às vezes, ela esquece que o resto do mundo está lá fora, grande, luminoso e barulhento. O pai fez do rancho a vida inteira *deles*, e não foi uma vida ruim, não mesmo. Contudo.

Contudo.

O pai se foi, e a vida não é mais *deles*. É só dela. Como Val se sente? Um fantasma da determinação que sentiu no trigésimo aniversário passa vagando por ela. Ela ia embora, e aí o pai teve um derrame. Nada de médicos. Só a filha. E, sendo assim, Val ficou e ainda está ali, e a versão de si mesma determinada a partir está tão morta quanto o pai.

– Vamos precisar de mais do que isso. – Glória está olhando para a pilha de pratos que Val colocou em cima do balcão.

– Por quê? – Não havia muita gente no enterro, só Glória e dois de seus filhos que conseguiram chegar a tempo, mais três peões do rancho que gostam de Val. Não conheciam o pai dela direito, já que ele não podia circular muito nos últimos anos. Mas estavam ali para apoiá-la, algo que Val reconhece.

Glória seca as mãos, pega mais pratos no armário e os entrega para ela.

– Postei as informações do coquetel no meu Facebook.

Os pratos se espatifam no chão. Val olha além das próprias mãos vazias, para os cacos.

– Quê?

Glória desvia delicadamente dos cacos de cerâmica e pega as mãos de Val, os calos das duas formam um conjunto que combina. O tom é suave, do mesmo jeito que fala com Tempestade quando a égua está inquieta a troco de nada.

– Seu pai descansou. Está em segurança agora. Ninguém vai vir atrás dele.

Glória dá um tapinha no rosto de Val e, em seguida, vai até a despensa para pegar a vassoura. Ela é uma típica filha de Idaho das antigas, com uma boa dose de desconfiança do governo – tanto que deixou Val dirigir assim que a garota conseguiu alcançar os pedais. Nunca deu bola para documentos, nunca se preocupou em descontar na fonte o imposto de renda dos empregados, nunca ligou para nada que fosse oficial. Esse desdém pela papelada se estendeu ao homem que trabalhou para ela quando era adolescente e reapareceu uma década depois, com uma menina de oito anos a tiracolo. Até onde Val sabia, Glória aceitou que os dois morassem ali sem pestanejar, não perguntou por que o pai não poderia trabalhar de carteira assinada, a razão de não matricular a filha na escola nem por que os dois ficaram ali, escondidos. Provavelmente supôs que ele tinha infringido alguma lei, o que, na opinião dela, não era sinônimo de "errado". Depois de perder um irmão amado para a AIDS, Glória parou de dar ouvidos às definições alheias de bem e de mal e passou a confiar no próprio juízo, que lhe disse que o pai de Val era um bom homem.

Mas o que Val não entende, o que não lhe ocorreu perguntar antes...

"Estavam se escondendo por causa dele, ou seria por causa de Val?"

Um medo se assoma dentro dela, trancafiado atrás da porta mais antiga e mais grossa. Sussurra que ela é o motivo para os dois terem passado trinta anos vivendo às escondidas. Não o pai.

"O que foi que você fez?", grita a cabeça dela, mas não é a voz de Val que berra. Ela não sabe de quem é aquela voz, mas sabe que, seja lá o que tenha feito, foi uma coisa ruim.

Ela é uma coisa ruim.

O pai sabia o que a filha tinha feito. E cuidou dela com tanta atenção e a fez ficar ali. "Em segurança", dizia ele, no fim do dia. "Em segurança", em vez de "Boa noite" ou "Eu te amo". Val nunca soube se o pai queria dizer que os dois estavam em segurança ou se era o restante do mundo que estava.

Ela perguntou, certa vez. A respeito de onde tinham vindo. Se tinha mãe ou outros parentes.

O pai fez uma expressão tão apavorada que o medo dele também se apoderou de Val.

– Já se foram – sussurrou. – Não pergunte mais.

Como ficou com medo, Val nunca mais perguntou. E, conforme os anos foram se passando, o medo não diminuiu, e ela se moldou a ele. Cresceu em volta dele. Cresceu e ficou teimosa e cabeça-dura, ignorando a forma do medo em seu cerne. E, apesar de sentir vontade de saber, de *precisar* saber como a mãe morreu, não perguntaria. Nunca.

Agora o pai se foi. É uma porta que Val não pode mais abrir, e ela tem arrependimentos. Muitos arrependimentos.

Mas não tem importância. Ela pega a vassoura que Glória lhe oferece e varre o que sobrou dos pratos, depois termina de arrumar as travessas de comida e as jarras de bebida. Que costume engraçado, dar de comer a outras pessoas quando alguém morre. Alimentar e confortar essas pessoas quando é ela que está com o mundo inteiro em um cemitério a vinte minutos de distância.

Contudo, Glória estava certa sobre os pratos. Há mais gente do que Val esperava. Várias meninas do acampamento de verão e das aulas de equitação, algumas ainda crianças, outras já adultas, o que a faz se sentir tonta e um pouco em pânico. Se as meninas têm essa idade, que idade ela tem? Mas é ótimo vê-las, ótimo ter essa lembrança de que os verões que passaram juntas também significaram alguma coisa para as alunas.

Peões que trabalharam no local nas últimas três décadas, no mínimo, também aparecem, de chapéu na mão, usando seu melhor jeans e calçando as botas mais limpas para prestar homenagem ao pai dela. Dão a impressão de ter conhecido um homem diferente daquele que Val conhecia. Um homem simpático e engraçado. Um homem de quem gostavam e do qual falam com gratidão e afeto.

E agora, até que enfim, ela sabe que o sentimento que ameaça arrastá-la para o chão, sem ar, é tristeza. O pai deveria ter desfrutado disso enquanto ainda era vivo. Amizade. Companheirismo. Uma noção do lugar que ocupava no mundo.

Val também deveria ter desfrutado disso. Na sala de estar, os escorregadios sofás floridos e brilhantes de Glória estão ocupados; o recanto está apinhado de gente; na sala de jantar, o tapete turco, relíquia de família, é revirado por dúzias de pares de pés. O casarão tem um estilo antigo, renegando a amplitude dos modernos espaços abertos em nome da separação modular. Ir de um espaço a outro sempre dá uma sensação de choque.

Val vai ter muito o que limpar depois, mas vale a pena para ter esta evidência de que o pai existiu. Que era importante para outras pessoas além da filha. E ver tantas das suas ex-alunas lhe dá a esperança de que, talvez, ela também tenha importância.

E também põe fim à sua preocupação. Ninguém da polícia vem bater à porta, nenhum esquadrão da SWAT cai de paraquedas no rancho com um mandado de prisão para ela, de décadas atrás. Até então, a única coisa ruim decorrente de Glória ter desobedecido às regras ao postar o nome do pai de Val no Facebook foi a presença de Lola e de seu esperançoso pai.

Val vê o pai da menina procurando por ela na entrada da sala de jantar e atravessa abaixada, escondida, a cozinha e o corredor dos fundos, verifica que o lavabo ainda está em boas condições e volta para a entrada principal. Talvez fuja para o andar de cima por um tempo.

Acontece que a porta do casarão está escancarada. Fazendo careta para ignorar a pontada de medo que isso provoca, Val a fecha. Vai para o andar de cima, com certeza. Pelo menos, até Lola e o pai irem embora. Ela não garante que conseguirá ser gentil neste momento. "Seja doce, dê um sorrisinho! Para todo mundo que encontrar pelo caminho! Menina que se preze nunca desobedece!" Val revira os olhos para a rima antiga que sempre lhe vem à cabeça em situações como essa. Ver Glória gerenciar o próprio rancho lhe ensinou que jamais precisaria se submeter aos homens nem pedir desculpas pela própria existência.

Apesar disso, a rima permanece. Val não deve sorrisos para ninguém. Nunca, muito menos hoje.

Ela se vira e quase esbarra em alguém. Um homem branco, magricelo ou desengonçado, dependendo da generosidade de quem vê, mas Val tende a ser generosa com as pessoas. Todas são interessantes, cada uma à sua maneira. Ele tem barba em vez de maxilar, uma barba grossa e escura como o cabelo, e os óculos retangulares aumentam seus olhos castanho-claros de um jeito desconcertante. O olhar dos dois se cruza.

Algo se liberta, usando as garras, no peito dela, uma criatura entocada que brota na superfície.

Ele deixa os óculos caírem no chão, fazendo barulho, derramando água no sapato dos dois, mas nem sequer olha para baixo. Os olhos dele são um holofote que mantém Val fincada no lugar. Ela o conhece. De onde ela o conhece?

– Valentine – diz o homem, tão baixo que mais parece um segredo.

Val leva alguns instantes para se dar conta de por que isso é tão chocante: ninguém ali a conhece como Valentine. No rancho, todo mundo supôs que Val era apelido de Valerie, e o pai não desmentiu.

Então isso significa que...

Ela se lembra, agora, daquele ano que passou sem falar. Estava *apavorada*. Tão apavorada que não conseguia pensar, não conseguia enxergar e não conseguia falar. Não é capaz de dizer do que sentia medo, só do medo – dele ela se lembra. O medo está de volta. Um punho cerrado em sua garganta.

Mais uma vez, Val não consegue falar, não consegue fazer nada a não ser ficar paralisada no lugar por causa daqueles olhos.

Está chocada demais para se mexer quando os dedos dele se entrelaçam aos dela. A sensação é de ir para a cama ao final de um longíssimo dia.

– Não acredito que finalmente te encontrei – diz o homem, e antes que Val consiga recuperar o fôlego para perguntar de onde ele a conhecia, de onde ela o conhece, o homem cai no choro.

Ai, meu Deus, por acaso alguém viu que tem um podcast novo sobre o Mister Magic? O primeiro episódio já saiu e vão fazer um reencontro de verdade com o elenco da última temporada!

@tudoincimaitu Cara, faz séculos que não penso nesse programa! Quando eu estava no jardim da infância, voltava correndo todos os dias pra não perder! E sempre roubava os óculos de perto do meu pai e fingia ser o cara-de-que. Ele sempre foi meu amigo preferido.

@tudoincimaitu Link?

@tudoincimaitu Sério, com tudo que tá acontecendo no mundo você tá postando sobre o reencontro do elenco de um programa infantil de que ninguém lembra mais

@tudoincimaitu @chk234523 se ninguém lembra, como é que você sabe que era um programa infantil, pega leve

@tudoincimaitu Já falaram que integrantes do elenco vão participar?? O Ronald Reagan não era desse programa???

@tudoincimaitu @truta562 como é quase certeza que o Ronald Reagan morreu, duvido que ele vá aparecer num podcast, mas como a família Reagan curte um jogo do copo, vai saber

FEIJÃO COM ARROZ

– Ai, meu Deus. – Um outro homem toma conhecimento da cena que transcorre junto à porta.

Val ainda está de mãos dadas com o desconhecido. Tem a sensação de que foi pega em flagrante fazendo algo vergonhoso. O outro homem tem cabelo preto-ônix, com elegantes mechas grisalhas nas têmporas, e o terno que veste parece ter sido feito sob medida para ele. Os sapatos foram engraxados até ficarem com um brilho que faz o caprichado piso polido de Glória parecer encardido.

– O que foi que você fez, Isaac? – pergunta o homem.

Isaac. Esse nome se encaixa em um espaço vazio que, até então, Val não tinha notado que havia dentro dela. Isaac. O homem de óculos que está segurando sua mão e chorando.

Isaac a solta. Mas está rindo e secando as lágrimas dos olhos. Val tem um impulso estranhíssimo de pegar na mão dele outra vez, sentindo uma pontada de pânico de ter perdido algo precioso.

– Desculpa. Desculpa, é só que... faz tanto tempo, sabe?

Val não sabe. Olha para o outro homem, em busca de ajuda.

Ele arqueia a sobrancelha. Tem olhos castanho-escuros, pele oliva e um sorriso que parece ser tão caro quanto o terno que usa. Poderia fazer parte de uma das novelas de Glória que às vezes Val vê de relance.

Aparentemente, a confusão de Val é óbvia. A voz do homem é delicada, quase magoada quando diz:

– Você não me reconheceu, não é mesmo? – Ele coloca a mão no peito, como se tivesse levado um tiro, mas aí seu tom torna a ficar gentil e brincalhão. – Bom, eu nunca me esqueceria de você, Valentina. Você e esse seu cabelão.

Val puxa a trança grossa, pensativa.

– Valentina – repete e, em seguida, ri, apesar da confusão. Percebe um indício de lembrança, de se sentir bonita ao ouvir o próprio nome dito daquela maneira. *Quem* são esses homens?

– Srta. Val? – indaga Lola, na porta da cozinha.

Val leva um susto e volta ao presente. Certo. O funeral.

– Lola, preciso da sua ajuda. Reúna todas as meninas do acampamento e delegue tarefas para cada uma delas. Alguém recolhe os pratos e copos vazios. Alguém lava os pratos sujos. Alguém seca. E alguém leva comida da cozinha para a sala de jantar quando as travessas forem ficando vazias.

A postura de Lola muda, de tímida para confiante.

– Não vou te decepcionar.

– Sei que não. – Val sorri para a menina, e depois faz sinal para os homens se dirigirem à porta da frente. Ela sabe o que o pai diria. O que lhe disse muitas e muitas vezes para fazer caso algum dia alguém aparecesse procurando pelos dois. Mas o pai se foi, e Val pensava que todas as respostas que queria tinham partido com ele. – Vocês dois, lá fora, já. Quero explicações.

O homem bonito dá risada.

– Mandona como sempre, dá para ver.

– Existe uma diferença entre... – Val começa, mas Isaac termina.

– ... ser mandona e estar no comando, e você está no comando. – Isaac sorri para Val, mostrando os dentes pequenos, tortos de um jeito simpático. O sorriso do outro homem é estonteante, mas o de Isaac é acolhedor.

– Javi? – Isaac se vira para o outro homem, fazendo sinal para ele sair primeiro.

Javi abre a porta, Val e Isaac saem atrás dele. Isaac está de camisa por dentro da calça. A camisa e a calça estão amarrotadas, mas ele cheira a sabonete, e Val prefere isso ao rastro de perfume agressivo deixado por Javi. Nenhum dos dois tem cara de policial ou de detetive particular. Nenhum policial teria dinheiro para pagar pelo terno de Javi, e Val duvida que um detetive cairia no choro ao encontrá-la. Além do mais, esses homens não sabem apenas quem ela é. Eles a *conhecem*.

Val leva os dois homens pelo alpendre que dá a volta na casa até chegar perto da lavanderia. A última coisa que gostaria é que o pai de Lola a visse pela janela e resolvesse vir participar da conversa. Ali tem um balanço que ela e o pai instalaram há alguns anos. Javi se senta na beirada, e Isaac fica em pé, esperando para ver o que ela vai fazer. Val se apoia no corrimão branco do alpendre e cruza os braços. Isaac se senta ao lado de Javi, o balanço dá um solavanco, obrigando o outro homem a se sentar mais para trás. É algo um tanto engraçado, ver dois homens adultos se balançando por acaso, sem saber o que fazer com as pernas e os pés. Parte da tensão que Val sentia no peito se dissipa.

Ela ergue a mão.

– Um: de onde me conhecem? Dois: por que estão aqui?

Isaac faz uma expressão chateada, mas Javi fica ofendido.

– De onde nós *a* conhecemos? Você não nos conhece?

Val faz que não, mas o olhar se dirige a Isaac. Não está sendo de todo sincera ao dizer que não os conhece. Sabe que conhece Isaac, mas do mesmo jeito que sabe respirar. Ela apenas respira, até que pensa a respeito e aí não consegue mais se lembrar como faz isso normalmente. Se aceitar o fato de que Isaac simplesmente é e sempre foi, tudo bem. Mas tentar descobrir de onde o conhece a deixa em pânico, como perder o passo subindo uma escada na escuridão.

Uma porta fechada. Ninguém entra, ninguém sai. Val respira fundo. Sabe respirar. Está sendo boba.

– Eu...

– Ai, meu Deus, aí está ela!

Um homem negro abre bem os braços e dá um abraço em Val. Ela congela. Foi muito abraçada naquele dia, mais do que está acostumada. Mas, pelo menos, foi abraçada por pessoas das quais sabia o nome.

Aquele homem, uns trinta centímetros mais alto e bem mais corpulento do que ela, a envolve de um jeito conhecido que a faz ter certeza de que os dois já se abraçaram antes.

Se lembraria dele caso o conhecesse da vida que levava ali. O homem é bonito demais, com lindos olhos castanho-escuros, cabeça raspada e barba aparada com muito mais capricho do que a de Isaac.

– Marcus. – Isaac fica em pé, fazendo o balanço ir para trás de supetão.

– Você vai participar do reencontro? Diga que vai. Não acreditei quando Isaac falou que tinha te encontrado. – Por fim Marcus a solta, mas deixa o braço sobre o ombro dela. Algo na expressão de Val lhe dá uma pista, e ele se encolhe todo. Toda a sua exuberância se encolhe, a expressão se suaviza: – Meu Deus, certo. Meus sentimentos. Claro que você não está pensando no reencontro neste exato momento. Só estou feliz por revê-la. E é uma droga que seja nessas circunstâncias. – Marcus faz um gesto vago, apontando para a casa que está atrás deles.

– Ela não se lembra da gente. – O sorriso de Javi é sarcástico, mas há um leve tom pungente em sua voz, como se tivesse mordido uma laranja azeda.

– Quê? – Marcus tira a mão do ombro de Val como se tivesse se queimado. – Eu... quê? – Val já tinha achado drástica a transição de exuberante para gentil, mas agora a expressão de Marcus muda mais uma vez, e o homem está... meu Deus, ele está triste, ela o magoou, aquele homem que nem conhece. Dá dor de estômago ver a mágoa no rosto de Marcus, saber que o magoou de novo.

De novo. Como fez isso *de novo*? Qual foi a primeira vez?

Nada disso responde a nenhuma de suas perguntas. A não ser... Marcus perguntou a respeito de um reencontro. Devem tê-la confundido com alguém. Está decepcionada, quando deveria ter ficado aliviada. Aqueles homens realmente *não* a conhecem, mas Val gostaria que conhecessem.

– Nunca frequentei a escola, logo não recebi convite nenhum para reencontro nenhum.

– Do programa – explica Javi, sem emoção, estreitando os olhos.

– Que programa?

– Sabe, com... – Marcus não completa a frase, depois muda de tática. – O programa infantil? – insiste, observando-a com atenção. – O programa de TV que todos nós fizemos juntos quando éramos crianças?

– Que porra é essa? – O riso vem à tona, libertando-se da paisagem devastada do peito de Val. Ela dá uma risadinha e aí, sabe-se lá como, está chorando. Pela primeira vez em anos, na verdade. Não consegue lembrar qual foi a última vez que chorou, a última vez que se permitiu apenas...

Sentir.

O pai morreu, e Val ainda está viva, e aqueles homens, aquelas três pessoas alegres, interessantes, a conhecem, e ela não. Não os conhece, e de repente tem certeza de que tampouco se conhece. A menos que estejam mentindo, a menos que isso seja algum tipo de pegadinha terrível, a menos...

Marcus a puxa para perto de si outra vez, e Val encosta a cabeça no ombro dele. As mãos do homem nas suas costas são enormes, reconfortantes, e ela conhece *este* abraço. Conhece Marcus, Javi e Isaac, e os três a conhecem, e Val não sabe dizer como, mas seja lá quem forem, não estão mentindo. E isso significa obter respostas, de um jeito impossível, depois de trinta anos.

Val respira fundo, tremendo, e seca as lágrimas. Uma melodia alegre toca dentro da sua cabeça. "Sorria! Você tá bem assim. Sorria! Sorria! Agora sim." A boca responde às orientações.

– Estou bem. Agora falem desse programa e de como a gente se conhece. Eu não me lembro de nada mesmo.

– De quanto tempo atrás estamos falando? – pergunta Javi.

Val tenta procurar em seus pensamentos, mas se retrai na mesma hora. É a mesma sensação de enfiar a mão na escuridão da porta de casa no dia em que o pai morreu. Se é que já teve lembranças da infância, não há nada que possa acessar agora. Fechou todas essas portas com tanta força que podem muito bem nunca ter existido.

Ela dá de ombros, ignorando o quanto isso a deixa chateada. Aquela porcaria de melodia do "sorria" continua se repetindo em sua mente.

– Eu não me lembro de nada de antes de vir para cá.

– Quando foi isso? – Isaac a examina com aqueles olhos de holofote, como se tivesse medo de desviar o olhar. O que ele acha que vai acontecer se fizer isso?

– Quando eu tinha oito anos.

– Foi nessa época que você nos abandonou – conta Javi. – Você ficou aqui esse tempo todo?

O homem olha em volta, e de repente Val fica feliz por Javi não conseguir enxergar a cabana dilapidada, caindo aos pedaços, onde morava com o pai. Onde nenhuma das portas dos armários fecha direito. Onde precisavam ir para o alpendre dos fundos para conseguir entrar no puxadinho do banheiro. Onde ela passava mais tempo dormindo em um ninho de cobertores dentro do armário do que na própria cama de solteiro que rangia, porque sempre se sentia exposta demais na cama. Solitária demais.

Aos trinta e oito anos, isso é tudo o que ela tem para mostrar da própria vida: um funeral em uma casa emprestada, com um vestido emprestado. Uma vida emprestada.

– Sim, esse tempo todo.

Marcus passa a mão na nuca e olha para a entrada por onde vieram, como se talvez quisesse ir embora e fingir que nada daquilo aconteceu. Sente vergonha por Val?

Val sente vergonha de si mesma?

– A gente não podia ter chegado numa hora pior. – Javi dá aquele sorriso refinado para Val. – Vamos trocar telefones e conversar quando as coisas estiverem mais tranquilas pra você. Além do mais – diz, pegando um celular vistoso –, precisamos cair na estrada agora se quisermos chegar na hora, depois de fazer este desvio.

Isaac passa a mão no cabelo, que chega quase nos ombros, é brilhoso, castanho e mal cortado, como se ele não quisesse deixá-lo crescer tanto, apenas não conseguiu dar um jeito de ir cortar. Ele não tira os olhos de Val.

– É – concorda Marcus. – Não pensamos direito nisso. É que ficamos tão empolgados quando Isaac encontrou o post falando do seu pai e nos demos conta de que poderia ver você. – Seus lindos olhos têm um ar de carinho e compaixão. – Desculpa. Volta lá pra dentro. Vamos ter tempo para conversar depois.

– Depois do quê? – Val está desesperada para convencê-los a ficar ali. Pode até não conseguir arrombar todas as portas do passado que ela manteve fechadas, mas talvez eles consigam. Lembranças emprestadas, que combinam com sua vida emprestada. – Vocês têm que ir embora bem agora? Por causa desse tal reencontro?

– Não se preocupe com isso – responde Marcus. – Ninguém contava com a sua presença, porque... bom, ninguém sabia onde você estava. Além do mais, é uma coisa tipo história oral, podcast, sei lá. – Ele sacode a mão em um gesto de desdém, mostrando um dedo sem anéis, mas com uma marca reveladora de aliança recém-tirada. Tem uma história ali, e Val quer saber dela. Quer todas as histórias dos três. Quer suas próprias histórias. – Então, se você não se lembra de nada, nem tem motivo pra ir. – O homem se encolhe todo. – Tirando a gente retomar o contato, claro! Coisa que vai acontecer. Numa ocasião mais apropriada.

A postura de Isaac é tensa, todos os contornos do seu corpo estão rígidos, como se ele estivesse se segurando para não fazer alguma coisa. Ir embora? Falar? Pegar na mão de Val outra vez?

– A gente fez mesmo um programa infantil juntos? – Val não consegue acreditar. Ver TV era proibido. O pai nunca deixava.

Ela torna a olhar para a parte da frente do alpendre. Que leva a uma das poucas portas seguras. Solta um suspiro. Não pode ir embora do funeral do pai e não pode pedir para aqueles três homens permanecerem ali.

– Prometam que vão me ligar. Não tenho celular, mas vou passar o número da Glória.

– Claro! A gente... – Marcus começa a dizer, mas Isaac o interrompe.

– A sua mãe já sabe?

– Quê? – Val se vira para ele, bruscamente.

– Que seu pai morreu.

– Minha mãe... – Val puxa as mangas mais para baixo, cobrindo as cicatrizes de queimadura nos braços, desejando poder cobrir as mãos também. – Minha mãe morreu.

Isaac franze o cenho, confuso, e aí seus olhos ficam arregalados, e ele olha para os outros dois por alguns instantes, como se estivesse em busca de reforços.

– Quem foi que te disse isso?

– Meu pai. – Mas... "Se foi", disse ele. "Se foi" não é a mesma coisa que "morreu". O coração de Val bate mais rápido.

Isaac lhe apresenta a verdade delicadamente, como quem coloca uma lata de atum perto de um gato-do-mato.

– Eu vi sua mãe, faz uns dois anos. Na verdade, ela mora perto do lugar para onde a gente vai. Posso arranjar o endereço e o telefone pra você.

O pai dela mentiu.

O pai tinha mentido sem mentir, permitiu que Val acreditasse em uma mentira durante todo esse tempo. Ele sabia – *não tinha como* não saber – que a filha estava convencida de que, sabe-se lá como, tinha matado a mãe. E permitiu que Val acreditasse nisso para que ela permanecesse ali.

– Eu vou com vocês.

Val faz a declaração sem pensar, tomada por um medo súbito de que, quando aqueles três homens fossem embora, levariam o passado e o futuro dela com eles. A mãe – a mãe, meu Deus, ela ainda tem *mãe*? – voltaria, mais uma vez, a ser alguém que se foi. Val voltaria para aquele funeral, ficaria sozinha com gente que não conhecia seu pai, porque ninguém o conhecia de fato. E com gente que não a conhece, porque ela não se conhece.

– Quê? Sério? – pergunta Marcus.

– Desculpa, quer dizer, posso ir? Preciso ver minha mãe. E não quero... – Val fica em silêncio, examinando aqueles homens, aquele inesperado colete salva-vidas. Talvez, quando enfiou a mão na escuridão e pediu... talvez tenha sido isso que pediu, mesmo sem saber.

– Não quero mais ficar aqui – declara Val. Não tinha certeza disso até então, mas agora tem. Ficou ali por lealdade ao pai, por amor às meninas do acampamento e por Glória, é verdade. Mas, mais do que tudo, ficou por medo do que poderia encontrá-la se um dia tivesse a audácia de ir embora, convencida de que, sabe-se lá como, tinha matado a mãe. Uma mulher que ainda estava bem viva. E o pai sabia disso.

Mas a expressão de Marcus deixa claro que Val está pedindo demais, que isso é esquisito. Não se lembra de nenhum dos três e agora está se convidando para viajar de carro com eles. Ela dá mais um sorriso tenso.

– Na verdade, desculpa, vocês não precisam me levar. Basta me dar o endereço.

Val pode pegar uma das camionetes velhas. Não tem carteira de motorista, mas Glória não vai se importar com isso.

– Você faz parte do círculo – diz Isaac. – Sempre vai ter lugar pra você. – E lhe oferece um pequeno esboço de um sorriso. Os olhos de Val desviam desse sorriso como se fosse uma faca que poderia parti-la ao meio.

Mas não é isso o que ela quer? Ser partida, aberta ao meio, para poder fazer uma autópsia do próprio passado?

– Mas e o enterro do seu pai? – Marcus gesticula, desacorçoado.

Val não consegue acreditar que o pai permitiu que ela vivesse uma mentira durante todos esses anos. Isso a faz se sentir como se estivesse enlouquecendo, como se seu cérebro estivesse debatendo se vai se apegar à fundação de uma vida inteira ou rejeitá-la por completo.

O pai dela nunca foi cruel. Mas também nunca foi carinhoso. Nunca conseguia olhar direito para Val, sempre desviava o olhar, como ela fez com o sorriso de Isaac.

O que será que via na filha que era tão doloroso de olhar?

Val precisa ver a mãe, ter uma prova inegável de que o pai mentiu para ela. Ou uma prova de que está caindo no golpe mais estranho já dado. Mas, como Glória, Val confia no juízo que faz das pessoas. Nenhum daqueles três homens está mentindo para ela. Por que mentiriam?

Ela tenta dar um sorriso irônico para Marcus, mas não consegue. Seu tom de voz sai pesaroso, como ela está se sentindo.

– Meu pai morreu. Minha mãe, não, pelo jeito. Isso tem de ser prioridade.

– Val quer vir com a gente – declara Javi, dirigindo-se a Marcus. – E todos nós sabemos que quando Val põe alguma coisa na cabeça, essa coisa acontece.

Marcus ri, um som alegre, que fisga Val pelo peito. Ela quer dar risada com aquele homem. Com todos os três. Gostaria de ir para o reencontro naquele momento. É algo que lhe parece mais fácil do que o que está fazendo agora.

– Precisa de ajuda para fazer as malas? – pergunta Isaac.

Isso, pelo menos, o pai teve a gentileza de lhe deixar de herança.

– Não. – Ela os leva para longe do alpendre, até a fileira de camionetes que fica atrás da casa. No fim, tem uma coisa velha e enferrujada que, ao que tudo indica, nunca mais vai voltar a funcionar. Val abre a porta, quase a arranca, e tateia atrás do assento rachado e descascado, procurando a bolsa de viagem. Os dois têm trouxas prontas escondidas em vários locais do rancho.

Os dois, não. Não tem mais *os dois*, só Val.

Ela pega o dinheiro da bolsa do pai, depois a deixa ali, ignorando os olhares curiosos dos seus três novos velhos amigos. A pista onde estão estacionados os carros de todos que vieram brilha feito um rio cromado, brindando-a com uma correnteza para levá-la dali, até que enfim.

– Eu me sinto compelido a lhe alertar sobre o perigo de andar com estranhos – diz Marcus. – Sou tão paizão, mas... você vai entrar no carro conosco rumo a um local desconhecido. Sem dizer a ninguém onde vai estar. E, na verdade, não se lembra de nenhum de nós três.

– Eu não me lembro de vocês – concorda Val, caminhando com Isaac de um lado e Javi do outro, Marcus ao lado de Javi. Entram nessa ordem automaticamente, mas Val tem a estranhíssima sensação de que isso está levemente errado. Como se faltassem peças. Ela não deveria estar ao lado de Javi. – Eu não me lembro de vocês – repete. – Mas *conheço* vocês, e Isaac sabe onde minha mãe está. Para mim, isso basta por hoje. Além do mais, passei os últimos trinta anos carregando fardos de feno, consertando cercas, me debatendo com cabritos e domando cavalos. Posso acabar com qualquer um de vocês na porrada.

Javi dá risada.

– Sempre pôde.

– E, no caminho, vocês podem me contar o que foi que eu esqueci? – Ela está torcendo para que os três entrem na brincadeira e a ajudem a fingir que isso é normal.

– Por onde começar?! – Marcus ainda está sorrindo, mas seu olhar é distante.

Javi põe a mão no ombro dele e, na mesma hora, os dedos de Val roçam no ombro de Isaac. A sensação é de uma escuridão aveludada. A segurança de não ser vista e de não ver nada.

Isaac destrava as portas de um sedã prateado.

– Tem certeza de que quer vir com a gente? – sussurra, tão baixo que, por alguns instantes, Val acha que ele está falando sozinho. Pela primeira vez, não está olhando para ela, mas para a estrada. Se aproxima de Val, e seus movimentos contradizem suas palavras: dedos que roçam nos dela, que a seguram, ao passo que as palavras a empurram na direção da casa. – Seu pai deve ter tido seus motivos para ter feito o que fez, para lhe ter dito o que disse sobre sua mãe. E você não pediu para a gente te achar.

Só que Val pediu isso, sim, de um modo que não consegue explicar. Não tem certeza de que quer ir junto com eles, mas tem certeza de que *precisa* ir.

Além do mais, Isaac tem razão. O pai teve seus motivos para levá-la para o rancho. Está na hora de descobrir que motivos foram esses.

Mister Magic

Da Wikipédia, a enciclopédia livre

Este artigo é sobre o programa de televisão infantil. Se procura outra definição, veja Mister Magic (desambiguação).

Nota: Faltam informações sobre o estúdio que produziu *Mister Magic*, a distribuidora e as emissoras que o transmitiram. Ajude a inserir referências.

Nota: Este artigo cita fontes, mas que não cobrem todo o conteúdo. Ajude a melhorar este artigo incluindo referências de fontes confiáveis. Conteúdo não verificável pode ser removido. (Janeiro de 2013) (Saiba como e quando remover esta mensagem-padrão.)

Mister Magic foi uma série de radiodrama infantil que se transformou em programa de televisão com o advento da popularização desses aparelhos em residências no final dos anos 1930. O programa foi ao ar dos anos 1940 até 1991, o que, somado à duração desconhecida do radiodrama – correm boatos de que foi um dos primeiros programas desse tipo –, o torna o programa mais longevo da história.[carece de fontes]

Depois de cinquenta anos na programação televisa, a produção foi cancelada repentinamente, devido a um acidente no estúdio.

Conteúdo [mostrar]

Descrição do programa

Mister Magic gira em torno de seis crianças e de seu amigo, Mister Magic, que pode ser chamado e se materializar sempre que precisarem de ajuda. Roteiros e gravações do programa nunca foram localizados. Mas, de acordo com relatos de memória, os episódios giram em torno das brincadeiras envolvendo a imaginação e das lições passadas às crianças pelo Mister Magic na forma de rimas-chiclete.[carece de fontes]

Quando a gente quer bem a alguém
Divide com a pessoa o que tem
Mas, se você não se esforçar,
Nada vai ganhar

Não existem listas de elenco. Ao longo das décadas, porém, muitas figuras de destaque começaram sua carreira no programa.

> [**Nota:** Trecho removido pelo editor por falta de fontes. Se você acredita que isso foi feito de maneira errônea, saiba como avisar.]

Histórico de transmissão

> [**Nota:** Trecho removido pelo editor por falta de fontes. Se você acredita que isso foi feito de maneira errônea, saiba como avisar.]

Programa cult

Nas décadas que se seguiram ao término do programa, *Mister Magic* conquistou o status de cult e uma legião de fãs.[1] Vários fóruns do **Reddit** são dedicados ao programa[2][3][4][5] e ao seu impacto,[6] bem como às teorias que tentam explicar como e por que o programa acabou.[7][8][9][10][11] Os fãs se dividem nos seguintes grupos: aqueles que insistem que o Mister Magic era um **boneco**,[12][13][14] aqueles que insistem que era um ator fantasiado[15][16] e os que acham que nas últimas temporadas foi utilizado o primeiro exemplo convincente de personagem gerado por computação gráfica.[17] Várias páginas também são dedicadas a relacionar adultos ao elenco mirim de várias gerações do programa.[18][19][20][21][22][23][24][25][26] O caso mais famoso é o de **Ronald Reagan**. Correm boatos de que ele foi um dos atores mirins que emprestou a voz ao programa de rádio. O astro da televisão e do cinema **Marcus Reed** fez parte do último elenco,[carece de fontes] mas nunca confirmou seu envolvimento nem comentou nada a respeito em entrevistas.

Vários programas de mistério e crimes reais cobriram o fim abrupto do programa, incluindo **Assassinato por podcast**,[27] **Os dingos comeram o bebê dela**,[28] e **Por onde eles andam**.[29] *Hora da Magia*, um podcast sobre *Mister Magic*, teve vários episódios investigando a história e o impacto do programa antes de ser removido dos aplicativos.[carece de fontes]

Atualmente, há um abaixo-assinado no **Change.org** para produzir um revival de *Mister Magic* que conta com 350 mil assinaturas.[30] Como os direitos do programa são de uma produtora extinta, ninguém sabe para quem enviar o abaixo-assinado.[31]

Fãs famosos do programa incluem o ator **Chet Pennington**,[32] o jogador de **futebol americano Tom Brady**,[33] o **juiz da Suprema Corte Brent Harrell**,[34] a apresentadora de programas de entrevistas **Candy Carlton**[35] e **Vin Diesel**, que atribui ao programa seu desejo de se tornar ator porque "só queria muito ser um dos amigos e viver naquela magia".[36]

De acordo com uma lenda urbana, a jornalista **Diane Sawyer** tentou fazer uma reportagem investigativa sobre a história e os mistérios do programa, mas a emissora se recusou a liberar a matéria para ir ao ar.[37]

Referências [mostrar]

TRÊS

– Tenho mais perguntas agora do que tinha antes. – Val olha para baixo, para a tela quebrada do celular de Marcus, onde a página do programa na Wikipédia ainda está aberta. Ele se vira, ficando entre o banco do motorista e o do carona, e observa.

– É você? Marcus Reed? – O dedo de Val fica pairando em cima do link no artigo.

Marcus arranca o celular de Val.

– Ah, não. Não clica nisso. É vergonhoso. A Wikipédia sempre escolhe a pior entre as piores fotos já tiradas.

– Você é um astro de cinema?

Val consegue vislumbrar essa possibilidade. Marcus tem traços que são de tirar o fôlego, e algo na presença dele lhe causa uma reação imediata. Talvez ele cause isso em todo mundo.

– Claro que não. Fiz algumas coisas depois do nosso programa, bobagens de estrela mirim. Uma série de comédia na adolescência. Era horrível, ninguém assistia.

– Eu assisti. – Javi está com a cabeça encostada no vidro. Sentou-se no banco de trás com Val, mas está de óculos escuros e ficou praticamente calado.

O olhar de Marcus se dirige a Javi, emocionado e surpreso. Como Javi não fala mais nada, Marcus prossegue:

– De todo modo, troquei tudo isso pelo glamuroso mundo da gestão, nível médio na hierarquia.

– Depois do programa vocês continuaram mantendo contato? – Val não consegue dizer "nosso" programa. Será que fez mesmo parte de um grupo de atores mirins? Como poderia se esquecer de algo assim?

A pergunta de Val paira no ar, com um peso inesperado. Por fim, Isaac pigarreia no banco do motorista.

– A gente se dispersou. Não teve muita escolha, já que todo mundo era criança. Você ficou no rancho esse tempo todo? Nunca morou em nenhum outro lugar?

– Nenhum outro lugar.

Val fica observando a paisagem. Estão na estrada há uma hora. Não se afastava tanto do rancho desde... quando? Depois da puberdade, mudou de aparência ao ponto de o pai, às vezes, deixá-la sair para ir ao mercado com Glória, mas essas saídas foram poucas, com um longo intervalo entre uma e outra. Quando chegou à casa dos vinte anos, de vez em quando ia para o bar à noite com os peões, atrás de quem desse mole. Mas, depois do derrame do pai, não saía quase nunca. Se não saísse, ficar se tornava mais fácil.

– Você deve andar bem a cavalo – comenta Marcus.

– *Humm*. Sabe essas pessoas que nascem com o cérebro programado para amar cavalos e não podem fazer nada a respeito? Essa gente que precisa ter cavalos na vida? É, eu não sou dessas. Morro de medo.

– De cavalos ou das pessoas que gostam de cavalos? – pergunta Javi.

– De cavalos. As pessoas que gostam de cavalos são um amor.

– Que vida legal, ter medo de cavalos e ser rodeada por eles.

Javi aperta a ponte do nariz por baixo dos óculos e respira fundo várias vezes. Definitivamente, está passando mal por estar dentro de um carro em movimento. Val fica imaginando por que Javi não pediu para se sentar na frente. Mas Marcus é um sujeito tão grande que ficaria mal acomodado ali atrás. Talvez os dois já tivessem combinado isso antes.

– O que você faz da vida? – pergunta Val para Javi, tentando distraí-lo.

– Sabe essas pessoas que nascem com o cérebro programado para serem advogados impiedosos e não podem fazer nada a respeito? Essa gente que precisa advogar e ser impiedosa? É, eu sou desses. Morro de medo dessa gente.

– Pelo menos seus dentes são menores do que os dos cavalos – comenta Val, o que lhe rende uma risada.

Ela fica olhando pelo retrovisor, na expectativa, para ver se Isaac vai comentar o que faz da vida, mas ele não dá nenhuma informação por livre e espontânea vontade.

Val vê o próprio reflexo, de relance. Os olhos do pai eram redondos, de um azul turvo, tinham os cantos externos voltados para baixo, davam a impressão de que o rosto dele sempre estava meio triste. Os olhos de Val são amendoados, de um castanho escuro. Será que ela tem os olhos da mãe? Quando as duas se encontrarem, será que vai ter a sensação de estar sendo observada por uma parte de si mesma? O que será que vai dizer? O que ela quer que a mãe diga? Quando tenta imaginar esse momento, nada lhe vem à cabeça.

– E o programa? – Val precisa fazer aqueles três homens continuarem falando, precisa obrigá-los a preencher os silêncios, para não ter que pensar no lugar aonde está sendo levada. Uma placa de saída declara que a localização atual é Pocatello. Ela tem vontade de dizer esse nome em voz alta e de brincar com a sensação que provoca na língua, dando pulinhos em staccato. Existem tantos lugarezinhos engraçados no mundo, e Val viu tão poucos deles. – Que idade eu tinha quando participei do programa?

Javi baixa os óculos de sol e fica examinando o rosto de Val.

– Você não se lembra de nada mesmo, não é?

Val faz que não, e Javi bufa.

– Deve ser legal isso.

– Por quê? Era ruim?

– Não – Isaac vai logo respondendo, dando seta para sair da pista expressa. – Não era ruim. Era...

– Era incrível, até que deixou de ser – completa Marcus. – E foi difícil sair do programa de um jeito tão abrupto.

Javi assente, de má vontade.

– É. Bom, você tinha... o quê, uns oito anos? Quando tudo aconteceu.

O coração de Val se sobressalta, em alerta. Não deveria ter entrado naquele carro. Estava em segurança sem aquelas informações. Talvez devesse ter ficado no rancho. Talvez não queira saber de que o pai a escondeu durante todos esses anos. Ele não conseguia olhar diretamente para a filha boa parte dos dias, mas cuidou de Val, não cuidou? A ensinou a ler e a escrever, a consertar motores e a dar pontos em ferimentos, para fechar cortes no corpo com as próprias mãos.

Mas ele também mentiu. E agora Val não pode acreditar em nada que se refere à vida que os dois passaram juntos.

– E aí o programa terminou. – Isaac entra em um posto de gasolina e para na frente de uma das bombas. – Não tinha como continuar, não depois de você ter ido embora.

Val sabia. Tinha feito alguma coisa, e era por isso que o pai a levou e a escondeu. Atrás de toda porta fechada existe uma gosma de vergonha que vaza e se esparrama: a certeza que Val sempre carregou de que tinha feito uma *coisa ruim*. Só não consegue se lembrar do que foi.

Mas eles conseguem.

– O quê... – Ela coloca a mão na própria garganta, apertando a veia do pescoço, que está saltada por causa dos batimentos acelerados. Tentando encurralá-la entre os dedos, para que a pulsação diminua. – O que foi que aconteceu?

Javi e Marcus saem rapidamente do sedã, como se não aguentassem mais ficar ali dentro.

Javi vai andando em direção à loja de conveniência. Marcus se espreguiça como se tivessem passado mais de uma hora dentro do carro, de um jeito que faz Val ter certeza de que ele está evitando olhá-la nos olhos.

Isaac sai do carro e abre a porta para Val.

– A gente era criança. É difícil lembrar detalhes e falar sobre isso. E Jenny pediu para não comentarmos nada, nenhuma informação ou lembrança. A apresentadora do podcast não quer que um influencie o que o outro vai dizer.

É tanto uma decepção como um alívio. Uma coisa é suspeitar que fez algo imperdoável. Outra, bem diferente, seria confirmar isso. Mas... Val não pode deixar de sentir que há outro motivo para os três evitarem tocar no assunto. Não pode ser só para proteger a pureza das lembranças que vão sair no podcast.

– Enfim – intervém Marcus com um sorriso que pontua a mudança de assunto, deixando de lado aquela conversa triste. – Passamos, o quê... uns dois anos juntos? Então, provavelmente, você deve ter começado no programa quando tinha seis anos? – Marcus olha para Isaac em busca de confirmação, mas ele dá de ombros, evasivo.

– Difícil ter certeza. – Isaac fica olhando para as chaves do carro que estão na sua mão, como se fossem mais pesadas do que deveriam ser. – O tempo passava de um jeito diferente naquela época.

– Passava mesmo. – O olhar de Marcus volta a ficar com aquele ar distante. Ele meio que põe a mão no próprio ombro, cruzando o braço em cima do coração. – Tipo... tipo como se a gente fizesse isso desde sempre e fosse fazer isso para todo o sempre. Até que tudo acabou. E agora estamos aqui, e eu diria que parece que não passou tempo nenhum, mas, na verdade, passou tempo demais. Acho que esse reencontro vai fazer bem pra todos nós. Podemos conversar sobre tudo o que aconteceu. – Marcus fica olhando para o verde-vibrante do verão de Idaho, e Val não saberia dizer se ele gosta ou não do que vê. Muda o foco, se vira para Val e baixa a mão. – Você deveria dar uma passada no reencontro, depois de ver sua mãe. Se quiser. Tenho certeza de que, depois que cada um der sua entrevista, não vai ter problema a gente ficar conversando sobre nossas lembranças.

Val imagina as lembranças dos três como se fossem moedinhas reluzentes. Quer segurá-las nas próprias mãos, agora mesmo. Mas, pelo jeito, vai ter que esperar.

– Só vocês três vão participar?

– Jenny ajudou a organizar – responde Isaac. – Ela já está lá, com a apresentadora do podcast.

Jenny. Lá vem esse nome de novo. Que não significa nada para Val, mas ela tem receio de que, se admitir isso, possa magoar alguém.

– Onde fica "lá"? É em Idaho? Quanto falta?

Marcus lhe dá um sorriso de censura.

– Ah, essa é aquela informação que você deveria ter pedido em primeiro lugar e passado pra alguém da sua confiança. Vamos para o sul de Utah, no deserto onde ficava o estúdio. Nós três estávamos esperando uma escala no aeroporto de Salt Lake City quando Isaac disse que achava ter te localizado. E aí alugamos um carro e viemos correndo pra cá.

– E *você,* contou pra alguém da sua confiança que estava indo de carro para o meio do nada, em Idaho, atrás de uma mulher com quem não falava há décadas? – Val arqueia uma das sobrancelhas, e Marcus cai na risada, como se lhe desse os parabéns.

Então Val não é a única impulsiva da turma. Os três renunciaram a seus lugares em um voo em troca de uma viagem de carro para o interior de Idaho, na esperança de encontrá-la. Isso a faz se sentir menos boba. Eles também não tinham nenhuma garantia.

Mas Marcus tem razão sobre uma coisa.

– Posso usar o celular de alguém? – pergunta Val.

Isaac passa o dele, e Val manda uma mensagem rápida para o único número de celular que conhece. E que também – o que é mais deprimente – é o da única pessoa que sentirá sua falta. A mensagem para Glória é tanto um pedido de desculpas por ter ido embora quanto um aviso de que ficará fora por alguns dias. Val se sente culpada, e não é pouco. Glória também está de luto. Mas ela sabe que, se tentar explicar o que está fazendo, vai se dar conta de que é uma burrada ridícula e se convencer a cair fora.

Tudo em relação a essa viagem é uma péssima ideia. Mas isso, sabe-se lá como, a torna mais sedutora. Como ceder ao impulso em vez de ceder à dor e à raiva, tipo pegar um desconhecido no bar em vez de ter um relacionamento ou um vínculo de verdade com alguém.

Mas... merda.

– Vocês vão de avião? Estamos voltando para o aeroporto? – O dinheiro de Val é contado, e ela não tem nenhum documento.

Isaac pega o celular de volta e começa a encher o tanque.

– Só tem voo amanhã. Se a gente for de carro, vai chegar mais rápido.

Como ficar parada a deixa muito nervosa, Val entra no posto para ir ao banheiro e comprar uma garrafinha d'água. A lojinha é minúscula e antiga, mas bem cuidada, um labirinto de gôndolas aramadas com qualquer coisa que alguém possa, de repente, precisar ao fazer uma parada rápida em Pocatello. Javi passa por ela quando sai, agarrado a uma sacola que – assim espera Val – deve ter remédio pra enjoo.

Depois de uma reflexão agonizante a respeito de quanto gastar com salgadinhos, Val leva sua seleção até o balcão. A pessoa do caixa é jovem, de vinte e poucos anos, tem cabelo curto e desgrenhado, olhos enormes e usa um crachá onde está escrito BRANDON. Brandon mal a olha, e vai registrando a compra de Val em silêncio.

– Ô, Mack! – grita uma mulher do quartinho de despensa que fica nos fundos. A mudança na pessoa do caixa é instantânea: ela endireita a postura e seu rosto se ilumina. – Encontrei uma caixa inteira de bolinhos que venceu semana passada! Nossa noite romântica é por minha conta, amor!

A pessoa do caixa solta uma risadinha estridente, e Val tem consciência de que acabou de testemunhar algo íntimo e precioso. Gostaria de ser capaz de transformar alguém com um simples chamado.

– Algo mais? – A pessoa aponta para um expositor de bilhetes de loteria e chicletes. O de canela era o preferido do pai. Ele pegava um e partia ao meio. Val sempre aceitava, ficava feliz de poder dividir alguma coisa com o pai, apesar de odiar o gosto e de cuspir fora assim que saía do campo de visão dele.

Agora está cuspindo no pai, na única coisa que ele lhe pediu na vida: permanecer em segurança e escondida. Ainda está com o vestido do funeral, foi rápido assim para Val abandonar o desejo do pai.

Que loucura. Vai ligar para Glória e pedir para ela vir buscá-la. Voltar para o rancho, para a vida que conhece. Pôr esse deslize na conta do luto e criar coragem de apenas ligar para a mãe, como qualquer pessoa normal faria. Não conhece aqueles homens, não se lembra de *Mister Magic* nem de nada disso e...

– Pronta? – pergunta Isaac. Ele a observa com os olhos enormes, como se não conseguisse enxergar mais ninguém no mundo. Isaac encosta a mão na lombar de Val, com seus dedos compridos e finos. Ela sente um esboço de algo e, desta vez, não é medo nem lembrança, é...

Esperança?

Val já foi encontrada. Não pode voltar atrás, não de verdade. Não pode mais viver no limbo, suspeitando, mas sem saber. É covardia, e Val não é covarde. Ela paga, lança um último olhar para a pessoa do caixa, que agora está encostada no balcão, olhando, por uma porta aberta, para a pessoa que a faz tão feliz que muda tudo.

– Pronta – responde Val. Não está, mas precisa estar. Chegou a hora de mudar.

Para: Jenny.Poplar@zmail.com
De: mci@mci.biz

Era ela. Está com a gente, mas não se lembra de nada. Achou que a mãe tinha morrido, quer encontrá-la. Me liga?

Para: mci@mci.biz
De: Jenny.Poplar@zmail.com

Não a leve para encontrar aquela mulher. Ela vai estragar tudo. Não precisamos falar. É só não deixar a Val sumir de novo. Nada disso vai dar certo sem ela. Você sabe quanto precisamos dela e o que está em jogo. Traga Val até aqui que eu cuido do resto. Não pense demais. Estamos quase lá.

QUATRO

Javi está com enxaqueca, então eles não conversam muito. É gostoso voar pela estrada, vendo a paisagem mudar. Quem sabe apenas continuem andando de carro pela estrada, para sempre. Val não acharia ruim. É menos apavorante do que o destino para o qual o carro a está levando.

Meu Deus, quando se tornou tão cagona? Deveria se sentir feliz por se reencontrar com a mãe. Mas por que o pai mentiria para Val em relação a isso? Será que foi ele quem fez uma coisa ruim, afinal de contas?

Mas, se foi o pai e não ela, por que a vergonha gruda nela feito piche? Talvez sua vergonha seja um erro, uma mentira ou um mal-entendido. Talvez reencontrar a mãe enfim a liberte. Ela se imagina caminhando até chegar a uma porta. Batendo. Esperando alguém abrir.

Pensar em uma porta se abrindo para o desconhecido a deixa enjoada. Ou talvez o mal-estar de Javi seja contagioso. Val engole em seco, tentando se livrar daquela sensação. Vai andar até uma casa, e a mãe estará do lado de fora, cuidando do jardim. As duas terão os mesmos olhos quando os olhares se encontrarem, e ela vai saber que é a filha sem que Val precise dizer nada. E aí...

Será que a mãe vai chorar? Será que Val vai chorar? Ela não quer chorar. Talvez as duas se abracem. A mãe vai explicar tudo de um jeito que absolva o pai, de um jeito que absolva Val, de um jeito que absolva todo mundo. Todos serão inocentes, os últimos trinta anos foram um erro.

Não, essa sensação é ainda pior. Val precisa pensar em outra maneira de essa situação se resolver bem.

Fica repassando cenas na cabeça, como se domesticasse um cavalo, quando passam pelo norte do estado de Utah. O vale de Salt Lake é tão plano e amarronzado que as montanhas ao redor mais parecem parênteses cinzentos, contendo a frase ríspida do deserto. Glória foi algumas vezes a Salt Lake fazer compras com as filhas. Val sempre quis ir junto, mas não pôde. Tanto porque não podia se afastar muito do pai como porque não era uma das filhas de Glória. Por mais legais que fossem com Val, ela não era da família.

– Val? – Os olhos de Isaac estão fixos nela, pelo retrovisor. – Você está bem?

– Estou ótima – responde ela, porque é isso que sempre responde. Se falar com firmeza suficiente, Val também acredita. Como se "ótima" fosse um cobertor que pode puxar dos ares e usar para se cobrir.

– Que tal uma leitura dramática? – sugere Marcus. – Tem uma página do Reddit em que as pessoas contam que a mãe babava pelo homem da capa. – Marcus ergue e baixa as sobrancelhas de um jeito lascivo. Val supõe que o homem da capa seja o personagem principal do programa deles.

Javi solta uma risada que é mais um suspiro do que um riso.

– Credo, que tara esquisita. Por favor, leia todas agora mesmo.

Marcus pigarreia:

– "Será que era ele, conjecturou minha mãe, uma noite depois de tomar muito vinho de caixinha, ou será que era porque ele os distraía por alguns míseros minutos, e eu conseguia ter um tempinho só pra mim? O jeito que aquela capa caía, sugerindo o que poderia ter por baixo..."

Javi ergue a mão.

– Mudei de ideia. Não quero ouvir.

– "Qual é a sua..." – prossegue Marcus, mudando de voz para indicar que agora está lendo o que outra pessoa escreveu – "... justificativa para sexualizar um personagem infantil clássico?" – Ele muda de voz outra vez. – "Calma, até parece que ela quer..." – Meu Deus, não posso ler essa parte em voz alta. Digamos apenas que envolve uma cena de sexo explícito com um dos residentes do Bosque dos Cem Acres.

– É o Tigrão. Só pode ser o Tigrão. – Javi ainda está de olhos fechados, mas a conversa lhe trouxe de volta à vida.

– "Ninguém se lembra de fato da aparência de Mis... da aparência do homem da capa nem de quem ele era, por isso não estamos sexualizando um personagem, estamos sexualizando a lembrança de um personagem." – Marcus para de ler em voz alta e passa os olhos pelas postagens. – Alguém mencionou o Bowie em *Labirinto*, e aí outra pessoa o detonou por mudar de assunto, e por aí vai. Será que tem *fanfic* do homem da capa?"

Val quer esclarecimentos.

– O que é *fanfic*? E você está falando do Mister...

Javi dá um tapa na boca de Val. Está com os olhos vermelhos e semicerrados. Balança a cabeça antes de soltá-la.

– Não dizemos esse nome fora do círculo.

– Quê? – Val fica perplexa. Olha para o banco da frente, mas Isaac está com os olhos fixos na estrada e Marcus não se vira para encará-la. – É tipo... Que peça é aquela em que as pessoas não dizem o nome de uma pessoa?

– *Macbeth* – responde Marcus. – Algo assim, acho. Talvez. Sei lá. Achei que só eu ainda obedecia às regras.

– Eu também não falo – declara Isaac.

– Mas por quê? – questiona Val.

– Você que inventou essa regra. – Javi se recosta no banco, convencido de que ela não vai tentar dizer aquele nome outra vez. – Eu é que pergunto.

Val resiste ao ímpeto de rebater que não pode contar para eles, já que não se lembra. E, mesmo que pudesse, não dá para dizer que *eles* estão contando muita coisa para *ela*.

Só que Marcus percebe a irritação de Val. Seu tom não é venenoso quando diz:

– Era uma regra daquelas que a gente inventa quando é criança e nunca supera. Superstição. Não deixar o chinelo virado, senão a mãe morre, esse tipo de coisa.

– Então é uma superstição?

Marcus ignora a pergunta de Val e prossegue:

– Ou que se sentar perto demais da TV estraga a visão.

Isaac assente.

– Não poder comer nada meia hora antes de nadar.

O tom de Javi é mal-humorado, e ele está com o queixo erguido de lado.

– Ainda estamos tentando ser bonzinhos e obedecer às regras.

– "Conheça as regras, decore todas direitinho." – Val canta estes versos sem nem pensar direito. É algo que ela diz para as meninas do acampamento todos os anos.

– "Tropeços e armadilhas sempre haverá pelo caminho" – completa Javi. – "Mas você vai direto pra casa, sem nenhuma preocupação. Basta obedecer às regras e sempre prestar atenção."

– Como você conhece essa música? – Val está chocada. Achava que tinha inventado esses versos ou os aprendido em algum livro infantil há muito esquecido.

Javi arqueia uma das sobrancelhas castanho-escuras para ela.

– A gente deve ter cantado isso juntos umas cem vezes.

Val se recosta no banco, a cabeça girando.

– Eu não fazia ideia de que essa música era de algum lugar. Sempre esteve na minha cabeça, simples assim. – Ela tem uma coleção inteira dessas músicas com rimas bobas na cabeça. Val pode até não se lembrar de nada do programa, mas ele ainda está dentro dela, em algum lugar. Sempre esteve, sementes invisíveis que florescem de maneiras inesperadas.

Ela procura mais uma de suas canções meio rimadas.

– "Limpo e arrumadinho..."

– "Tudo em seu devido lugar" – completa Marcus. – "Para não deixar a escuridão entrar."

– Que esquisito, agora que parei pra pensar. Que escuridão a gente não queria deixar entrar?

Javi dá de ombros.

– É mal escrito. A maioria é assim, acaba com uma rima fácil em vez de fazer sentido. – Ele ergue o celular e sacode o aparelho, em um gesto de censura. – Jenny mandou mensagem de novo, só pra se certificar de que não estamos falando do programa. Ela é muito insistente.

Val míngua. Não tem nenhuma lembrança própria. Precisa das lembranças deles. Mas certamente vai conseguir ouvir a gravação deles. Vão continuar em contato. Afinal de contas, Isaac e os outros dois não mediram esforços para retomar o contato com ela. Val já não consegue mais se imaginar voltando para a vida que tinha sem eles. Estar ao lado deles lhe dá a sensação de que está tudo certo. Correto, mas incompleto. Como se ainda faltassem peças. Val se pergunta se Jenny pode ser uma dessas peças.

Apesar de tudo, Val já se sente um pouco melhor, como se aquilo que trancafiou, seja lá o que for, estivesse mais perto de vir à tona. Talvez consiga mesmo se lembrar das coisas, caso se esforce. Talvez o reencontro com a mãe não seja difícil, mas divertido. Talvez descubra que o pai fugiu com ela no meio da noite, trinta anos atrás, mentiu a respeito da existência da mãe e passou cada instante de cada dia desde então se escondendo por motivos normais e fáceis de entender.

Ah, tá.

Já que não podem falar do programa, podem falar de coisas que giram em torno dele.

– Por que estão fazendo um podcast do nosso reencontro? – pergunta Val.

Marcus responde:

– Acho que o nosso programa foi um dos que ficou mais tempo no ar de modo contínuo, o que o torna importante.

– Ou apenas longo. – Javi faz careta. – Ter uma história comprida não torna nada importante ou valioso em si. – O humor de Javi voltou a ser uma tempestade em formação, prestes a desabar, cessando toda e qualquer conversa.

Val olha pelo vidro quando saem das partes mais habitadas de Utah e entram em um longo trecho desértico de rodovia. Sem gente impondo o paisagismo ou o cultivo agrícola, a vegetação é esparsa, arbustos verdes e raquíticos em morros marrons e desertos. Como nenhuma grande opção para o jantar se apresenta, eles comem salgadinhos. A noite torna tudo arroxeado, porque o crepúsculo dura até bem depois das nove da noite. A única parada que fazem é em um posto de gasolina desocupado, quando passam por um desfiladeiro. Assim que as portas do carro se abrem, o vento fustiga os quatro com tanta força que falar se torna impossível. É um alívio voltar e se fechar no silêncio protegido do carro alugado.

Isaac não dá partida logo de cara. Fica olhando para o celular, franzindo o cenho.

– Júbilo fica depois do nosso destino.

A confusão que Val sente deve ter ficado estampada em seu rosto, porque Isaac dá um sorriso.

– Júbilo é o nome da cidadezinha onde sua mãe mora.

– Isso faz mais sentido do que tentar entender por que você estava falando em metáforas.

Javi dá risada.

– "Júbilo fica depois do nosso destino". Parece um daqueles posts inspiracionais sem sentido do Facebook.

– Minha mãe compartilharia essa – comenta Marcus.

– Pode deixar a gente antes? – pergunta Javi, dirigindo-se a Val. – Sou passível de mal-estar violento se acrescentarmos mais horas a essa viagem obscena de tão longa.

Eles já tinham perdido o voo por causa de Val. Claro que deveriam ter prioridade.

– Sim, sem problemas.

Só que Val se arrepende quando voltam para a estrada, e a noite enfim se apossa do infinito entardecer veranil. Mesmo que a primeira parada esteja perto e não demorem para chegar a Júbilo depois disso, já é tarde. Ela vai mesmo bater na porta da mãe de surpresa tarde da noite?

Talvez tenha algum hotelzinho barato em Júbilo. Hoteizinhos baratos não pedem documentos. Val, na verdade, não sabe como esse tipo de hotel funciona, agora que parou para pensar. Será que poderia pagar em dinheiro?

Uma placa avisa que não há nenhum posto de conveniência naquela saída específica. Isaac a pega, e a rodovia fica para trás. Agora, estão em uma estrada de duas pistas, sem nenhum tipo de sinalização. A única coisa que há para ser vista são os arbustos esqueléticos, que, iluminados pelo farol do carro, pipocam rapidamente, de um jeito chocante, e dão um susto em Val toda vez que aparecem, quase passando a impressão de que são os arbustos que correm na direção deles, e não o contrário. A escuridão é um túnel que os cerca, dando a sensação de que eles são tudo que resta no mundo. Depois de um bom tempo – tempo demais – alguma coisa muda, até que enfim.

A estrada vira uma estradinha de terra.

– Esse não pode ser o caminho certo. – Javi se inclina para a frente e se segura no banco de Isaac, que dirige com todo o cuidado, porque o carro vai sacolejando pela estrada.

Marcus pega o celular, mas está sem sinal. Solta um grunhido de frustração e abre uma captura de tela com as orientações.

– Pegamos a saída certa. As orientações estavam bem claras. Não passamos por nenhum desvio, nenhuma outra estrada nem nada.

– Mas não tem nada aqui. Estamos no meio do nada.

Val fica olhando pela janela. No rancho, sempre tinha a sensação de que a escuridão estava cheia de coisas. Árvores farfalhando, os suaves ruídos dos animais próximos, a cabana minúscula onde morava com o pai. Ali, a sensação é de vazio, tanto que a faz ter vontade de pegar na mão de Javi, só para ter certeza de que não está sozinha. Ela tem um estranhíssimo ímpeto de mandar Isaac dar meia-volta. Levá-los de volta à rodovia, de volta às luzes.

A paciência no tom de Isaac é contrariada pela força com a qual ele aperta o volante.

– Temos bastante gasolina. Vou rodar por mais meia hora. Se não acharmos a casa, vamos dar meia-volta e encontrar um lugar para passar a noite.

– Casa? – pergunta Marcus, surpreso. – Achei que a gente estava indo para o lugar onde o programa era gravado.

– E estamos. – Como Isaac não diz mais nada, Javi cutuca a parte de trás do assento dele.

– O programa era gravado numa casa?

– Nossa família tinha que morar em algum lugar durante as gravações. – Isaac dá de ombros, mas mais parece um tique nervoso. – Nenhum de vocês se lembra da casa?

Ainda bem que Val não é a única. Javi e Marcus fazem que não. E aí Javi torna a falar:

– Está muito tarde para a Val bater à porta da mãe de surpresa.

Val não queria admitir aquilo para si mesma, mas Javi tem razão. Ela já está aparecendo do nada, depois de trinta anos. É melhor não fazer isso tarde da noite. Qualquer um entraria em pânico se alguém batesse à porta tão tarde assim. Não quer que um pico de ansiedade marque o reinício do relacionamento com a mãe.

– Fique com a gente por hoje – convida Marcus. – Seja lá aonde formos parar. E aí o Isaac pode te levar amanhã de manhã. Tudo bem?

Val supõe que Marcus perguntou para Isaac se estava tudo bem, mas estão esperando pela resposta dela. Val assente, com uma onda de alívio. Tanto por ter onde ficar naquela noite quanto por poder postergar o reencontro com a mãe. Vai ser melhor no dia seguinte, depois que tiver dormido.

Só que eles ainda estão na estrada, e não tem nada lá fora. Val muda de posição, fica olhando pelo para-brisa, como Javi. Marcus se agarra ao apoio de braço. Isaac vai para a frente, como se estivesse pilotando um navio no meio de um furacão, apesar de estarem cercados por uma noite que é imóvel e um breu em igual medida.

O tempo vai se arrastando com uma tensão terrível. Se não encontrarem o destino, já era. O feitiço que a fez entrar naquele carro e naquela aventura vai se quebrar. Os outros três vão se dar conta de que trouxeram uma perfeita desconhecida e se arrepender de tê-la convidado. Afinal de contas, como a infância pode estabelecer uma conexão entre eles se, na ponta de Val, não sobrou nada a não ser estática? Ela não tem dinheiro suficiente para passar a noite em um hotel barato, não sabe como encontrar a mãe sem a ajuda de Isaac e não tem como voltar para casa. Que inferno, nem casa Val tem, não de fato. Não sem o pai.

Parte da razão para ter entrado naquele carro, parte daquilo de que está fugindo, é a percepção de que ela estava *esperando* o pai morrer. Val se odeia por isso, mas a morte do pai era sua linha de chegada. O fim de seu turno. E ela foi obrigada a decidir se ia embora ou se continuava ali. Se prosseguia com aquela vida que o pai lhe deu.

Fugir foi mais fácil do que tomar uma decisão. Apesar de, no fim das contas, fugir ter sido uma decisão por si só. Ela foi embora. Ama Glória, ama o rancho e ama as alunas. Mas essa não é a vida *dela*. Não há nada para Val lá no rancho. *Tem* que existir alguma coisa à frente deles.

Tem que existir.

Os pneus do carro zunem em contato com a estrada de terra, um ruído constante. Que está ficando mais alto. Será que os pneus estão ficando carecas ou será que a estrada está mudando?

Val estende a mão, um gesto inconsciente, exigindo o que quer: uma casa. Um lugar onde possa descansar e ficar em segurança, protegida da escuridão da noite e da escuridão de seus pensamentos. Com Isaac, Javi e Marcus. Juntos, para que os três se sintam conectados a Val. Para que os três continuem a ajudando. Para que os três não a abandonem.

E aí, como em um passe de mágica, como quando se projeta uma imagem na mente antes de pegar no sono e descobre que ela se tornou real em sonho, uma casa brota no vazio da escuridão.

– Que *porra* é essa? – sussurra Javi.

A câmera acionada por movimento começa a gravar primeiro, alguns segundos de escuridão apenas com ruídos de passos leves.

Em seguida, a luz inunda a imagem, um branco estourado até que as lentes se ajustem, revelando uma mulher parada diante da parede com a tela.

A mulher é baixinha, e seu corpo indica que seria muito mais rechonchuda e curvilínea caso não lutasse brutalmente contra isso. Está usando uma camisa preta esvoaçante de manga curta e calça cáqui. Nenhum acessório, com exceção da aliança de casamento, um solitário antigo que não reluz nem brilha, mas está empoleirado em seu dedo feito um peso esquecido. O cabelo, loiro platinado com a raiz castanha e grisalha, está preso em um rabo de cavalo baixo: não é uma comprida cascata nem um curtinho estiloso.

Prático. Padrão. O único indício de sua personalidade vem do sapato, uma ousada sapatilha roxa.

Os olhos estão fixos na parede. Ela se aproxima, saindo em parte do enquadramento. Os olhos estão exaustos, o corretivo não consegue esconder as bolsas na parte de baixo e as rugas prematuras ao redor deles. A mulher ergue a mão e a encosta com timidez – nervosismo, até – na tela. O olhar vaga para lá e para cá, procurando alguma coisa.

Quando fala, não fica claro se está se dirigindo à câmera ou à tela sem vida.

– Eles estão quase chegando. Nós a encontramos e vamos dar um jeito nisso, até que enfim.

Seja lá o que seus olhos estejam buscando, não encontram. A mulher os fecha, inclina a cabeça até a testa quase encostar na tela. Ela abraça o próprio corpo.

– Posso... – O tom de voz baixa drasticamente, até chegar a um sussurro de súplica. – Posso vê-lo? Por favor?

Segue-se um longo silêncio, como se a mulher estivesse ouvindo alguma coisa, mas o áudio não registra nada. Por fim, dá um passo para trás, os olhos ainda fechados.

– Eu sei. Sei que não é assim que funciona. Eu só... – Por um instante primoroso, seu rosto é pura emoção, dor, raiva e luto, e ela é linda. Em seguida, assim como o cabelo, que foi puxado para trás com brutalidade e preso em um rabo de cavalo, seus traços são repuxados em uma máscara neutra de simpatia. A mulher corrige a postura, endireita os ombros, sorri.

– Preciso verificar se está tudo pronto. Se eu não for, ninguém mais vai fazer isso.

Ela sai do recinto pisando firme, sem olhar para trás. As luzes, mais uma vez, são desligadas segundos antes da câmera. Há um ruído que parece um suspiro na escuridão, e a transmissão termina em seguida.

TRANQUE A PORTA NO ATO

Isaac põe o carro em ponto morto. Ninguém faz menção de sair.

Javi aponta para a cena que aparece do lado de fora do para-brisa.

– E, de novo, pergunto: que porra é essa?

A casa se ergue, solitária, no meio do desértico breu noturno.

"Ergue" é a palavra certa. Val pensa que todas as casas podem ter raízes profundas, partes inteiras do corpo escondidas debaixo da terra. Mas aquela casa, aquela casa inexplicável, se recusa a permanecer enterrada e está de pé nas patas traseiras, pronta para dar o bote.

A fachada confunde o olhar. Tem um térreo de estuque branco perfeitamente normal, com venezianas brancas e porta branca emoldurada por janelas de vitral com desenhos geométricos. Mas, em vez de terminar no segundo andar, com um telhado de duas águas, as janelas continuam subindo, subindo e subindo, até formar seis andares, sem nenhuma variação. A impressão é de que alguém pegou seis casas térreas e as empilhou, uma sobre a outra. Uma pequena sacada se destaca em cada andar, e a balaustrada mais parece nada mais nada menos que a espinha dorsal exposta da criatura que a casa é, seja lá que criatura for.

– Deveria ser como um prédio, certo? Tipo, deveria fazer sentido. Mas esse lugar tem cara de... – Marcus para de falar, não consegue terminar a frase.

– Parece que alguém pôs uma casa normal num cavalete medieval e a torturou até falar chega – comenta Javi.

– É tipo uma casa dos espelhos mágicos – completa Marcus.

Val nunca pôs os pés em uma casa dos espelhos, mas nada naquela casa lhe parece mágico. A sensação é de que tem algo errado, alguma coisa esquisita. Não apenas na casa em si, o que poderia ser atribuído a um erro de avaliação arquitetônica de proporções épicas. Mas também na localização: a estrada de terra termina em uma entrada pavimentada, como se fosse um bairro normal. Mas não há nada em volta de onde estão em um raio de quilômetros. Quilômetros, quilômetros e mais quilômetros.

Quem mandaria construir uma casa assim e por quê?

É o *porquê* que deixa Val com a pulga atrás da orelha.

Ela não quer ficar ali. Sente isso até os ossos. Seus instintos lhe disseram que conhecia aqueles três homens, que podia confiar neles, mas agora esses mesmos instintos lhe dizem que aquela casa – prédio... seja lá o que aquilo for – não é sua amiga.

É uma coisa irracional, mas Val não está nem aí. Abandonou a racionalidade quando entrou naquele carro. Recosta-se no banco e cruza os braços.

– Não. Não vamos dormir nessa coisa.

Marcus dá a impressão de ter ficado aliviado com a declaração de Val e vai logo balançando a cabeça, concordando.

Javi tamborila os dedos na parte de trás do banco de Isaac, um gesto de nervosismo.

– Por que ter uma casa no meio do nada? Não faz o menor sentido. A gente não pode ter filmado o programa aí dentro. É pequena demais pra isso.

Isaac se vira para trás, as sobrancelhas se arqueiam acima da armação do óculos. Val não tinha reparado nelas até então. São elegantes, arcos escuros de emoção.

– Não foi aqui que filmamos o programa. Foi aqui que nossos pais moraram enquanto fizemos o programa.

Javi solta uma risada dúbia.

– Não tem como *minha* mãe, Vivienne Chanel Chase, da família Chase de Nova York, ter morado nessa casa.

Só que não é uma casa. É um predador que assumiu a forma de algo conhecido, algo reconfortante, para atraí-los e convencê-los a entrar.

Val coloca a mão na testa. Está perdendo a cabeça. O estresse da morte do pai, a revelação de que a mãe ainda está viva. É demais, e seu cérebro está se rebelando, vendo e sentido ameaça onde não existe.

– Eu era mais velho do que todos vocês. – Isaac fala com um tom melancólico. Triste, até. – O mais velho de todos. Eu me lembro de vir aqui com meus pais, antes de o programa ter começado.

– Espera aí. Quer dizer que os pais de *todos nós* moravam aqui? Minha mãe morava aqui? – pergunta Val. – Mas não mora mais?

Isaac faz que não.

– Foi todo mundo embora depois que o programa terminou. Ela ficou em Júbilo, assim como muitos dos outros pais, incluindo os meus. É por isso que sei onde sua mãe mora.

– E você não consegue pegar o número do celular dela com sua mãe? – indaga Marcus. – Aí a Val pode ligar antes de aparecer por lá.

Pelo jeito, Val não é a única que se preocupa em como vai ser o reencontro com a mãe. É legal saber que Marcus pensa no bem dela.

– Elas não são amigas – responde Isaac.

Ele não dá mais explicações. Val intui que há mais sobre essa história, mas, antes que possa perguntar, Javi se intromete na conversa.

– Você falou que nossos *pais* moravam aqui. A gente não morava aqui também? – Javi, o advogado, repara num detalhe em que Val não tinha pensado.

– Não. A gente ficava em outro lugar.

– Tipo um acampamento? – indaga Marcus, perplexo. – Mas feito para um programa? Que estranho.

– Não tinha muita opção de estadia aqui nesse fim de mundo – responde Javi.

– Por que inventaram de filmar justo no deserto de Utah, com tanto lugar possível?

Val perscruta a escuridão que os cerca, tentando avistar alguma outra construção.

Não vê nada. Mas naquela casa, naquela casa impossível e inquietante, viveram seus pais. Juntos. Na época em que a mãe e o pai formavam uma família, antes que acontecesse o que quer que tenha acontecido. Talvez haja pistas lá dentro. Ou talvez seja só uma intuição, uma ideia. Talvez as lembranças tenham criado raízes ali, e Val consiga arrancá-las do meio da terra, ver o que tem se contorcendo feito minhocas por baixo da superfície.

Talvez, se Val conseguir ver como os pais eram antes, o depois faça mais sentido. Talvez se sinta preparada para reencontrar a mãe.

– Vamos dar meia-volta, procurar um hotelzinho barato – sugere Marcus, mas seu tom não é muito esperançoso. – Val disse que não vamos passar a noite aqui, e todos nós sabemos que ela é quem está no comando.

Val lhe lança um olhar intrigado. Ela nem viera para participar do reencontro. Por que estaria no comando? Mas, apesar da declaração que fez há poucos instantes, tem alguma coisa naquela casa que a deixa incomodada. Precisa descobrir o que é.

– Talvez a gente deva dar uma olhada.

Marcus e Javi ficam surpresos, mas Isaac solta um suspiro resignado.

– Não tem nenhum outro lugar pra gente ficar, de todo modo. A menos que queiram passar mais duas horas no carro.

– Ai, meu Deus, não – reclama Javi. E pega sua bolsa de viagem.

Val, a contragosto, pega a própria bolsa, abre a porta do carro e se encolhe toda por causa da rajada de frio. As noites de verão em Idaho têm uma temperatura agradável. Mas ali, no deserto, o vento a cumprimenta, tão cortante que chega a ser surpreendente.

E tem um zumbido, como quando a gente está perto de uma linha de transmissão elétrica. Val olha para cima, mas não vê nada além de um infinito derramamento de estrelas. O motor do carro deve ter ficado sobrecarregado.

Isaac apaga os faróis e desliga o veículo. Só que o zumbido não para. Faz Val apertar os dentes e atrapalha sua concentração. Talvez seja um gerador. De que outra maneira teriam como ligar coisas naquele lugar? A única fonte de luz vem da casa, como uma sentinela. Os demais saem do carro, seguindo seu exemplo.

Javi sacode o celular.

– Sem sinal. Como vamos falar com nossos filhos?

– Tem sinal de wi-fi – responde Marcus. – Jenny deve ter a senha, com certeza.

– Todos vocês têm filhos? – pergunta Val, distraída, sem tirar os olhos da casa, como se a construção fosse lhe revelar alguma coisa antes de ela entrar.

– Tenho um menino de sete anos. – Marcus mostra o celular para Val. Olha com ternura para a tela, mas também há um quê de dor em seu olhar. O arrulho de "ai, que fofura" que Val solta não é forçado. O filho de Marcus tem os mesmos olhos maravilhosos do pai, um menininho encantador.

– Tenho gêmeos de cinco anos que são um terror. – Javi pega o celular e mostra para Val duas crianças vestidas com roupas mais caras do que qualquer uma que ela já tenha tido na vida, o cabelo perfeitamente penteado, sorrindo para a câmera. Mas ambos têm um brilho nos olhos e uma retorcidinha no sorriso que a fazem suspeitar que aqueles cabelos perfeitos e aquelas roupas impecáveis não duraram muito tempo.

Isaac não pega o celular.

– Charlotte – diz, baixinho, olhando para a estrada na direção de onde vieram. Será que está esperando mais alguém chegar ou na dúvida se devem ou não ir embora?

– Quantas crianças dá isso? – pergunta Marcus.

Val lhe lança um olhar confuso. A conta não é difícil.

– Quatro.

– Não. – Marcus ri, apontando para a van estacionada na entrada da casa. Nela há um daqueles adesivos com bonequinhos-palito representando os integrantes da família: um pai, uma mãe e uma verdadeira tropa de bonequinhas de maria-chiquinha.

– Seis? – Javi solta um assovio, sem conseguir acreditar. – Seis filhos. E um cachorro.

– Vocês ouviram esse... – Marcus começa a falar, mas a porta da casa se abre.

Tem uma mulher parada lá, iluminada por trás, apenas uma silhueta de impaciência.

– É tarde, está frio e ninguém está de casaco. Entrem logo.

A mulher dá um passo para o lado, para que consigam passar. Como a impressão é de que seria um erro contrariá-la, todos se dirigem para a porta como se fossem uma pessoa só. A mulher entrega um folheto de papel dobrado para cada um que entra.

Val é a última. Olha para trás disfarçadamente, para a escuridão. Não sabe aonde aquela porta vai levá-la. Só sabe que aquele pressentimento de alerta que sentiu quando estava no carro voltou com força total, uma sensação de que algo ali está errado, esteve errado, estará errado. Mas se os pais dela moraram naquela casa, é um bom primeiro passo. E ela precisa mesmo de algum lugar para passar a noite. Quem sabe possa ficar na casa da mãe no dia seguinte.

Além do mais, sua desconfiança não faz o menor sentido. A paranoia que grita, atravessando seu corpo, é um resquício dos medos do pai, que obrigou Val a ficar no mesmo lugar por tanto tempo. É claro que qualquer lugar novo lhe daria a sensação de algo de errado e perigoso. Ainda mais se for algum lugar do passado dos dois, que levaria Val a obter respostas que o pai não queria que obtivesse. O pai não queria nem que ela tivesse perguntas.

Mas ele se foi, e ela está ali. Sendo teimosa, reúne o medo, o alerta, e os trancafia.

A mulher lhe oferece um folheto de papel dobrado. Val sacode a cabeça.

– Não, eu...

– São seus horários – dispara a mulher. Deve ser a dona do podcast.

Val pega o papel, mas tenta explicar.

– Não vim pra participar do reencontro, eu...

– Você não se lembra de mim.

Val se segura para não soltar um palavrão de cansaço. Então não é a dona do podcast. Logo...

– Jenny?

Jenny olha para Val de cima a baixo, uma única vez.

– Valentine – diz ela, e ouvir o próprio nome pronunciado por Jenny não transmite alívio, felicidade nem romantismo. Mais se parece com um veredito de culpa.

Em seguida, Jenny sorri, coloca a mão na lombar de Val e a leva casa adentro. Está quase mais frio em seu interior do que lá fora, e tudo é tão branco que fica difícil de avaliar o entorno.

– Fico feliz que tenham te encontrado. Nós, as meninas, juntas de novo. Vamos nos divertir como nunca.

Jenny fecha a porta com firmeza. Há uma mudança na pressão do ar. Como se sentisse necessidade de diminuir a pressão nos ouvidos, Val abre a boca, mas não sente alívio algum. Esperava que aquele zumbido fosse interrompido, mas continua alto e por toda parte. Ela o sente nos dentes.

– O que é isso? – pergunta.

– Isso o quê?

– Esse barulho.

Jenny dá de ombros.

– O ar-condicionado, eu acho.

Val nunca ouviu um ar-condicionado tão barulhento na vida. E olha que o casarão usava um climatizador industrial. Mas não vale a pena insistir. Ela olha para o papel.

– Só peguei uma carona para encontrar minha mãe. Mas ficou tarde demais para ir.

– Vamos logo cedo, assim que acordarmos – promete Isaac, olhando para o chão.

– Tudo bem se eu passar a noite aqui? Tem lugar? – É uma pergunta imbecil, dado o tamanho daquela casa. Mas Val fica com a impressão de que seria de bom tom perguntar.

– Claro que tem – responde Jenny, e o sorriso continua ali, mas é parecido com o estuque da casa: foi aplicado para esconder alguma coisa latente. – Claro que pode ficar aqui. Você faz parte da turma, não faz? – Ela passa a chave na porta, e a pressão que Val sentia nos ouvidos se dissipa com um estalo baixo e trêmulo. – Bem aqui, onde é o seu lugar.

capaechapéu
@conspiracoesnatv

Tá, escuta só, sei que isso logo, logo vai sumir porque eles sempre fazem isso – SEMPRE FAZEM ISSO – mas tenho que dizer uma coisa: todos os sites que comentam detalhes sobre *Mister Magic*, aquele programa antigo, são tirados do ar. Todos, um por um. Dá pra falar de algumas coisas relacionadas ao programa ou sobre o programa em geral, mas qualquer coisa mais substancial some. Semana passada, achei um blog que estava tentando localizar ex-integrantes do elenco. Hoje, voltei lá pra conferir uma coisa, e o site tinha sumido. Desaparecido. Como se nunca tivesse existido. E não é estranho o fato de nem o YouTube ter imagens do programa? Nem é assim tão antigo – o último episódio foi ao ar no começo dos anos 1990. Devia ter alguma coisa na internet, mas não tem nada. Já procurei por todo canto. E não tem nenhuma foto do set, ninguém tem nenhuma imagem das crianças, do Mister Magic nem de nada. E isso me deixa com a sensação de que eu inventei tudo isso, tipo, será que alucinei com esse programa que eu via todos os dias?? Então pedi pra minha amiga que é bibliotecária procurar na programação publicada pelas emissoras no jornal no fim dos anos 1980 e começo dos anos 1990, pra gente pelo menos conseguir descobrir em que canais o programa passava e, assim, quem sabe, descobrir o nome da distribuidora ou do estúdio, e nada.
N A D A. Não é nem citado em nenhum guia de programação televisiva que conseguimos encontrar. O que, mais uma vez, me dá a sensação de estar enlouquecendo, mas aí entro no Reddit e vejo gente falando que a mãe queria dar pro Mister Magic e como – como? Será que todo mundo, inclusive eu, sonhou com esse programa coletivamente? Como alguém pode se lembrar de uma coisa que, para todos os efeitos, nunca existiu??? EU AINDA SEI CANTAR A MÚSICA DE ABERTURA E AINDA FICO CANTAROLANDO A MUSIQUINHA DO RECATO QUANDO VOU ESCOLHER QUE ROUPA PÔR POR QUE NÃO CONSIGO ENCONTRAR NENHUMA LISTA DOS EPISÓDIOS NEM DESCRIÇÕES POR QUE TENHO A SENSAÇÃO DE QUE INVENTEI TUDO ISSO

CINCO

O lugar dá a impressão de que alguém pegou uma casa normal, perfeitamente banal e datada, e a descoloriu de cabo a rabo. A cozinha é pequena, em formato de L, com balcões de fórmica branca de cantos lascados e uma mancha descolorida, parece que alguém colocou uma panela quente onde não devia. A geladeira é branca e velha, o fogão é branco com queimadores de serpentina, o micro-ondas branco se apropria de um espaço valioso no balcão. Uma mesa para dois, pouco melhor do que aquelas mesinhas dobráveis de bar, fica no meio do piso de lajota, que faz a transição, sem mais delongas, para um carpete alarmante de tão branco. Tem um sofá branco acetinado com almofadas de renda branca. Em um rack encostado na parede fica a única coisa não branca à vista: um antigo televisor de tubo.

– Ai, meu Deus. – Javi ergue as duas antenas insectoides do aparelho e fica mexendo bem rápido nelas. – Lembra quando ficar trocando de canais significava virar um botão e passar por eles um por um? Minha babá tinha uma TV igualzinha a essa no quarto. A gente assistia à novela. Às vezes, eu tinha que segurar a antena pra imagem ficar mais nítida.

Marcus dá risada.

– Não sente muito perto. Vai estragar a vista, lembra?

Val sente um ímpeto irracional de destruir o televisor. É um resquício da esquisitice do pai. Não está fazendo nada perigoso, só está no mesmo recinto que um aparelho. A TV nem está ligada. Ela duvida que ainda funcione. Tudo naquele lugar é velho, uma cápsula do tempo, não muito diferente da cabana dela.

Da entrada, onde continua imóvel, Val consegue enxergar escadas que sobem, uma porta aberta para um banheiro pequeno, no mesmo branco do restante da casa, e uma porta na frente da cozinha para o que, ela supõe, deve ser um escritório ou uma biblioteca. Apesar de todos os defeitos, ainda é bem melhor do que o lugar onde Val mora agora. Tem certeza de que a casa era chique quando foi construída, com aquele carpete impossível de limpar, só nunca foi reformada. Mas não parece abandonada. A impressão é de que alguém estava morando ali ou, pelo menos, cuidando do lugar aquele tempo todo.

Val fica onde está, deixando a cozinha de barreira entre ela e a TV. Gostaria de poder rir da esquisitice do próprio medo, mas isso só a deixa triste. Tem saudade e odeia o pai, tudo ao mesmo tempo. Está tão cansada.

– Querem dar uma olhada na programação? – Pelo tom de voz, Jenny também deve estar cansada. Está com olheiras profundas, e parte do cabelo resolveu dar um tempo do rabo de cavalo. Não dá a impressão de ter ficado lá muito empolgada de ver nenhum dos quatro, um contraste gritante com o carinho e a emoção dos homens.

Da mesma forma, ninguém sabe se deve ou não se aproximar de Jenny. Isaac a observa, Javi desistiu do televisor, mas ainda está parado no meio da sala de estar, e Marcus não para de pôr a bolsa no chão e pegá-la de volta, como se não quisesse se acomodar naquele lugar.

– *Precisamos* dar uma olhada na programação agora à noite? – quer saber Isaac.

– Não necessariamente. Até porque – prossegue Jenny – esses horários já estão defasados, tendo em vista que vocês deveriam ter chegado três horas atrás.

– Você imprimiu um pra Val – argumenta Marcus. – Não podem estar tão defasados assim, certo?

– Sou eficiente. – O sorriso de Jenny, que apareceu e sumiu assim que cumpriu seu propósito, enfatiza a afirmação. – Vamos olhar amanhã no primeiro horário, então.

– Não vou estar aqui amanhã – recorda Val, sem saber se deveria, antes de mais nada, se desculpar por estar ali ou por se ausentar no futuro. Ela fez alguma coisa que deixou Jenny puta, mas não sabe bem o quê.

O olhar de Jenny se dirige a alguém que está atrás dela, mas, antes que dê tempo de Val se virar e ver quem é, a mulher sacode a cabeça.

– Não, já que está aqui, poderia muito bem ficar. Fazer umas entrevistas. Vai agregar ao podcast.

– Não posso.

– Como *não pode*? – As narinas de Jenny dilatam-se quando ela dá uma bufada. – Típico.

– O que quer dizer com "típico"? – Val tem vontade de explicar que não pode porque não se lembra de nada. Mas, mais do que isso, quer que Jenny explique *como* isso é típico dela.

– Não pode nem tirar umas horinhas pra nos ajudar, depois de tudo que fez?

Val sente um embrulho no estômago.

– O que foi que eu fiz? – questiona.

– Você nos abandonou. – O rosnado que Jenny dá a transforma. Mas aí ela levanta a mão e alisa a expressão, eliminando-a mecanicamente. O rosto se torna uma lacuna, tão em branco quanto a cozinha onde ainda está parada. – Desculpe, estou exausta. Foi um longo dia. Um longo ano. Uma longa década. – Jenny solta um suspiro. – Não quero entrar nesse assunto agora. Podemos resolver tudo amanhã de manhã?

– Claro. – Val está louca para pôr panos quentes no que quer que isso tenha sido. Mas, pelo jeito, o fato de ter concordado deixou Jenny ainda mais incomodada, e ela, mais uma vez, faz uma expressão alarmada para alguém que está atrás de Val.

– Cadê nossa ilustre entrevistadora? – Javi olha em volta, como se aquele espaço aberto pudesse conter uma pessoa secreta. Os olhos de todos se voltam para a escada. Val se dá conta de que, além de subir, ela também desce. A casa tem um porão.

– Amanhã. – Jenny sacode a mão, em um gesto de pouco caso. – Ai, caramba. Vocês estão com fome? – Faz essa pergunta como se fosse algo ao mesmo tempo esperado e terrível. – Eu ia mandar uma mensagem pedindo que parassem pra comer em Cedar City, já que estavam atrasados. – Ela se aproxima da geladeira.

Val ergue a mão para impedi-la.

– Por que você não vai dormir? A gente se vira. Todo mundo aqui é adulto.

Jenny solta uma risada seca.

– Certo. Porque adultos sabem muito bem se virar.

Quase como se estivesse esperando a deixa, o celular de Jenny toca. Ela olha para a tela discretamente, e um quê de raiva surge em seu rosto. Mas, quando atende, fala em um tom normal:

– Sim? No armário, onde a gente guarda todos os remédios das crianças. Onde sempre guardamos. É. A dose está escrita na caixa. Não, não sei de cabeça. Só dá um, então. É um placebo. Ela precisa que você se sente com ela e fique fazendo massagem nas costas, para conseguir se acalmar e pegar no sono. Não, eu sei. Hum-hum. OK. Não, acabaram de chegar, não posso... – O maxilar de Jenny se contrai, e seu tom de voz muda em seguida. – Oi, querida. Está com dor nas pernas? Que droga. Lembra do que a gente conversou? – Jenny abre a porta fechada na frente da cozinha, revelando não um escritório, mas um quarto. Entra e fecha a porta, e o som da sua voz se transforma em uma melodia.

– Bom, Jenny mudou muito. – Javi olha ao redor como se estivesse sentindo um cheiro ruim, mas o cheiro é apenas seco e frio. Estéril, até.

– É – concorda Marcus, puxando a própria orelha. Val pensa que também pode ter ficado incomodado com a mudança na pressão do ar. – Ela era a mais legal de todos. Lembram?

Val está começando a odiar essa palavra. Dá uma olhada nos armários. Jenny não estava brincando quando disse que tinha comida. Estão bem abastecidos. Val abre o cronograma, imaginando que as refeições podem estar listadas. Mas só vê nomes ao lado de horários. O nome dela está incluído e não foi escrito à caneta, mas impresso. Quando Jenny teve tempo de fazer isso?

Talvez possa voltar ali, dar uma passada depois de encontrar a mãe. Talvez ter um plano ao qual se apegar facilite tudo, dê a sensação de que não está tateando no escuro.

Só que, repetindo, a casa é terrível. Ela também puxa a própria orelha, tentando se livrar do zumbido do ar-condicionado que, pelo jeito, deu um jeito de se instalar ali, até parece que um inseto entrou no seu ouvido e está fazendo *zum-zum* grudado no tímpano.

Tem um pacote de barrinhas de granola dentro do armário. Jenny deve fazer compras nos mesmos lugares que Glória, onde tudo é vendido em caixas tão grandes que daria para morar dentro delas. Val pega algumas barrinhas e atira para os homens.

Javi pega a barrinha dele no ar.

– E daí que a Jenny está diferente? Todos nós estamos. A começar pela Val. Conseguem imaginar que ela um dia concordaria em mudar de planos com base na vontade de Jenny?

– Ninguém mais poderia estar no comando se a Val estivesse presente – responde Marcus, mas com um sorriso terno.

Javi vai bem devagar até a escada.

– Mamãe está ocupada. Vamos bisbilhotar. Pra cima ou pra baixo? Pra baixo, certo? Só pode ser pra baixo. É lá que os cadáveres sempre estão.

Quando Javi põe o pé no primeiro degrau, a porta do quarto se abre, e Jenny ordena:

– De jeito nenhum.

Javi congela, rindo em seguida.

– Meu Deus, Jenny, sua voz de mãe é poderosa. Você poderia ficar rica vendendo esse negócio. Atingiria tanto o público de pais desesperados quanto os que têm tara por mães.

Jenny revira os olhos e dá o primeiro sorriso verdadeiro que Val viu até agora.

– Você não mudou nada.

– Como não? Estou muito mais bonito.

– Não sei, não, eu gostava de você sem os dentes da frente.

– Tive muitas propostas para arrancá-los e ficar sem eles de novo. Teria aceitado se soubesse que você ia curtir.

Jenny sacode a cabeça de novo, dando risada.

– Cala a boca, imbecil. – Ela se lembra de algo e fica corada, endireitando a blusa, que já estava alinhada. – Lá embaixo é a área de entrevistas, logo é uma área proibida, a menos que seja a sua vez de gravar. Vocês podem estragar os equipamentos sem querer. E, de todo modo, não tem sentido nenhum bisbilhotar. Os andares são todos iguais. – Jenny então gesticula, indicando a área que os cerca.

Javi balança a cabeça, com ar de sabedoria.

– Ah, sim, até porque a única coisa que poderia melhorar a planta deste andar é multiplicá-la seis vezes.

Jenny o ignora.

– Javi, você fica no segundo andar. Marcus, no terceiro. Isaac, no quarto. Val, no quinto.

– Quem vai ficar no sexto? – pergunta Val.

– Ninguém.

Val tem quase certeza de que o arquivo da Wikipédia dizia que o programa tinha seis amigos, mas ninguém comentou quem era o sexto ou se vinha participar do podcast. Todos pegam sua bagagem e começam a se dirigir ao respectivo andar que lhes foi designado. Val lança um único olhar para o andar de baixo. A escada é mais comprida e profunda do que seria possível e...

Uma mão encosta na dela, maior do que a própria. Puxando Val.

"Pare de ser tão teimosa. Não consigo mais aguentar essa menina! Você fica com ela."

"Por favor, Valzinha. Vai ser legal. Prometo. E, se não gostar, não precisa ficar."

"Não prometa isso pra ela! Você está sempre mimando a menina. É por sua culpa que ela é assim. As pessoas estão esperando. Pare de me fazer passar vergonha, Valentine."

Uma mão mais carinhosa segura a mão de Val, e passos pequenos fazem ruído atrás deles. A escada, comprida, muito comprida, a escuridão lá embaixo tão viva que ofusca, ficando cada vez maior, como se estivesse correndo de encontro a Val, como se estivesse abrindo a boca para engoli-la, e o barulho está por toda parte, um zumbido tão alto que seus dentes rangem, um zumbido *dentro* dela, e...

– Val! – Mãos seguram os ombros dela, que vai cambaleando para trás e cai de bunda com tudo no começo da escada que leva ao porão.

Isaac se agacha ao lado dela.

– Você está bem? – Fica examinando seu rosto. – Fez uma cara de quem ia desmaiar.

Val sacode a cabeça, fecha os olhos.

– Estou zonza, acho. Que dia longo. E esquisito.

– É muita frieza se referir ao enterro do seu pai como "esquisito" – comenta Jenny. – Mas, até aí, seu histórico familiar é péssimo.

– Jenny. – A voz de Marcus é uma censura velada. Jenny não diz mais nada, só sobe a escada pisando firme, para mostrar o quarto de cada um.

Isaac oferece a mão para ajudar Val a se levantar.

– Vem. Você precisa dormir um pouco.

Isaac a leva até o segundo andar, e Val toma o cuidado de não olhar para trás, nem de soslaio, para a escuridão que – disso ela tem certeza – está assomando debaixo deles, apenas esperando.

Oi, seja bem-vindo ao meu site! Meu nome é Zoraida Romero e sou cenografista. Você deve ter visto meu trabalho na série "Longe de", do YouTube; no clipe da música "bluberry", da banda Rash, que viralizou; e talvez até em algumas vitrines da sua cidade (que estão no meu Pinterest, link **aqui**). Algumas das minhas inspirações são *Labirinto* – veja no cinema se tiver oportunidade, a atenção aos detalhes é incrível –, *Emma* – a versão de 2020, juro que eu seria capaz de vestir aqueles cenários em mim, quero devorá-los por completo –, *Stranger Things*, *Ruptura* e *Os Fantasmas se Divertem*. Adoro cenários que se tornam personagens por si só e passam informações sobre a narrativa de uma maneira dinâmica ou perturbadora. Esse amor começou quando eu era bem nova, enraizado pelo meu programa de TV preferido da infância, *Mister Magic*. Aquele jeito como tudo começava, num palco preto sem nada, sem parede nem chão nem teto, e aí ia sendo preenchido conforme as crianças brincavam, pela imaginação delas? Sensacional. Provavelmente, esse é o melhor exemplo de cenário dinâmico que já existiu, e eu gostaria, demais, de poder colocar um link pra ele aqui! Tentei de tudo para encontrar gravações dos episódios, pra estudar como faziam isso, mas talvez seja melhor não conseguir. Esse cenário pode existir na minha memória, como pura magia – a mesma magia que tento criar nos meus próprios cenários. Confira a minha página de informações para ver o meu contato, se tiver interesse em trabalhar comigo. Deixe-me construir um mundo maravilhoso para você!

SEIS

Tem uma porta na parede, diante de Val. Ela consegue sentir a movimentação no ar, a mudança na atmosfera que a cerca quando a porta se abre. Mas está deitada e petrificada, de olhos fechados, incapaz de fazer qualquer coisa.

O cheiro é de frio. O tipo de frio que dá para sentir o gosto. O tipo de frio que batiza a pessoa com a promessa de uma paz perfeita, basta deitar e se entregar. Permitir que o frio te envolva, te abrace bem apertado e sussurre que você nunca mais vai precisar se preocupar com nada.

Alguém se senta na beirada da cama de Val, e o colchão afunda onde o peso se instala, mas nem assim ela consegue se mexer, não consegue abrir os olhos. Tenta se convencer de que está bem, em segurança, mas só consegue soltar um choramingo, feito um animal ferido.

Um único dedo gelado forma um círculo no meio da palma da mão esquerda de Val, com tanta leveza que faz cócegas.

Ela se senta na cama, ofegante. O mundo que a cerca gira, tudo está fora do prumo, até que entra no lugar: Val está naquela casa no meio do nada. Não tem ninguém no quarto dela. E não tem porta, nem aberta nem fechada, diante dela. Apenas uma parede branca sem nada. Mas isso não faz seu coração desacelerar, porque ela está na cama... mas não foi ali que adormeceu.

Sentiu-se exposta demais na cama. Vulnerável, não em relação às pessoas que estão ali, mas ao lugar em si. Como se a casa fosse algo do qual devesse desconfiar, algo que precisa observar com atenção. Val conseguia sentir o porão debaixo dela, conseguia enxergar a escada da cama.

Quando tentou dormir, não conseguiu fechar os olhos, com medo de que, assim que fizesse isso, a distância entre ela e aquela escada, entre ela e aquele porão, fosse desaparecer.

Talvez foi por isso que sonhou com uma porta: a vontade de ter uma. A pessoa que planejou aquele lugar, seja lá quem for, foi negligente e não colocou portas nos quartos. As únicas barreiras que Val podia colocar entre si mesma e a escada que leva ao porão eram o banheiro ou o closet.

Sendo assim, exausta e sem conseguir convencer a si mesma a deixar o medo de lado, arrastou um travesseiro e um cobertor e se encolheu no chão do closet, o único lugar em que se sentiu em segurança para conseguir dormir.

Como foi parar na cama, então? Todas as cobertas estavam direitinhas, enfiadas em volta dela, tirando um pedacinho amarrotado na beirada da cama. Como se alguém tivesse ficado sentado ali, segurando a mão dela.

Ela se levanta, mas não há nada mais fora de lugar no quarto. Nenhum indício de que alguém a tirou de onde estava. Mas a respiração trêmula revela algo que paira no ambiente: uma lufada de ar gelado.

A janela está fechada. Só que aquele maldito zumbido continua vibrando ao redor dela. Parece não haver nenhum ar-condicionado ligado, nenhuma corrente de ar. Só que ela não está imaginando aquele frio. Quando entrou, o quarto tinha um cheiro seco e empoeirado, que lhe deu coceira no nariz e a fez espirrar. Alguma coisa mudou, e ela não sabe como.

Val calça as botas e se dirige à escada com movimentos tímidos, a televisão é a única coisa que ilumina seu caminho.

A televisão? Ela se detém. Não estava ligada quando foi se deitar. Nem sequer olhou para a TV, definitivamente não encostou no aparelho. Mas, até aí, a tela está escura, quase preta. Podia ser assim o tempo todo, Val é que não reparou enquanto as luzes ainda estavam acesas.

Ela estica o braço para desligá-la, mas seus dedos se recolhem. Não quer encostar no aparelho. Quando chega à escada e começa a descer, pé ante pé, andar por andar, as televisões iluminam seus passos, um brilho sombrio, uma em cada andar.

Val não consegue se livrar do medo insistente, que enfia suas garras nela, de que, sem querer, ela irá longe demais e acabará no porão. Para no meio do caminho. Quantos andares já desceu? Não consegue se lembrar. O coração acelera, a respiração fica interrompida. O ímpeto de voltar lá para cima, até o último andar, só para contar com precisão é quase avassalador. Val gostaria de conseguir rir disso. Rir de si mesma. Mas a mão treme, encostada na parede, tateando pelo caminho.

Não vai voltar lá para cima. Mas vai descer bem, bem devagar. Armando-se de determinação, ela segue em frente. Demora mais do que devia, tem a impressão de que a escada está se espichando, debochando dela. Mas Val sabe bem quando está prestes a ir longe demais. Foi bobagem da sua cabeça pensar que poderia ir parar no porão sem querer. Ela se sente *mal* no topo daquela escada.

Ela corre até o térreo, ficando o mais longe possível daquela descida cavernosa. Precisa sair daquela casa, ir para algum lugar onde aquele cheiro gelado não fique grudado na pele, não desça pela garganta, se arrastando. Ali embaixo, a televisão também está ligada, mas a luz bruxuleante é mais forte do que a das demais. Só de pensar em encostar no aparelho, sente uma repulsa física e vai para trás do sofá se esgueirando, querendo colocar alguma coisa entre seu corpo e o aparelho.

"Valeu, pai", pensa. Val agarra-se com avidez à sua irritação, usando-a como escudo contra o pavor que se apossa dela.

A porta da casa está destrancada – e aberta. Só uma fresta, o que basta para conseguir enxergar a escuridão mais profunda que há lá fora. Val sai, espremendo-se pela fresta, e encara o frio gelado normal da madrugada no deserto.

Ah, se ao menos a casa não fosse tão alta. Val não consegue ir para nenhum lugar em que a casa não a veja, algum lugar em que ela não veja a casa, algum lugar em que não *ouça* a casa. Caminha em linha reta acompanhando a estrada, passa pela van de Jenny e pelo carro alugado de Isaac. Se tivesse a chave, entraria no carro e iria embora. Voltaria dirigindo para o rancho, voltaria para o que conhece e sempre conheceu.

Ela não quer ficar ali. Não quer se lembrar daquilo que o cérebro se esforçou tanto para esquecer, seja lá o que for. Aquela foi uma péssima ideia. Talvez o motivo para não conseguir imaginar uma situação na qual encontrar a mãe seja agradável ou traga felicidade seja porque tal situação é impossível. Ainda mais depois de tanto tempo.

Val sente uma comichão na palma da mão esquerda. Ela a coça, xingando o ar seco que irrita a pele com marcas de queimadura, depois respira fundo para se acalmar. Existe uma explicação para tudo. No sonho, alguém encostando na palma de sua mão foi o jeito que seu cérebro deu de processar essa irritação na pele, que está piorando. O ar frio foi a corrente que entrou pela porta aberta da casa e deu um jeito de subir até o quinto andar. E Val estava tão cansada e exaurida, depois daquele dia tão longo e confuso, que pegou, *sim*, no sono em cima da cama e só sonhou que tinha entrado no closet.

Ela está bem. Está em segurança. Ela...

Ela não está sozinha.

Tem alguém lá fora, indo na direção dela. Uma silhueta em contraste com a escuridão, uma janela para outra noite, um outro lugar sem nenhuma luz. Uma forma que é um verdadeiro buraco negro, que Val sabe o que é, de coração, mesmo que não saiba de cabeça. Aquele ganido animal de medo e dor sobe pelo seu peito e aí...

A pessoa se mexe. Não é uma capa que tem em volta dos ombros, é um cobertor. Então se vira, e uma luz é refletida pelos seus óculos.

Isaac. É Isaac.

Não... quem ela pensou que fosse, aliás?

Isaac ergue a mão, em um cumprimento silencioso. Val cruza os braços sobre o peito e se aproxima dele, apertando o passo. Apesar de estar só de camiseta largona e bota, seria esquisito ignorá-lo. E não vai voltar para o quarto, de jeito nenhum. Ainda não.

Isaac tem um cobertor em volta dos ombros. Val imagina que o cobertor poderia ser quente a ponto de banir a lembrança daquele cheiro gelado. Que permanece impregnado em seu nariz, preso na garganta, feito um catarro do qual ela não consegue se livrar.

Isaac ergue a cabeça, indicando a Via Láctea, que se esparrama languidamente pela escuridão.

– Não consigo lembrar qual foi a última vez que vi tantas estrelas.

– Lá no rancho a vista é quase tão boa quanto esta. Mas não costumo ficar acordada para ver. Nem perambular por aí em plena madrugada.

– Pesadelos – explica Isaac, baixinho. Val está prestes a dizer "sim", mas se dá conta de que Isaac não estava lhe perguntando por que ela está ali fora, mas sim explicando por que ele está.

– É – concorda Val. – Pesadelos.

Isaac lhe oferece uma ponta do cobertor, convidando-a a entrar ali embaixo. Ela tem uma sensação estranhíssima de déjà vu: os dois já fizeram isso antes. Não em pé no deserto, mas, ainda assim, tremendo na escuridão. Val está tropeçando, caindo em uma versão de si mesma da qual não consegue se lembrar, mas que, de alguma maneira, ainda existe.

"Não." Val não está preparada. As portas da mente permanecem fechadas, e ela não se mexe.

Isaac pisca, fica olhando para baixo, para o que lhe oferece. Como se não tivesse a intenção consciente de fazer isso.

– Eu... desculpa, você quer o cobertor?

– Estou bem. – É uma mentira, mas talvez "estou bem" sempre seja uma mentira. Uma insistência teimosa de si mesma, obrigando o mundo que a cerca a se conformar com o que ela quer sentir. Se Val declara que está bem, então tudo vai ficar bem.

– Tenho a sensação de que estou ficando louco – declara Isaac.

– Você não é o único. – Val lhe dá um sorriso. A intenção era que fosse um sorriso sarcástico, mas receia que tenha sido um sorriso de desespero.

– Eu não consigo acreditar que você está aqui. Que está mesmo aqui. Eu te procurei depois do que aconteceu. Nunca parei. Fiquei me sentindo tão culpado por ter te perdido que moldei toda a minha vida ao redor do espaço vazio que você deixou.

– *Você* não me perdeu. – Val fica olhando para Isaac. – Meu pai me levou embora.

– Mas era minha responsabilidade cuidar de você, ajudá-la. Garantir que ficasse bem. E não consegui mais fazer isso. Tentei fazer você continuar conosco, mas não tinha forças para isso. – Isaac olha para as próprias mãos, em seguida enrola o cobertor em volta delas, como se não estivesse mais disposto a vê-las.

Val dá um passo, aproximando-se. Tem vontade de consolar Isaac, mas não sabe como fazer isso.

– Não entendo. O que quer dizer com "não tinha forças"?

– Fiquei com a sensação de que a culpa era minha. Você estava lá com a gente, no programa, e de uma hora pra outra apenas... sumiu. E tudo desmoronou. Ninguém sabia onde você estava. Mas naquela época era sempre eu quem conseguia te encontrar, e achei que, talvez, se pudesse te encontrar de novo, se tivesse como saber que você estava bem, se eu pudesse... – Isaac para de falar, dando de ombros. – Achei que isso daria um jeito em tudo. Só que demorei tanto pra encontrar você.

A cabeça de Val está rodopiando. Gostaria que tivessem onde se sentar. Chega a considerar a possibilidade de se sentar no chão, direto na terra, tentando apelar para a gravidade em si em busca de estabilidade. Em vez disso, dá o braço para Isaac. Está apertando demais, mas não consegue se segurar.

– Espera aí. Por acaso está dizendo que meu pai me sequestrou?

Foi estupidez não ter ligado os pontos quando descobriu que a mãe ainda estava viva. Mas não conseguia imaginar o pai como sequestrador. Ele mal conseguia olhar para Val boa parte dos dias: essa não é bem a atitude de um pai tão desesperado para ficar com a filha a ponto de sequestrá-la. Será que foi um castigo, talvez? Uma vingança rancorosa contra a mãe? Só que o pai nunca foi cruel. Não fazia sentido.

Isaac está surpreso. Tem dificuldade de encontrar as palavras, ficou chateado e preocupado.

– Ah, Val. Desculpa. Achei que você sabia, mas que tinha ficado com seu pai por lealdade. Ou que ir embora com ele foi uma escolha sua, antes de mais nada.

"Pare de me fazer passar vergonha, Valentine." Val estremece quando essa lembrança vem à tona. Será que era a voz da mãe?

– Por acaso minha mãe tem procurado por mim? Será que vai ficar feliz de me rever? – Essas palavras doem quando saem da boca de Val.

Pelo medo contido nelas, sim, mas também pela esperança. A esperança tem muito mais ganchos do que o medo, muito mais capacidade de estraçalhá-la por dentro.

Quando Isaac enfim responde, mais uma vez é com palavras escolhidas a dedo.

– Ela passou por poucas e boas desde que tudo aconteceu. Faz tempo que não a vejo.

Val balança a cabeça. É claro que a mãe passou por poucas e boas.

– Odeio não me lembrar de nada, mas isso me passa uma sensação de segurança, de um jeito esquisito. Morro de medo do que pode existir lá, sabe? Dentro de mim. A sensação é de que estou andando na beira de um precipício e, se cair, talvez nunca mais torne a sair. Ou que o que conseguir sair, seja lá o que for, não vai mais ser eu.

Isaac oferece o cobertor de novo, e Val aceita, permite-se ser envolvida pelo pequeno casulo de calor e carinho de Isaac. É algo tão conhecido que ela se pergunta como sobreviveu todos esses anos sem aquela sensação. Sem Isaac.

Val solta uma risadinha para não chorar.

– É loucura eu me sentir mais íntima de você do que de qualquer outra pessoa na minha vida?

– A gente era inseparável. Um lado seu ainda sabe disso. – Isaac faz essa declaração como se fosse um fato, e isso faz Val se sentir melhor.

Os dois ficam em silêncio por um tempo. Ele vira a cabeça para o alto, o braço resvala em volta de Val. Não exatamente abraçando, mas oferecendo apoio, caso ela precise. Quando torna a falar, é com um tom de encanto.

– Talvez seja sorte sua. Quando a gente era criança, juntos, foi a época mais feliz da nossa vida. Consigo ver isso nos outros três também. É algo que nos assombra. Saber o que a gente teve e o que nunca vamos conseguir ter de novo. O trauma de ter perdido você e depois perder o programa ferrou comigo. Esquecer talvez tenha sido o jeito que você encontrou para se permitir partir pra outra.

– Partir pra outra o quê? – Val está com um nó na garganta, fala com a voz rouca e embargada. – Eu nunca parti pra outra. Nunca parti, ponto.

Ela amava o pai, apesar de tudo. Até amava o rancho, às vezes, a surpresa da primavera e a imensidão quente e grudenta do verão, a inércia tranquila do inverno. E amava Glória e as meninas do acampamento. Val gostava da vida que levava ali quando não pensava muito a respeito. Mas não era a vida que *ela* levava, era? Val não escolheu essa vida. Nada daquilo.

Fica olhando para as estrelas, querendo estar em qualquer outro lugar que não ali. Mas ainda com Isaac. Essa é a única parte que não quer mudar.

– Nunca cheguei a suspeitar que meu pai me sequestrou, porque eu achava que era por minha culpa que a gente vivia escondido. Achava que eu era... achava que eu era uma pessoa ruim, por isso aceitei. Aceitei tudo.

A voz de Isaac é ainda mais suave do que a luz das estrelas no céu. O braço a envolve mais apertado, contradizendo as palavras que diz em seguida.

– Talvez você não deva ficar aqui. Escreva uma carta pra sua mãe ou algo assim, em vez de ficar aqui. Vá devagar, no seu ritmo, e deixe tudo o mais permanecer enterrado. Eu e os outros, nós não somos... não somos completos. Não sei como explicar melhor do que isso. Você ainda pode manter tudo guardado na escuridão, onde estava.

– O que é "tudo"?

Isaac dá de ombros.

– Nossa infância. A magia. O fim de tudo.

Val odeia aquela casa, odeia aquele lugar, mas quer saber o que foi que perdeu. O que fez, se é que fez alguma coisa, porque ainda não consegue deixar para trás aquele lodo de vergonha que carrega no âmago da alma. É certo que essa vergonha não foi *só* sugestionada pelo pai. Talvez, se conseguir compreender por que se sente assim, possa se libertar disso.

– Quero saber de tudo. Além disso, é tarde demais pra ir embora. É tarde demais desde o instante em que vi você. Alguma coisa se libertou, e não consigo mais enterrá-la.

– Então você me reconheceu, sim – diz ele, com um tom de melancolia.

– Num certo sentido, sim. Assim como você me reconheceu.

– Eu te reconheceria em qualquer lugar. Sempre vou encontrá-la, por bem ou por mal.

O suspiro que Isaac dá aproxima ainda mais os dois. Juntos, estão em segurança, a salvo da escuridão e do frio.

"Inevitável", pensa Val. Mas essa palavra a arranca dali e a leva de volta àqueles degraus, ao porão que aguarda no fim da escada. "Inevitável", repete sua mente, mas a voz que lhe diz isso não é bem a voz de Val.

A última vez em que o círculo foi formado, por **Sufocando no Escuro**

Mister Magic

Mister Magic: Programa de TV infantil, Mister Magic, Caos, Terror, Violência contra crianças, Morte de criança

Nota do autor: Eu assisti ao último episódio de *Mister Magic*. Eu só tinha seis anos, mas essa merda me assombra desde então. E não venha me dizer que não foi transmitido ao vivo — eu sei, o que torna ainda mais bizarro o fato de terem levado isso ao ar. Falei com minha terapeuta sobre isso tantas vezes, e ela diz que criei essa lembrança para tentar processar uma perda que aconteceu na minha vida na mesma época, mas acho que isso não está certo. Acho mesmo. Porque eu me lembro de estar sentado no carpete gasto e marrom, tão perto da televisão que conseguia sentir a estática. Tão perto que conseguia ouvir o zumbido da eletricidade. Às vezes, eu esticava o braço e colocava minha mão em cima da mão deles, fingia que fazia parte do círculo. Soube que tinha algo errado assim que o último episódio começou, porque o círculo não estava na ordem certa. E me senti mal assistindo, estava com dor de estômago, como sempre ficava quando estava ansioso ou com medo. Por que eu inventaria essa lembrança? Por que inventaria o que aconteceu depois? Enfim, é por isso que escrevi essa *fanfic*, tentando descrever o que eu vi, mas em forma de história. Vocês sabem. Eles até tinham uma música sobre isso: "Uma história você vai contar; a minha história vai imitar; viva dentro da história e bem você vai ficar".

Só que nada ficou bem no último episódio de *Mister Magic*, e se eu fui obrigado a viver dentro dele esses anos todos, você também vai ser.

Idioma: português Palavras: 3.500 Comentários: 6 Elogios: 0 Visualizações: 298

NÃO SEI QUEM SÃO VOCÊS

Val e Isaac ficam lá fora até o nascer do sol banir a noite do deserto. Ela reluta em voltar e, a julgar por seus passos lentos, ele também.

Ela não sabe se à luz do dia a casa provoca uma reação ruim mais ou menos visceral. Com certeza, fica ainda mais absurda ali, completamente sozinha. Não há um som para se ouvir que se sobreponha àquele zumbido grave. Talvez seja algum inseto do deserto, tipo cigarras. Pequenas demais para reparar, barulhentas demais para ignorar.

Val calcula a que distância devem estar da rodovia. Apesar de já estar ficando quente, ela fica surpresa com o fato de ser verão. Não há nenhuma vida ali. O terreno está congelado, sem esperança de mudança. A terra e as rochas que os cercam têm uma coloração avermelhada, uma mísera contribuição de beleza àquela paisagem lúgubre. Não basta para dar aos olhos algo em que se demorar. E a casa se assoma sobre tudo, observando. Pronta.

"Pronta pra quê?", pergunta-se Val.

Ela e Isaac caminham lado a lado, o ritmo diminuindo à medida que se aproximam do seu destino.

– Vou tomar um banho, aí a gente pode ir? – Val só sente pavor, não empolgação, com a perspectiva de encontrar a mãe. Mas isso torna tudo ainda mais urgente, a ser feito o mais rápido possível, antes que consiga se convencer do contrário. Ela sabe muito bem resolver que não vai fazer alguma coisa e se agarrar a essa decisão para sempre.

Isaac assente. O amanhecer suave o tinge de tons de azul, dando-lhe uma aparência quase translúcida. Val gostaria de poder pintar. A única maneira de capturar as cores do rosto de Isaac seria com aquarela.

– Vou checar com Jenny – responde ele –, mas tenho certeza de que os horários são flexíveis.

Val tem certeza de que nada com Jenny é flexível, mas não quer ser maldosa com alguém que acabou de conhecer. E aí os dois estão de volta aos degraus que levam à casa. Ambos titubeiam por alguns segundos a mais do que deveriam. A porta se escancara.

– Típico – diz Jenny, revirando os olhos. Está com uma tigela apoiada no braço, mexendo vigorosamente com a mão livre. – Bom, andem logo, não queremos que as moscas entrem.

Não tem moscas. Na verdade, não tem animal nenhum. Val entra depois de Isaac e se encosta no balcão, perto de Jenny. Está retardando o momento de encarar as escadas de novo.

– Você não para de dizer "típico". O que quer dizer com isso desta vez?

Jenny para de mexer na tigela.

– Vocês dois faziam isso o tempo todo. Você sumia, e aí Isaac ia te procurar e demorava séculos até ele te convencer a voltar. A gente nunca conseguia descobrir aonde você tinha ido. Isaac era o único que conseguia te encontrar.

– No estúdio? – Devia ter um monte de esconderijos no estúdio. Mas por que era outra criança que ia procurá-la, e não um adulto? E por que ela estava sempre fugindo?

Jenny estreita os olhos. Val conhece aquela expressão: vê mães fazendo a mesma coisa para as filhas o tempo todo lá no acampamento, tentando fazê-las admitir que mentiram sem acusá-las diretamente.

– Você não se lembra *mesmo*?

Val faz que não.

– Não. Desculpe.

Jenny solta uma risada estranha e estridente. Em seguida, sacode a cabeça e estampa no rosto o sorriso de sempre, como se vestisse um avental por cima da roupa para protegê-la. Será que Jenny emprega esse sorriso do mesmo jeito que Val diz "estou bem"? Será que é uma decisão consciente ou um reflexo?

Mas é evidente que Jenny acredita nela ou, pelo menos, aceita o fato de que a história de Val não vai mudar sob a pressão de uma cara feia demais.

– Uau. Que sorte a sua. Bom, o café da manhã está quase pronto, sentem logo. Marcus é o primeiro a ser entrevistado, de todo modo.

Val se senta. Isaac foi de fininho lá para cima, deixando-a sozinha com Jenny por ora. Tudo bem. Ela quer conversar com a outra mulher, encontrar algum ponto em comum. Estabeleceu laços com os meninos com tanta facilidade, e isso a faz se sentir culpada por existir essa distância fria entre ela e Jenny.

– Você tem seis filhos?

– Hum-hum. Só meninas. A mais velha tem doze. A mais nova, três.

– Uau. Você não deve parar um minuto.

– Não paro mesmo. – Jenny não dá mais explicações. Derrama massa em uma chapa e fica de olho, um foco de laser observando as panquecas aos poucos ficarem douradas. Ou usa isso como desculpa para não ter uma conversa mais profunda com Val.

Val sabe que a entrevistadora pediu para eles não conversarem a respeito do programa, mas não está nem aí para a contaminação cruzada com as lembranças dos outros. Aceita qualquer informação que puder obter.

– Quando falou que eu me escondia, do que estava...

– Você trouxe alguma roupa bonita? – interrompe Jenny.

– Para ir encontrar minha mãe? – Val nem sequer pensou a esse respeito. Trouxe consigo calças jeans, algumas camisetas e duas camisas de flanela.

– Não, para o jantar de gala de hoje à noite. – Jenny vira a panqueca com tanta agressividade que ela cai da chapa. – Mas que *droga* – resmunga, juntando a panqueca do chão e jogando-a no lixo. – Você não leu a relação de horários, leu?

– Gala? Isso não é tipo uma festa chique? Achei que era um reencontro para gravar um podcast.

– Está tudo lá no cronograma – responde Jenny, entre dentes. – Por que faço essas coisas se ninguém vai ler?

– Mas eu não vim para o reencontro. – Val diz isso com toda a paciência, apesar de ter deixado claro na noite anterior.

– Bom, você vai para Júbilo de qualquer maneira, não vai? O jantar vai ser lá. O mínimo que podia fazer é dar uma passada. Mostrar pros outros que está bem. Muita gente boa foi prejudicada quando você foi embora.

– Esse negócio de gala vai ser em Júbilo? Onde minha mãe mora?

Jenny sacode a espátula em um gesto de desdém.

– Todos os envolvidos em... – Ela fica sem falar por alguns breves instantes, como se fosse mudar o que ia dizer, mas depois fala mais rápido para compensar. Será que Jenny também segue a regra que proíbe dizer "Mister Magic"? – ... os envolvidos no programa moravam em Júbilo.

Faz sentido a equipe ficar em uma cidadezinha ali perto.

– O programa foi mesmo filmado num lugar tão remoto? – pergunta. Isaac volta e se senta ao lado de Val.

– Sim, não estamos em Hollywood. – Marcus vem pela escada. Acabou de tomar banho e está lindo de camisa lavanda por dentro da calça social cinza. Não está usando sapatos, e as meias de arco-íris deslizam pelo piso de lajota. – Onde fica o estúdio?

– Virou cinzas. Você sabe disso.

Os dedos de Val se cerram nas palmas das mãos, que têm marcas de queimadura.

– Quando foi o incêndio?

– Mais para o final – responde Jenny. Como se isso fosse uma explicação decente. Em seguida, continua se dirigindo a Marcus: – Além do mais, não é totalmente absurdo terem montado o estúdio aqui. Hollywood nem sempre foi Hollywood, e *Mister*...

Marcus e Isaac fazem psiu em uníssono. Ao que tudo indica, Jenny não obedece àquela regra. Ela lança um olhar fulminante para os dois e continua falando, ignorando o fato de ambos terem se encolhido quando termina de dizer o nome do programa.

– *Mister Magic* é anterior à televisão. O QG sempre foi aqui.

– Aqui, *aqui*? Tipo, nesta casa? – Val não entende isso. – Ou em Júbilo? E o estúdio? Também era aqui? Perto da casa? Ou também era em Júbilo? – Ela quer que Jenny dê mais detalhes. Quando foi o incêndio? Tem a sensação de que essa é uma informação crucial, mas também perigosa.

– A qual das perguntas quer que eu responda? – Jenny lhe lança um olhar fulminante.

– Todas. – Val dá um sorriso acanhado para Jenny, que se acalma um pouco.

– *Mister Magic* sempre foi sediado aqui-*aqui*. A casa, obviamente, não é tão velha assim, só tem uns quarenta ou cinquenta anos, acho. Antes disso, era diferente. E, sim, o estúdio ficava aqui também. – Ela sacode a mão em um gesto de desdém, como se esse detalhe fosse menos importante.

– Mas não tem nada além de deserto à nossa volta. – Marcus estende a mão, sinalizando a paisagem como um todo. – Onde a gente ficava durante as filmagens? Por que nossos pais ficavam nessa casa se a gente não ficava?

Jenny enfia um prato na frente dele. A panqueca de cima tem uma carinha sorridente feita com gotas de chocolate.

Marcus olha para o prato, e sua expressão não reflete a da panqueca.

– Eu não me lembro de ter morado em nenhum lugar que fosse no deserto. Na verdade, durante o programa, não me lembro de os meus pais estarem por perto em nenhum momento.

– Eles estavam assistindo. – Jenny entrega pratos para Val e Isaac.

– Obrigada – diz Val, apesar de ser a única que não ganha uma carinha sorridente. – Não consigo me lembrar a última vez que alguém fez café da manhã pra mim. Foi muito legal da sua parte.

– Ah – diz Jenny, franzindo o cenho, surpresa. – De nada. Enfim, não podemos comentar sobre o programa fora do horário de entrevista. Já falei isso pra todos vocês.

– Como foi que o incêndio aconteceu? A gente poderia ver onde era o estúdio? – pergunta Val. – Tecnicamente, aconteceu depois do programa, então podemos falar disso, certo?

– Não dá pra entrar lá – dispara Jenny, batendo com uma jarra de suco de laranja na mesa. Ela respira fundo, massageando as têmporas. – Desculpe.

Não dormi bem ontem à noite. Tudo isso... é muita coisa. Achei que estava preparada para rever vocês todos, mas... vocês estão diferentes, e eu não... Eu preciso que isso dê certo. Tem que dar certo. – Ela sacode a cabeça. – Marcus, você é o primeiro. É só ir lá pra baixo quando estiver pronto.

– A entrevistadora está aqui? – pergunta Marcus. – Mas a gente não...

Jenny ergue a mão.

– É só ir lá pra baixo. Vou voltar para o meu quarto. – Ela sai da cozinha e fecha a porta.

– Por que ela tem direito a uma porta? – indaga Marcus, fazendo careta.

– O que foi que eu fiz pra ela? – indaga Val, apontando para a panqueca sem carinha antes de indicar as panquecas alegres dos rapazes. – Por acaso um de vocês dois sabe?

Isaac e Marcus se entreolham. Marcus enfia uma garfada enorme na boca.

– Tenho que ir lá pra baixo fazer esse negócio de entrevista. – Ele se levanta e sai apressado, mas para no alto da escada. Apoia a mão na parede, e Val se pergunta se ele também sente. Aquela vertigem. Talvez a casa tenha algo de errado. Um vazamento de gás, quem sabe. Mas, em seguida, Marcus desce para o porão e some.

– Você não fez nada pra ela, especificamente. – Isaac serve um copo de suco para Val. – Ser demitida do programa deixou Jenny muito chateada. E ela leva mais para o lado pessoal porque a família continuou morando na região. Conversamos um pouco sobre isso, ao longo dos anos.

– Ela se sente abandonada? – pergunta Val.

– Está mais pra empacada.

Val compreende. Mais do que Jenny seria capaz de imaginar. Quer ter uma oportunidade de conversar de verdade com ela, mas está claro que a ex-colega não está interessada em estabelecer laços. Isaac e Val comem em silêncio, cada um perdido nos próprios pensamentos.

– Eu não vou nesse jantar de gala – declara Val, quando termina de comer. – Quero encontrar minha mãe, obter algumas respostas e aí resolver qual será meu próximo passo. Se você puder me levar até onde ela mora, eu dou um jeito depois. Não precisa ficar comigo e perder essas coisas do reencontro.

Isaac está olhando fixamente para a porta da casa, a expressão determinada.

– É um ótimo plano. Na verdade, é melhor você pegar meu carro, assim... – Ele vira a cabeça para Val. O movimento é duro, artificial. Quase como se uma mão invisível estivesse segurando seu queixo. Como se Isaac não pudesse evitar de olhar para ela. Seus olhos ampliados estão congelados no rosto de Val, e algo muda. A expressão determinada se derrete, formando um sorriso triste. – Não quero que passe por isso sozinha. Vou ficar com você, se quiser minha companhia.

O alívio que Val sente é instantâneo. Não quer que Isaac se sinta obrigado a fazer isso, mas ele lhe dá a sensação de que tudo aquilo é mais viável. Val sai da cozinha antes que Isaac possa mudar de ideia. Depois de tomar um banho rápido e pôr uma roupa limpa, Val desce de novo a escada.

No segundo andar, uma mão surge do nada e segura o braço dela. Val solta um grito estridente antes de se dar conta de que é apenas Javi. Olha feio para ele, sem saber se estava tentando ser engraçado ou o quê. Javi não tem como saber o quanto essa escada a incomoda, mas Val fica irritada e brava mesmo assim e diz:

– Você me assustou! Eu poderia ter caído.

Javi está com uma expressão intensa.

– Não vá embora – diz ele, falando baixo.

– Quê?

– Depois que encontrar sua mãe. Não vá embora. Tem mais alguma coisa rolando aqui. Não acredito nessa história de podcast. Acho que estão tentando pôr a culpa em um de nós. Precisamos...

– Pronta? – pergunta Isaac da escada, abaixo deles.

Javi passa por ela meio que tropeçando, adotando, de repente, uma expressão meio ardilosa de sono e desalinho, não mais intensa.

– Café – murmura, desviando dos dois e indo direto até o balcão, onde há um bule esperando. Val vai atrás dele, confusa e alarmada. Javi faz questão de não olhar para ela.

O que está acontecendo naquela casa? E de que alguém estaria tentando incriminá-los? Do incêncio. Só pode ser do incêndio.

– Vocês dois vão sair? – pergunta Javi. – Você deveria ficar aqui com a gente de novo hoje, Val. Economizar o dinheiro do hotel de beira de estrada. – Ele arqueia a sobrancelha para ela.

Val solta um ruído vago.

– Quem sabe.

Javi lhe lança um olhar fulminante, mas torna a fazer a careta de sono em seguida. Não vai lhe contar mais nada neste exato momento. Não na frente de Isaac.

– Por sinal, quem estava andando por aí em plena madrugada? E como a gente faz para consertar esse maldito ar-condicionado? Está gelado e faz tanto barulho que mal consegui dormir. E por que esse lugar não tem portas? Seis andares e nenhuma porta entre eles. Será que nossos pais faziam troca de casais ou algo assim? Ai, meu Deus, eu não deveria ter dito isso. A gente está dormindo nas mesmas camas. – Ele faz uma careta, escolhe uma caneca e pega o bule de café.

– O que me faz lembrar... – diz Val, pensando nos seis andares e no artigo na página da Wikipédia que dizia que o programa sempre teve seis amigos.

– O que o fato de nossos pais serem adeptos do swing te fez lembrar? – Javi arregala os olhos de um jeito dramático. – Conta, conta!

Val sacode a cabeça.

– Não foi isso. Quem é o sexto integrante do elenco? Essa pessoa vem ou desapareceu que nem eu?

Javi fica petrificado, olha para Val com uma expressão muito próxima do pavor. Derrama café da caneca, solta um palavrão e tira a mão, porque se queimou.

– Caralho, você tá de brincadeira comigo? – sussurra, mas está falando com Val, não comentando o acidente que acabou de sofrer.

– Val – diz Isaac. Quando se vira para ele, ela sente medo do que vê em seu rosto. Pena, mas também o mesmo pavor de Javi. – Você não se lembra da Kitty? Achei que a gente simplesmente não ia falar dela, mas...

Val cruza os braços, cansada e mal-humorada.

– Quantas vezes vou ter que repetir que não me lembro de nada?

Isaac ergue a mão para interromper o que Javi está prestes a dizer.

– Vamos dar uma volta.

Ele está com aquele tom de voz. O mesmo tom que Glória empregou quando Val estava procurando seu cachorro preferido do rancho e ela teve que lhe contar que o cão fora atropelado por um carro. O tom que o pai de Val *nunca* empregava. Porque, se tinha alguma verdade difícil para contar, guardava-a para si.

O coração de Val bate sobressaltado. É a verdade ruim pela qual passou a vida inteira esperando. Finalmente chegou.

– Me conta quem é Kitty e a razão pra vocês dois estarem agindo desse jeito.

A voz de Jenny vem de trás deles. Ela está junto à porta do próprio quarto, com os olhos meio fechados, e declara, em um tom sem emoção:

– Kitty era a integrante mais nova do círculo. E era sua irmã.

A câmera é ativada poucos segundos antes das luzes. Alguém inspira de forma brusca, como se estivesse respirando fundo para se deliciar com um aroma. Em seguida, as luzes se acendem, piscando e revelando Marcus parado no pé da escada. Os ombros estão encolhidos para dentro, e os olhos vasculham o recinto.

– Oi? – chama ele. Não tem mais ninguém ali, só uma cadeira de frente para a parede onde a câmera está instalada. Mas, na parede... – Ah. – Marcus se senta timidamente, a postura rígida e desengonçada. O sorriso é hesitante, como quando a gente acena para alguém e não tem certeza se a pessoa nos reconheceu. – Ei. Não sabia que ia ser uma entrevista virtual.

Uma voz feminina responde. Tem uma leve distorção, feito várias vozes falando ao mesmo tempo, quase que em perfeito uníssono.

– Não posso estar aí em carne e osso.

– Que instalação esquisita. – Marcus olha para cima e para baixo. – Colocaram um monitor, tela de TV ou seja lá o que for na vertical, então parece... sei lá, um celular gigante? E é superfino. Não consigo ver... – Ele faz que vai se inclinar para a frente.

– Por favor, não toque em nada.

– Certo. – Marcus se recosta na cadeira. – Bom, e agora, o que fazemos?

– Vou apresentá-lo, como se fosse um podcast de verdade.

Marcus dá mais um sorriso, mas seu rosto expressa mais confusão do que qualquer outra coisa.

– E não *vai ser* um podcast de verdade?

– Ah, claro. Certo. Lá vamos nós. – A voz da mulher muda de tom, fica mais aguda, mais empostada e ensaiada:

Está aqui, sentado na minha frente, Marcus, o amiguinho preferido de todo mundo. De todos os amigos do círculo, Marcus era quem tinha a imaginação mais fértil. Era capaz de fantasiar tão bem que criava mundos completamente novos para nós.

Os grandes olhos castanhos ainda são ternos e gentis, como sempre foram, o cabelo cacheado agora está raspado. Se você também estivesse aqui, diante de Marcus, ia se dar conta de que sente muita saudade de brincar com ele, tanta que ficaria impressionado. Até um pouco bravo, talvez, por Marcus ter sumido da sua vida por tanto tempo. Estar outra vez na presença dele faz a gente se dar conta da dor que sua partida nos causou.

Marcus era artista. Invocava cores e imagens que se espalhavam pelas paredes e faziam aquele espaço preto e vazio ganhar vida. Às vezes, ele exagerava, ficava colorido demais. Às vezes, ele se perdia em seus personagens, e o Mister Magic tinha que trazê-lo de volta. Vocês se lembram disso? A mão pousada no ombro de Marcus, a cabeça inclinada, falando no ouvido dele? Marcus sabia muito bem escutar, sabia muito bem seguir as orientações. Quando fazia parte do círculo, encaixava-se perfeitamente.

Você deve desejar fazer um monte de perguntas para Marcus. Ele ainda é artista? Será que trouxe aquela magia para o mundo real? Será que se encaixou tão bem no mundo quanto se encaixava no círculo, naquela época? Será que já foi tão feliz quanto naquele tempo?

O sorriso de Marcus está congelado; os olhos, arregalados.

– Estou aberta a sugestões – diz a mulher. – É só uma apresentação.

– Ah, estamos... estamos só conversando agora? Isso está sendo gravado para o podcast? – Ele olha em volta, procurando. Não vê a câmera.

– Sim, tudo está sendo gravado. Mas pode ser editado. Podemos deixar exatamente do jeito que a gente quer. Do jeito que a gente precisa. Então, não tenha medo.

Marcus balança a cabeça, perplexo.

– Acho que eu não esperava que você fosse pegar tão pesado. Também não esperava por essa configuração. Achei que a gente ia ficar tipo num círculo? Trocando lembranças? Quer dizer, é um podcast sobre um programa infantil bobo que foi ao ar há trinta anos. Talvez você esteja levando isso muito a sério.

– Você não está?

– Levando a sério? Eu adorava participar do programa, mas foi há muito tempo. Tudo meio que vira um borrão. Fazia muito tempo que não pensava no fato de que eu pintava o lugar, criava personagens. Meu Deus, nessas horas eu me sentia...

Marcus deixa a frase no ar e fica em silêncio.

A mulher torna a falar com voz de locutora:

O sorriso dele é muito tímido, sutil como a estampa de caxemira da camisa que está usando. Não há nenhum indício daquele sorriso brilhante que os espectadores tinham a graça de receber, era uma vez. O Mister Magic, às vezes, podia até obrigar Marcus a diminuir a radiância de suas criações. Mas a vida, ao que tudo indica, apagou Marcus quase completamente.

– Epa, peraí – diz Marcus, fazendo careta. – Isso não é justo. É uma entrevista ou o quê?

– Certo! – gorjeia a mulher. – Como falei, vamos mudar tudo de que a gente não gostar. Você se lembra de pintar o mundo em volta dos amigos? De criar aquelas maravilhas para eles, do nada?

Marcus assente, olhando para as próprias mãos.

– Tenho todas essas lembranças de criar cenários para a brincadeira que a gente estava fazendo, independentemente de qual fosse. Mas não em 2D. De *fazer* recintos e florestas de verdade, com tudo o que tinha neles. Será que eu pintava cenários ou algo assim? Mas era tão rápido. Não consigo... não consigo compreender como isso faz sentido. Fiz alguns programas depois, e tinha roteiros, palcos e câmeras. Diretores. Luzes. Mas não me lembro de ter nada disso no nosso programa. Talvez seja só porque nesses outros programas eu tinha mais idade e reparei em coisas que não reparava antes.

– Então os outros programas que você fez não eram mágicos?

Marcus solta uma risada seca, passa a mão na cabeça raspada.

– Mágicos? Longe disso. Estive em outro programa infantil, depois fiz umas duas séries de comédia para pré-adolescentes. Um filme. Mas é uma idade esquisita para aparecer diante das câmeras e, depois que fiquei alto, tiveram receio de que eu fosse acabar tendo uma aparência muito *intimidadora*. – O rosto de Marcus é tomado pela raiva. – Enfim. Nunca consegui fazer a transição e deixar de ser ator mirim. Não tive aqueles momentos de arrebentar de tanto fazer sucesso adotando um estilo sexy, tipo "olha só, não sou mais criança". Não lancei nenhum álbum vestido de couro sintético, rebolando em cima de um caminhão de sorvete. Nenhunzinho. E agora já passei da idade de rebolar, de usar couro sintético e de ter oportunidades de arrebentar. – Marcus dá um sorriso, e o sorriso se desfaz em seguida, como se estivesse acanhado. – Ser ator deixou de ser divertido. Não era como no nosso programa. Acho que cresci, sabe? A coisa se transformou em realidade, não era mais brincadeira.

– E o programa era só brincadeira?

– Era. Brincadeiras, regras e lições. – A mão de Marcus vai parar no ombro, fica pairando logo acima, como se estivesse apoiada em cima da mão de outra pessoa. – "Esta luz está forte, vamos baixar. Não é muito certo só você brilhar." Era isso que eu cantava quando ia longe demais, para não me esquecer de me encaixar melhor na turma. Ainda fico cantarolando essa música o tempo todo. Essa e aquela da arrumação. Canto para o meu filho. Que odeia. – Desta vez, o sorriso de Marcus é sincero. – Gostaria que ele tivesse alguma coisa parecida com o círculo de amigos. Eu me preocupo com ele. É um bom menino. Um ótimo menino. Mas tenho receio de que minhas escolhas, meus próprios traumas, possam estar afetando ele.

– O que você quer dizer com "seus traumas"? – A mulher fala quase cantarolando, ninando Marcus e, ao mesmo tempo, incentivando-o a ir em frente. A ir mais fundo. Ele não tira os olhos da tela e daquela escuridão absurda de tão profunda que fica atrás da entrevistadora. Suas pupilas vão se dilatando lentamente, como se fossem um espelho daquela escuridão.

– Às vezes, acho que tudo seria melhor se tivéssemos terminado o programa de verdade. Se tivéssemos um ponto-final. O que eu gostaria, talvez, é que o programa jamais tivesse terminado. Naquela época, tudo era mais fácil. Mais simples. Depois do programa, eu sempre ficava com medo dos meus diretores, dos meus agentes e da minha mãe. – Ele faz careta, como se não tivesse a intenção de incluí-la. – Não quero me destacar nem arrumar confusão nem decepcionar ninguém. E é difícil não decepcionar pessoas adultas. Quase impossível.

– Mas, durante o programa, você não sentia medo?

As sobrancelhas de Marcus se arqueiam de surpresa, como se essa pergunta fosse um absurdo. Agora, as pupilas estão tão grandes que quase não se vê a íris.

– Eu nunca sentia medo naquela época. E ele nunca se decepcionou comigo, não dessa maneira. Ele me ajudou. Na verdade, eu...

Marcus fica em silêncio, a mão volta para o ombro. Desta vez, ele se aperta, em um gesto estranhamente paternal. Fala com um quê de maravilhamento:

– Acho que ele me ensinou a sobreviver. Me ensinou a agir, a recuar, a não revelar tanta coisa. Eu sempre botava tudo para fora, derramava meu coração por paredes inteiras, paisagens inteiras e mundos inteiros. Mas é assim que a gente se machuca. É assim que a gente é visto e destruído. Ele facilitou as coisas pra mim. Ficou mais fácil de me controlar, de ser o que eu precisava ser. Ficou muito mais difícil saber quando e o que esconder depois que ele foi embora.

A mão de Marcus se repuxa, os dedos afundam no ombro feito garras e soltam em seguida.

– Eu me sentia a salvo com ele de um jeito que nunca mais me senti. Sempre achei que minha mãe suspeitava de quem eu realmente era, mas pude impedi-la de *saber*. Com ele, eu sabia que ele sabia. De tudo. De cada parte de mim. E ele continuou ao meu lado. Assim como meus amigos. Javi. Isaac. Jenny. Val. Kitty. – Cada nome é dito de uma forma quase ritualística, como se fossem contas de um rosário. A expressão de Marcus fica um pouco mais nítida, o castanho das íris luta para se reapossar de seu território. – Eles me amavam como eu precisava ser amado. Sempre estavam presentes. Depois de um tempo, se tornaram a parte mais importante de tudo, sabe? Ele desaparecia no fundo escuro, mas as mãos dos meus amigos sempre estavam segurando a minha. Eu *precisava* deles. Entrei no programa logo depois que meu pai morreu: talvez tenha preenchido esse vazio. Ou, quem sabe, tenha sido cedo demais, e é por isso que essa época ocupa uma parte tão grande da minha mente. – Marcus sacode a cabeça. – O que minha mãe estava pensando quando me levou para fazer testes naquela época?

– Ah, mas você teve muita sorte: foi escolhido entre milhares de cartas escritas por pais do país inteiro. Ninguém fez testes.

– Sério? – Marcus está surpreso.

– Só crianças especiais foram escolhidas. O Mister...

– A gente não fala o nome dele – Marcus vai logo interrompendo. Passa a mão nos olhos, e as pupilas se encolhem de novo, param de engolir tudo o que a tela lhe oferece. – É uma regra.

O tom da entrevistadora é de brincadeira.

– Uma regra do programa? Como deixar tudo arrumadinho, sorrir e prestar atenção ao que os adultos dizem?

– Não, era uma regra nossa. A regra do círculo. A gente só falava o nome dele quando era obrigado.

– Foi Val quem inventou essa regra. Logo, não era uma regra *de verdade*.

– Se você tivesse conhecido Val quando era pequena e teimosa, saberia que o que ela dizia era lei. – O sorriso de Marcus é carinhoso. – Val estava no comando. Tudo começava e terminava com ela.

– Fale mais sobre ele. O nome que você não pronuncia.

Marcus se remexe na cadeira, coloca de novo a mão no próprio ombro.

– Ele não... não me lembro de tê-lo ouvido falar, nunca. Ele falava?

– Você está me perguntando?

– Você é a entrevistadora. Suponho que tenha feito uma pesquisa.

– O objetivo desta entrevista é ajudar você a se lembrar. Ajudá-lo a voltar a ser quem era naquela época.

Marcus se recosta na cadeira, enfim se dando conta do quanto tinha se aproximado da tela. Os braços se cruzam na frente do peito, impondo uma barreira. Fica claro, pela sua expressão, que está se dando conta do quanto falou, do quanto foi fundo sem ter a intenção.

– Eu não me lembro da voz dele, só da presença e da mão dele no meu ombro, quando precisava que alguém me puxasse de volta. As lições a gente recebia da... – Marcus estreita os olhos. – Não sei direito. Dos roteiros? Esqueci. Mas as lições eram importantes para o programa. Lições de moral normais para crianças. Obedecer. Ser feliz. Cumprir com a palavra. Você está murmurando uma canção? – Ele olha em volta, como se procurasse a fonte de algum ruído. – Está ouvindo isso?

– Cumprir com a palavra. Que lição interessante. Lembra-se dela?

Marcus dá uma risada sem graça.

– Na verdade, agora que falei em voz alta, é meio esquisito. É uma daquelas coisas que a gente leva ao pé da letra quando é criança, mas parece absurdo quando a gente tenta explicar.

– Tente mesmo assim.

Marcus inclina a cabeça, distraído, procurando a fonte do ruído.

– Sabe, é tipo quando a gente estende a mão e pede alguma coisa, tem que aceitar o que vem do outro lado para segurar a sua mão. Isso não faz sentido. Você não está ouvindo esse barulho? Enfim, não estou explicando direito. Provavelmente é tipo... bom, talvez seja meio "é isso que você vai ganhar e pronto, não faz manha"? Eu mando essa para o meu filho. Ele odeia. Mas cumprir com a palavra é mais complicado. Mais pesado. Porque não é só receber, é aceitar que vai dar alguma coisa para poder receber. – Marcus sacode a cabeça, perde a linha de raciocínio. – Talvez seja retorno. Você não está ouvindo mesmo? Tem alguma coisa tocando aí do seu lado? Está me enlouquecendo. Quase consigo saber o que é, mas...

– Você se lembra da música de abertura? Pode cantar. Eu começo: "Pegue na minha mão..."

Marcus fica em pé, de supetão.

– Não quero cantar essa música. – Dá a impressão de ter ficado chocado com a própria reação, mas não torna a se sentar.

– Tudo bem – gorjeia a entrevistadora. – Mas gostaria de assistir?

Marcus torna a se sentar, lentamente.

– Você tem gravações do nosso programa?

– Estou com o programa. Vamos fazer um trato. Deixo você assistir depois, se cantar essa música comigo. Você precisa aceitar que vai dar alguma coisa para poder receber, certo?

Ele assente, uma avidez desesperada em sua expressão.

– Certo. OK, combinado. Quero ver de novo. Preciso, eu acho.

A voz fica mais baixa, praticamente ronrona.

– Você o amava. Mesmo que não queira dizer o nome dele, você o amava. Pense nele. Ensaie a música. Guarde-a no seu coração até chegar a hora. E aí, quando cantar comigo, vai se lembrar.

O sorriso de Marcus é um tanto desconfiado, muito confuso. Disse tanta coisa que não queria dizer e talvez nem se lembre de tudo o que falou. Está com um ar atordoado, como se estivesse acordando de uma soneca que tirou sem querer. Fica em pé de novo, mas titubeia, tem alguma outra coisa borbulhando no peito, como uma azia. Várias emoções passam pelo seu rosto até que se inclina para a frente, franzindo o cenho. Pode ser que seus sentimentos em relação a isso sejam mais intensos, ou está bravo, ou chateado. É difícil dizer. Marcus se esforça há tanto tempo para não demonstrar seus sentimentos que às vezes eles se confundem quando estão vindo à tona.

– E se ele era mesmo só um *cara* qualquer, algum ator, e não faz a menor ideia de que continuamos aqui, falando nele, pensando nele, tentando descobrir se ele era uma pessoa, um boneco ou uma capa sem nada pendurada num arame que alguém sacudia em volta do palco? Essa figura gigantesca, avassaladora da minha infância e é só um cara qualquer. Sentado na sala, assistindo à TV e bebendo cerveja. Nunca pensa naquele emprego esquisito que teve trinta anos atrás. Aposto que nem se lembra de nós.

E aí vem uma risadinha estridente que não se encaixa muito na voz da entrevistadora.

– Ah, ele nunca se esqueceu de vocês. Juro. A magia nunca se esquece do sabor da sua amizade.

SETE

Val sai cambaleando da casa, sem enxergar, sem sentir.

Kitty. Uma irmã. Uma irmã sobre a qual o pai – o pai *das duas* – nunca comentou, nem sequer uma vez. Será que era Kitty que ele via quando olhava para Val? Por isso não suportava falar com a filha, mal conseguia olhá-la nos olhos?

Por que o pai sequestraria Val e deixaria Kitty? Ou será que trazer Kitty nunca foi uma opção? Será que já estava morta? Será que... foi culpa de Val?

E como ela foi capaz de simplesmente *se esquecer* da irmã? Será que tinha aperfeiçoado tanto sua capacidade de colocar coisas atrás de portas e trancar a sete chaves que conseguira trancar e esquecer de uma pessoa por completo?

Talvez fosse esse o motivo de sua vergonha. Ela fez alguma coisa, e a irmã morreu. Quando o pai dizia "em segurança", não estava se referindo a garantir a segurança de Val. Estava se referindo à segurança de todo mundo, com exceção dela.

Val é um monstro. Sempre soube disso, mas agora *sabe*. Não importa o que tenha feito de fato, ela se esqueceu da própria irmã depois disso. Apagou a existência de Kitty. Quem faz uma coisa dessas?

Uma mão aperta o ombro dela, de leve, mas com insistência.

– Desculpa, desculpa mesmo – diz Isaac. – Achei que você não queria falar dela, o que é compreensível. Se eu soubesse...

– Como você poderia saber? – Val esfrega os olhos. A sensação é de que a areia do deserto, sabe-se lá como, entrou neles, apesar de o ar ser pesado e sem vida.

– Você passou por muita coisa. – Isaac põe as mãos nos bolsos, mas não se mexe, contenta-se apenas em ficar parado do lado de Val. Em não a deixar sozinha. "Você estava sempre se escondendo, e ele sempre conseguia te encontrar."

– Como foi que ela morreu? – Val cerra os punhos, e a pele com marcas de queimadura, na palma da mão que coça, fica enrugada. "Um incêndio", pensa. Kitty morreu em um incêndio. O mesmo do qual Val não consegue se lembrar, mas traz na própria pele desde então.

– Não sei direito. – Isaac dá de ombros, sem saber o que fazer.

– Você estava lá quando tudo aconteceu?

– É... tudo muito confuso. Misturado. Não sei o que é verdade e o que apareceu nos pesadelos que eu tive depois. – Ele parece lamentar o fato de não ter mais para oferecer. Mas quem é Val para ficar brava com a falta de lembranças nítidas de alguém?

– Foi um acidente – diz Val, com um tom de pesar, citando a página da Wikipédia.

– Um acidente – concorda Isaac.

– E eu estava presente? – Val está com um nó na garganta, que dói. Se causado pela necessidade de gritar ou de chorar, ela não saberia dizer.

– Não.

As sobrancelhas dela se juntam em uma expressão dúbia de surpresa.

– Como? Tem certeza?

– Essa é a única coisa da qual tenho certeza. Aconteceu depois que seu pai levou você embora.

Val gostaria de poder se agarrar nisso. Mas não precisaria estar presente no estúdio para dar início ao incêndio, precisaria? Poderia ter feito isso do lado de fora, onde ninguém do elenco poderia enxergá-la. Talvez o pai a tenha pegado no flagra. Talvez tenha sido por isso que os dois foram embora.

Ela consegue imaginar. Uma miniversão dela riscando um fósforo. Agachando-se. Mas é como contar uma história sem vida para si mesma. Sem emoção, sem calor, sem nada de real nas imagens.

Isaac chuta a terra compactada do chão.

– E aí, o que a gente faz agora? – pergunta, e Val sente uma pontada de gratidão por ele ainda se incluir em seus planos. Estar com Isaac é mais fácil do que estar sozinha. Val nunca teve isso com ninguém antes dele.

– Vamos falar com a minha mãe e torcer para que ela saiba mais do que a gente.

Isaac solta um longo suspiro.

– OK. Mas sinto que não te preparei direito pra isso. Ainda mais agora, que sei que você não sabia... bom, de muita coisa. – Isaac tira os óculos e os limpa na camisa. O rosto parece estranhamente incompleto sem eles, como se o próprio Isaac estivesse fora de foco. – Sua mãe teve uma vida difícil.

– É, acho que teve. Uma das filhas morreu e a outra... – Val abraça o próprio corpo, desejando poder abraçar Isaac sem que isso seja esquisito. A palma da mão ainda coça, e ela imagina: se segurasse a mão de Isaac, será que tudo ficaria suportável?

Isaac coloca os óculos de novo, e seu rosto volta ao normal. A cabeça faz aquela estranha virada lenta, e o olhar se fixa na casa.

Sobre o que será que Javi queria conversar com ela? Provavelmente, sobre Kitty. Talvez saiba o que foi que aconteceu. Val deveria entrar e perguntar para ele. Ou talvez esteja tentando adiar o que precisa ser feito. Conversar com Javi lhe parece mais fácil, mas a mãe é a prioridade. Tem que ser. Coitada da mulher.

– Então é melhor a gente ir logo. – Isaac afasta os olhos da casa. Seu corpo se repuxa, quase estremece. O incômodo que Isaac sente em relação àquele lugar faz o ódio de Val pela casa parecer justificado. Os dois vão até o carro, e Isaac abre a porta do carona para ela.

– Espera aí! – grita Jenny, lá da casa. – Aonde vocês vão? – Ela se aproxima correndo dos dois, com o pânico estampado na face.

– Falar com a minha mãe – responde Val, já no banco do carona.

– Tem certeza de que é uma boa ideia? – Jenny olha para Isaac quando faz essa pergunta. – Se ela for embora de novo... – Jenny fica torcendo as mãos. – Não vai bastar.

– Eu não vou dar uma boa entrevista – explica Val. Não vai falar sobre nada desse assunto na frente de uma câmera. Não enquanto não souber mais a respeito do que de fato aconteceu. E talvez nem mesmo depois disso. Devia ser esse o conselho que Javi estava tentando lhe dar: não falar nada em caráter oficial. Não que Val pudesse fazer isso, mesmo que quisesse. – Você não precisa de mim para o podcast.

Jenny olha feio para ela.

– Eu *precisava* de você trinta anos atrás, e você foi embora. Você era nossa amiga e desapareceu, e todos nós pagamos o preço.

Val fica surpresa ao ver lágrimas nos olhos de Jenny. Talvez a raiva dela seja apenas mágoa. Mas, antes que Val tenha tempo de responder, Isaac põe a mão no ombro de Jenny e a vira de frente para a casa. Diz alguma coisa, tão baixo que Val não consegue ouvir, mas parte da tensão se dissipa na postura de Jenny. Ela assente, de modo brusco.

– Não se atrasem para o jantar de gala! – grita, enquanto Isaac entra no carro.

Isolada lá dentro, Val espera sentir alívio e se livrar daquele zumbido onipresente. Liga o rádio para abafá-lo, mas o sinal não pega, e fica com a impressão de que o ruído da estática só amplifica o zumbido.

Leva quase uma hora para chegarem à estrada pavimentada e Isaac poder acelerar. Quando pegam a rodovia, é quase meio-dia. Pelo menos agora faz silêncio mesmo, e Isaac não tenta substituí-lo por conversa. Dá a impressão de se contentar com o que Val tem a oferecer, sem nunca insistir para ela se abrir mais. Mas Val não se contenta. Nem um pouco. Precisa ter algo para pensar que não seja a obsessão por aquilo que não sabe.

– Quantos anos tem sua filha? – pergunta quando Isaac ultrapassa um caminhão solitário.

– Seis. – Ele não tira os olhos da estrada.

– Como ela é?

Isaac solta um suspiro.

– Faz um ano que não a vejo. Não deixa de ser irônico, na verdade, eu não conseguir dar um jeito de ver minha própria filha. Te contei que sou detetive particular?

Val solta uma risada seca.

– Lá no funeral, fiquei me perguntando se você e Javi eram da polícia ou detetives particulares, mas achei que você não fazia o tipo.

Um dos cantos da boca de Isaac se ergue, esboçando um sorriso.

– Foi porque eu chorei?

– Foi um pouco, sim.

– Passei tantos anos imaginando o que eu diria quando te encontrasse e, em vez de falar, deixei o copo cair no chão e comecei a chorar. – Isaac sacode a cabeça, mas o sorriso se expande, tornando-se algo verdadeiro. – Verdade seja dita: ninguém acha que sou detetive, coisa que pode ser bem útil. Minha especialidade são pais que sequestram os próprios filhos.

Isaac conta que tinha procurado por Val, que nunca parou de procurá-la. Antes que dê tempo de Val perguntar, ele diz:

– É, você é o motivo. Ter te perdido quando a gente era criança causou um grande impacto em mim. Em todos nós, óbvio. Enfim, o único estereótipo de detetive que tenho é o fato de ser alcoólatra. Meu pai e minha mãe são. Minha mãe conseguiu superar o vício quando eu tinha vinte e poucos anos, mas meu pai nunca conseguiu. Kaylee, minha ex-mulher, não tinha nenhum problema comigo quando eu bebia, porque eu não dava bola para o que ela fazia, para o fato de se acabar nas festas por aí. Foi quando parei de beber que ela não quis mais ficar comigo. Como no papel Kaylee parecia uma pessoa melhor do que eu, ela ficou com a guarda. Parei de beber pela minha filha, e perdi minha filha por causa disso. Desde então, tenho feito de tudo para tê-la de volta.

– Sinto muito, muito mesmo.

– Charlotte merece coisa melhor. Do que Kaylee e do que eu. Merece muito, muito mais. Eu só... – Isaac aperta tanto o volante que as juntas dos dedos ficam brancas mais uma vez, os dentes estão cerrados. – Estou dando um jeito. Posso fazer um acordo.

Val encosta a mão no braço de Isaac. Que está rígido, todos os tendões e músculos estão tensos. Mas Isaac relaxa quando Val encosta nele.

– Vai dar certo. Sei que vai. E, se eu puder ajudar... – Val deixa a frase no ar. Que burrice se oferecer. O que ela poderia fazer?

Mas Isaac vai logo balançando a cabeça.

– Valeu. Significa muito para mim.

Val não se arrepende de ter perguntado sobre Charlotte, apesar de não ter sido, nem de longe, o assunto fácil de conversar que esperava. Não é para menos que Isaac falou, na noite anterior, que o tempo que passaram juntos na infância foi a melhor época da vida deles. Até agora, Val desperdiçou todos os anos de sua vida se escondendo, e Isaac teve a melhor parte da vida dele roubada. Que dor será que Marcus, Javi e Jenny carregam?

A paisagem que os cerca continua naquele sobe e desce de morros e montanhas, salpicada de um verde resistente e daquelas rochas tingidas de laranja. A impressão é menos ameaçadora aqui na estrada do que naquela casa isolada.

– Que gosto será que aquele tom de laranja tem? – brinca Val.

– Você se lembra dessa? – pergunta Isaac.

– Dessa o quê?

Ele olha para Val com os olhos estreitados, porque está sorrindo. É um alívio ver essa expressão.

– Chuva colorida. Do programa. A gente dizia uma cor, e chovia a cor que tínhamos pedido. Cada cor tinha um sabor diferente.

Val nega, mas *tem* um indício de alguma coisa. Um retrogosto.

– Isso é muito estranho. Sempre vi cores e imaginei que gosto têm. Uma vez, falei para os filhos de Glória que sabia que gosto a cor verde tinha. Ficaram debochando de mim por um ano. Na verdade, ainda debocham.

– Você sempre pedia verde. – Isaac aperta ainda mais os olhos. – Jenny gostava de rosa. Marcus sabia mais nomes de cores do que qualquer um. Ainda não conheço algumas das cores que ele escolhia. E Javi sempre pedia as cores mais esquisitas em que conseguia pensar, tentando achar algo nojento para pregar uma peça em nós.

Val *quase* consegue se lembrar. É como uma corrente de ar que passa por baixo de uma porta, dando indícios do que há por trás. Mas não deixa de reparar que Isaac deixou Kitty de fora. Que cor ela escolheria?

– *Purpurina* – sussurra Val, o que não faz sentido, porque nem é uma cor.

O sorriso de Isaac se desfaz.

– Sim. Purpurina. Enfim, Jenny ficaria brava por a gente estar falando do programa. Estamos proibidos de fazer isso quando não estivermos dando entrevista.

– Mas eu não tenho como influenciar as suas lembranças se não tiver nenhuma lembrança real. – Val se vira e fica olhando pela janela. – Como será que eles faziam isso? A chuva colorida? Deve ser um efeito caro para um programa infantil, tingir água e depois derramar no palco.

Val quer saber qual era o truque por trás disso. Porque agora consegue acessar a estranha lembrança sensorial daquele gosto na boca. O verde não era de maçã verde, nem de menta nem de limão, era de *primavera*. Um torvelinho de vida se libertando depois de um longo inverno.

– Não sei – responde Isaac. – Eu me lembro de uma chuva de verdade. A gente entrava tanto na fantasia que a sensação era real.

– É. Somos todos prodígios da atuação, e essa foi nossa única oportunidade de mostrar nossos talentos para o mundo, e aí...

– E aí – completa Isaac – a magia acabou, e nunca mais nada teve gosto de verde.

Val fica olhando para aquela paisagem que se repete infinitamente. Talvez seja um cenário, um cenário em rolo, que fica se abrindo e mostrando a mesma cena para sempre. E por acaso a vida dela como um todo não foi um único cenário, um único ciclo de estações que se repetem sem nenhuma mudança de fato?

– E se você tiver razão? – pergunta.

– Provavelmente não tenho. – Isaac tenta dizer isso em tom de brincadeira, mas não consegue. – Digo, devo ter razão sobre alguma coisa. Mas você está falando do quê, especificamente?

– Que o motivo pra eu ter esquecido o programa é porque fui obrigada a fazer isso. Senão, saberia que fui feliz de verdade naquela época e jamais poderei ser de novo.

Isaac tamborila os dedos no volante. São dedos compridos, finos, que terminam em unhas cortadas com capricho. Val gosta do formato das mãos de Isaac. Gosta de tudo em Isaac, na verdade, do corpo magro, do fato de o rosto ser menos do que a soma das partes, do fato de ele pensar antes de falar, fazendo questão de escolher as palavras com cuidado.

– Mas, se tudo fosse perfeito mesmo, Kitty não teria... Você precisa saber, Val. Precisa saber que... – Isaac olha para Val, as palavras não saem e, em seguida, a cabeça vira para a frente de novo. – Bom, você precisa saber o que quer que queira saber. Acho que vai ser bom ir falar com sua mãe.

– Tomara que sim. – Val torna a se virar para aquela estrada sem fim, atenta, desesperada, esperando por qualquer sinal de mudança.

Quando as luzes do porão acendem, piscando, e revelam Javi, ele está com os punhos cerrados e erguidos, como se estivesse esperando ter que brigar com alguém. Só leva meio segundo para voltar ao seu eu calmo, inabalável. Vai para a frente na maior tranquilidade e se senta na cadeira que fica diante da tela.

– Oi, Javi – diz a voz, mais grave do que foi para Marcus.

– Se era para ser virtual, a gente não podia ter feito isso em um lugar mais confortável? – Javi cruza as pernas, fica com uma postura natural e confiante. – Ou de casa?

– Este lugar é importante.

– É, só que você não se deu ao trabalho de se deslocar até aqui, porque sabe que não faz o menor sentido. Mas você não me é estranha. A gente se conhece? – Seu tom é de perplexidade, sem nada daquele flerte que costuma estar presente em sua fala.

– Será? Deixe-me ler a sua apresentação. *Para você, que estava sentado no tapete, na frente da...*

– Espera aí, já está valendo? O podcast? Você está gravando neste exato momento?

– Sim. Por favor, não interrompa. Precisamos nos concentrar.

Javi faz sinal para ela continuar.

Para você, que estava sentado no tapete, na frente da TV, Javi era empolgante – e perigoso. Perigoso do jeito que uma criança de um programa infantil pode ser, de todo modo. Era o único que desafiava as narrativas, questionava o que estavam fazendo, introduzia um elemento de caos.

Estavam construindo um forte? Javi tentava fazer um forte tão alto que poderia subir até o céu. Estavam desenhando? Javi desenhava em si mesmo, tatuagens, escamas e palavrões, e tentava convencer os outros a fazer a mesma coisa. Estavam guardando todos os brinquedos que tinham invocado em seu devido lugar, na escuridão vazia? Ele tentava esconder um deles embaixo da camisa, guardar para depois.

Nunca dava certo, é claro. O Mister...

– Psiu. – Javi ergue a mão. – Não falamos o nome dele. É uma regra.

– Para mim, não é uma regra. É uma regra inventada.

Javi tenta rir, mas tem algo de irritação no seu sorriso.

– Todas as regras são inventadas.

– Não aqui. Aqui, as regras importam mais do que qualquer coisa. Você sabe disso. Além do mais, falei para não interromper. – A voz da entrevistadora fica mais ríspida, tornando a ficar empostada em seguida:

O Mister Magic sempre aparecia na frente de Javi, impedindo-o de passar. Nessas horas, você se dava conta de que Javi era pequeno – tão pequeno! Não era, nem de longe, grande como parecia ser quando estava declarando com bravura que iria sair dali escalando o forte. Nem tinha a ousadia que fingiu ter quando fez pixações na própria pele. Nem era sorrateiro como foi quando tentou ficar com algo que não tinha permissão para possuir.

Javi baixava a cabeça e pedia desculpas, e o Mister Magic colocava um dedo muito, muito comprido embaixo do queixo do menino e erguia a cabeça dele. Você soltava um suspiro de alívio, porque Javi foi travesso, em seguida repreendido e depois perdoado. Ele podia voltar à companhia dos amigos, ainda fazia parte do círculo.

Javi era a encarnação adorável, cabeludinha e levada de que as ações têm consequências. Fazia travessuras para que você não precisasse fazer. Ele modelava o mau comportamento e, depois, a repreensão, para você poder fazer o que deveria fazer, já que tinha visto seus impulsos serem levados a cabo na tela.

Você não tem curiosidade de descobrir o que este homem que está sentado à minha frente agora – bonito, bem-educado, talvez ainda um pouco travesso – conseguiu aprontar e se isso teve ou não alguma consequência?

Javi está com um brilho nos olhos quando cruza os braços.

– Bom, isso sim é que é uma introdução.

– Obrigada. Caprichamos bastante, deu trabalho. – Ela ri, o som ecoa pelo recinto.

Ele se solta um pouco.

– Você tem uma risada gostosa.

– Obrigada. Também caprichamos bastante, deu trabalho. Você se lembra de como era sua risada? Todo mundo que ouvia tinha vontade de rir também. Todo mundo que ouvia tinha vontade de estar lá, rindo com você.

Javi inclina a cabeça.

– Ninguém se lembra da própria risada, só das risadas que os outros dão da gente. E agora? Estamos gravando? – Ele olha em volta e vê, *sim*, a câmera fechando o diafragma. Ele arqueia a sobrancelha. – Uma câmera escondida? Sério?

– Escondida, não. Desapercebida, apenas. Tem diferença. Não se preocupe com a câmera. Instalamos equipamentos à prova de falha, só isso. Redundâncias. – Ela pronuncia essa palavra com uma ênfase deliciosa, como se saboreasse cada sílaba. – É terrível quando a gente depende de alguma coisa e essa coisa deixa a gente na mão. Mas essa expressão não é engraçada, à prova de falha? Será que as falhas provam alguma coisa?

– Você está me perguntando isso mesmo? Faz parte da entrevista? Por acaso você já ouviu algum podcast? Porque tenho quase certeza de que não é assim que funciona.

– Tudo faz parte da entrevista. Tudo faz parte do podcast. Por que não se apresenta, apresenta quem você é agora? Vai ser legal ouvir as coisas nas suas próprias palavras.

Javi mostra os dentes.

– Certo. Claro. Oi, caros ouvintes. Meu nome é Javier Chase, mas podem me chamar de Javi. Afinal de contas, já somos amigos, certo?

Somos amigos há muito tempo, se você está interessado em um programa infantil que foi ao ar há trinta anos. Eu diria "Vai fazer alguma coisa de útil!". Mas, como estou aqui conversando com vocês sobre o programa, não posso criticar, na verdade.

– E você foi?

– Fui o quê?

– Fazer algo de útil?

– Fui, como qualquer pessoa. Sou advogado. Tenho um cargo administrativo na Suprema Corte, graças ao nepotismo. Fui trabalhar no escritório da família, também graças ao nepotismo. Fica fácil ser promovido a sócio quando seu sobrenome está na fachada do prédio. Me casei com uma mulher da família Kennedy. Era isso ou uma da família Bush, e as festas dos Kennedy são melhores. Tive dois filhos. Agora, estou me divorciando da herdeira dos Kennedy. Os refugos dessa família também são um grupo diferenciado, justiça seja feita. Nossas festas também são boas. Estou tentando pensar o que mais eu não deveria dizer a meu respeito.

– Como assim, não deveria?

– Teoricamente, tudo precisa passar pelo experiente assessor de imprensa da nossa família. Talvez um ou dois grupos focais, para ver se as informações vão ser bem recebidas ou não. Vou me dar mal.

– Vai se dar mal com quem?

– Não se preocupe com isso. Não vão ficar bravos com você, mas sim comigo, independentemente do que eu diga. Penso assim: por que cutucar a onça com vara curta se a gente pode dar um chute no estômago dela? É como meu avô sempre diz: "Leva alguma coisa a sério pela primeira vez na vida, seu saco de bosta inútil". – Algo perigoso no olhar de Javi contradiz seu sorriso indolente.

– Então é por isso que você topou participar do reencontro? Para irritar sua família?

– Minha fase de adolescente rebelde terminou antes da hora. Talvez eu esteja tentando retomar minha juventude. Você foi uma adolescente rebelde?

– Nem uma coisa nem outra.

– Nem rebelde nem adolescente? Isso me parece uma história muito interessante, ou uma história muito chata. – Javi dá risada, passando a mão no cabelo. – Mas que sorte a sua. Experimentei tanto a adolescência quanto a rebeldia, e não acabou nada bem. Fizeram questão de me dar uma lição. Pode acreditar quando digo que não eram tão gentis quanto o nosso amigo da capa. – Ele ergue a cabeça como se tivesse um dedo imaginário embaixo dela. Em seguida, sacode a cabeça, abaixa o queixo.

– Você agora tem filhos. Eles estão recebendo as mesmas lições?

Javi faz uma careta.

– Do que você está falando?

– Quero dizer, quem é que os está educando? Por acaso você é brando, como seu amigo da capa, ou seus filhos estão aprendendo do mesmo jeito que sua família lhe ensinou? Você quer retomar sua rebeldia da adolescência. E a sua felicidade da infância? E a felicidade da infância *deles*? Gostaria que eles tivessem algo parecido com o círculo de amigos, um lugar onde você teria certeza de que seus filhos estariam em segurança?

– Mas a gente não estava em segurança. Mais para o final, não.

Ouve-se uma descarga de ruídos de estática, e o zumbido de fundo fica ensurdecedor. Javi se encolhe todo e tapa os ouvidos. Parece menor, uma expressão assustada substitui seu costumeiro ar confiante.

– Não vamos falar sobre o fim agora – diz a voz, prosseguindo como se nada tivesse acontecido. – Estamos falando do meio. Do meio infinito, sem um começo na lembrança, sem um fim à vista. Não era mágico, seis amigos especiais que eram perfeitos para o círculo, que eram perfeitos para o Mister Magic ajudar, eram perfeitos para ajudarem uns aos outros e eram perfeitos para ajudar também todo mundo que estivesse assistindo? Aprender, crescer e receber lições junto com eles? Não gostaria de poder dar isso aos seus próprios filhos?

Javi mudou de postura. Está na defensiva, não tem como fingir que está à vontade. Não para de olhar em volta. Fica claro que se sente observado de uma maneira que não é mais só uma atuação para a câmera.

– Estou me saindo bem. Meus filhos estão bem, eu acho.

– Você acha? Ou torce para que estejam? Ou finge que não vê que não estão?

– Eu...

– As pessoas acham que a vida das crianças é simples, fácil, mas é o contrário. *Tudo* o que acontece ao redor delas as afeta, e elas não têm o poder de reagir a nada disso. Mas lá, com ele, você tinha todo o poder nas suas mãos. Conseguia afetar tudo que o cercava, literalmente mudar a situação com as coisas que imaginava, com as coisas que sonhava. Você teve exatamente o que precisava. Só tinha que invocar o Mister Magic e obedecer às regras.

Javi se encolhe todo ao ouvir aquele nome, e volta a ser quem era antes. Estreita os olhos e se inclina para a frente, baixando a voz:

– Na minha opinião, parece que você tem sentimentos muito intensos por um programa que terminou há trinta anos.

– Você não tem? Por acaso o programa não influenciou todas as decisões que tomou desde então?

Javi insiste, sem responder à pergunta.

– Qual é o seu verdadeiro motivo para fazer este podcast? O que querem ganhar com isso?

– Estamos fazendo isso porque o círculo se rompeu e, quando se rompeu, a magia se rompeu. E a infância de vocês também. Rompeu *você*, que foi expulso antes da hora, e isso não foi justo. Para ninguém. Perdemos todas as crianças que assistiam ao programa e todas as crianças que deveriam estar assistindo desde então. Queremos formar o círculo de novo, por todos vocês e por todas elas.

Javi retorce os lábios, como se sentisse um gosto ruim na boca.

– Não finja que era mágico. Se fosse, Kitty não estaria morta. Por acaso descobriu alguma coisa a esse respeito? Por acaso havia algum tipo de abuso acontecendo no estúdio? É melhor me deixar a par se tem a pretensão de ser um Ronan Farrow ou algo do tipo.

– Não sei quem raios é Ronan Farrow.

– Ronan Farrow, o filho de Woody Allen e Mia Farrow. Aquele que falou que o pai abusava sexualmente da irmã.

– Você se lembra de algum tipo de abuso?

Ele cerra os dentes. Relaxa. Cerra. O queixo se ergue de novo e baixa em seguida, deliberadamente.

– Não. Eu me lembro de me dar mal. Esse era o meu papel. Mas nunca houve... não, naquela época não. Naquela época não havia nenhum tipo de abuso.

– "Naquela época" é uma escolha de palavras interessante. Houve abuso depois?

– Por acaso está me perguntando se a ilustre, respeitada, fabulosamente rica família Chase seria capaz de abusar de alguém do próprio sangue? Se seria capaz de demonstrar, com exatidão, para a criança que é só alguns tons mais escura do que deveria o que ela significa pra família, se seria capaz de demonstrar, com exatidão, a que ponto chegariam para domá-la e impedir que faça a família passar vergonha? – O sorriso de Javi é absolutamente arrasador. – Não de uma forma que fosse possível de provar.

– Então, no programa... – A entrevistadora murmura uma nota para instigá-lo a responder, e Javi fica com os olhos fixos em um ponto além dela. Há algo na maneira como o preto da tela, a absoluta ausência de tudo em volta da entrevistadora, se reflete nos olhos dele. Arranca algo de Javi, parece que ele não pode fazer nada a não ser preencher aquele vazio.

– Ele dizia pra gente quais eram suas expectativas, e nós atendíamos. Até eu. Era fácil. Quem sabe, se tivesse ficado mais tempo no programa, poderia ter aprendido direito essa lição e evitado o que aconteceu depois. – Os ombros de Javi se encolhem. Ele está com uma expressão cansada demais para ainda ter desconfiança, as pupilas enfim se expandem e devoram a cor dos olhos. – Quer saber? Sim. Gostaria, sim, que meus filhos tivessem alguma coisa parecida com o programa. Para assistirem ou até participarem. Não sei como tirá-los dessa situação na qual os coloquei, como dar a eles uma educação mais branda. Uma maneira de moldá-los que não os destrua. Sou um homem adulto e ainda tenho medo da minha própria família. E sou covarde demais para salvar meus filhos deles. Talvez o pai da Val tivesse razão. Pegue seu filho e fuja, sem olhar pra trás.

A voz da entrevistadora fica mais ríspida, mais grave.

– Por acaso Val parece feliz? Você acha que o pai dela a salvou de alguma coisa?

Javi faz que não com a cabeça.

– Não. Ele não a salvou. Val está completamente diferente do que era. De quem era. Aquela Val nunca teria... ela não teria nos abandonado, sabe? Jamais. Agora, ela parece um fantasma. Tudo que a tornava especial desapareceu. Ela nem... nem se lembrava de Kitty. Dá pra acreditar nisso?

Outra descarga de estática tão alta que Javi grita, tapando os ouvidos.

– Dá pra fazer isso parar? Parece que tem uma coisa se enfiando no meu cérebro.

A voz é calma e aveludada:

– Tudo fazia sentido quando você estava no círculo, e nada mais fez sentido depois. Você se sentia amado, se sentia em segurança e se sentia completo.

Javi destapa os ouvidos com todo o cuidado, como se estivesse em dúvida se é ou não seguro fazer isso.

– Sim. E isso é o mais foda... Desculpe o palavrão. Eu sei. "Limpa a boca, limpa a mente, é assim que a gente é contente." O que eu quis dizer é tipo... é, essa é a pior parte, não é? Mesmo sabendo o que aconteceu com Kitty, ainda olho para aquela época e gostaria que não tivesse terminado. Gostaria de poder ser aquele menino, pregando peças e fazendo travessuras. Quando tinha tão pouca coisa em jogo e quando a repreensão era tão branda. Quando a gente podia contar uns com os outros. Então, quem sabe, a ideia seja: pegue os seus filhos e encontre seu próprio Mister...

Javi fecha a boca de repente. A mão sobe, tapando os olhos. Impedindo que alguém os veja. Quando baixa a mão, os olhos retornam ao normal, e o sorriso refinado também volta.

– Bom, encontre sua própria magia, suponho. O jeito mágico de proporcionar aos filhos a infância perfeita, que os transformará em adultos melhores do que você poderia ter sido. O jeito mágico de desfazer todos os traumas que os pais lhe causaram, de deixar os filhos felizes, em segurança e protegidos para sempre. Talvez seja por isso que *você* ainda seja obcecada pelo programa, talvez seja por isso que viemos para cá feito mariposas atraídas por uma chama.

– Você tem saudade da magia.

Javi sacode os dedos pelo ar, em um gesto sarcástico.

– A magia da infância. – Mas, conforme vai baixando os dedos, sua expressão vai ficando melancólica. Ele repete a própria frase, desta vez sussurrando, com um tom de anseio: – *A magia da infância.* Você é boa nisso – diz, franzindo o cenho. – Eu não pretendia comentar nada de real. Como conseguiu o que décadas de terapia não conseguiram?

– Exatamente o que você disse. *A magia da infância.* Você gostaria de rever, Javi?

– Rever o quê?

– A magia.

– O programa? Você tem gravações dos episódios? – Ele chega mais para a frente, afoito, com a avidez estampada no rosto.

– Tenho todos. Mas, antes, vai ter que fazer algo para mim. – A voz da entrevistadora assume um tom de brincadeira, um toque de travessura. O mesmo tipo de travessura que Javi fazia quando era parte do círculo, porque esse era o seu papel: ela o convida para brincar também. – Vamos fazer um trato.

Javi aperta os olhos, desconfiado. Mas não vai para trás, para aumentar a distância entre ele e a tela. Porque não importa o que Javi diga para tentar convencer a si mesmo, não importa o quanto seja espertinho ou cínico, ele quer aquela magia de volta.

– Que trato? – pergunta.

E, desta vez, a descarga de estática não causa dor. É um ronronar convidativo.

OITO

– Tudo bem com sua mão? – pergunta Isaac, ao sair da rodovia.

– Quê? Ah. Tudo. Tem algo incomodando a palma da minha mão. – A pele de Val está com listras vermelhas, as marcas de queimaduras estão inchadas, como se estivesse com urticária. – Já chegamos a Júbilo? Podemos fazer uma parada pra ir ao banheiro? – Ela não quer ter que usar o banheiro da mãe. Isso lhe parece intimidade demais, o que é absurdo, considerando que a mulher a trouxe ao mundo.

– Podemos parar. Mas ainda não chegamos a Júbilo. O nome dessa cidade é Harmonia, acho.

Harmonia não passa de um punhado de casas espalhadas em terrenos em volta da rodovia. Provavelmente, gente à procura de um lugar barato para se aposentar. Val gostaria que já estivessem em Júbilo, para não ter mais tempo de pensar e de se preocupar.

Isaac para em um posto de gasolina. Val se permite sonhar acordada por alguns instantes, imaginando que estão fazendo uma viagem de carro. Vão comprar petiscos e guloseimas, continuar na estrada até chegar ao Parque Nacional de Zion ou ao Grand Canyon. Val sempre quis conhecer o Grand Canyon. Agora, quer conhecê-lo com Isaac. Consegue imaginar com mais clareza qual seria a sensação de estar à beira do maior precipício do mundo com ele do que a sensação de encontrar a própria mãe.

A culpa a apunhala. Acabou de descobrir que a mãe não morreu *e* que tem uma irmã que morreu e já está, de novo, tentando se esquecer.

Quando Val desce do carro, o ar é opressivo de tão quente, como se estivesse parada na frente de um forno aberto. Mas pelo menos o zumbido sumiu por completo. Insetos não devem morar por ali. Ela entra correndo no posto de gasolina, onde está tão quente quanto lá fora, mas também abafado. O lugar é abarrotado, as prateleiras ficam próximas demais umas das outras, com aquela miscelânea estranha de lojinha de conveniência de cidade pequena, com tudo que alguém pode, na hora, se dar conta de que está procurando. Camisinhas ao lado de carregadores ao lado de brinquedos ao lado de uma grande variedade de bonés defendendo o porte de armas ou outros direitos garantidos pela Segunda Emenda. Isaac para na frente de uma manta de sofá que reproduz a *Mona Lisa*.

– Você não precisava disto aqui? – Ele aponta para a manta como se apresentasse um dos prêmios do *game show* preferido de Glória, em que os participantes tentam adivinhar o valor dos produtos. Val não consegue imaginar que exista um preço certo para essa manta.

– Nunca precisei tanto de uma coisa na vida. – Val ri, desvia de Isaac e vai para o banheiro. Na saída, pega uma Coca-Cola. Não quer gastar o pouco dinheiro que tem, mas precisa do consolo do açúcar e da cafeína. No balcão, uma mulher idosa de cabelo preto e um glorioso batom magenta lê um livro brochura já bem gasto.

Val põe o refrigerante em cima do balcão. Como Isaac já voltou lá para fora, estão só as duas ali.

– Oi – diz ela.

– Hum-hum. – A mulher tira os olhos do livro. – Indo para Saint George?

– Não. Vamos para Júbilo.

A mulher franze o cenho e olha de verdade para Val pela primeira vez.

– Vocês não são daqui. O que vão fazer em Júbilo?

– Eu... – "Vou perguntar pra minha mãe supostamente morta o que aconteceu com minha irmã de fato morta, e da qual eu me esqueci, para poder confirmar se sou ou não responsável por todas as coisas ruins que já aconteceram na minha vida." – Estou procurando imóveis – Val responde.

A mulher dá uma risada debochada.

– Procure em outro lugar, querida. Pode acreditar em mim. É melhor não ter nada a ver com aquele lugar.

Val fica com a sensação de que precisa justificar a mentira que contou.

– Só que eu gosto do deserto.

– O deserto tem mesmo um jeito de se infiltrar na alma da gente. É a única paisagem que diz a verdade a nosso respeito: a gente é pequena, a gente está sozinha e não tem a menor importância. E tudo bem. – A mulher fica em silêncio, pega um guardanapo e limpa as gotículas de água que se condensaram na garrafa de Coca e a devolve para Val. – Mas Júbilo, não. É melhor não se fiar em nada que Júbilo diga a seu respeito. Vá para qualquer outro lugar. Certo? – A idosa fixa os olhos em Val e fica esperando até ela assentir. – Certo. Agora, sim, você foi boazinha. Dois e cinquenta.

– Dois e cinquenta?

– Pela Coca.

– Ah. Certo. – Val entrega o dinheiro, pega o troco e sai correndo.

A mulher a deixou assustada. Não por ter insistido que ela não deveria ir para Júbilo, mas pelo instinto que Val tem de mentir. Se não consegue nem dizer em voz alta por que está indo para lá, como vai conseguir falar com a mãe?

– Eu consigo – diz Val, com seus botões. O pai virou a teimosia da filha contra ela mesma, usando-a para mantê-la firme no lugar, lá no rancho. Val não vai permitir que ninguém nem nada a impeça de descobrir por que os dois acabaram indo para lá. Ela consegue falar com a mãe e vai falar.

Val entra no carro. Isaac já está com o motor ligado, com o ar-condicionado a mil, para que fique agradável lá dentro. Isolados dentro do veículo, a salvo do calor, a salvo do mundo.

– Vai dar tudo certo – diz ele. Pelo jeito, Val não sabe esconder muito bem suas emoções.

Ela se agarra ao olhar de Isaac como se fosse um colete salva-vidas.

– É. Isso não precisa mudar nada.

Isaac franze o nariz.

– Bom...

Val solta uma risada trêmula.

– Tá bem. Muda. Tudo. Mas é isso que eu quero. Mudança. É isso que pedi.

– Você pediu?

O dia em que o pai morreu. A porta aberta. Quando ela enfiou a mão e pediu, não pediu que o pai estivesse bem. Pediu que outra coisa – qualquer coisa – acontecesse. E foi isso que recebeu, no fim das contas, não foi?

– "E, quando tiver um probleminha" – ela começa a cantar, erguendo a mão.

Isaac segura a mão de Val, depressa. Depressa demais. Ela olha para ele, surpresa, mas Isaac dá um sorriso e aperta seus dedos.

– A gente não está com um probleminha. – Isaac solta a mão dela e pega a estrada. – Preciso te avisar – diz –, tem muitos sapos. Na casa da sua mãe.

– Como assim, sapos?

– Você vai ver.

– Certo... – Val ri da tentativa de Isaac de fazer mistério.

Eles não voltam para a rodovia, viram à direita, adentrando as montanhas. A estrada é longa e deserta. Mas, pelo menos, é pavimentada. Depois de quase uma hora, sem preâmbulo nem aviso, chegam a uma cidade pequena.

– É... encantadora, não?

Talvez seja por isso que a mulher do posto de gasolina odeie Júbilo. Coloca a trôpega e esparsa Harmonia no chinelo. Os bairros são dispostos em um quadriculado perfeito. As ruas são de um preto reluzente; as calçadas, brancas; os gramados, verdes. Árvores altíssimas trazem alívio do sol, posicionadas em intervalos regulares em todas as calçadas, protegendo todas as casas. É tipo o tabuleiro de um jogo com todas as peças dispostas: um jogo que Val tem vontade de jogar. Um jogo do qual quer participar. A rua principal fica logo à frente, com imponentes prédios lado a lado, feitos de tijolos vermelhos com detalhes em azul-escuro. Isaac não vai mais devagar, mas Val gostaria que fosse. Passam por um mercado, uma escola, uma igreja, a prefeitura e por um prédio que parece um hotel, com sacadas brancas de fora a fora e lindas portas em arco. Por que não poderiam ter ficado *ali*?

– É – diz Isaac –, é uma gracinha. – Ele não olha nem para um lado nem para o outro, vai reto e até acelera um pouco.

Val imagina como teria sido crescer ali, ir à escola, voltar andando para uma casa normal, em uma rua normal. Frequentar a igreja, até. Fica tentando adivinhar de que religião é aquela igreja, que tem um pináculo altíssimo, sem nenhuma cruz no topo. Será que a mãe frequenta aquela igreja? Será que Val frequentaria?

Será que viver ali seria jubiloso de fato?

Só que Isaac não entra em nenhum dos bairros. Atravessa a cidadezinha sem parar nela e faz a volta em um morro. Sem grama verde, sem árvores altíssimas. Estão de volta ao deserto, a miragem de Júbilo se evaporou atrás deles. Val murcha quando seu destino se torna claro.

O Camping Fontes Jubilosas brota do chão feito algo que a gente encontra debaixo de um pedaço de madeira podre. Os trailers sem rodas são caóticos e ficam direto no chão, espalhados em volta de uma central. Val meio que espera que criem pernas e saiam correndo quando o carro se aproxima. Agora que gostaria que Isaac acelerasse, ele vai mais devagar, entra no camping lentamente, como se esperasse encontrar crianças brincando na área. Pelo jeito do lugar, nenhuma criança já brincou ali. Tudo é desbotado pelo sol e rachado, tingido de laranja por causa da terra cor de ferrugem. Um varal de roupas esquecidas está pendurado, meio frouxo, salpicado de poeira.

– Ai, meu Deus – sussurra Val, vendo o destino que os aguarda. – Os sapos. – Isaac não estava brincando. Se o camping mais parece uma infestação de fungos, o trailer da mãe é o coração da infestação. Dezenas de sapos de pedra, cerâmica, gesso e plástico formam montes em volta do terreno de um trailer da cor de ossos alvejados, com rachaduras amareladas e um preto de podridão que sobe do solo. – Que insanidade.

– Que alegre, talvez? – Não adianta, e Isaac desiste. – É meio insano, sim. Eu devia ter te preparado melhor.

Val se sente cercada por olhos de sapo. Mas o pior são os sapos que, devido ao clima ou à passagem do tempo, não têm olhos. Isaac coloca o carro em ponto morto, entreabre a janela e desliga o motor.

– Não entre comigo – Val vai logo dizendo. – Preciso ir lá sozinha. Mas não vá embora! – Ela pretendia libertar Isaac deste fardo. Mas não pode ficar ali. E, ao que tudo indica, a mãe não tem carro. Não um carro que funcione, pelo menos. Val ficaria ilhada.

Isaac segura a mão de Val, que tem razão a respeito de uma coisa, pelo menos: quando Isaac segura sua mão, a palma coça bem menos.

– Eu nunca iria embora sem você – diz ele.

Outra pessoa poderia falar em tom de brincadeira, mas Isaac fala com a mais absoluta sinceridade, e é disso que Val precisa no presente momento. Tem a sensação de que ele é seu único amigo. Mais do que isso. A única pessoa que ela tem no mundo. Sua âncora. E ontem sequer se lembrava do nome do homem.

Ai, meu Deus. "Nomes." Val não faz ideia de qual seja o nome da mãe.

– Eu não a conheço – começa a dizer, mas, como sempre, Isaac está lá para ajudá-la.

– Debra.

– Debra. – Nada lhe vem à mente. Ou Val já está com os nervos tão à flor da pele que nem perceberia caso isso acontecesse.

Isaac pensa por alguns instantes e fala logo em seguida.

– Debra não está bem. Não sei de que outra maneira posso explicar. Ela não é louca nem perigosa nem nada, é só... um pouco aérea.

Val se prepara para o pior. Mas demora para abrir a porta.

– Se ouvir sirenes ou vir a polícia vindo...

– Por que isso aconteceria?

Val dá de ombros, envergonhada, sorrindo para fingir que foi brincadeira. Mas não é. Existe prazo de prescrição para incêndio criminoso? Para homicídio? Para o que quer que tenha feito de tão ruim que a fez fechar a porta da própria infância e trancar a sete chaves?

Isaac sorri para Val, entrando na brincadeira.

– Se a polícia vier, podemos dar uma de Thelma e Louise e fugir.

– Não são elas que se jogam de carro num penhasco? – Val nunca assistiu a nenhum filme, mas leu um monte sinopses na internet, usando o computador de Glória. Odeia não compreender referências.

Isaac faz uma expressão de *credo*.

– Certo. Bonnie e Clyde também morreram. Butch Cassidy e

Sundance Kid também. Fugir da polícia em locais ermos não termina muito bem. Então, vamos torcer para as coisas não chegarem a esse ponto. – O sorriso se desfaz, e os olhos ampliados de Isaac dão a impressão de segurá-la bem apertado, como se estivesse abraçando Val. – Você não fez nada de mau, Val. Era só uma criança.

Como Isaac sempre sabe o que ela está sentindo? Val quer se apegar à segurança que ele lhe dá, mas está enganado. Ela fez, *sim*, algo de mau. É por isso que nunca tentou mudar de vida, lá no rancho. Porque aquela era a vida que merecia.

Val sai do carro. Os insetos e seus zumbidos estão de volta, mas o barulho não é tão alto. Talvez a praga de sapos falsos os tenha afugentado. Ela vai desviando com todo o cuidado até chegar ao alpendre da frente, que não existe. Há uma porta de tela pendurada, meio capenga, a meio metro do chão de terra. Dois blocos de cimento empilhados fazem as vezes de degraus. Val põe a tela para o lado com o cotovelo, cerra o punho e o ergue no ar.

Aquela é uma porta que jamais poderá ser fechada de novo. Neste momento, está apenas entreaberta. Se Val esticar o braço, não sabe o que vai segurar sua mão. Terá que aceitar, porque está pedindo. Esse é o trato. Vai descobrir o que foi que fez e, talvez, também tenha que pagar por isso.

Val bate na porta.

Depois de uma espera agoniante, uma fresta se abre, revelando um lado de dentro empoeirado e com pouca luz – e uma mulher ainda mais empoeirada e com menos luz. É mais baixa do que Val, o cabelo grisalho e espigado cortado bem rente ao couro cabeludo. Mas as sobrancelhas continuam sendo um espelho escuro e marcante das de Val, e ela tem os mesmos olhos de fada, emoldurados pelos mesmos cílios grossos e pretos.

Val é atingida por uma parede de lembranças. O cheiro atravessa tudo, entretanto. Floral, penetrante e de mofo. O perfume da mãe...

Val está parada atrás de uma porta, com o peito arfante, apertando os dentes, os punhos cerrados com tanta força que as mãozinhas doem. Consegue ouvir que estão falando dela, consegue sentir o perfume forte da mãe que ficou nas roupas de dentro do armário, onde está escondida.

"O que mais podemos fazer com ela?" A voz da mãe. "Cansei, Steve. Cansei. Não posso continuar indo até o colégio, tentando dar um jeito nos problemas que ela cria. É culpa sua ela ser desse jeito. Culpa sua ser tão teimosa e rebelde. A gente deu sorte de estarem dispostos a ficar com ela, pra começo de conversa. Se não concordar, então...

"OK." Pela voz, o pai dá a impressão de estar exausto, de estar por um fio. "OK, vamos tentar."

"Eu não vou!", grita Val, escancarando a porta.

"Mas que porcaria!", a mãe também grita. "O que você está fazendo aí dentro?"

"Você não pode me obrigar! Não vou sem a Kitty!"

"Você vai fazer o que a gente mandar!"

Só que Val não vai fazer. Os dois sabem disso. Ninguém é capaz de obrigar Val a fazer o que ela não quer. Ela vai vencer a discussão, custe o que custar.

Não vai deixar Kitty para trás, não com ela*. Não naquela casa, não naquela escola, sem Val para protegê-la. Não confia em mais ninguém para protegê-la. Nem mesmo no pai. Ele não tem força para isso. Só Val tem. Val não liga de ir embora. Pode até ficar feliz de ir. Mas nunca, jamais, vai abandonar Kitty.*

Val pisca, voltando a si mesma, voltando para o presente momento. Voltando para a mãe que não via há trinta anos, parada diante dela, estreitando os olhos.

Val ergue a mão sem jeito, abaixa em seguida.

– Oi. Sou eu. Val. Valentine. Sua filha. – Ela continua enumerando descrições, esperando para ver o momento em que a mãe vai reconhecê-la. Imaginando se será com lágrimas, alegria ou raiva. Preparando-se para qualquer coisa.

Em vez disso tudo, a mãe solta uma pequena bufada. A expressão demonstra todo o interesse de alguém que está passando pelos canais da TV a esmo, resignada a não encontrar nada que realmente queira assistir.

A mãe que Val perdeu há tanto tempo dá um passo para o lado.

– Bom, entra, acho.

Quando as luzes acendem, piscando, alguns segundos depois da câmera, Jenny já está se dirigindo à cadeira, sem hesitação. Só que não se senta. Em vez disso, fica em pé, parada perto da tela, procurando alguma coisa. As rugas finas em volta dos olhos se espremem.

Ela solta um suspiro de decepção e recua.

– Eles saíram. Isaac e Val. Vamos precisar adiar a vez de Isaac.

– Não precisamos nos preocupar com Isaac. Ele sempre está onde deveria estar.

– É, só que eu literalmente acabei de dizer que ele saiu com Val. – Jenny massageia a testa, como se estivesse com dor de cabeça. – Mas vai voltar. Vai, sim. E vai trazê-la. Que nem fazia quando Val dava um jeito de sair de fininho. Eu me lembro da primeira vez que ela sumiu. Todo mundo ficou histérico. Estava na hora da arrumação e tínhamos feito um caos, como sempre. E, como sempre, tínhamos que guardar tudo antes de parar.

– Por quê?

– Você sabe por quê. Ele estava lá, mas não estava sempre *lá*, principalmente depois que Val assumiu o controle. Mas coisas como bagunça, travessura e choro o invocavam, e ele vinha nos ensinar.

– Não, estou perguntando por que precisavam parar. Não podiam continuar brincando? Continuar sonhando?

A expressão de Jenny se anuvia.

– Isso foi ideia de Val, desde sempre. Ela disse que a gente precisava descansar e não podia fazer isso enquanto ele estivesse lá.

– Por que não?

– Só estou contando o que ela disse. *Eu* nunca soube o porquê. Enfim, estava todo mundo pronto para a hora do descanso, mas Val tinha conseguido dar um jeito de se perder. Não do jeito que Marcus se perdia, quando ia longe demais na fantasia e o Mister Magic tinha que trazê-lo de volta. Mas, tipo, se perdido *de fato*. Sumido. O pessoal estava entrando em pânico, dizendo que a gente tinha que encontrá-la antes que ele chegasse, antes que visse. Senão, não teríamos como colocá-lo de volta, senão a capa dele ficaria grande demais e fria e... – Jenny para de falar, um leve franzir do cenho aprofunda a ruga que ela tem entre as sobrancelhas. – Então, ficamos todos chamando por Val. Kitty estava chorando, claro. Javi estava irritado, provavelmente porque não teve a ideia de fazer isso antes de Val. Mas Isaac se enfiava nos cantos mais escuros, tateando. E aí encontrou o ponto fraco por onde ela tinha saído. Deixou Javi encarregado, o que, na verdade, era a única maneira de fazê-lo se comportar, e aí Isaac também sumiu. Ficaram lá dentro por tanto tempo. A gente arrumou tudo, depois fez bagunça, e arrumou tudo e fez bagunça, qualquer coisa para enrolar, ficamos tão cansados que mal conseguíamos fingir que estávamos nos divertindo. Marcus já tinha pintado pra gente metade de um parquinho velho e chato quando os dois enfim saíram, a Val de mão dada com Isaac. Ele estava tão aliviado, e Val... – Jenny retorce um dos lados da boca. Escárnio, mas também confusão em sua expressão. – Estava com cara de quem tinha acordado em um pesadelo.

– *De* um pesadelo, você quis dizer. Conheço essa expressão.

– Não, não foi isso que eu quis dizer. Enfim, Isaac encontrou Val naquela época, e a encontrou agora. Vai levá-la aonde ela precisa estar. – Jenny morde o próprio lábio, como se não tivesse cem por cento de certeza. – Val está tão diferente. Tenho medo de que não baste. Ela precisa se lembrar, mas... parece que ficou para trás também, lá dentro, e essa nova Val é uma cópia malfeita. – Seu olhar fica vago, fixo em algum ponto invisível da parte preta da tela. – Será que algum de nós, na verdade, conseguiu sair? – choraminga.

A voz aguda e alegre da entrevistadora faz Jenny voltar ao presente.

– Isaac vai encontrar a Val de que precisamos. E você vai ajudar. Se sai tão bem ajudando. Podemos fazer nossa entrevista agora, se quiser.

Jenny solta uma risada que denuncia olheiras, estrias na barriga e o fato de que não tem uma noite inteira de sono em mais de uma década.

– Não. Não quero falar sobre ele. Quero falar *com* ele.

– Bom, isso não é possível, bobinha! Se fosse capaz de chamá-lo, nenhum de nós estaria aqui, estaria? – A voz fica mais grave, ríspida, mostra mais os dentes. – *Estaria?*

– Não. – Jenny baixa a cabeça.

– Exatamente! Mas cumpriremos o cronograma. É importante cumprir o cronograma. Você sabe disso. – A entrevistadora muda de tom, assume a voz empostada para o podcast.

Mesmo que adorasse o programa, mesmo que tenha assistido com devoção até o último episódio, você se esqueceu de Jenny.

Não tem problema. Jenny vai te perdoar. Ela era coadjuvante, a melhor amiga, a que estava sempre disponível, pronta para apoiar qualquer coisa que você quisesse fazer. Ela escolhia as brincadeiras? Chamava o que queriam tirar da escuridão que os rodeava? Foi líder, se rebelou, conduziu, criou ou exigiu? Não. Ela era apenas Jenny. Bem ali, do seu lado. Pronta para brincar. E isso era tudo o que ela queria: ser incluída, ser aprovada.

Fazer parte do círculo.

– Pare com isso – diz Jenny.

Você pode até não se lembrar de Jenny, mas ela era importante. Crucial para a magia, para a diversão. E aqui vai um segredo: o Mister Magic ficava mais com ela do que com qualquer outra pessoa. Jenny era a única amiga que o Mister Magic abraçava, bem apertado, ele a cercava com aquele abraço de capa.

– Pare – sussurra Jenny, com lágrimas nos olhos.

Jenny era o coração tranquilo e leal do círculo de amigos. Sempre prestava atenção quando falavam com ela. Conhecia todas as regras e as seguia ao pé da letra. Era a pedra que mantinha o arco no lugar, o elo no meio de uma corrente que nunca se rompia. Podia acontecer o que fosse que Jenny permanecia intacta.

Jenny não é mais a garotinha que um dia foi, com seus cachos, sorriso de nariz franzido e covinhas adoráveis. A mulher que se tornou não parece nossa amiga. Nem um pouco. O cabelo tem um corte sisudo, anguloso. Ela acha que esse corte lhe dá um ar de classe. Mas, na verdade, a deixa com um ar de velha. Jenny é pura dissimulação e frieza, e tudo nela dá a impressão de mentira. Não conseguiu dar um jeito em nada desde então, por mais que se esforce para obedecer a todas as regras, e é tão solitária, tão triste e tão ridícula. A gente não consegue se lembrar por que era amiga dela. Ou por que a gente a amava. E por que o Mister Magic a amava. Talvez, se alguém pudesse abraçar Jenny daquele jeito de novo, a gente se lembrasse se ela era digna de ser amada.

– Por que está fazendo isso? – Jenny abraça o próprio corpo, com a cabeça baixa.

Jenny era sempre a mais amável, a que mais desejava ser amada. Talvez seja por isso que você se esqueceu dela. Jenny não pedia nada a não ser sua aprovação. Talvez ainda esteja pedindo isso. Talvez, depois de sair do círculo, Jenny tenha passado a vida inteira olhando para o mundo ao redor dela e pedindo, torcendo, implorando para ser amada tão completamente quanto era naquela época. Talvez tenha construído toda uma vida, toda uma família, todo um propósito na tentativa de retomar isso.

E, pelo jeito, não deu certo.

Que tal um abraço, Jenny?

– Você parece a porra de uma psicopata falando desse jeito. – Jenny faz careta, apesar das lágrimas, quando levanta a cabeça.

– "Limpe o coração, limpe a mente, limpeza hoje, amanhã e sempre! Nada sujo, nada mau, sempre feliz, sem baixo-astral!" – A voz da entrevistadora baixa de tom de repente, fica mais grave, com um sotaque mais cantado. – Olhe essa boca suja, Jenny. Você aprendeu essa lição.

– Não – resmunga Jenny. – Não ouse tentar falar como ele. Eu achava que você não era cruel.

Nessa hora, uma risada em camadas, grave e aguda ao mesmo tempo, sabe-se lá como, ecoa pela sala, cercando Jenny.

– É um programa infantil. E o que pode ser mais cruel do que crianças? – Mas, tão de repente quanto mudou, a voz se transforma de novo, volta a ter aquele tom estridente e carinhoso. – Desculpe. Não chore. Olhe, eu vou lhe contar mais sobre o podcast! Você pode me falar se fiz um bom trabalho, se as pessoas vão gostar.

– Eu não quero...

Tudo desmorona: o caos impera. Será que sentiram? Será que sentiram aquele animal bruto se esgueirando, vindo na direção deles? Você sentiu, assistindo ao programa? Era capaz de sentir a tensão crescente, o destino cruel rastejando, pronto para dar o bote?

Ou será que foi igual ao que sempre foi, até o instante em que deixou de ser?

Jenny cai no chão, segurando a própria cabeça.

– Não vejo sentido nesses podcasts. Não precisamos conquistar o público antes da hora. As pessoas vão assistir quando o programa estiver pronto. Sempre vêm.

– Só que as coisas mudaram. Podemos atingir muito mais gente agora! Muitos mais coraçõezinhos e mentes. Os homens prometeram, parados aí onde você está. Prometeram e imploraram. Se conseguíssemos fazer isso para eles, dariam um jeito. Fizemos um trato, por isso estamos fazendo o que mandaram fazer. Você é capaz de entender isso. – Ela não diz essas palavras com um tom de deboche nem de acusação: é a constatação de um fato.

Jenny assente e se senta, encostada nas pernas da cadeira.

– Fazemos o que nos mandaram fazer – repete. – Siga em frente. Você está indo muito bem.

Se existissem gravações do programa, se, digamos, eu pudesse mandar um link para um celular, o que você veria?

Você veria um programa bobo, datado? Ou veria seis crianças ideais, vivendo em um mundo ideal, cercadas pela magia que elas mesmas criaram, isoladas naquele espaço maravilhoso onde nada pode lhes fazer mal, onde tomam todas as decisões corretas, onde são exatamente quem qualquer pai gostaria que os filhos pudessem ser?

Não foi por acaso que os pais adoravam o Mister Magic. Sentiam-se seguros de deixar os filhos aos cuidados dele, ora! Tanto na frente da TV quanto naquele mundo das maravilhas preto e perfeito. Onde as crianças podiam simplesmente existir, livres do passado, sem se preocupar com o futuro.

Que pais não iam querer isso para seus filhos?

A expressão de Jenny é sem emoção.

– Claro – diz ela. – Parece ótimo. Você está arrasando.

O celular toca, ela olha para baixo e, em seguida, deixa o aparelho cair no chão.

– Ninguém conta como é ser mãe. Queria poder cantar uma musiquinha rimada e ensinar às minhas filhas exatamente como devem ser. Mas isso não funcionou comigo. Eu fiz *tudo* o que deveria fazer, obedeci a todas as regras, nunca deixei de obedecer, mesmo depois, e estou tão triste. Tão triste, o tempo todo, e não sei como não estar triste. Fiquei tendo um bebê atrás do outro, achando que não ia me sentir sozinha, que teria meu próprio círculo, que seria o centro dele. Mas não existe círculo nenhum. É uma corrente, e você tem razão: eu sou o elo que mantém tudo junto, e isso é só um fardo. É um fardo que nunca sai dos meus ombros e que ninguém mais segura. Ninguém mais percebe. Não entendo como posso estar presente a cada momento de cada dia e, mesmo assim, não existir, ao mesmo tempo. Em boa parte dos dias, acho que nem sou uma pessoa. Não para eles, não para mim mesma. Olho para as minhas meninas, e esse *poço sem fundo*, esse gigantesco poço sem fundo de desespero se abre dentro de mim, porque elas são tão fofas e são tão novinhas e vão passar por tudo que eu passei, vão fazer tudo que estou ensinando e dizendo que devem fazer para serem felizes, e eu *não* sou feliz, e não sei como ser feliz. Não fui feliz desde então. – Jenny enfim ergue os olhos, com as lágrimas escorrendo pelo rosto, vasculhando a tela. – Quero que as regras façam sentido. Quero que as regras *ajudem*. E quero meu pai – sussurra.

A entrevistadora não tem resposta para nada disso.

Jenny não seca as lágrimas.

– Quero que esta parte termine.

– Estamos nesta parte há tanto tempo, não é? *Estamos?* – O tom de voz é de confusão.

– Estamos – responde Jenny, com um suspiro.

– Chega, Jenny. Não tivemos a intenção de te fazer chorar. Você é amiga de todo mundo, a melhor amiga. A amiga mais verdadeira. Cante. Vai se sentir melhor. "Segure a minha mão..."

Jenny parece tão nova sentada ali no chão, os olhos arregalados, procurando mais uma vez por algo que está além da tela. E aí esse anseio desaparece, a vulnerabilidade, a fraqueza e até a esperança são deixadas de lado com uma eficiência impiedosa. Ela fica em pé, e suas juntas estalam.

– Preciso me arrumar para aquele jantar de gala ridículo. Minha mão você tem, sempre teve. Não precisa que eu cante nada com você.

Jenny sai dali, e as luzes se apagam.

– Mas eu *quero* – diz uma vozinha baixa e triste, que ninguém ouve.

NÃO SEJA TÃO AFOITO

A mãe de Val não espera a filha se sentar. Vai logo se acomodando em uma poltrona reclinável tão parecida com a poltrona onde o pai morreu que Val não consegue nem ficar surpresa.

Na verdade, não há muitas diferenças entre este espaço exíguo e a cabana minúscula onde ela morava com o pai. Uma cozinha tão pequena que é quase inútil. Um lustre amarelado que suga a vida de tudo e deixa a mãe de Val com uma aparência enfermiça, meio morta. Uma porta que leva a um quarto que é praticamente só uma cama desfeita com uma colcha marrom cheia de bolinhas, de tão velha. Ao lado da poltrona tem uma poltrona menor. No lugar onde, na cabana, ficaria a namoradeira de Val.

Ela consegue até vislumbrar: em vez de estar sentada ao lado do pai, lendo em silêncio, os dois sem falar nada, estaria sentada naquela poltrona, ao lado da mãe, lendo em silêncio, as duas sem falar nada. Jamais existiria uma infância idílica em uma cidadezinha de sonho e patchwork. Para Val, não.

Mas a comparação entre a cabana e o trailer não está cem por cento certa. A cabana, pelo menos, vinha com o celeiro, os estábulos, a casa grande e Glória, mais toda a área a céu aberto que Val quisesse, desde que fosse capaz de se aventurar. Ali, estaria encurralada pelo calor e pelo deserto. E teria acesso a algo que que o pai jamais permitiria: Debra tem uma TV. É um televisor antigo de tubo, como a da outra casa, com antena e tudo. Nem um pouco parecida com a tela plana vistosa que os filhos de Glória compraram para ela há alguns anos. Neste exato momento, está passando estática em preto e branco na TV de Debra, mas isso não a impede de se recostar na poltrona e fixar os olhos na tela.

O cheiro também é diferente. A cabana era bolorenta, mas limpa, graças a Val. Ali, por baixo daquele soco avassalador de perfume, tem cheiro de azedo. Roupas, cabelo e corpo sem lavar. O pai cuidava de Val e, depois, Val cuidava do pai. Ninguém fez isso por Debra.

É mais fácil pensar nela como Debra, como uma mulher que Val está vendo pela primeira vez, e não como sua mãe. Parada de pé ali, em um trecho coberto por um carpete marrom cheio de manchas, Val não sabe por onde começar. Presumiu que sofreria uma enxurrada de perguntas. Que a mãe exigiria saber por onde a filha andara esse tempo todo. Como estava. Quem tinha se tornado.

– Gostei dos seus sapos – comenta Val. Porque de que outra maneira pode dar início àquela conversa?

– Bufonídeos – corrige Debra, fazendo careta para a ignorância de Val. – Sapos do gênero bufo são muito melhores do que sapos comuns. Alguns são capazes de se enterrar na lama e ficar dormindo, praticamente mortos, por anos e anos. Talvez até por décadas. Até voltar a chover e as condições serem adequadas para eles.

– Eu não sabia disso.

Val fica parada onde está, mas o lugar é tão pequeno que quase bate nos joelhos valgos da mãe, cobertos pelo desbotado vestido floral de ficar em casa. Feias meias grossas e cinzentas escondem seus pés.

Debra faz sinal, irritada, para Val sair da frente.

– Você está tapando a TV. – Ela sacode a mão, apontando para a poltrona vazia. – Nessa hora é que passava o programa de vocês, meninas. Sempre fico esperando uma reprise.

"Vocês, meninas." Duas delas. Debra perdeu ambas as filhas, só que uma está de volta, e ela mal dá indícios de perceber. Val se senta timidamente na beirada da poltrona livre.

– Você quer me fazer alguma pergunta? – Provavelmente, é melhor deixar Debra falar primeiro, depois ela pode perguntar o que precisa saber.

Debra, enfim, lhe dirige o olhar, mede Val de cima abaixo com os olhos castanhos.

– Você está mais alta.

– Do que quando eu tinha oito anos? É, eu cresci. – Val ri, um som contido, incrédulo. Isaac tentou avisá-la do estado da mãe, mas não se saiu muito bem.

Como se ouvisse seus pensamentos, Debra aponta o queixo para a porta.

– Vi aquele menino que veio com você.

Val não consegue pensar que a melhor palavra para descrever Isaac, que tem quase quarenta anos, seja "menino". Mas, antes que possa dizer qualquer coisa, Debra continua a falar:

– Ele esteve aqui algumas vezes. Veio me incomodar com um monte de perguntas, querendo saber do seu pai, onde a gente morava, que coisas ele fazia antes de se casar comigo. Pedindo fotos. Me importunando. Que bom que ele não entrou. – Debra estreita os olhos. As rugas do seu rosto, que traçam o mapa de sua vida, são desconfiadas e desagradáveis.

O coração de Val bate acelerado.

– Isaac estava me procurando. Você não queria que ele fizesse isso? Não ficava pensando para onde o pai tinha me levado?

– Seu *pai* – diz Debra e, enfim, dá a impressão de ter alguma conexão emocional com a conversa. O tom é ácido e pungente, contém toda a amargura dos resíduos que ficam no fundo de uma garrafa de vinagre estragado. – Ele estragou tudo. A gente deu sorte quando se candidatou e foi escolhido para o programa. Assistíamos todos os dias, e dava para ver que estava funcionando. Você estava tão *boazinha*. Ele também conseguia ver as mudanças. Concordou, nós dois concordamos, que você estava melhorando. Fizemos o que era melhor para você. Fiquei tão feliz que o Mister Magic estava te consertando.

Val não tinha consciência de que precisava ser consertada.

– E Kitty?

Debra se encolhe toda, depois praticamente cospe o que diz:

– Ela não precisava. *Você* precisava. Mas você sempre conseguia o que queria. Que menininha difícil. E eles queriam você, vai saber o motivo, então estavam dispostos a ficar com Kitty também. Mas ela estava feliz. A gente assistia todos os dias. Eu sabia quando a minha menininha estava feliz.

– Então por que o papai me levou embora?

Val sabe que só o pai poderia responder a essa pergunta. Seja lá o que Debra disser, será o seu lado da história. Mas é o único lado que restou.

– Porque ele é um idiota, por isso. Um pai ruim, egoísta e que te mimava. Não ligava para o fato que te dar para o programa estava te consertando. – Ela aponta o dedo esquelético para a TV.

– Como assim, me dar para o programa? – Essas palavras não fazem sentido, mas a própria Debra não faz nenhum sentido também. Morar ali, em um trailer sujo, sem amigos nem ninguém da família a não ser uma coleção de sapos bufos dementes, assistindo estática em uma televisão velha.

Debra continua falando, como se não tivesse ouvido a pergunta de Val.

– Você ia ser... – Ela sacode a cabeça, fecha a boca e bate os dentes. Os olhos se fecham e o rosto relaxa, ficando com uma expressão sonhadora, um eco da esperança e da juventude há muito perdidas. – Você ia ser tão boazinha. Ia ser doce e feliz, a filha mais velha que qualquer um queria ter. E eu ficaria muito orgulhosa de ser sua mãe. – Os olhos se abrem de novo, e ela não olha para Val. – E aí seu pai estragou tudo. Ele te estragou, e eu perdi Kitty.

– O que foi que aconteceu com ela? – pergunta Val, preparando-se para o pior.

Os ombros de Debra se repuxam.

– Não vi – dispara. – Como eles me chamaram, gritaram comigo, dizendo que o que o seu pai fez era minha culpa, eu não estava assistindo. Foi o único episódio que perdi. O *único*. Assisti a cada um dos episódios. Todos eles. – Ela olha para Val com um ar feroz, como se desafiasse a filha a questionar sua integridade e devoção de mãe. – E tiveram coragem de pôr a culpa em mim, de questionar se eu queria que você continuasse no programa. *Claro* que queria. Era tudo o que eu queria para você. Até hoje eles me culpam. Não me deixam morar na cidade. Nunca me convidam para os encontros. Não me deixam voltar para aquela casa. Depois de tudo o que eu dei para eles! Não é justo!

Val fica sem reação. Ao que tudo indica, Debra não sabe como Kitty morreu... mas também parece que isso não tem importância para ela. Que essa perda empalidece em comparação a perder o programa. Nem sequer perguntou sobre o pai, ou como Val andava.

Debra não está nem aí.

Val passa as unhas na palma da mão, aquela coceira agonizante sobe pelo seu braço, rumo ao coração. Todos aqueles anos escondida. Talvez o pai a estivesse escondendo de Debra. Para Val não ser punida por não conseguir ser a filha que Debra, em sua cabeça, achava que merecia. Para Val não ser punida por ser a filha que ainda estava viva.

Uma última pergunta terrível queima a garganta de Val ao sair.

– Você procurou por mim?

Debra se recosta na cadeira, fica olhando para a tela, na expectativa.

– Eu não conseguia lidar com você sem ele.

– Sem o meu pai?

– Não. Sem *ele*. – Debra estica a mão mas, em vez de apontar para a TV, a mantém espalmada, os dedos espichados, na direção da tela, como se estivesse esperando alguém pegar na sua mão. – Perdi minhas duas filhas no dia em que *Mister Magic* acabou.

Val fica de pé. A estática que pulula na tela a contamina com um ruído branco, caos e ausência de sentido. A vida inteira dela cai em um vazio de um absurdo cruel.

A mãe de Val nunca procurou por eles.

Debra nunca os procurou.

O pai de Val a sequestrou e ninguém deu a mínima. Ninguém a não ser Isaac. A parte do cérebro de Val que ainda funciona sugere que ela deveria dizer "tchau", dizer "desculpa", dizer qualquer coisa. Mas Debra não está olhando para a filha. Está fitando a televisão com a mão espalmada, pronta para receber qualquer que seja a beleza roteirizada que o aparelho lhe oferece no lugar da filha viva, que está parada bem ali.

Val não pode sair de mãos vazias. Não pode ser só isso. O que foi mesmo que Isaac pediu quando esteve ali? Informações e...

– As fotos – indaga Val. – Onde estão?

Debra aponta, irritada, para o rack da TV. Val abre uma gaveta emperrada, dando um puxão. Tem uma pilha de fotos presas com um elástico que está se desfazendo. Ela tem vontade de passar rapidamente pelas fotos e ir embora. Mas a primeira foto da pilha a paralisa.

Val se reconhece. O mesmo cabelo castanho-escuro grosso, as mesmas sobrancelhas marcantes e os mesmos olhos castanhos, olhando para a câmera com ar desafiador. O braço em volta de uma menina menor, protegendo-a.

Marias-chiquinhas castanhas, sardas e os olhos azuis mais límpidos do mundo. É a menininha com a qual Val sempre sonhou. Aquela que sabia, no fundo do coração, que existia. Aquela que supunha que, um dia, daria à luz. Val achava que não se lembrava de Kitty, mas guardava a irmã dentro de si aquele tempo todo.

Val nunca sonhou com o futuro. Só tinha um pesadelo com aquilo que já havia perdido.

E aí, Reddit Acadêmico, querem ver minha proposta de tese que foi absoluta e completamente rejeitada? Obrigada por terem me feito cair no buraco negro de *Mister Magic* e por terem me incentivado durante todo esse tempo. Ao que tudo indica, ninguém que tenha um pingo de bom senso quer saber do programa nem de todos os boatos e lendas a respeito dele. Parece um troço radioativo. Agora tenho que inventar um jeito completamente diferente de terminar meu doutorado em Estudos Midiáticos, seus cuzões.

Oi, professor Perkins,

Na minha tese, eu gostaria de investigar arquétipos em programas infantis dos anos 1980 e 1990 e como isso influenciou a cultura e a atitude dos *millennials* mais velhos. Especificamente, vou focar nestes três programas:

As Tartarugas Ninja, encaixando todas as personalidades em O Líder, O Engraçado, O Inteligente e O Bravo/Rebelde, com uma nota falando que, obviamente, as mulheres foram deixadas completamente de fora, relegadas a ser o sistema de apoio hipercompetente para todos os homens, também conhecido como April O'Neil, a polêmica. Minha análise principal vai se focar na série de animação original, porque era ela que passava nas casas regularmente, mas também vai incluir alguns olhares sobre o primeiro longa *live-action*.

Os Smurfs, aprofundando nos problemas das influências de infância dos *millennials* no que tange aos papéis de gênero, a saber, que todos eles são definidos pelo que fazem, com exceção da Smurfette, que é definida unicamente pelo gênero (isso para não falar do antissemitismo e da história da criação da Smurfette, que é absolutamente ofensiva, porque entendo que terei que limitar o escopo da minha análise deste programa específico).

Por fim, *Mister Magic*. Este é o desafio mais empolgante, porque não existem fontes primárias. Mas também difere dos outros dois porque era protagonizado por crianças de verdade e suas brincadeiras, o que, de acordo com minha experiência pessoal e pelo que pude ler em sites, exerceu uma influência enorme em quem assistiu ao programa. O elenco da última temporada do programa se encaixava em um conjunto interessante de arquétipos: O Travesso, O Criativo, O Amigo, O Irmão Mais Velho Vigilante e O Líder (a criança mais nova do programa não me parece se encaixar em nenhum arquétipo específico, mas poderia ser defendido o papel de O Inocente). Todas as crianças eram guiadas e instruídas por uma figura masculina adulta, nebulosa e genérica, que comporta todo tipo de possibilidade simbólica. O que acho fascinante neste programa é que O Líder não era um garoto branco, mas uma garota (ainda assim, branca). A evolução da narrativa à medida que A Líder vai exercendo mais controle e o fato de o Mister Magic começar a sumir dos episódios são particularmente interessantes. Antes disso, a estrutura de *Mister Magic* não mudou ao longo de sua história de décadas, e muitos espectadores sugerem que o fato de uma garota ter assumido o papel de liderança foi o que "estragou o programa".

Eu adoraria marcar uma reunião para discutir o rumo de minha pesquisa e refinar essa ideia.

Atenciosamente,
Carrie Jakubowski

NOVE

O sol agride os olhos de Val quando ela sai tropeçando pelos degraus inexistentes, derrubando um dos blocos de cimento. Ela quase cai no meio dos bufonídeos. Será que ficaria enterrada ali, dormindo como os mortos dormem até as condições mudarem? Será que é assim que a mãe vive a vida?

Se sim, Val não é a tão esperada mudança, obviamente. Debra permanece dentro do trailer, contentando-se em assistir à estática na TV.

Isaac não está dentro do carro. Val olha em volta, frenética, e o vê correndo em sua direção, vindo do outro lado do camping. Uma mulher corre atrás dele gritando alguma coisa, mas Val não consegue ouvir o que ela diz. Todo mundo ali é louco. Todo mundo ali é perdido.

Incluindo Val.

– Ei – diz Isaac –, como foi... – Isaac para de falar assim que se aproxima a ponto de conseguir enxergar a expressão de Val. – Vamos embora. – Ele abre o carro, e ela nem sequer pôs o cinto de segurança quando Isaac dá a partida, corta caminho passando pela parte da frente do terreno de Debra, atropelando os bufonídeos, manobrando para ficar bem longe da mulher que continua correndo e gritando atrás deles. Os dois saem pelos fundos do camping.

– Preciso do seu celular. – Val estica a mão. Isaac obedece. Os dedos digitam de forma lenta e desajeitada, dando um Google no nome de Kitty acompanhado de qualquer coisa relacionada ao incêndio ou ao nome dela ou do pai. Espera encontrar boletins de ocorrência. Notícias. Alertas de criança desaparecida.

Não encontra nada. Só alguns posts sobre *Mister Magic* em fóruns, mas nada jurídico, nada oficial. Não há provas nem de que Val exista. Não há provas de que alguém procurou por ela nem de que Val ou o pai foram indiciados por alguma coisa.

E não há provas de que alguém um dia deu bola para o que aconteceu com Kitty.

Isaac dirige até o camping sair de vista e então encosta. Val só se dá conta de que está chorando de soluçar quando ele chega mais perto, entre os dois bancos, e a abraça. Ela chora no ombro dele até ficar com a cabeça latejando e a respiração sair em espasmos desesperados.

Até que enfim fica sem lágrimas. Está com uma das mãos no peito, os olhos ainda encostados na camisa de Isaac, que põe uma mão no ombro de Val, a outra na nuca dela.

Isaac não pergunta o que foi que aconteceu. Assim, de certa forma, fica mais fácil para Val se abrir depois de passar trinta anos mantendo as portas fechadas para esperanças, medos e sentimentos não entrarem. Trinta anos seguindo teimosamente o exemplo do pai, coisa que foi desnecessária para ambos. E agora ele morreu, Val tem quase quarenta anos, e tudo isso foi a troco de nada – *nada*.

Nunca estiveram impedindo uma ameaça de entrar. Apenas se trancafiaram e não saíram.

A voz dela está rouca, esvaziada de toda e qualquer emoção.

– Debra não nos procurou. Nunca tentou me encontrar.

Isaac solta um suspiro.

– Imaginei, quando a visitei. Tentei dar uma chance pra ela, supor que tinha desistido depois de tanto tempo, mas... – Não precisa terminar a frase.

Val solta uma risada contida, meio histérica. Talvez ainda não esteja desprovida de emoções, afinal de contas.

– Estávamos brincando de esconde-esconde, só que eu estava brincando sozinha, ninguém estava me procurando. Minha mãe não foi a única que não me procurou, não quis nem saber onde a gente estava. Ninguém quis saber. O derrame do meu pai, a morte dele. Meu pulso quebrado. Meu Deus, estudos. Carreira. Família. Qualquer uma dessas coisas. *Todas* essas coisas. A gente poderia ter vivido esse tempo todo. Algo fora do mundo minúsculo que construímos porque achamos que, se puséssemos o pé pra fora dele, íamos perder tudo. Nunca precisamos do rancho. Eu odeio o rancho agora, o que não é justo, porque realmente adorava parte dele, porque foi uma prisão que a gente escolheu, uma prisão que a gente...

Val não consegue continuar falando. Todo e qualquer aspecto de sua vida está sendo reescrito por essa terrível e dramática ironia.

O pai abriu mão de tudo para proteger os dois de uma ameaça que não existia. E porque Val é tão dedicada, tão teimosa, caramba, ela também seguiu pelo mesmo caminho. Bastariam algumas poucas perguntas, uma investigação mais atenta, uma única pesquisa ridícula no Google para Val ter tomado conhecimento de tudo.

Ela solta outra risada, que é quase um soluço. É demais.

– O que você quer fazer? – pergunta Isaac, lhe dando opção, mais uma vez.

Val sempre teve opção. Foi necessário que o amigo a encontrasse, até que enfim, para ela se dar conta disso. Mas o que quer fazer? É uma pergunta tão enorme. Val não tem educação formal. Habilidades profissionais, com certeza, mas são muito específicas. Será que vai começar do zero agora? Voltar para o rancho para se reorganizar, descobrir qual será seu próximo passo? Como pode descobrir o caminho a seguir se tem tão pouco do passado? Porque essas novas revelações não mudam isso. Mesmo os vislumbres que conseguiu ter com a mãe são fragmentados, confusos. Quer escavar a própria mente. Tomara que encontre mais informações a respeito de Kitty nela.

Afinal de contas, Val perdeu tanta coisa, mas Kitty perdeu tudo. Não é justo. Não é justo ter perdido a irmã e todas as lembranças que tinha dela também. Ela quer esses anos de volta. Quer uma vida em que cresceu ao lado de Kitty. Em que foi capaz de protegê-la. Em que Kitty seria a primeira pessoa para quem ligaria em um dia como aquele, para que pudessem chorar e dar risada juntas.

Quer a menininha com a qual sempre sonhou e não pode tê-la.

Não. Val se recusa a aceitar isso. Algo se acende dentro dela, um fogo antigo, há muito reduzido a brasas, volta à vida com um ímpeto furioso. A sensação é de algo conhecido. A sensação é de algo poderoso.

Val quer ter Kitty de volta mais do que já quis qualquer outra coisa na vida. Se a única maneira de se conectar com a irmã é escarafunchando o passado, ela dará um jeito. Haja o que houver, custe o que custar.

Val endireita a postura. Não está mais triste. Está determinada.

– Desculpe ter molhado sua camisa – diz ela.

– Gosto mais assim. Ganha personalidade.

Isaac foi a única pessoa que procurou por ela. Vai ajudá-la a encontrar a verdade a respeito de Kitty. Mas isso exigirá que Val olhe para si mesma também. Escancare portas, revelando o que estiver atrás delas, seja o que for. Antes, sentia medo. Mas agora? Nem o próprio inferno seria capaz de detê-la.

Val arregaça as mangas, deixando à mostra mais marcas de queimadura espalhadas, que vão das palmas das mãos até os braços. Isaac passa o dedo na pele queimada.

– Como foi que isso aconteceu? – pergunta ele.

– São marcas de queimadura. Mas meu pai nunca quis dizer como foi que fiquei com essas cicatrizes. É possível que tenha sido eu quem ateou fogo no estúdio? E foi assim que Kitty morreu?

Isaac vai logo fazendo que não.

– Kitty não morreu no incêndio.

– Achei que você não conseguia se lembrar do que aconteceu.

Ele franze o nariz, mudando os óculos de posição, e só a parte de cima dos olhos fica ampliada.

– Não disse que eu não me lembro. Falei que não faz sentido. Mas sei que não foi no incêndio.

– Como fiquei com essas cicatrizes, então? Aconteceu antes de eu ir morar no rancho.

– Você não tinha essas cicatrizes quando participava do programa. Eu teria notado.

– Então isso aconteceu no breve período entre eu ter abandonado vocês e minhas lembranças começarem. – Val solta um suspiro. Está feliz, óbvio, por Isaac não pensar que ela deu início ao incêndio que matou a irmã. Mas pelo menos ela saberia o que foi que aconteceu. Torna a baixar as mangas da camisa, esfrega a palma da mão esquerda, que está coçando, na calça jeans. O mistério das suas marcas de queimadura não tem a menor importância se não tiver nada a ver com Kitty. A irmã é a prioridade.

A ausência de boletins de ocorrência e artigos de jornal lhe deixa com a pulga atrás da orelha. Algo desse tipo deveria ter sido alvo de alguma espécie de investigação. A menos que tenha sido abafado. Mas ainda devem existir pessoas que trabalharam no programa. Que devem saber o que foi que aconteceu.

Graças ao reencontro, Val está onde precisa estar para ter acesso a essas informações.

– Quero ir ao jantar de gala – declara.

Isaac não parece muito entusiasmado com a ideia.

– Você passou por muita coisa. É melhor a gente ir pra...

– Não tem importância. Descobrir a verdade é a única coisa que importa. Com ou sem incêndio, o que aconteceu com Kitty foi culpa minha.

– Não – diz Isaac, e Val nunca o ouviu sendo tão enfático. Ele segura o queixo dela e vira sua cabeça para se olharem nos olhos. Para ter certeza de que Val entendeu. – Preste atenção no que eu digo: não foi sua culpa.

– Kitty só estava lá porque eu não conseguia ficar sem ela. Não era para ter participado do programa. Olhe só pra casa: seis andares, seis famílias. Mas roubei o lugar de alguém, para a minha irmã. Eu a arrastei para o meio disso. Meu pai sabia que tinha alguma coisa de errado, senão não teria me sequestrado. Mas deixou Kitty. Deixou todos vocês lá também. Não era um lugar seguro, e ele sabia...

Val sacode a cabeça, lutando contra a culpa que ameaça se apoderar dela. A culpa e a vergonha já cumpriram seu objetivo, fazendo-a se lembrar, durante todos esses anos, que ela tinha uma missão a cumprir. Está cumprindo agora e precisa se concentrar. Sendo assim, pega esses sentimentos e os coloca atrás de uma porta.

– Eu sempre soube que fiz algo imperdoável. É por isso que bloqueei o passado, é por isso que aceitei o que meu pai me falou durante todos esses anos. Deixei minha irmã pra trás, e ela morreu.

– Você era criança.

– Você também era e ainda se culpa. – É a vez de Val se virar para encarar Isaac.

Isaac não tem resposta para essa afirmação. Não consegue mais olhar Val nos olhos. Ele vira a cabeça e fica olhando pelo para-brisa, para o deserto. Estão indo rumo ao norte. O carro anda, em linha reta, pelo caminho de volta para a casa. Val não sabe como sabe, mas sabe. Algo está lá fora, esperando por eles.

– Eu era o mais velho – sussurra Isaac. – Todos vocês estavam sob minha responsabilidade. Ainda estão.

Val não pode se contrapor ao que ele disse, porque compreende. Kitty pode até não estar mais viva, mas Val deve isso a ela.

– A sensação é de algo inacabado, não é? Estamos todos empacados no programa, de uma maneira ou de outra. Nem eu consigo bloquear tudo. – As músicas, os gostos e a sensação que tem quando está com Isaac. E *Kitty*, em seus pensamentos, sempre.

– Parece uma porta que foi deixada entreaberta – comenta Isaac. – É isso que decidiu, então? Quer ficar? – Ele vira a mão lentamente e a estende, com a palma para cima. – Vamos fechar essa porta, até que enfim.

Val põe a mão em cima da de Isaac, selando o trato entre os dois e mais ninguém.

– Ou vamos escancará-la completamente. – Ela está cansada de fechar portas.

Está na hora de destrancar tudo e convidar seja lá o que estiver à espreita para entrar. Em nome de Kitty.

De: Greg S. Johnson
Assunto: Jantar de gala

Primeiro, permitam-me relembrar a todos que todo e qualquer e-mail de grupo deve colocar os destinatários em cópia oculta, e não simplesmente em cópia, coisa que, acho eu, somos capazes de compreender depois do fiasco do "responder a todos" que ocorreu esta semana.

Em segundo lugar, permitam-me relembrar a todos, com uma ênfase ainda maior, que toda e qualquer comunicação relativa ao programa e seus avanços deve ser proveniente de canais oficiais, não de boatos, e que usar o servidor de e-mail para esse propósito é uma violação da convenção da comunidade.

Em terceiro lugar, sim. Posso confirmar que, finalmente, o círculo poderá ser fechado mais uma vez. Sei que todos sentem o mesmo alívio e a mesma alegria que eu. Por favor, segurem os pedidos de vaga e tenham paciência: um sorteio das vagas atuais e futuras restantes será feito assim que o cronograma estiver mais definido. Lembrem-se de que todos serão beneficiados, independentemente de fazer parte ou não do elenco. Não estamos fazendo isso por nós mesmos, mas pela edificação de todo o nosso país e de todas as crianças preciosas e inocentes que nele existem (contrariando os boatos, não coloquei meus próprios netos no elenco. Repetindo: toda e qualquer comunicação oficial deve vir de canais oficiais, e todos que estiverem espalhando boatos via servidor de e-mail ou de qualquer outro modo serão convocados pelo conselho).

E, por fim, Jan gostaria que vocês, por favor, se lembrassem de que o jantar de gala é um evento black tie e que, se não responderem ao RSVP ela não tem como garantir que o prato que escolheram será servido a cada um de vocês. Mas, acima de tudo, por favor, tenham cautela ao interagir com os integrantes do antigo elenco que estão de volta. Sei que estamos todos empolgadíssimos – e bravos, com toda a razão, pelos trinta anos em que perdemos a oportunidade de abençoar o mundo por meio de uma programação infantil de qualidade – mas este jantar é uma comemoração, não um tribunal.

Saudações cordiais,
Greg S. Johnson, presidente do Conselho de Júbilo,
CEO da MM Produções

P.S.: Jan também gostaria que eu lembrasse vocês de acondicionar devidamente o lixo antes de jogar latas na sarjeta. Tivemos problemas de derramamento de líquidos, e ninguém quer uma comunidade cheia de lixo. Limpe o coração e limpe a mente, limpeza hoje, amanhã e sempre!

DEZ

Isaac volta para Júbilo pelo caminho mais longo, sem passar pelo camping.

– Onde vai ser o jantar de gala? – pergunta Val.

É um alívio saber que ainda faltam algumas horas até a festa. Ela precisa desanuviar a cabeça para conseguir procurar respostas para a seguinte pergunta: o que foi que aconteceu com Kitty? Vai localizar todo mundo que trabalhou no programa, então fará de tudo para arrancar a verdade dessas pessoas.

– No hotel. – Isaac para no acostamento da estrada depois de passarem por Júbilo, ainda no deserto, mas com aquele precioso oásis à vista. Manda uma mensagem, e o celular toca imediatamente com a resposta. – Ah, que bom. Jenny reservou quartos no hotel pra gente se arrumar. Diz que vai nos encontrar lá dentro de umas duas horas. Ficou feliz de saber que você vai.

– Merda – diz Val. Quartos para se arrumar, mas ela não tem nada para ficar arrumada. – Você pode pedir pra Jenny trazer o vestido que usei no funeral? É a única roupa bonita que eu tenho. – Val não quer usar o vestido de novo, mas é apropriado, de um jeito lúgubre, usar algo em honra aos mortos.

– Claro.

Isaac leva os dois até o lindo hotel antigo, com suas sacadas que dão a volta no edifício e suas portas em arco. O estacionamento fica atrás do hotel. É estranho ver o que fica escondido pela rua principal. O deserto se insinua nas fronteiras do verde bem aparado: a linha que marca onde Júbilo termina e a realidade começa não é nada tênue.

O hotel é impecável. Um piso de mármore lustroso dá as boas-vindas aos dois, levando a um balcão com detalhes dourados, atrás do qual está sentada uma mulher loira e sorridente. Portas duplas ao lado do saguão mostram um salão de baile em polvorosa, onde os empregados estão fazendo os preparativos para o jantar de gala. Há pilares altíssimos por todos os lados. Seriam decorativos ou estruturais? Será que todo aquele prédio depende deles para não desmoronar? Val concluiu que prefere não saber, mas não consegue parar de olhar. Na base de cada um dos pilares, há nomes gravados.

– Você sabe o que significam esses nomes? – pergunta Val, quando passam por um deles.

– Pilares da comunidade – responde Isaac. E faz uma cara sofrida.

– Ah, a piada não é tão ruim assim. – Val o cutuca e, em seguida, ela e Isaac se dirigem ao balcão.

Isaac fala com a recepcionista.

– Jenny fez uma reserva.

Basta dizer o nome de Jenny, sem o sobrenome. Não devem receber muitos hóspedes. A recepcionista não se sai muito bem em sua tentativa de olhar furtivamente para eles, não consegue disfarçar a curiosidade quando digita alguma coisa no computador e pega duas chaves.

– Dois zero cinco e dois zero seis. Quartos conjugados – diz ela, empurrando as chaves por cima do balcão. – Se me permite a pergunta, o que...

– Perfeito. Obrigado. – Isaac pega as chaves e leva Val até uma escadaria imponente.

O tapete vermelho e felpudo onde os dois pisam foi aspirado, formando linhas caprichosas. Val se concentra no tapete enquanto sobem até o segundo andar do hotel. Não se arrepende de ter ido embora do rancho. Ela se recusa a se arrepender de ter visto a mãe e de ter tomado conhecimento da existência de Kitty. Mas todas essas coisas que agora sabe e todas as coisas que precisa saber lhe parecem tão pesadas...

Isaac lhe entrega uma das chaves.

– Você quer... – Ele deixa a frase no ar, e Val lhe dá um sorriso exausto.

– Vou tirar um cochilo.

– Idem – diz Isaac, com uma risada aliviada.

Val tem um instante de arrependimento quando ele some, depois de entrar no próprio quarto. Precisa de um tempo em paz para zerar os ponteiros, mas será que quer ficar sozinha?

O quarto é chique de um jeito carregado, pretensioso. Carpete felpudo cor de creme, cama coberta até a metade por almofadas florais, cortinas pesadas do mesmo tom de vermelho-sangue do tapete da escada. Uma porta com tranca na parede, que faz ligação com o de Isaac. Outra porta que dá em um banheiro de lajotas em preto e branco. E uma TV pendurada na outra parede, com a qual Val se recusa a estabelecer contato visual.

Ela mal percebe a presença do aparelho antes de atirar aquelas almofadas decorativas inúteis no chão e cair na cama. Se puder descansar por alguns minutos agora, à noite seus pensamentos vão estar mais claros.

Coça a mão que comicha e arde. Os pensamentos rodopiam e se arrastam feito lesmas, e Val tenta ir atrás deles, em círculos. Vai conversar com Marcus, com Javi e com Jenny. Insistir para que lhe contem quais são suas lembranças do último programa e da noite em que o pai a levou embora. Perguntar para Javi quais são, na opinião dele, as segundas intenções da apresentadora do podcast e o que a mulher poderia, porventura, saber. Pegar emprestado o celular de Isaac e mergulhar nas teorias on-line a respeito do programa e de como ele chegou ao fim.

Isaac vai ajudá-la. Tem condições de ajudar, e Val acredita que ele saiba o quanto isso é importante. Acredita nos olhos, no sorriso engraçado e nos dedos compridos dele, acredita...

Um ruído baixo. Parece um suspiro.

Os olhos de Val se abrem com um susto, o coração a mil. O quarto agora está às escuras. A única luz vem da estática na TV, que ela não chegou a ligar. O quarto também está gelado, mas Val não consegue ouvir um ar-condicionado funcionando. Não consegue ouvir nada. Com exceção do zumbido aflitivo que a cerca.

Ela vira a cabeça para o lado. Ou a cabeça vira por vontade própria. Val não se sente no comando do próprio corpo. A porta que dá para o corredor do hotel está aberta. Depois do batente, há apenas um preto perfeito. Que parece profundo, macio e quente.

Um vulto se destaca da escuridão. Val está com os dentes cerrados, o corpo inteiro petrificado de pavor – ou de expectativa. Seria um homem misterioso de capa e cartola? Será que Val gostaria de estar na presença dele? Será que aquele homem teria respostas para lhe dar?

Mas, conforme o vulto se aproxima, vai diminuindo, os contornos vão ficando mais nítidos. Para na beira da cama, fica olhando para Val.

Não é um vulto. Kitty. Aqueles grandes olhos azuis são o único ponto de cor no quarto às escuras, como se tudo o mais estivesse configurado em preto e branco. Kitty se abaixa, vai se aproximando de Val, até que as duas ficam cara a cara. Os olhos são tão vívidos que dói olhar direto para eles, mas Val não consegue desviar o olhar. Quer perguntar para a irmã por onde ela andou. Pedir desculpas. Jurar que ela sempre esteve em seus sonhos, apesar de Val tê-la esquecido.

Mas não consegue fazer nada. Só consegue ficar olhando.

Kitty pega na mão de Val e aperta os dedinhos minúsculos e gelados na palma da mão da irmã. O alívio é tão instantâneo que Val tem vontade de chorar.

– Por que você está dormindo, preguiçosa? Tem muita coisa pra fazer. – A voz de Kitty é a mesma voz da escuridão perto da porta, suave, aveludada e convidativa. É a cor preta. Val já soube, um dia, que gosto a cor preta tem. Sente falta daquele gosto, apesar de não se lembrar dele. Há tantas crateras em sua alma. Tantos espaços cavernosos que o zumbido e o frio gelado podem preencher. A garganta dói e os olhos ardem.

– Nada de choro – censura Kitty, cantarolando. – O que é que a gente fala quando alguém está chorando?

Val ainda não consegue se mexer, mas a canção ecoa em sua cabeça, onde sempre esteve, só esperando. "Sorria! Você não tá triste. Sorria! O mal não existe! Sorria! Você tá bem assim. Sorria! Sorria! Agora sim!" A boca da própria Kitty esboça um sorriso, que vai ficando cada vez mais largo, tão largo que Val não sabe como os cantos da boca não estão se rasgando. A irmã, então, vai para trás, como se alguém tivesse apertado o botão de rebobinar no videocassete, e volta para a escuridão quente e sem contornos.

Val quer ir com ela.

Quando abre os olhos, o quarto não está às escuras, e a porta não está aberta. Mas a TV está ligada, um padrão de teste multicolorido ilumina sua mão com um tom frio de azul. A mão – a mão que Kitty segurou, a mão cuja coceira Kitty aliviou – ainda está gelada.

Qual foi o mito mais estranho que você já ouviu a respeito de um programa infantil? Estou falando no nível "Mr. Rogers era um assassino de elite e sempre usava cardigã para esconder as tatuagens".

> Tinky-Winky foi criado para convencer as crianças de que "o estilo de vida gay" é aceitável.
>
>> Eu sou gay, e o sol é 100% um bebê sorridente, todo mundo deveria experimentar
>
>> Tinky-Winky mandava bem nos acessórios, só isso.
>
>> Não consigo acreditar que as pessoas assistiam aos *Teletubbies* e pensavam "gays!", e não "DROGAS"

> Que o Steve de *As pistas de Blue* morreu de overdose. O fato é que ele só não quis mais ser apresentador infantil quando começou a ficar careca.
>
>> Ele pegava drogas na cauda do Barney?
>
>> pera aí, as pessoas achavam mesmo que o simpático dinossauro roxo tinha drogas na cauda? Por quê? Tipo, sério, pra que isso serviria? Achavam que o cara da fantasia usava drogas, que as drogas eram pras crianças ou o quê?
>
>> Acho que as pessoas que espalham esses boatos não ligam muito para a lógica
>
>> o cara que interpretava o Barney não foi tipo ameaçado de morte e tal?
>
>> Não usem drogas, crianças! Foi por isso que os dinossauros entraram em extinção!

Lindsay Lohan na verdade tinha uma irmã gêmea, não usaram efeitos especiais em *Operação Cupido*. Mas a irmã foi assassinada e é por isso que a Lindsay foi ladeira abaixo.

> é, não dá para imaginar nenhum outro motivo pelo qual uma criança que foi explorada por Hollywood por tantos anos possa ter dificuldades emocionais, só pode ser uma irmã gêmea secreta morta mesmo

Kitty morreu no último episódio de *Mister Magic* e as crianças que estavam assistindo viram isso acontecer.

> quê, foi tipo transmitido ao vivo e tal? Ou tipo os produtores estavam todos, bom, vou ter que usar essas imagens mesmo, kkk

> não, sério, minha prima jura que viu. Passou quatro anos sem conseguir dormir sozinha depois que o programa terminou.

> Eu conheci um cara no colégio que também diz que viu. Morreu de overdose alguns anos depois da formatura, acho. Triste. Vou bater na primeira pessoa que fizer piada com o Barney aqui.

> Essa é simplesmente burrice. Basta fazer uma pesquisa rápida. Não tem boletim de ocorrência, nada a respeito de uma criança desaparecida nem de uma criança que morreu no estúdio. Esse tipo de coisa sai nos noticiários. Afinal de contas, ela era uma criança bonitinha e branca, certo? Os caras são loucos por esse tipo de merda. Agora, se o Marcus tivesse morrido…

> cara, aí foi longe demais…

quem era o Marcus?

a única criança negra do programa

> Todo mundo sabe que isso é verdade.

Tá mas por acaso a sua pesquisa rápida levantou alguma coisa a respeito do estúdio por trás de MM? Ou sobre os diretores, produtores, roteiristas ou sobre o ator que interpretava MM? Porque isso é que é realmente esquisito por trás do programa. Supostamente, é o programa de transmissão contínua mais longa da história, todas as crianças que eu conhecia assistiam quando eram pequenas, mas ninguém sabe nenhum detalhe nem tem nenhuma gravação nem nada. O que me faz pensar que algo de ruim aconteceu, sim, e todos que estavam envolvidos puseram uma pá de cal sobre o assunto. Ou sobre a menina, no caso.

Tenho a sensação de que MM é tipo aquele meme do bonsai de gato, não passa de uma grande piada que começou com uma pessoa e todo mundo continuou espalhando. E isso aí não é um programa de verdade, de jeito nenhum.

> Não subestime a cultura millennial, vocês têm as correntes da desgraça por e-mail ou sei lá o quê, a gente tem nossas próprias merdas sinistras, só que era tudo analógico e não digital

> Não é um programa infantil, mas juro que metade dos atores dos áureos tempos do Warner Channel fundaram um culto ou participaram de um

pode crer, isso nem é boato, é verdade

Se a Sarah Michelle Gellar fundar um culto,
tô dentro, nem pergunto nada

quase certeza que o culto da Sarah Michelle
Gellar é o estilo de vida gay que o povo dos
Teletubbies morria de medo

COM ELE TU ÉS

Val sai da cama e vai até a porta – aquela que leva ao quarto de Isaac, não ao corredor do hotel. Ela não consegue, não quer abrir a porta que vai para o corredor, teme que vai arrancá-la desta realidade e atirá-la na dimensão aveludada e sem luz de Kitty. Não é o medo da escuridão que a detém: é o medo de *querer* ir atrás de Kitty e ficar por lá.

A porta que faz a ligação entre os dois quartos conjugados está aberta do lado de Isaac. É claro que iria deixar a porta aberta para Val. As dobradiças rangem quando ela entra. Isaac se mexe na cama, ainda de olhos fechados, e levanta as cobertas.

Um convite automático, sem questionamentos ou qualificações. Isaac está ali para apoiá-la, mesmo dormindo. Val se aninha nele, e sabe que dorme melhor assim. É uma lembrança guardada em seu corpo, assim como as rimas infantis. Assim como Kitty. Os olhos de Val se fecham, e ela só torna a abri-los quando o celular de Isaac apita.

– Seu cabelo ainda faz cócegas. – Isaac afasta o cabelo de Val do próprio rosto e olha para o celular. Como não está de óculos, espreme os olhos para enxergar a tela.

– Cinco e quarenta e cinco – diz Val.

Isaac solta o celular no peito, dando um suspiro de sono. Está deitado de costas, com Val ainda de conchinha, e é magrelo como aparenta ser, sem tirar nem pôr. Val gosta. Gosta de tudo nele.

– *Ainda* faz cócegas – repete Val. – A gente dormia junto durante o programa?

Isaac passa o braço por cima dela para pegar os óculos na mesinha de cabeceira.

– Nós seis dormíamos no mesmo lugar, sim. Empilhados feito filhotinhos de cachorro. Você tinha um monte de pesadelos.

No presente, pensa Val. Tem, não tinha.

Val sabe que deveria levantar, agradecer, pedir desculpas, fazer *alguma coisa*. Mas ainda não está preparada para se mexer. Se mexer significa voltar à realidade, e a realidade agora tem tantas exigências.

– Pelo menos eu não ronco.

– *Ahmm*...

– Quê? – Val se senta na cama. – Não ronco, não! Ronco? – Ela nunca chegou a passar a noite inteira com alguém, na verdade. Transou, claro, mas sempre deixou a intimidade de fora.

– Ronrona. Você ronrona. Feito um gatinho.

– Ai, meu Deus. Eu ronco.

Isaac dá risada e se senta na cama.

– E seus pés são quase tão gelados quanto suas mãos.

A mão de Val ainda está gelada. Isaac também reparou, o que deveria deixá-la assustada – evidência de que o pesadelo estava ancorado no mundo real –, mas a consola. Val dobra os joelhos e apoia o queixo neles, fica olhando para Isaac.

– Você estava me esperando. Quando entrei.

Ele a encara sem o menor constrangimento.

– Tenho a sensação de que sempre guardei esse lugar pra você.

Será que Val devia dizer que também tem a sensação de que ali é o lugar dela? De que tudo em Isaac deveria ser surpreendente, mas nada é? Como estabelecer um laço com outra pessoa depois de passar a vida inteira evitando fazer isso? Tinha um buraco do tamanho de Isaac ao lado de Val quando ela dormia, todos esses anos. Um buraco do tamanho dele em sua vida. Talvez tenha sonhado com o rosto de Kitty, não com o dele, mas Isaac ainda está aqui. Ainda... é dela.

O celular dele toca.

– O pessoal está estacionando – diz ele. – Já vão subir.

Val joga as pernas para fora da cama. Prefere não ter que explicar o que os dois estão fazendo ali juntos. Não porque seja segredo, mas porque tem a sensação de que é algo quase sagrado.

De todo modo, não tem tempo para ficar ruminando. Para pensar no que Isaac significa para ela ou no que poderia significar. Precisa se concentrar em seu objetivo: informações. Jantares de gala são algo novo e desconhecido para Val, mas ela sabe conversar com gente rica, sabe convencê-las de suas ideias, igualzinho ao que fez com a mãe de Poppy, lá no rancho.

Ela se pega coçando a mão de novo. Agora que o frio passou, a coceira voltou.

– Você acha que Jenny tem alguma pomada pra alergia? A palma da minha mão está me enlouquecendo. Devo ser alérgica a alguma coisa.

Isaac arruma a colcha na cama como se também não quisesse responder a nenhuma pergunta.

– Acho que Jenny tem de tudo naquela bolsa dela. Pomada para alergia. Bolsas de gelo. Livro pra colorir e canetinha. Quebra-cabeça.

– Sinalizador de emergência.

– Toalha pra piquenique.

– Piquenique completo.

– Muda de roupa completa.

– Muda de roupa completa em sete tamanhos diferentes.

– Estepe.

– E – diz Val – uma chave de roda. Para trocar o pneu ou servir a outros propósitos não tão lícitos.

Isaac ri.

– É, eu não mexeria com Jenny.

Val volta para o outro quarto e vai ao banheiro antes que os demais apareçam. Quando sai, os homens já estão com Isaac, distribuindo os trajes em suas respectivas capas protetoras.

Jenny arrasta uma mala pela porta que liga um quarto ao outro. Os braços estão abarrotados de vestidos.

– Você resolveu ir conosco. – O tom não é nem feliz nem irritado. Cansado, basicamente. Ela atira os vestidos na cama. – Passei em casa e peguei tudo o que eu tenho. Imaginei que não ia querer usar o vestido que usou no funeral do seu pai.

É uma declaração curta e grossa para acompanhar um gesto atencioso. Val põe a mão no ombro de Jenny.

– Foi muita gentileza sua. Obrigada.

Jenny arqueia as sobrancelhas.

– Ah. Tá. De nada. – Ela se senta na beirada da cama e fica mexendo, distraída, na pilha de vestidos. – Acho que você me falou mais "obrigada" no último dia do que qualquer outra pessoa em anos. Tipo... quando tem uma pilha de louça suja, se meu marido chega a lavar, eu digo "obrigada". Mas quando eu lavo, ninguém me agradece, porque não é uma coisa legal que fiz para outra pessoa. É só minha obrigação.

Até Glória faz a gentileza de reconhecer o trabalho duro de Val. Não de pagar um salário justo por ele. Mas, ainda assim...

– Que merda – comenta Val.

Jenny solta uma risada seca, surpresa.

– É mesmo. Ande logo. Escolha um vestido.

Val vai olhando os vestidos, um por um. Ela e Jenny não são do mesmo tamanho – Val é mais alta, tem ombros mais largos e seios menores –, mas um verde sem mangas tem o corte mais generoso. Vem com uma jaquetinha de manga curta, que Val opta, enfaticamente, por não usar. Nunca usou uma roupa tão boa na vida. Gosta do jeito que o vestido se molda ao seu corpo, adora o suave farfalhar da saia contra suas panturrilhas musculosas. A maioria dos sapatos dentro da mala são pequenos, mas um de salto com tirinhas não é agonizante. A sensação é de que está brincando de se fantasiar com uma amiga ou se arrumando para o baile de formatura, como Val imaginava que seria.

Jenny dá um suspiro e pega um vestido em um tom de marrom avermelhado com corte de matrona, mangas curtas quadradas, cintura império e saia na metade da panturrilha, tudo no mesmo tecido opaco e sem vida.

Val arranca o vestido das mãos de Jenny.

– De jeito nenhum. – Escolhe um modelito vermelho sem mangas e ousado, com decote nas costas e fenda profunda na perna. – Este aqui.

– Não posso usar isso! – Mas Jenny coloca o vestido contra o corpo, se vira para olhar no espelho de corpo inteiro e fica passando as mãos no tecido.

– Por que você tem ele, então?

– Comprei anos atrás, durante uma viagem, quando estava me sentindo outra pessoa que não eu. Uma dessas compras ridículas que a gente faz nas férias e parece sensata, até voltar pra casa e se dar conta de que, na verdade, você não é outra pessoa. A vida real só parou por um minuto. – Ela baixa o vestido com um suspiro. – É muito pouco recatado. Chama a atenção. Não posso fazer isso.

– Por que não?

– Você não se lembra... não, acho que não. – Jenny faz careta, mas não é com Val que está irritada. Ela põe o vestido vermelho em cima da cama, passando os dedos pelo tecido colante. – Nós três, você, eu e Kitty, tínhamos lições a mais. Regras a mais. À parte dos meninos. "Tape tudo, fique bem-vestida. Ninguém gosta de palhaça exibida."

– Ai, meu Deus – diz Val, mais uma peça se encaixa em seu devido lugar. – É por isso que, sempre que vou pôr um biquíni, uma vozinha dentro da minha cabeça começa a cantar alegremente: "Uma peça é melhor do que duas! De quem é a responsabilidade? Sua, toda sua!". Eu achava que devia ser algum jingle de rádio ou algo assim.

– É a nossa música. Uma delas, enfim. Era a música do recato. Tem a música do ser maternal. A música da docilidade. Ah, e uma que fala que a gente deve ser feliz com o que tem, cuidando do próprio jardim, sem inventar de sonhar muito alto porque a grama que cresce demais acaba sendo cortada.

– Isso é... horrível pra caralho – declara Val.

Jenny franze o cenho.

– Não. Era pra ensinar a gente a ser feliz com o que tem. Não cavar a própria infelicidade por causa da ambição.

– Mas os meninos não aprenderam essa música. Não tinham jingles falando que não devem mostrar a pele ou que serão cortados se tiverem ambição. Tinham?

– Não tem nada a ver com isso – argumenta Jenny. O rosto está começando a ficar corado. – Tem a ver com as esferas de influência, sabe? E com encontrar maneiras de ser feliz. Como a canção da docilidade: "Se acordar brava um dia, substitua por alegria. Ninguém gosta de cara feia, engula essa raiva inteira. Seja dócil e meiga sempre, nunca faça diferente. De todo mundo que encontrar, uma coroa vai ganhar". A gente gostava dessa! Lembra das coroas que a gente ganhava quando baixava a cabeça?

Val não quer deixar Jenny chateada, mas tudo naquela música lhe parece errado. Nunca ensinaria essa lição para as meninas que frequentam seu acampamento. Mas, até aí, ela usou a música da arrumação e da limpeza com elas. Foi afetada por essas "lições" que ela e Jenny aprenderam, mesmo sem lembrar de onde vinham esses pensamentos.

Mas, *até aí*, toda vez que pensou na música do traje de banho pôs um biquíni, feliz e contente. Sentia-se poderosa por se contrapor a esse conceito. Então, talvez as canções tenham surtido o efeito contrário em Val: uma rebeldia teimosa. Apesar de ela, definitivamente, ter ficado onde estava, sem nunca pedir, muito menos exigir mais da vida. Será que foi por causa daquelas lições, que se enraizaram quando era tão nova? As lições mais sutis e insidiosas devem ter sido mais difíceis de identificar e de se opor.

Jenny está sentada na beirada da cama, ao lado do vestido marrom. Belisca o tecido.

– Eu sempre subestimei as lições e as regras. Deveriam nos fazer felizes, para que a gente pudesse crescer e ser boas pessoas. Boas mulheres. Boas mães. Obedeci a todas as regras. Nunca mostrei os ombros ou as pernas. Só fiz um piercing na orelha porque era feminino sem ser agressivo nem sugestivo. Fui pra faculdade para me aperfeiçoar, mas estudei desenvolvimento infantil, porque assim não era algo egoísta, era pelos outros. Aí larguei porque me casei e, como meu papel mudou, minhas prioridades também tiveram que mudar. Esposa e mãe. É esse o objetivo, certo? Seis filhas, e faço dieta e ginástica o tempo todo, porque aí meu marido pode se exibir para os outros, falar "Olhando para ela, ninguém diria". Agora, minha filha mais velha está na pré-adolescência e a gente briga pra decidir se ela pode ou não usar regata, e tipo... por que não? Por que estou dizendo pra minha filha que o próprio corpo é algo que ela deve aos outros? Que é responsável pelo que os outros, os meninos, os *homens*, sentem quando olham para ela? – Jenny esfrega o rosto. – Eu vi sua expressão quando cantei aquela música. Sei o que dá a entender, sei mesmo. Mas a vida é assim, sabe? Estar no mundo sem ser do mundo.

Val se senta e cutuca o joelho de Jenny.

– Por favor, pense que estou dizendo isso da maneira mais gentil possível. Mas que porra isso quer dizer?

Jenny cai na gargalhada, um riso silencioso sacode a cama.

– Sei lá! O que *quer* dizer?

– É uma bobagem. E sabe o que mais é bobagem? Aquele vestido marrom horroroso. Você vai usar o vestido vermelho hoje, e você não é responsável pelo que os outros sentem. Só pelo que você sente com ele. – Val dá a mão para Jenny se levantar, enfia o vestido vermelho nos braços dela e, em tom de brincadeira, a empurra para dentro do banheiro.

Quando Jenny sai, está com uma cara empolgada e apavorada na mesma medida.

– E aí?

Val assovia.

– Caramba, garota. Você ficou uma coisa de *outro* mundo!

A risada que Jenny dá acaba com uma bufada adorável.

– Me esqueci que você sabia ser tão bobalhona. Mas será que não é demais? – Jenny se olha no espelho, coloca a mão em cima da barriga, deixa a perna sair pela fenda.

– Não mesmo. Você está incrível.

– Só você pra me convencer a fazer uma coisa dessas. Mandona, como sempre. – Jenny fica calada, observando Val. E, em seguida, um sorriso satisfeito toma conta do seu rosto. – Não mudou nada, continua mandona. OK. Deixa eu maquiar você.

Jenny faz Val se sentar e tira um kit da mala de sapatos. Apesar de, normalmente, usar uma maquiagem sutil, ela tem mão boa para transformações dramáticas. Quando termina, ela e Val estão com os olhos delineados e esfumados com capricho e os lábios ousados.

– Ai, meu Deus, a gente está tão gata – declara Val quando as duas ficam na frente do espelho, lado a lado. Como será que teria sido ter Jenny como amiga esses anos todos? Crescido juntas em vez de terem sido separadas violentamente?

– Estamos mesmo. – O sorriso de Jenny tem um quê de desejo e melancolia. Ela aponta os dedos para o espelho como se estivesse olhando para algo em uma vitrine, algo que quer ter, mas não pode.

Antes que Jenny possa mudar de ideia em relação ao vestido, Val a empurra até o quarto dos rapazes. Os cinco exclamam ao mesmo tempo e caem na risada.

– Estamos todos incríveis – comenta Javi, e é verdade. Ele está com o colarinho aberto de um jeito bem cafajeste por baixo do paletó azul-noite. O paletó de Marcus é roxo-escuro e salienta seus ombros largos, e o traje de Isaac é preto, com uma gravata verde que destaca seus olhos castanho-claros.

– Caramba, Jenny – Marcus pega na mão dela e a rodopia. Jenny cai na risada meio envergonhada, mas está com uma cara satisfeita. – É um crime você ter passado esse tempo todo usando bermuda até o joelho.

Jenny dá uns tapinhas de leve no ombro de Marcus, mas seu sorriso luminoso não perdeu nem um watt sequer de potência.

Poderia ser uma ilusão de ótica ou um efeito dos óculos, mas Isaac está com uma expressão de quem vai cair no choro, olhando para todos.

– O baile de formatura foi assim? – pergunta Val, sofrendo a falta de tudo o que nunca teve e das pessoas com as quais nunca teve tudo isso.

– Ai, meu Deus, não – responde Marcus. – Aqui não tem desodorante Axe o suficiente queimando os neurônios para ser um baile de formatura, nem de longe.

– E a gente não precisa levar escondido a própria bebida alcoólica. – Javi dá o braço para Jenny.

– E eu não preciso fingir que gostei de beijar uma garota – completa Marcus.

– E não vai ter nossos colegas lá, só um monte de gente velha e intolerante. – O sorriso de Jenny enfim se apaga.

Javi a arrasta até a porta.

– Rápido, antes que dê tempo de ela trocar de vestido e colocar um troço que a minha vó não usaria nem morta. O que quer dizer muita coisa, porque minha vó de fato está morta.

Val tem vontade de se esbaldar na esquisitice que é crescer e viver do jeito que viveu e de repente estar ali, usando um vestido maravilhoso, com quatro pessoas de quem ela gosta.

Só que não pode. Está prestes a contar o plano para os cinco quando seus olhos recaem sobre Jenny e o vestido dela, e Val se lembra de que Jenny contou que tinha passado *em casa*. Jenny mora ali, em Júbilo. Ainda faz parte de tudo aquilo, ou seja: pode ter informações. Mas, se tem, nunca contou para ninguém. Então, se é leal a alguém, não é à memória de Kitty nem a Val.

Ela olha para os demais. Não tem como saber qual é a ligação que ainda têm com o programa. Se estão guardando segredos. Javi tentou avisá-la de alguma coisa, mas até isso pode ter sido um teste, para ver do que Val se lembra. Por ora, vai guardar suas suspeitas e seu plano em segredo.

Isaac dá o dedo mindinho para Val. É um laço entre os dois, mas também uma promessa. Ele está do lado dela para o que der e vier. Pelo menos isso ela tem.

Odeia suspeitar de qualquer um dos quatro, mas precisa ficar esperta. Agir com cautela. Deve isso a Kitty.

– Não é justo a gente ter que trabalhar durante o jantar de gala – reclama um dos dois homens brancos de trinta e poucos anos sentados diante de uma porção de monitores.

O outro dá de ombros.

– Nem tem ninguém na casa – argumenta o que reclama.

O outro dá de ombros.

– É nossa obrigação, Mike.

Mike fica olhando a esmo para as imagens das câmeras e se fixa na que está no porão.

– Odeio perder comida grátis. Você não entende. Tem esposa, a sua comida é sempre grátis.

Desta vez, em vez de dar de ombros, um olhar de indagação.

– Quer dizer, grátis, não, mas, tipo, você não precisa cozinhar. Nem lavar a louça depois. Se eu quiser comer, tenho que fazer todo esse trabalho sozinho. Preciso de uma esposa. Você tem sorte de ter arrumado uma cedo. Júbilo é muito pequena. Agora mesmo, as minhas únicas opções são duas primas de segundo grau. Primas de primeiro grau, mas com uma geração de diferença? Nem consigo me lembrar. E não estão interessadas, de qualquer forma. E todas as outras moças solteiras já têm vinte e poucos anos. Tem alguma coisa de errado com elas se, a essa altura, ninguém quis, sabe? – Mike passa a mão no cabelo, que está ficando ralo, o cenho franzido destaca linhas de expressão em volta dos olhos e rugas profundas na testa.

O outro homem dá de ombros.

– Eu gostaria que tivesse mais moças na casa neste momento. O que você acha da Val? Ela até que é gata, de um...

O áudio do monitor capta uma interferência. Os dois pulam da cadeira, em alerta. Uma voz fina, distorcida, vem e volta, como se os dois estivessem sintonizando um sinal de rádio fraco.

"Fique no seu lugar, forme um círculo na escuridão, feche os olhos e faça o pedido comigo, não abra, não, não abra, não, não abra, não, não abra, não..."

A voz pula, repetindo aqueles versos sem parar. Mas a câmera em si não está mostrando nada, só a cadeira na sala vazia.

Mike torce o nariz, enojado.

– Cara, odeio quando o áudio pega ecos tipo esse. – A canção some, ainda travada naquele único verso. Depois de alguns minutos, ele sacode a cabeça. – Não sei se ainda estou ouvindo ou se estou só prestando tanta atenção, esperando ouvir, que estou imaginando coisas. Você ainda está ouvindo?

O outro homem dá de ombros.

Mike se aproxima das caixas de som, tentando ouvir mais alguma coisa. Precisam registrar tudo.

– Ah, oi!

– Merda! – Ele dá um pulo para trás e a cadeira cai no chão, fazendo um barulho alto. Mike se vira para trás, com o coração sobressaltado, tentando encontrar a origem da voz. Parecia tão perto, tão nítida. Como se uma criança estivesse bem ao lado dele.

Uma risadinha vai ficando cada vez mais distante. Nada ainda nas imagens.

Mike olha para o outro homem que, como era de se esperar, dá de ombros. Mas ele está com um leve sorriso presunçoso no rosto. Os olhos de Mike se dirigem para o canto e encontram a câmera. Alguém está sempre observando. Até os observadores são observados.

Mike seca a testa, levanta a cadeira e se senta, trêmulo.

– Escuta, desculpe ter falado palavrão – diz ele, mais para a câmera do que para o companheiro. – Levei um susto. Não costumo falar esse tipo de coisa. Acho que não precisa ser reportado.

O outro homem ergue a mão, fazendo sinal para Mike se calar. Está fazendo seu trabalho, ouvindo. O riso agora sumiu, e tem alguém chorando em algum lugar, um choro pontuado por suspiros ritmados, soluçantes.

– É estática, certo? – pergunta Mike, mas seu tom não é de esperança.

– Cala a boca – sussurra uma vozinha aguda. – Vai me deixar com fome de novo. Só precisamos esperar mais um tempinho. Você vai ver só.

O outro homem começa a digitar no laptop. Data, hora e depois, a transcrição do áudio. Registros e mais registros, registros de registros. Tudo arquivado, tudo salvo.

Mike sacode a cabeça, espera mais alguns minutos antes de se desligar da câmera do porão, dando graças a deus.

– Preciso arrumar outro emprego – sussurra.

ONZE

– Caramba! – exclama Javi. Os cinco amigos que restaram ficam parados juntos, na entrada do salão de baile. A maioria dos presentes está na faixa dos cinquenta anos ou mais, as mulheres de manga longa e escarpim de salto baixo, os homens de smoking e gravata-borboleta. Mas a homogeneidade não termina por aí. É um verdadeiro mar de gente branca. Até Val, que passou a vida inteira em *Idaho*, onde oitenta por cento da população é branca, percebe.

– A gente era mesmo as minorias *simbólicas* – comenta Marcus.

Javi se vira para os demais.

– Olha só como estamos lindos. Podemos ser lindos em outro lugar que não aqui.

Val tem vontade de concordar com Javi, mas precisa encontrar pessoas que tenham trabalhado no programa.

– Esteja no local combinado – começa a cantar, tirando outra rima da cabeça.

Aproveitando a deixa, Javi revira os olhos e continua:

– Chegue sempre no horário.

– Seja prestativo e educado – completa Marcus.

– Ou vai se foder pra caralho – conclui Javi.

– A letra não é assim! – dispara Jenny. – Ele nunca teria nos ensinado uma coisa dessas.

Javi olha para ela com um sorriso radiante, e é o primeiro a pôr os pés no salão.

– E por falar em caralho, por quantos vocês acham que vou ter que passar para conseguir chegar no goró grátis?

– Ai, meu Deus. Minha mãe está aqui. – Marcus pega no braço de Javi. Olha em volta do salão, procurando um esconderijo, mas não tem como ele passar desapercebido. – O que está fazendo aqui? Não consigo lidar com ela, não neste exato momento. Nem nunca.

– Por acaso sua mãe é aquela mulher agressivamente loira que está falando com a minha mãe? – pergunta Javi, arqueando as sobrancelhas.

O coração de Val bate acelerado. Será que a mãe dela também está ali? Ela não consegue imaginar Debra sendo dona de algo cintilante o suficiente para contentar aquela turma. Talvez seja por isso que tenha sido expulsa da cidade e condenada ao ostracismo no camping.

Mas a presença das mães de Javi e de Marcus deixa claro que Val tinha razão ao manter o plano em segredo, por ora. Os dois ainda têm laços com Júbilo. Ela não quer levantar suspeitas, deixar as pessoas na defensiva nem dar a oportunidade de combinarem que história vão contar.

– Os pais de vocês também estão aqui? – pergunta para Isaac e Jenny.

Isaac faz que não. Jenny faz careta porque outra coisa chamou sua atenção.

– Falei pra ele mandar passar o smoking – resmunga.

Um homem branquelo como maionese caminha na direção deles, com olhos só para Jenny. Mas não do jeito que Isaac olha para Val. O homem a fita do mesmo jeito que os pais olham feio para Val quando as expectativas que têm para seus pequenos prodígios da equitação não são atendidas.

– Não entendi por que precisa ficar com eles lá naquela casa – diz o homem. Deve ser o marido de Jenny, chegando com tudo, como se já estivessem no meio de uma conversa. Pela aparência, tem a idade certa. Val não pode evitar a observação mesquinha de que Jenny, definitivamente, poderia ter arranjado coisa melhor. – Tem sido um pesadelo bancar a babá esse tempo todo.

– Babá? – pergunta Val. Ele não deve ser o marido de Jenny, afinal de contas.

Jenny aponta timidamente para o homem.

– Pessoal, este é o Stuart. Meu marido. Stuart, este é...

– Espere aí, *babá*? – Val torna a perguntar, confusa: – Elas não são suas próprias filhas? Babás não cuidam dos filhos dos outros?

O rosto branco de Stuart fica todo avermelhado. Ele olha para Jenny, como se a esposa tivesse obrigação de explicar. Mas aí para e *olha* de verdade para ela. Val fica esperando pelo momento em que os olhos de Stuart vão brilhar, porque se darão conta de como sua mulher está gata. Só que, em vez disso, o rosto dele fica ainda mais corado de vergonha.

– Que roupa é *essa*? – Stuart fala baixo, como se os demais não fossem conseguir ouvir. De repente, a relutância de Jenny em se vestir de um jeito sensual faz todo o sentido. – Consigo ver suas tetas – sussurra Stuart, ríspido. – Ou seja: *todo mundo* consegue.

– Que sorte a nossa! – Val dá o braço para Jenny, tanto para apoiá-la quanto para impedi-la de fugir. – Prazer em conhecê-lo. Agora Jenny vai me apresentar pra algumas pessoas.

– Mas eu... – Stuart começa a dizer.

– Sempre fico curioso quando um homem adulto ainda usa o termo "tetas" – comenta Javi, como quem não quer nada, inclinando a cabeça para o outro homem. – Por que você não me mostra onde estão as bebidas e me ensina a diferente entre "tetas" e "peitos"? As regras não são claras pra mim.

– Jenny. – O rosto de Stuart está quase roxo. – São esses os seus amigos? Não gosto da influência que eles têm em você. Não gosto de nada disso. Você já ficou fora de casa tempo demais. Não estou nem aí pro que o conselho diz, não é certo uma mãe ficar longe dos filhos. Vamos pra casa. A Sarah não para de chorar desde que você saiu de casa e...

Jenny o interrompe.

– *Não.* Você sabe o quanto esta noite é importante pra mim. Foram muitas horas de trabalho para chegar até aqui. Pode se virar até eu terminar o que preciso fazer.

Val se prepara para a raiva. Mas, depois de uma expressão de choque, Stuart murcha e se afasta, sem dar explicações nem pedir desculpas.

Talvez esse seja o máximo de apoio que tem a oferecer à esposa: não a atrapalhar. Ele se mescla, naturalmente, a um grupinho de homens sem graça usando smoking sem graça e camisa branca.

– Anda, Jenny. Falei sério quando disse que quero que você me apresente para algumas pessoas – declara Val, mais confiante.

Aquele é um salão cheio de pais autoritários e infelizes, e ela sabe como lidar com essa gente. Se lhe derem alguns minutos, vai convencer todo mundo que está ali a lhe entregar de bandeja as informações de que precisa, como se essa ideia tivesse partido deles.

Marcus segura Javi pelo cotovelo.

– Deixe eu ir com você. Não consigo encarar essa sozinho. – Os dois entram juntos no salão. Isaac logo é puxado para o lado por uma mulher mais velha que quer falar sobre a cirurgia de miopia a laser que fez e que ele vai adorar. Val se sente mal de abandoná-lo, mas situações desesperadoras etc. etc.

– Prepare-se. – Jenny segue o próprio conselho, endireita a postura, ficando mais reta que um cabo de vassoura, e vai levando Val em direção ao burburinho.

Todos cumprimentam as duas e, em seguida, arranjam uma desculpa para se dirigir a outro lugar. Banheiro, bebidas, comida ou alguém com quem não podem, de jeito nenhum, deixar de falar naquele exato momento. Val mal consegue gravar os nomes, que dirá o que cada um teve a ver com o programa. Sua avaliação da situação foi equivocada. Na verdade, os pais irados lá do rancho *queriam* falar com ela. Como vai conseguir convencer alguém a revelar segredos se as pessoas nem sequer lhe dirigem o olhar por mais de alguns segundos?

Jenny não ajuda em nada. Rodopia pelo salão com Val, citando nomes sem dar nenhum detalhe. Carols e Dawns, Joes e Daves. Sem significado nenhum. Toda vez que Val cruza o olhar com alguém, a pessoa a observa. Assim que percebe que ela está olhando, desvia o olhar ou substitui a careta por um sorriso forçado. *Sorria! Você não tá triste*, pensa Val.

– Ai, eles não. – Jenny tenta afastar Val de um grupo de pessoas que se aproxima das duas, mas são encurraladas.

– Companheiras ex-alunas! – Uma mulher de penteado perfeito e batom coral segura Val pelos ombros, em uma estranha espécie de meio abraço. Tem cheiro daquelas amostras de perfume que vinham nas revistas que as filhas de Glória ficavam esfregando uma na outra.

– Ex-alunas da última turma – completa um homem. É bonito, calvo, de cabeça raspada e grandes olhos castanhos. – Por ora!

Uma mulher que está usando uma cópia do terrível vestido marrom de Jenny tem o mesmo sorriso reflexivo, de cintilância uniforme, do restante das pessoas. Val poderia jurar que ela tem mais dentes do que deveria.

– Não foi a melhor coisa que aconteceu na vida de vocês? Sempre achei que tive muita sorte de poder ter participado antes de... bom, *você* sabe. – Ela muda de expressão, faz uma careta exagerada, como se estivesse simulando sentimentos para uma criança de dois anos. Põe a mão no ombro de Val. – Não achamos que a culpa pelo fim do programa é sua, querida.

Os demais viram o rosto, deixando bem claro que não concordam com aquela afirmação.

– Por que achariam que sou culpada? – pergunta Val, jogando verde.

– Bom, pelo fato de você ter quebrado o círculo. – A expressão da mulher se torna menos caricata, as sobrancelhas finas, que parecem ter sido riscadas a lápis, assumem um ar pedante. – Você saiu antes de seu tempo ter chegado ao fim, e aí...

– E aí o programa foi cancelado – completa o homem bonito.

Tem algo de ríspido no comentário dele, que ecoa no olhar que ele lança para a mulher. O coração de Val se sobressalta. Os dois guardam um segredo.

A mulher cheia de dentes vai logo balançando a cabeça, o sorriso voltando a estampar seu rosto.

– Mas você sabe como andam as coisas ultimamente. O programa vai voltar ao ar com tudo! Não se preocupe. – Ela dá mais um tapinha no ombro de Val, depois deixa a mão parada na lateral do corpo, como se não quisesse encostar em mais nada antes de ter a oportunidade de lavá-la.

– Não foi o acidente que pôs fim a tudo? Quem cancelou o show? Uma emissora? O produtor executivo? – Val fica tentando interpretar a expressão deles com toda a atenção.

Em vez de responder, todos se viram para Jenny, feito um cardume de peixes à caça.

– Ai, você está especial – diz a mulher cheia de dentes. O jeito que ela fala deixa claro que "especial" não é um elogio. – Olha, já que está aqui, o clube do livro decidiu mudar o título que você escolheu para este mês. Achamos que a sua sugestão era muito... empolgante. – A mulher ri. – Vou lhe mandar um e-mail.

O grupo se dispersa com a mesma rapidez com que se formou, as pessoas saem dali para ir caçar em outro lugar. Val acompanha a movimentação deles pelo salão. Mira na Muitos Dentes, determinada a conseguir falar com ela a sós.

– Então, você conhece todo mundo aqui – diz Val, dirigindo-se a Jenny, marcando a mesa onde Muitos Dentes acaba se sentando. Ela vai esperar a mulher ir ao banheiro. Falar com ela a sós. Tomara que seja mais tarde, depois de a mulher já ter bebido.

– Morei aqui a vida toda. Sei o nome de todo mundo, o nome dos filhos de todo mundo, o que fazem da vida, que carro têm, quanto dinheiro o marido ganha e quanto custou a reforma da cozinha. – Jenny olha feio para o homem que se aproxima das duas. Ele muda de direção imediatamente. – Mas não. Não conheço ninguém, e ninguém me conhece.

Jenny põe a mão na testa.

– Desculpe. Estou de mau humor. Ai, não, lá vem o prefeito. Não posso ser encurralada por esse homem, de novo, não. Muito menos com esta roupa.

Jenny se vira para fugir. É exatamente com o prefeito que Val precisa falar. As pessoas abrem espaço para o homem passar, e ele vai apertando mãos e dando tapinhas nas costas pelo caminho. É idoso, extremamente alto e quase esquelético, o cabelo grisalho tem um bico de viúva e está puxado para trás, partindo da testa alta.

Val solta o braço de Jenny e vai direto até ele.

– Oi – diz, estendendo a mão. – Sou...

– Sei quem você é, pequena Valentine.

O prefeito pega a mão de Val e a puxa para perto, fazendo-a perder o equilíbrio. De tão perto, é obrigada a espichar o pescoço, a ficar em uma posição incômoda para conseguir olhá-lo na cara. Apesar de o homem *ser* muito magro, Val agora percebe que a magreza se deve mais à altura do que a qualquer tipo de fragilidade. Os olhos azuis são profundos e fulminantes, as rugas que se formam em volta deles são de sorrir, tirando a ruga profunda que o prefeito tem entre as duas sobrancelhas castanho-escuras.

O homem aperta a mão de Val com força e a faz ficar quase encostada nele. Val não consegue ir para trás e ficar a uma distância mais agradável. Jenny tomou a decisão correta ao evitar de cruzar com o prefeito. O sorriso dele é mais paternal do que qualquer um que o pai já deu para Val, e isso a deixa imediatamente puta. Paternal e paternalista são parentes tão próximos. As palavras que o prefeito diz são claras e seletas, como se tivessem sido ensaiadas.

– Você finalmente encontrou o caminho de volta à comunidade.

Val dá o sorriso mais alegre que consegue. Se inflar o ego do prefeito, é mais provável que o homem baixe a guarda.

– Essa cidade é uma joia tão rara que nem consigo acreditar. Fico surpresa de nunca ter ouvido falar dela antes.

É a tática certa: o prefeito balança a cabeça e discorre sobre o assunto.

– Ah, sim, nossa querida Júbilo! Você conhece a história dos primeiros colonizadores de Utah, e de boa parte do sudeste também, até chegar ao México, não conhece?

Ele ignora o fato de que todos esses lugares já eram habitados antes de os colonizadores chegarem, mas Val precisa fazer o homem continuar falando.

– Na verdade, não, mas adoraria saber mais a respeito de Júbilo e de suas ligações com a história da televisão.

– Chegaremos lá, chegaremos lá. Sabe, antes precisamos voltar ao passado. Sabe quem foi Brigham Young, certo?

– Claro. – Tem umas duas universidades com o nome dele, alguma coisa a ver com os mórmons, mas Val não se lembra exatamente, porque não está nem aí.

– Depois que chegaram a Utah, ele mandou pioneiros se espalharem, partindo de Salt Lake City. Cada grupo deveria fixar acampamento a um dia de viagem do anterior, formando linhas contínuas, para a segurança dos viajantes. Formando uma espécie de teia ao redor do centro, onde Brigham Young ficava parado, feito uma grande aranha gorda.

Val deve ter feito uma expressão de surpresa depois de ouvir essa crítica inesperada, porque o prefeito lhe dá um sorriso de cumplicidade antes de prosseguir:

– O que a maioria das pessoas não sabe é que o velho Brigham destacava os homens de quem não gostava para os piores lugares. Estava no comando e governava com mão de ferro. Qualquer ameaça ao seu poder, qualquer homem que o desafiasse ou fosse popular demais era despachado para bem longe de Salt Lake City. As primeiras famílias que vieram para Júbilo foram designadas para este lugar como um castigo, acredite ou não!

Val solta um ruído de descrença.

– Mas a cidade é tão linda!

– Agora é! Naquela época, com certeza não era. Imagine só, meu tatara-tatara-tatara-tatara-tataravô sendo banido e despachado para o deserto impiedoso, com ordens de fundar uma cidade! Mas ele entendeu que isso não era um castigo. Teve uma visão, e percebeu que a verdade, o poder e até o *paraíso* estavam aqui, esperando por quem tivesse coragem de pedir. Os anjos podiam estar por toda parte, se a pessoa soubesse como reconhecê-los. Se soubesse como fazer um trato. E minha família, bem... encontramos um lugar tão bom que Brigham não seria capaz nem de sonhar com ele, com todo o poder que o velho gostaria de manter somente para si mesmo. Ele tentou nos silenciar, mas acabamos tendo mais influência do que ele poderia ter!

– Como conseguiram? – pergunta Val.

– Bem, com nossos programas, é claro! "Vinde a mim as criancinhas", sabe? No começo, era algo pequeno, só da nossa comunidade e de quem conseguíssemos trazer pra ouvir e aprender. Mas aí a tecnologia... milagrosa, realmente... nos deu um novo alcance para abençoar vidas. Primeiro, através das ondas de rádio, e depois na casa de todos, com o televisor. E faremos isso de novo.

– Vocês vão voltar a fazer o programa?

É a primeira vez que Val ouve isso sendo confirmado. Ou seja: aquelas pessoas têm uma motivação financeira para manter os segredos terríveis enterrados.

– Tudo a seu tempo. Tudo a seu tempo. – O prefeito dá um tapinha na mão de Val.

Ela tem vontade de puxar a mão, mas ainda não pode fazer isso.

– Mas e o acidente que pôs fim a tudo? O senhor não acha que o fato de uma integrante do elenco ter morrido no estúdio pode trazer controvérsias pro novo programa?

Val não sabe como o prefeito vai responder, mas não estava esperando ver aquelas sobrancelhas autoritárias se arquearem de surpresa.

O homem se aproxima ainda mais, seus olhos profundos mergulham nos de Val.

– Com quem você anda falando? Ninguém nunca morreu durante as gravações de *Mister Magic*.

ATENÇÃO FÃS DO CÍRCULO MÁGICO! GRANDE, GRANDE NOTÍCIA Aquele podcast de reencontro acabou de aparecer no meu app. Todo mundo assinando. Precisamos fazer chegar no topo das paradas, para os estúdios fazerem um remake do programa!

> Por quê? Nem tudo precisa de remake. Não podemos só deixar nossas lembranças de infância permanecerem intactas?
>
> > Não
>
> > vai pra casa chorar lágrimas sem alegria nos seus Transformers que ainda estão na caixa
>
> > só porque você não quer não significa que ninguém vai querer, tenho filhos, eles precisam dessa merda
> >
> > > incluindo a merda que é ter uma música inteira sobre não falar palavrão
> > >
> > > > com certeza, porra, principalmente essa merda, alguém precisa compensar a terrível influência que exerço na vida deles
> > > >
> > > > > kkk "Limpe o coração, limpe a mente, limpeza hoje, amanhã e sempre! Nada sujo, nada mau, sempre feliz, sem baixo-astral!" Porra, pode crer, adoro essa música

> Ai, meu Deus não acredito que tá rolando mesmo. Eu realmente achava que esse negócio era amaldiçoado, que era impossível.
>
> > é só um podcast, não é um programa novo

AINDA não é um programa novo, mas esta é a era de desenterrar a nostalgia! Tenho esperança!

Então vão falar sobre o que aconteceu com a Kitty?

Quem era Kitty?

Integrante do elenco que morreu

SUPOSTA integrante do elenco que SUPOSTAMENTE morreu

lenda urbana, não me lembro de nenhuma Kitty e não tem nenhuma prova

integrante do elenco que todo mundo diz que morreu mas na verdade é corretora de imóveis em Delaware

kkk Delaware não é um lugar real, negócios imaginários pessoas imaginárias

a porra do presidente Biden é de Delaware

presidente imaginário

se você ficar na frente do espelho e disser Bloody Mary três vezes, ela vai aparecer e contar a história do que aconteceu com a Kitty

sério, aqui vai o link do site da corretora Katherine Johnson, ela era Kitty, o programa parou de ser feito por causa de um acidente mas ninguém morreu, eu e minha namorada investigamos com o nosso clube do livro de crimes reais ano passado e descobrimos tudo, pode ler tudinho no nosso blog, link na minha bio

errado, além do mais: e todas as outras crianças que morreram, por que ninguém fala delas

quem deixou esse maluco voltar? Moderador?

Onde a gente pode assinar? Preciso de um podcast novo para ouvir a caminho do trabalho

DOZE

O prefeito continua segurando a mão de Val, impedindo-a de se afastar.

– Posso lhe garantir: ninguém nunca morreu aos cuidados dele.

– Aos cuidados dele quem? Do diretor? Ele está aqui? – Val olha ao redor do salão, esperançosa, mas o prefeito dá risada.

– Você sabe de quem estou falando. O programa era perfeito. Nunca aconteceu nada de mau com as crianças boazinhas. E não se preocupe, querida. Agora que está de volta, tudo foi perdoado. – O homem dá um tapinha na mão de Val, depois fica a acariciando.

Ela tem vontade de puxar a mão, a palma está quente, coça, e a pele formiga por causa daquele contato prolongado com a pele do prefeito. Que não lhe deu uma resposta direta. Talvez Kitty tenha se ferido no estúdio e sido transferida para algum outro lugar, para que pudessem negar tudo de uma forma plausível. Mas, até aí, Val passou décadas pressupondo que a mãe estava morta porque o pai dizia "ela se foi". Será que estava cometendo o mesmo erro? Será que Debra, na verdade, confirmou que Kitty morreu? Val não consegue se lembrar. Mas todos os seus amigos disseram que Kitty havia morrido.

– Se Kitty não morreu, o que aconteceu, então? Onde ela está?

O prefeito franze o cenho.

– Bem, seu pai, obviamente. A culpa foi toda dele.

– Meu *pai* matou Kitty? – Isso não pode ser verdade. Não de acordo com a linha do tempo traçada pelos demais. Mas eram crianças. Talvez estejam enganados. Talvez o incêndio tenha mesmo acontecido antes de Val ir embora, talvez o pai tenha assumido a culpa e...

– Não, não. Que conversa é essa de matar e de morrer? Você está ficando histérica. Acalme-se. Agora você está aqui e vai dar um jeito em tudo. Vai se redimir. – Ele aperta mais a mão de Val e a puxa para perto. – Você nos deve isso, não deve?

Uma mulher de cabelo tingido em um tom de loiro-amarelado sem vida e opaco pega o prefeito pelo braço.

– Querido, temos um probleminha.

– O dever me chama! Seja bem-vinda ao seu lar, Valentine. – O prefeito dá um beijo na testa de Val antes que ela tenha tempo de empurrá-lo e se afasta em seguida.

Javi aparece ao lado dela, com Marcus a tiracolo.

– Nem tem bebida alcoólica. – Marcus olha feio para o copo que está segurando. – É suco com gás. Será que acham que ainda somos crianças só porque participamos do programa infantil que eles fizeram?

– O que foi que o prefeito mão-boba disse? – pergunta Javi.

Val limpa a testa com as costas do braço, arrependendo-se, no fim das contas, de não ter vestido aquele casaquinho ridículo que fazia conjunto com o vestido: poderia não ser obrigada a encostar a própria pele onde o prefeito beijou.

– Ele me garantiu que só responsabilizam meu pai pelo que aconteceu com Kitty. Mas também disse que ela não morreu no estúdio. Minha irmã morreu *mesmo*? Meu pai fez alguma coisa? Eu fiz?

Javi faz que não.

– No fim das contas, não tenho clareza a respeito de muitas coisas, mas *tenho* certeza de que não estava lá quando tudo aconteceu. Você tinha ido embora.

– Tinha mesmo – concorda Marcus, balançando a cabeça.

– Mas Kitty morreu mesmo? – Em parte, Val ousa ter esperança por um instante. Afinal, os amigos eram crianças naquela época. Talvez suas lembranças estejam equivocadas.

Marcus segura a mão de Val e, no caso dele, não há nada de possessivo nem de presunçoso naquele gesto, só o apoio de um amigo para o outro.

– Eu não gosto de pensar no que aconteceu, as peças não fazem sentido. Mas sei que ela se foi. E sei que você não estava lá, nem seu pai. Nós estávamos sozinhos.

– Mas quem somos *nós*?

Javi responde:

– O círculo e ele.

– Você está falando do Mister...

– Não fale. Você que inventou essa regra – Javi relembra.

Val desiste de manter segredo. Depois dos alertas de Javi e das confirmações dadas por Marcus, acredita que não estão tentando fazer, de alguma maneira, com que ela caia em uma armadilha.

– Mas quem era ele? Posso falar com ele? E a equipe que estava no estúdio naquele dia? O diretor? Tem alguém aqui?

Marcus dá de ombros, resignado.

– Isso foi há muito tempo. Não me lembro de mais ninguém do programa, a não ser nós cinco e Kitty.

Javi também dá de ombros e, em seguida, tira uma garrafinha do paletó.

– Acho que me enganei quando disse que a gente não ia precisar trazer nossa própria bebida às escondidas. Por sorte, sempre ando preparado.

Javi toma um gole grande e passa a garrafinha para Val. A bebida queima ao descer pela garganta dela. Val gostaria que Marcus não tivesse tanta certeza. Gostaria de poder ter esperança de que existe a possibilidade de rever a irmã. Gostaria de *ter* aberto a porta do quarto do hotel depois do pesadelo, só para ter certeza de que Kitty não estava lá fora. Esperando.

Javi toma mais um gole, passa a garrafinha para Marcus e olha em volta, fazendo careta.

– Todo mundo só quer me dizer que é uma honra trabalhar no escritório em que aquele predador cuzão do Harrell trabalhou antes de ser nomeado para a Suprema Corte. Quer saber o que foi uma honra? Trancar o sujeitinho no banheiro durante a festinha de Natal. – Javi olha para Marcus, dando um sorriso radiante.

Marcus ergue a garrafinha, fazendo um brinde, e a passa para Val de novo.

Ninguém ali vai falar do programa. Mas o prefeito ter negado que Kitty morreu é uma evidência por si só. Ele está envolvido, ou na morte ou no acobertamento. Por que outro motivo não reconheceria esse fato?

– Ah, não, lá vem minha mãe. – Marcus fica tenso quando uma das muitas loiras de farmácia vem na direção dele, desviando das outras pessoas. – Vai me perguntar sobre minha ex-mulher e falar que eu dava a impressão de ser muito mais "feliz" naquela época, sendo que quer dizer que *ela* era muito mais feliz quando eu ainda estava no armário.

Javi estende a mão.

– Vem. Ela não pode te encurralar se você estiver dançando.

O rosto de Marcus fica congelado. O tom é leve, mas firme.

– Por favor, não me provoca.

O sorriso travesso de Javi se desfaz. Parece que perdeu uma camada de pele, revelando a verdade que existe por baixo. Todos os nervos e veias, todos os delicados órgãos que o mantêm vivo.

– Nunca faria isso. – Mas o tom de voz não é leve. É determinado.

– Todo mundo vai ficar olhando – diz Marcus, mas pega na mão de Javi.

– Já estão olhando mesmo.

Javi leva Marcus até a pista de dança. Alguns casais mais velhos estão rodopiando ao som de uma *playlist* pouco inspirada, de músicas de créditos finais de filmes dos anos 1990. Javi sussurra coisas que fazem Marcus rir e se distrair. Os dois formam um lindo casal dançando juntos.

Os casais mais velhos se afastam, como se tivessem medo de ser contaminados. *"Com o quê?"*, Val se pergunta. Ritmo? Alegria?

Está se sentindo tão sozinha. O pai morreu e, mesmo antes de ele morrer, Val estava sozinha em todos os sentidos importantes. A mãe está viva, mas não deu a mínima para onde a filha estava. E, assim que terminar o que veio fazer ali, assim que descobrir o que foi que aconteceu e – bom, Val não sabe ao certo qual é seu objetivo além de descobrir a verdade. De vingar Kitty, se é que isso é possível.

Assim que isso for feito, o que sobrará para Val? *Quem* sobrará para Val?

Ela se vira para trás e dá de cara com Isaac. Que a prende com aqueles seus lindos olhos ampliados, e, quando menos vê, está sendo abraçada na pista de dança. Por alguns minutos, a palma da mão não coça, e seu cérebro se tranquiliza. Ela dá risada rodopiando em volta de Javi e Marcus. A música muda, fica mais rápida, e os quatro se separam, formando um círculo. O único que dança bem é Marcus. O que, de certa forma, torna tudo ainda melhor.

A música é interrompida abruptamente. O prefeito está na escada, perto da entrada do salão, segurando um microfone.

– Sejam todos bem-vindos! Que prazer é tê-los todos aqui, comemorando nosso primeiro passo de volta à programação infantil de qualidade. Ou, como gostamos de pensar, à programação de crianças de qualidade!

Javi revira os olhos, e Marcus solta um "buuu" tão baixo que só os quatro ouvem.

Val procura Jenny em meio aos presentes, mas ela já vem se aproximando, correndo, perseguindo outra mulher, inexplicavelmente. A mulher está de camisola, não com roupa de festa.

O prefeito continua falando:

– E a esse respeito, o tão esperado reencontro do...

– Você! – berra a mulher de camisola, apontando o dedo para Val. A mulher não precisa desviar das outras pessoas: elas se afastam, abrindo caminho. É baixa e delicada feito um pássaro, mas quando segura Val pelos ombros, é com a força de garras. – Você estragou tudo! – Cuspe voa da boca da mulher quando ela grita: – Você estragou tudo! Você...

Jenny tenta tirar a mulher de cima de Val, mas suas mãos escorregam. Ela ataca e arranha o rosto de Val, que vai cambaleando para trás, tentando se proteger daquela agressão.

Javi, Isaac e Marcus pulam em cima dela. É preciso dos três mais Jenny para impedir que a mulher ataque Val.

Os olhos de Val estão enlouquecidos ao admirar aquela cena.

Tirando seus amigos, todos os demais no salão de baile estão imobilizados. Ninguém mais se aproximou. Ninguém pegou o celular para chamar a polícia nem para fazer um vídeo. Todos estão observando. O prefeito, de microfone na mão, não diz uma palavra sequer. Não pede ordem no salão nem passa nenhuma orientação de como lidar com aquela mulher. Sua expressão é impassível, mas Val pode jurar que vê um sorrisinho de aprovação. Todos aprovam. Val não foi perdoada, no fim das contas. Mas quem é aquela pessoa que a agride?

Jenny segura a mulher, que não para de se debater, pelo pescoço, com os dois braços, puxando-a para perto de si.

– Por favor – diz. – Por favor, pare com isso, mãe!

Para: MM204@mm.org

De: MM587@mm.org

Relatório diário:

Anexo (1), seguem as transcrições das entrevistas de hoje com Javier e Marcus. Note-se que pode ser necessário levar Jenny para o conselho disciplinar por uso e contato inapropriado. As partes importantes foram realçadas. Apesar de ter sido acordado que Jenny tem relevância o suficiente para continuar no projeto, tal comportamento independente não pode ser tolerado. Tudo deve passar pela devida hierarquia.

Anexo (2), segue o resumo de todos os conteúdos novos da internet que envolvam, comentem ou se refiram a *Mister Magic*. Houve um notável aumento desde que o primeiro episódio do podcast foi lançado em todos os *apps*; pode ser desejável designar mais uma pessoa para monitorar as redes sociais de forma permanente, talvez até duas. O número de assinantes do podcast já alcança a casa dos milhares só por causa desse teaser. Destaque-se que a pauta para a reunião de terça-feira é a transição da narração do podcast para uma potencial doutrinação permanente, presumindo que a retomada do programa seja bem-sucedida, o que pode levar à interrupção e/ou mudança no nosso acesso. Como já discutido, dar continuidade ao podcast de forma independente quando o programa voltar ao ar vai nos permitir exercer um maior controle sobre a narrativa. As redes sociais são um fator novo do qual podemos tirar total proveito para alavancar a mensagem de *Mister Magic*, bem como monetizar de forma efetiva para financiar nossa missão.

Anexo (3), segue a transcrição de atividade em tela não programada e espontânea; apenas áudio. Também incluí um gráfico do aumento exponencial de tais ocorrências desde a morte do pai de Valentine e a descoberta do paradeiro dela.

Digno de nota: Mike, da Observação, falou palavrão no local de trabalho. Uma cópia dessa transcrição será enviada ao RH, com a recomendação de que seja feita uma advertência formal. O cargo que ele ocupa é um privilégio sagrado e deve ser tratado como tal.

CUIDADO, NEM OUSE

A mãe de Jenny continua gritando. O som persegue Val, que sai correndo pelo saguão do hotel, porta afora. Mas ela ainda se sente muito exposta. Não quer que ninguém a encontre. Não neste exato momento, não agora que está prestes a perder a cabeça.

O estacionamento nos fundos do hotel está cheio de carros, mas desprovido de gente. Banhado em uma luz alaranjada e baça, um tom que suga a cor e a vida de tudo. Até seu vestido parece ter um tom de marrom enlameado. Mas passa uma sensação mais verdadeira assim. Como se o lindo vestido verde, o hotel, o salão de baile fossem mentiras, desde o início.

Val se dirige ao canto mais escuro do estacionamento e fica parada com os pés no deserto, de costas para Júbilo. Todos os presentes no jantar de gala ficaram só olhando enquanto a mãe de Jenny a agredia. Aprovaram o que a mulher fez, mesmo sem terem participado. Todos odeiam Val. Ela suspeitava disso porque, quando se movimentava pelo salão, tinha a sensação de que era o polo errado de um ímã, repelindo todo mundo que estava lá. E até pela maneira como o prefeito segurou a mão dela: não era um carinho, mas uma contenção.

Podem odiá-la por ter ido embora dali quando era criança ou por algo mais, mas agora ficou claro: ninguém em Júbilo vai ajudar Val a descobrir o que foi que aconteceu com Kitty. O prefeito sabe. Os antigos integrantes do elenco talvez também saibam. Talvez *todos* saibam. O que não faz a menor diferença para ela. Com a raiva e a presunção é capaz de lidar. Mas com ódio puro e simples? Como poderia manipular essas coisas para tirar vantagem delas?

Só que a noite não foi um completo desperdício. O prefeito disse que nunca aconteceu nada de mau com as crianças *boazinhas*. Essa é uma expressão qualificadora – implica que algo de mau foi feito a crianças que não eram boazinhas.

Mas, se isso é verdade, por que Val continua viva e Kitty não? Porque, de acordo com a mãe, Kitty era a boazinha das duas.

– Val! – Javi atravessa o estacionamento correndo na direção dela.

– O que foi aquilo? – pergunta Val, quando ele se aproxima.

Javi sacode a cabeça, olhando ao redor... mas para cima, para as luzes, procurando alguma coisa.

– Preciso voltar pra lá e ajudar Jenny, mas dei uma desculpa para fugir e falar com você a sós. Tome *cuidado*. Não fale com ninguém. Pense que está sendo gravada o tempo todo. Tem alguma outra coisa rolando aqui.

– Mas o quê?

– Quando entraram em contato comigo pra falar do reencontro, fiquei pensando: por que agora? Aí pesquisei um pouco. Ninguém nunca tentou descobrir o que foi que aconteceu com Kitty. Ninguém foi preso nem processado. Não saiu nem uma matéria no jornal sequer.

Val já tinha essas informações depois de ter feito uma rápida pesquisa na internet, mas Javi tem mais acesso a documentos legais do que ela poderia ter.

– Ninguém deu bola – sussurra.

– Acho que estão usando este reencontro e essa palhaçada de podcast para construir uma nova versão da história. Para pôr oficialmente a culpa pela morte de Kitty em alguém e se livrar das acusações antes de retomar o programa.

Val lhe dá um sorriso sem vida.

– Eu sou a vilã perfeita. A irmã mais velha e perturbada. Podem transformar a coisa toda num assunto de família, não em um assunto do programa. Até tenho pinta de culpada, porque fugi e fiquei escondida desde então. Não é pra menos que estão todos tão felizes por me verem aqui.

Javi está com uma expressão pesarosa: ele concorda com as conclusões de Val.

– Todos nós sabemos que você não estava presente quando... quando tudo aconteceu.

– Só que não existe nenhuma prova. – Val tira sua primeira conclusão feliz naquela noite: – Aposto qualquer coisa que foram *eles* que causaram o incêndio no estúdio. Para destruir todas as filmagens e provas. Não fui eu.

– Não existem provas, mas existem testemunhas. O erro deles foi nos trazer de volta também. Não vamos permitir que façam isso com você.

Val dá risada.

– Jenny puxaria o meu tapete. E a mãe dela ainda daria uma mãozinha, ao que tudo indica.

– Jenny pode ser o que for, mas é uma amiga leal. Não faria isso. – Javi dá uma apertadinha no ombro de Val e volta correndo para o hotel.

Ele está enganado – nenhum dos cinco conhece os demais de verdade. Por mais que Jenny tenha sido uma boa amiga quando eram crianças, ela estava inserida em Júbilo esse tempo todo.

Val fica torcendo para o deserto vir com tudo, cobrindo por inteiro aquele lugar ridículo de areia e arbustos, explodindo a cor e a vida dos tijolos vermelhos e dos gramados verdejantes. Apagando a farsa que é Júbilo, substituindo aquela mentira pela áspera areia da verdade. Pelo deserto, que não mudou e é imutável, por mais que as pessoas tentem fingir que muda.

Val está exausta. Faz frio, e o rosto dói por causa dos arranhões feitos pela mãe de Jenny. Talvez o carro de Isaac não esteja trancado.

Mais uma vez, ele vem em seu socorro. Val abre a porta do carona e percebe que tem alguma coisa jogada na parte de trás, dentro de uma sacola plástica. O estômago ronca, fazendo-a se lembrar de que não teve oportunidade de comer no jantar de gala. Talvez sejam os salgadinhos do posto de gasolina.

É algo ainda melhor. Ela ri ao tirar da sacola aquela ridícula manta de sofá da *Mona Lisa*. Isaac comprou para Val, uma piada interna na qual ela pode se enrolar. Val cobre os ombros e fecha os olhos. Ainda está com fome, mas agora está aquecida, graças a Isaac.

Toma um susto ao ouvir uma batida forte no vidro. Tem uma mulher parada do lado de fora. Não é a mãe de Jenny, graças a Deus, mas Val não confia em ninguém de Júbilo. Não pode abrir a janela com o carro desligado. Seu primeiro impulso é sacudir a cabeça e dizer para a mulher ir embora.

Mas... a mulher não está com uma cara brava. Está com uma expressão assombrada. E não está com roupa de gala. Está de cardigã, calça jeans e tênis confortáveis. Val abre a porta e sai do carro, com toda a cautela. A mulher é branca, deve ter uns sessenta ou setenta anos, é alta e esguia, mas está meio encolhida. De braços cruzados sobre o peito, segurando algo com toda a força.

– Valentine – sussurra a mulher.

– A gente se conhece?

Mas aí Val se dá conta de que aquela é a mulher que correu atrás de Isaac, aos gritos, no camping. Dá um passo para trás e bate no carro. Será que todo mundo naquela cidade é descontrolado? Será que todo mundo vai se revezar para agredi-la?

– Você precisa disto – diz a mulher. Val relaxa um pouco ao ouvir o tom de voz dela. Parece triste e um tanto nervoso, mas sem nenhuma maldade. A mulher descruza os braços, revelando um objeto preto, estreito e retangular.

É uma antiga fita VHS. Sem etiqueta, sem caixa. Val não pega a fita. Mas tem vontade.

– O que tem gravado?

A mulher olha para trás rapidamente, com um ar preocupado.

– Não conte pra eles que você tem esta fita. Não enquanto não tiver assistido.

– Não conte pra eles quem? As pessoas do jantar de gala?

– Os seus amigos. Os outros integrantes do círculo. Eles não entenderiam. Não conseguiriam entender. Ainda não. Mas você merece... todos merecem saber.

Com o coração batendo a mil, Val pega a fita. Tendo se livrado do fardo, a mulher adota uma postura mais altiva e fita Val nos olhos.

Não lhe é estranha, mas, tirando quando a viu no camping, Val não consegue se lembrar de onde a conhece.

– A gente se conhece? – pergunta Val. – Você trabalhava no programa na época em que...

Uma porta se abre ali perto. A mulher se assusta e sai correndo no meio dos carros. Mas, em vez de se dirigir à cidade, vai reto em direção ao deserto, e logo é engolida pela noite.

A voz de Javi chega até Val. Os outros amigos estão vindo.

Val enrola a fita na manta da *Mona Lisa* e a segura contra o peito, como a mulher fez. Será que estava abraçada na fita porque era um fardo secreto ou porque era algo precioso?

Isaac veio com Javi. Meio que corre em direção a Val.

– Você está bem?

– Estou ótima. – A mentira, fácil como sempre. Mas, ao contrário do pai de Val, Isaac não acredita. Fica olhando para ela com atenção, a preocupação ampliada quando examina os arranhões no rosto da amiga.

Javi chega logo depois.

– Marcus está ajudando Jenny a pegar as coisas que ficaram nos quartos. Ela está se sentindo péssima com tudo que aconteceu.

Val dá de ombros.

– Olha, se eu tivesse ganhado um dólar por cada encontro perturbador que tive com a mãe de alguém hoje, eu teria dois dólares.

Isso lhe rende uma risada pesarosa por parte de Javi.

– É, você conseguiu se livrar da minha e da mãe de Marcus. Senão, estaria rica, com quatro dólares.

– Podemos sair daqui? – pergunta ela.

– Para onde você quer ir? – Mas a cabeça de Isaac deixa transparecer seus desejos e, mais uma vez, ele olha na direção exata da casa. Val sabe que fica ali. Consegue *senti-la* zumbindo dentro do peito. Aquela casa sobrenatural, de vigília em pleno deserto. De prontidão.

Aquela casa sobrenatural, que tem uma TV e um vídeo cassete em cada andar.

Val não se sente bem de manter a fita em segredo, mas por acaso não foi Javi quem a alertou que estão sempre sendo monitorados? Por mais que confie em Javi e Isaac, a mulher insistiu tanto para que mantivesse segredo dos amigos que essa insistência se infiltrou e contaminou Val também. Assim que souber o que tem na fita, vai poder decidir o que fazer. Para quem mostrar.

– Vamos voltar pra casa, se estiver tudo bem por vocês. Não tem nenhum outro lugar em que eu queira estar, só com meu círculo de amigos.

Pergunta: Alguém consegue pensar em programas infantis onde os personagens tinham espaço para evoluir? Ou em programas cujo formato ia mudando à medida que o programa ia ao ar? Os que eu consigo pensar são estáticos.

> *Avatar: o último mestre do ar* e, em menor grau, porque era mais para adolescentes, *A lenda de Korra.* Do primeiro ao último episódio, todas as crianças crescem e mudam para melhor e para pior.
>
> > Estou falando, tipo, de programas pra crianças pequenas. Tipo *As pistas de Blue*, que nunca mudou de formato. Não tinha uma narrativa contínua. *Barney* era igual.
> >
> > > *Bluey*? Tinha umas paradas profundas.
> > >
> > > > Vou dar uma olhada.

> *Mister Magic*?
>
> > *Mister Magic* era sempre igual. Crianças, círculo, magia e brincadeiras.
> >
> > > Não com o último grupo. Assisti durante toda a minha infância. Acabou quando eu tinha doze anos, mas eu ficava inventando desculpas para continuar assistindo com meu irmão mais novo. Definitivamente mudou. Eles foram eliminando o Mister Magic aos poucos e focando mais só nas crianças. Talvez seja por isso que tenha acabado? Zoaram o formato? Tentaram uma coisa nova e não deu certo. Mas eu gostava.
>
> > Interessante. Você sabe onde consigo assistir à última temporada?

> > > > kkk Ninguém consegue assistir. Não tem em lugar nenhum.
>
> > Os programas infantis melhoraram muito. Agora tem coisas que mudam. Uma narrativa muito mais coesa do que só tentar vender brinquedos novos e tal.
> >
> > > Defina melhor. Também tenho quase certeza de que todos esses que mudam continuam apenas tentando vender brinquedos. Os meus queridos pôneis não mudam de cabelo e de roupinha de uma hora pra outra, três vezes por temporada, só pela integridade da narrativa, companheiro.
>
> > Se tem alguma coisa dando certo, por que mudar?
> >
> > > O Mister Magic provavelmente concorda com você. Veja acima.

TREZE

O problema de estar em uma casa sem portas é que, se Val subir a escada imediatamente e for assistir ao vídeo, com certeza alguém vai notar.

Ela não quer entrar de jeito nenhum. Fica parada na soleira da porta, segurando a fita dentro da manta, olhando para as janelas lá em cima. É só um lugar, mas também parece ser uma presença. Tipo quando Tempestade assombrava o celeiro. Val sempre sabia que Tempestade estava à espreita, esperando com impaciência para aterrorizar com seus dentes e cascos.

Impaciência. É isso. A casa está lá parada há décadas. Mas, sabe-se lá como, passa a sensação de impaciência. Val não consegue explicar, mas aceita sem questionar. Talvez seja aquele zumbido incessante, que a faz cerrar os dentes e torna impossível relaxar e até se concentrar.

Javi bate palmas, chamando a atenção dela:

– Anda. Vamos fazer uma fogueira.

– Com o quê? – pergunta Isaac.

– Você vai ver só. – O sorriso de Javi é uma promessa de travessura. Isaac sacode a cabeça, mas entra na casa atrás dele. Alguns minutos depois, Javi grita lá de cima: – Cuidado aí! – Há um barulho de algo se espatifando na lateral da casa. Um dos racks de TV está destruído no chão. Pelo menos, não é uma TV. Apesar de Val só precisar de uma. Não deveria achar ruim ver as outras serem destruídas.

– Cuidado aí de novo!

Outro rack sai voando por uma das sacadas, bate no chão, perto do outro, e se espatifa. Mais um é sacrificado e, em seguida, um Javi eufórico e um Isaac envergonhado voltam lá para baixo, onde Val está.

Javi confere o resultado de seu trabalho e balança a cabeça em aprovação.

– Eu queria mesmo mudar minha TV de lugar e pôr dentro de algum armário. – É a justificativa que dá para ter destruído móveis da casa. – Essa porcaria não desliga. Acordei no meio da noite e estava ligada. Sinistro.

Val fica aliviada de saber que mais alguém reparou. Ou seja: a TV ligada foi real, não apenas um pesadelo. Ela olha para os andares de cima da casa, tomada por uma ideia.

Não precisa usar a *sua* televisão. Pode assistir na do sexto andar. Um escudo entre ela e o restante da casa. Se esperar até todos estarem dormindo e deixar o volume bem baixo, ninguém vai ouvir.

Val pede licença para ir trocar de roupa. Seu instinto é de esconder a fita de vídeo no sexto andar, mas se recorda do aviso dado por Javi, de que estavam sendo observados. Só porque não viu nenhuma câmera, não quer dizer que não existam. Não pode deixar ninguém perceber a ponto de tentarem detê-la. Sendo assim, vai para o quarto, finge que deixou cair a manta ao lado da cama e aproveita esse movimento para esconder a fita embaixo do colchão.

Não fica enrolando depois de trocar de roupa. Estar sozinha dentro daquela casa é quase tão ruim quanto estar na escada. Volta correndo lá para fora, enrolada na manta da *Mona Lisa*. Javi já está com a fogueira bem adiantada quando Jenny e Marcus chegam.

Jenny entra correndo na casa, passa por Val sem cumprimentá-la. "Amiga leal, uma ova", pensa Val. Marcus não se dá ao trabalho de trocar de roupa, joga o paletó lá dentro e vem ficar com eles ao redor da fogueira. O pessoal fazia fogueiras lá no rancho, mas Val evitava chegar perto, com medo de que fosse lhe trazer lembranças de algo que ela não queria saber. Agora, quer saber de tudo, mas ficar olhando para as chamas não faz nenhuma lembrança vir à tona.

Tem o impulso de ajudar – sempre mantinha as mãos ocupadas lá no rancho –, mas Javi sabe muito bem o que está fazendo. Escora um pedaço menor, que serve de pavio, e deixa queimar, esperando até os pedaços maiores pegarem fogo.

– Como você sabe fazer isso? – pergunta Marcus. – Foi escoteiro?

Javi solta uma risada sinistra.

– O oposto, mas o resultado foi o mesmo. Sei fazer fogueira, prestar os primeiros-socorros e me infiltrar, mentindo, para pessoas mais velhas acharem que sou digno de confiança.

Jenny sai pisando firme, de pijama azul e botas de neve combinando. Para ao lado de Val e estende um sanduíche. Val leva alguns segundos até se dar conta de que o sanduíche é para ela. E pega, perplexa.

Jenny fica olhando feio para a fogueira e entra num assunto como se já estivessem falando disso:

– E o Stuart só tinha uma incumbência de verdade: encontrar alguém para ficar de olho na minha mãe por uma noite. *Claro* que não conseguiu nem fazer isso. Delegou a tarefa pra Emily! Uma menina de onze anos! Cuidando da minha mãe! E aí, além de minha mãe ter conseguido estragar todo o jantar de gala, agora Emily está traumatizada com toda essa situação.

Ela olha de relance para Val. Tem um ar de súplica por baixo daquela raiva toda. Jenny não está chateada com Val. Está apenas chateada, e esse é o seu jeito de pedir desculpas. O sanduíche foi um gesto atencioso. Val está morrendo de fome, já que perdeu o jantar.

Ela amolece. A culpa não é de Jenny se sua mãe é... seja lá o que for. E Jenny pode até ser de Júbilo, mas não ficou parada como os demais, só olhando. Foi a primeira pessoa a segurar a mãe, a primeira a se interpor entre Val e o perigo.

Val cutuca Jenny com o ombro.

– Não tem problema.

Mas o tom de Jenny ainda é de raiva:

– Só que tem problema, sim. Stuart sabia que a noite de hoje era importante, sabia que minha mãe estragaria tudo, e não me protegeu disso. Parece... parece que não pensa em mim como uma pessoa, sabe? Ninguém pensa. Sou a mãe. Sou até mãe da minha própria mãe. E nunca fui nada a não ser mãe. – Jenny solta um suspiro e se aproxima levemente de Val. – Sei que tenho forçado a barra com esse negócio de reencontro. Mas é tão importante pra mim. Quando a gente era amigo, quando a gente tinha o programa, quando a gente estava com ele... foi a única época que tive o direito de ser criança.

– Sinto muito. – Val aperta Jenny, a puxa mais para perto, e a mulher encosta a cabeça no ombro dela. Val dá uma mordida. – Ai, meu Deus, esse sanduíche está uma verdadeira delícia!

– Eu mesma faço a conserva de cebola. Mas espera aí. Por acaso isso é... estamos queimando móveis da casa? – O tom de Jenny é levemente alarmado.

– Em minha defesa – explica Javi – posso dizer que os racks da TV são feios demais. Eles praticamente *pediram* para ser queimados.

Jenny surpreende a todos dando risada.

– Claro. Pode ser. Aproveita e busca umas cadeiras também.

– Para queimar? – pergunta Marcus, confuso.

– Não, para sentar. Não podemos ficar em pé a noite toda. E traz uns petiscos.

– Eu tenho bebida – diz Javi. – Tudo bem por você, Isaac?

Isaac assente.

– Por mim, tudo bem. Vou ajudar a pegar as cadeiras. – Ele entra atrás de Marcus na casa. Entretanto, fazem mais do que trazer cadeiras: vêm bufando e gemendo enquanto tiram o sofá do primeiro andar e o colocam no chão, diante da fogueira.

Jenny se senta em cima dos próprios pés.

– Quem sabe a gente não pode queimar isso também, se ficarmos bem bêbados.

Dentro de meia hora, a fogueira está a mil, a música toca bem alto no som do carro de Isaac e Val está feliz e contente, sentada no sofá entre Jenny e Isaac. Na frente deles, estão sentados Javi e Marcus, cujo sofá está apenas levemente quebrado depois de ter sido jogado da sacada do segundo andar.

– E, como ele tem fobia de cagar onde alguém possa ouvir – diz Javi, gesticulando com o copo na mão, mas sem derramar uma gota –, foi no banheiro mais longe da festa. Ninguém viu o ministro Harrell, presidente da Suprema Corte, por duas horas.

– Incrível – comenta Marcus, fascinado. Em seguida, sacode a cabeça. – Não consigo superar o fato de que um ministro da Suprema Corte que fez de tudo, caramba, para revogar o direito à privacidade se recusa a usar um banheiro onde existe a possibilidade de alguém ouvir.

– Né? – Javi ri. – Quando meu avô descobriu, é claro que teve certeza de que fui eu. Mas o importante é que não teve como provar, então foi obrigado a manter o cinto nas calças.

Val e Marcus se entreolham, preocupados, cada um de um lado da fogueira.

– Ele ainda bateria em você? Mesmo hoje? – pergunta ela.

– Provavelmente tentaria. Para ser sincero, concordo com Jenny. O programa foi a única parte boa da minha infância. Talvez, se tivéssemos ficado mais tempo, eu pudesse ter aprendido a lição que o homem da capa sempre tentava me ensinar. Minha vida teria sido muito mais fácil.

– Que lição? – pergunta Val.

– Você sabe – Javi inclina a cabeça pra cima, como se alguém tivesse colocado os dedos debaixo do queixo dele. – Ser obediente. Fazer o que a gente deve fazer. Não ser um merdinha.

– Também aprendemos a lição de não falar palavrão – censura Jenny, mas sem nenhuma convicção.

Ela enfim relaxou, talvez por causa da fogueira ou do absurdo que é destruir os sofás em troca de uma noite de diversão. Mas, muito provavelmente, por causa do álcool. Val, certa vez, ouviu Glória dizer que a única coisa que o álcool faz é dar permissão para as pessoas serem quem são de verdade. Val esperava que Jenny fosse xingá-los e ser mais fria do que nunca, mas a Jenny bêbada era tão mais *tranquila*.

– É, foda-se essa lição também. – Javi ergue o copo, propondo um brinde para Jenny, que revira os olhos. – Enfim, o programa era muito mais brando do que o acampamento.

– Que acampamento? – pergunta Marcus.

Javi aponta para a fogueira.

– Você nunca ouviu falar daqueles acampamentos na natureza selvagem pra onde despacham adolescentes problemáticos?

– Tipo aqueles acampamentos de cura gay? – A expressão de Marcus é pesarosa.

– Definitivamente teve esse elemento. Meu avô odiava minhas namoradas quase tanto quanto odiava meus namorados. Mas esses acampamentos são mais genéricos. É toda uma indústria. Mandam sequestrar você em plena madrugada, arrastam a pessoa pra fora de casa, se debatendo e gritando, implorando, enquanto a mãe fica só olhando, com a taça de vinho na mão, só pra você saber que isso é feito com a aprovação dela. E aí te levam pra outro estado, para o meio da natureza, onde ninguém consegue entrar em contato nem te defender nem te dar um abraço e deixam muito claro que vão permitir que você se machuque – ou que vão machucar você, se tiverem que fazer isso, para garantir sua *segurança*, até você, finalmente, fazer o que mandaram fazer. E, se continua resistindo, tiram os seus sapatos. E, depois, tiram sua camiseta. E depois tiram sua calça. Você tem quinze anos, é magrelo, está tremendo de frio no meio da natureza, sem saco de dormir, sem barraca, sem roupa, sem comida nem fogueira, tudo isso é considerado um *privilégio*, e você cede. Você desiste. Finalmente admite que as pessoas que deveriam amá-lo farão qualquer coisa para te manter na linha. Vão permitir que qualquer um faça qualquer coisa com você se isso significar que vai parar de foder com a vida deles. E não se esqueça *dessa* lição, não se esqueça da sensação de ficar com as cuecas sujas, implorando por roupas, enquanto a sua família dorme confortavelmente a centenas de quilômetros de distância. Nem quando voltar pra casa nem quando for pra faculdade nem quando cursar Direito. Nem quando se casar com a mulher que eles escolheram, ter a profissão que eles escolheram, posar e sorrir para as fotos de divulgação que eles escolheram. Nunca se esqueça desta lição: preferem destruir você do que permitir que seja um inconveniente pra eles.

Marcus sacode a cabeça.

– Jesus.

– Sinto muito, muito mesmo – diz Isaac. – Eu gostaria... – Ele não termina a frase.

Javi apenas balança a cabeça.

– Foi muito mais tranquilo aprender lições no programa. Eu gostaria de ter aprendido direito.

Marcus fica olhando para o fogo.

– Minha mãe sabia o que eu era. Acho que mesmo antes de eu saber. Não sabia como ter um filho que era negro *e* gay. Até só uma dessas coisas era demais pra ela. Então ela me esmagou. Me tornei a versão mais triste e sem graça de mim mesmo. No programa, pude ser tanta gente, e odeio o fato de ter terminado assim. – Marcus aponta para si mesmo, com nojo. – Não foi justo com ninguém. Minha ex-mulher, meu filho. Como eu poderia apoiá-los se não conseguia sequer me defender? Até que uma hora desisti de fingir, mas agora não sei como criar a versão do Marcus que gostaria de ser. Sinto falta da facilidade de assumir diferentes papéis no programa, da alegria de ser artista. O poder criativo que, na verdade, parecia ser um poder real. Só que tenho medo de que seja tarde demais pra recuperar parte disso. E fico apavorado achando que meu filho vai pensar que sou egoísta.

– Não é engraçado? – Os olhos de Isaac estão fixos nas chamas crepitantes. – Temos filhos e nossa esperança mais desesperada é que eles não sejam iguais a nós, mas... eles já são nossos. Às vezes, fico imaginando que tipo de veneno passei para Charlotte pelo DNA. Que sequelas causei só por ser pai dela.

– Isso não é justo. – Val segura a mão de Isaac. – Você está se libertando dos padrões de comportamento dos seus pais. É difícil, e você está fazendo isso mesmo assim, por ela.

Isaac assente, mas Val não consegue enxergar os olhos dele. Só o reflexo das chamas nos óculos.

– Eu vou dar a Charlotte o que ela precisa. Custe o que custar.

– Custe o que custar – ecoa Jenny, do outro lado de Val.

– Vamos proteger nossos filhos do jeito que nossos pais não nos protegeram – declara Javi.

Val coça a palma da mão, devagar, de um jeito ritmado. Isso faz a coceira virar uma ardência agonizante, mas ela não consegue parar. É alguma coisa no fogo, no fato de as chamas apagarem a noite que os cerca. Um breu infinito e vazio. Do melhor tipo. Ela se sente isolada e protegida ali, com aqueles desconhecidos. Seus melhores e únicos amigos.

– Meu pai achava que estava me protegendo – comenta Val. – Mas hoje descobri que ninguém nunca nos procurou. A gente não estava se escondendo de nada. Talvez ele estivesse... talvez fosse doente, sabe? Talvez, depois do que aconteceu com Kitty, ficou com medo de me perder também.

Isso poderia explicar por que o pai não conseguia olhar para ela. Val o fazia se lembrar da filha que não conseguiu salvar. Só que não justifica. O pai poderia ter conversado com Val a respeito de Kitty. Poderia ter explicado o que os dois perderam.

– Ele tornou minha vida tão pequena. Eu nunca poderia ir embora do rancho, não poderia ser mais nada. *Tentar* mais nada. Eu não podia fazer perguntas. Não podia nem *sonhar*, sabe? Até pensei em ir embora alguns anos atrás, mas aí ele ficou doente, e como é que eu seria capaz de fazer uma coisa dessas? Tive que manter tudo trancado, todas as portas fechadas, só olhar para o que estava bem na minha frente, senão cairia no mais absoluto...

Val para de falar, porque já está caindo. Encontrou a beira do precipício do desespero e está caindo e não sabe o que vai acontecer quando, enfim, atingir o chão. Isaac pega na mão dela, que fecha os olhos, soltando um pequeno suspiro de alívio. Não consegue coçar a mão agora. Jenny chega mais perto, do outro lado, e se aninha junto a Val.

Javi ergue o copo.

– Que a gente possa se recuperar depois de ter sido traumatizado pra caramba por nossos pais e que a gente nunca descubra a que ponto está traumatizando pra caramba nossos próprios filhos. – Dito isso, toma um grande gole.

Jenny ri, mas não é a gargalhada alegre de antes. É um som grave, engasgado e pesaroso.

– Ah, sei exatamente a que ponto estou traumatizando pra caramba minhas meninas, porque estou transformando elas em mim. Olho para as minhas filhas e as amo tanto que tenho vontade de apertá-las, e elas também são umas coisinhas tão cretinas que tenho vontade de estrangulá-las. E minhas filhas nem ligam se sinto uma coisa ou outra, porque não ligam pros meus sentimentos, porque não sou uma pessoa pra elas.

Marcus está com o braço cruzado sobre o peito, a mão no próprio ombro e o queixo apoiado na mão.

– Ninguém fala o quanto é difícil ser pai, mas também ninguém fala o quanto isso é apavorante. Minha ex fica com meu filho metade do tempo, e passo cada minuto em que ele não está comigo meio em pânico, pensando que ele pode estar triste, com medo ou machucado sem eu saber nem ter como ajudar. E aí, quando meu filho está comigo... – Ele para de falar e toma um grande gole antes de prosseguir. – ... quando meu filho está comigo, às vezes fico contando as horas que faltam pra ele ir embora, porque aí, pelo menos, sei *do que* tenho medo. Quando está comigo, também tenho medo, mas não sei por quê. Nem sei ser o que ele precisa que eu seja. O que merece que eu seja.

Isaac balança a cabeça, concordando.

– Vocês não morrem de medo de não estar protegendo seus filhos? Que é uma coisa óbvia, uma coisa simples que você deveria estar fazendo, mas não fez, e que eles vão sofrer por causa disso?

Jenny faz um gesto sinalizando a noite que os cerca.

– O fato de estarmos aqui, no meio do deserto, tentando desenterrar nossa própria infância em vez de estar cuidando da infância dos nossos próprios filhos provavelmente é a única resposta de que você precisa. Péssima mãe. Sou uma péssima mãe.

Javi fica em pé, enfático.

– Você não é uma péssima mãe, só não tem ninguém pra te ajudar. E não estou falando do inútil do Stuart. Estou falando de ajuda de verdade, como a gente teve. Aquela magia, aquela segurança e aquela amizade. Se eu não posso voltar no tempo, pelo menos poderia dar isso pros meus filhos, sabe? Dar pra eles o que a gente tinha, quando todo mundo era feliz.

Val não se sente deixada de fora da conversa porque não é mãe. Ela se sente deixada de fora porque não consegue concordar com aqueles sentimentos. Não só porque não se lembra de como era fazer parte do programa, mas também porque acha que Isaac não tem razão a respeito do motivo para ela ter se esquecido. Crianças não bloqueiam as lembranças de uma infância inteira porque eram *felizes* demais.

Como se estivesse lendo seus pensamentos – ou sua expressão, talvez –, Marcus sacode o dedo para ela.

– Não, Val. Você era feliz naquela época. Pode até não se lembrar, mas nós nos lembramos. Todos éramos felizes, juntos.

Val dá de ombros, e seu sorriso é um reflexo daquele gesto. Quase imperceptível, de tão rápido.

– Talvez eu tenha sido. Talvez esteja projetando minha atual dor no meu eu do passado. Como não sou feliz agora, não posso ter sido naquela época.

Jenny aponta para ela.

– Sim! Tipo colar uma coisa nova com fita adesiva por cima do que já existia. Talvez pudesse até ficar triste de vez em quando, mas que criança não fica? O importante é lembrar às crianças que não estão tristes de verdade, depois distraí-las e impedir que se sintam assim.

Isso não lhe parece certo, mas Jenny não repara no olhar dúbio de Val. Está concentrada demais assentindo para si mesma. Então, se levanta de supetão, imitando a postura de Javi.

– Vamos falar palavrão.

Javi abre os braços de um jeito dramático e grita para noite:

– Fodismundo! Bostonildo! Paumoleza!

Jenny bate o pé.

– Leve alguma coisa a sério uma vez na vida! Vamos todos dar as mãos em volta desta fogueira e jurar que vamos fazer melhor. Ser melhores. Criar uma vida melhor para nossos próprios filhos. Se não conseguirmos tirar mais nada de toda essa confusão esquisita, vamos tirar pelo menos isso.

O fogo parece mais vivo nos óculos de Isaac do que na realidade, bruxuleando de um jeito hipnótico. Ele fica em pé.

– Vamos criar magia para nossos filhos, custe o que custar. – Isaac estica o braço para Marcus, que já está com a mão estendida.

Marcus e Javi estão de mãos dadas do outro lado da fogueira. Javi pega na mão de Jenny, puxando todos para perto das chamas, um tanto perto demais. Val tem a sensação de que isso é perigoso, principalmente levando em consideração que todos, com exceção de Isaac, beberam.

– Vamos protegê-los – diz Javi.

– Não vamos deixar que sejam tristes – diz Marcus – nem que se sintam sozinhos ou com medo.

Isaac estende a mão, um pedido silencioso. Val é o único elo da corrente que ainda não se conectou. Ela se levanta devagar, olhando para o fogo nos óculos de Isaac, até as chamas crescerem e bloquearem tudo o mais. Sabe que, de vez em quando, as crianças precisam ficar tristes. Mas tem sido triste, solitária e amedrontada há tanto tempo. Não quer mais isso. Não para si mesma. Nem para nenhum dos cinco.

– Pela Kitty também – diz Isaac, baixinho. – Porque ninguém fez isso por ela. Vamos dar um jeito no mundo por todas as crianças.

Val segura a mão de Isaac. Jenny aperta sua outra mão. Val não tem filhos, provavelmente nunca terá, mas é *isso* que quer. Esse círculo, esses amigos e essa sensação de pertencimento. Ela de mão dada com Isaac de mão dada com Marcus de mão dada com Javi de mão dada com Jenny de mão dada com Val. Um círculo, quase completo. Ficam olhando para o fogo, perto demais, o calor no rosto é quase insuportável. Mas aguentam. Aguentam porque o fogo é uma testemunha de que vão se sair melhor. Pelas crianças que ainda estão vivas e por aquela que não está.

Jenny começa a cantarolar uma melodia que Val guarda no fundo de seu ser. Ela fica com o estômago embrulhado, e de repente o fogo não basta, nunca poderá bastar para aquecê-la. A escuridão que os cerca já não passa uma sensação de segurança. É infinita, ávida e não para de zumbir, e Val é pequena. É tão pequena.

– Ai, não! – Jenny dá um tapa na própria testa, quebrando o círculo. – Isaac, a sua entrevista! Você não gravou hoje à tarde! Precisa ir lá embaixo agora mesmo!

– Mas ela não vai estar acordada, vai? – pergunta Val.

Jenny sacode a mão, como se não tivesse nenhum problema.

– A entrevistadora está esperando Isaac. "Espere a sua vez, ela já vai chegar. Fique quietinho, é bom se sentar. Não fure a fila, tenha paciência. Seja bonzinho, tenha consciência."

Isaac deixa o círculo, e Val lhe oferece a manta.

– Leve. Lá dentro é mais frio.

Os dedos dos dois se roçam quando Val passa a *Mona Lisa* para Isaac. Quer que o amigo fique ali com ela. Quer se aninhar em Isaac para conseguir se esquecer de quem é e quem nunca será. Mas a cabeça de Isaac se vira para a casa, inexoravelmente, e ele entra.

Que poder é esse que a casa exerce sobre todos eles? E quem é aquela entrevistadora, que está disponível a qualquer hora do dia ou da noite para falar sobre um programa infantil? Será que todos já falaram de Kitty sem que Val estivesse presente?

Desesperada, Val procura algum indício no rosto dos amigos.

– Vocês se lembram bem o que foi que aconteceu com Kitty? Porque minha mãe... disse que não estava assistindo ao programa, e meu pai nunca disse uma palavra a respeito, e o prefeito disse que Kitty não morreu, e eu... preciso saber. Eu preciso saber o que foi que aconteceu com ela.

Os demais ficam calados. Ninguém olha Val nos olhos.

– Será que ela ainda pode estar viva? – insiste Val. – Será que isso é possível?

Javi sacode a cabeça, mas para em seguida, erguendo o queixo.

Marcus está com a mão no próprio ombro de novo. Mas os olhos estão fechados.

– Eu não me lembro – sussurra sem parar, como se fosse um mantra para convencer a si mesmo.

Jenny se vira para Val. Com os olhos cheios de lágrimas, mas também ardentes e destemidos.

– Kitty nunca saiu do programa. Quem sabe ela é que tenha dado sorte, no fim das contas.

Val não consegue lidar com isso, mas o único lugar onde pode se recolher é a casa. Ainda assim, é melhor do que lá fora, romantizando um passado que roubou tudo dela. Lá dentro, entra uma corrente de ar gelada, vinda do porão. Val não olha para a escada, deliberadamente; sente alguma intuição meio infantil de que, se não enxergar, o que está lá embaixo também não irá perceber a presença dela.

Uma luz pisca no balcão da cozinha e se apaga. Isaac esqueceu o celular ali. Val pega o aparelho, distraída, precisando conversar com a única pessoa com a qual nunca vai poder falar novamente.

– Pai – sussurra. É tanto um anseio quanto uma acusação.

Como se tivesse sido invocado, o celular se acende de novo, silenciosamente, recebendo uma chamada. Val franze o cenho. Conhece aquele número. É o *único* número que conhece. Atende.

– Glória?

– Val? Val é você?

– Oi, Glória. Está tudo bem? É tão tarde e...

– Onde você está? – O tom é histérico.

– Em Utah. Com uns amigos. – Val não consegue explicar melhor do que isso. Nem para si mesma.

– Você pode voltar? Ou posso ir encontrá-la. Em qualquer lugar.

Val se sente péssima. Deveria ter dado notícias.

– Agora não. É complicado, e não tenho...

– Tudo bem, vai ficar tudo bem – interrompe Glória. – Eu guardei o dinheiro. O dinheiro todo. Trinta anos de salário de vocês dois. E tenho identidades e documentos. A gente pode encontrar um outro lugar pra você.

Val está sem palavras. Sempre teve a impressão de que ela e o pai trabalhavam apenas em troca de casa e comida. Ela tem dinheiro e documentos verdadeiros? Essas duas coisas querem dizer que tem opções de uma vida real. Está, ao mesmo tempo, furiosa – "por que Glória não contou isso antes?" – e perplexa. Por alguns segundos, sua imaginação fica cheia de possibilidades.

Uma lufada de vento gelado a puxa de volta à realidade. Ainda não pode ir embora. Não enquanto não souber. Não enquanto não reencontrar Kitty e permitir que a memória da irmã descanse em paz.

– Obrigada, mas estou bem. Desculpa não ter ligado. Foi um pouco de falta de consideração da minha parte.

– Val, por favor. Fale pra mim onde você está. Você está correndo perigo.

Val sacode a cabeça e se apoia no balcão.

– Meu pai estava enganado. Ninguém nunca nos procurou. Minha mãe não deu a menor bola para o fato de ele ter me sequestrado. Não precisávamos ter nos escondido. Não existe nenhum boletim de ocorrência, nenhum mandado de prisão, nada.

– Seu pai nunca te escondeu da polícia – declara Glória, e Val ouve ruídos abafados, como se ela estivesse trocando de roupa, depois um tilintar de chaves.

– Ele te disse isso? Então de quem meu pai estava se escondendo?

– De qualquer pessoa que estivesse te procurando, qualquer pessoa que se desse ao trabalho de te encontrar: quem fez isso não é seu amigo. Você precisa sair daí. *Agora.*

– Isaac. – O nome é pronunciado em um suspiro afetuoso. E, em seguida, as luzes piscam, iluminando o homem.

– Oi. – Isaac joga a manta no chão quando termina de descer a escada e corre até a tela, os braços e as pernas ainda parecem compridos, apesar de estar sentado. Seu olhar está aberto e límpido. – Você é... Com quem estou falando?

Uma risadinha, e em seguida a entrevistadora diz, em um tom de provocação:

– Você vai falar com o *mundo inteiro*, Isaac.

Ele passa a mão no cabelo comprido, mais pela força do hábito do que para tirá-lo da testa.

– Então... por que estamos fazendo isso mesmo?

– Para o podcast, claro! Eles disseram que era importante. Quer ouvir a sua apresentação?

O sorriso que Isaac dá serve de incentivo, sem ser condescendente nem questionador.

– Claro.

Mesmo que você não tivesse um irmão mais velho, sempre que se sentava diante do televisor e se unia àquele círculo de amigos, você passava a ter.

Vamos convocá-lo juntos:

Isaac.

Dizer o nome dele passa uma sensação de segurança. De proteção.

A impressão é a de que tem alguém para lhe passar as coordenadas, ajudar quando a gente não consegue fazer alguma coisa sozinho. Isaac não era o mais engraçado nem o mais brincalhão. Nem era o melhor no quesito fantasia e criatividade. Não era nem mesmo o líder, mas sempre pegava Kitty no colo quando ela caía, consolava Marcus quando ele fantasiava demais e se perdia na fantasia e ajudava a animar Javi quando ele se sentia mal pelo que tinha feito.

Isaac nunca tratava ninguém com desdém, nunca debochava das outras crianças, nunca era mandão. Era o mais velho e levava isso a sério. Aqueles olhos castanho-claros ampliados seguiam todo mundo o tempo todo, sabiam onde cada um estava para ter certeza de que todos os amigos estavam bem. Garantindo a segurança de todos.

E, se algum dia Isaac olhasse para outro lado – Por que Kitty caiu, para começo de conversa? Por que Marcus foi longe demais, a ponto de se perder? Por que Javi se comportou mal? Por que o círculo se partiu? Porque Isaac não estava olhando, claro –, *o Mister Magic colocava a mão em sua cabeça e a virava na direção certa, para que enxergasse o que precisava enxergar com aqueles seus óculos engraçados.*

Isaac ainda usa óculos, só que tem mais rugas em volta dos olhos e barba no rosto. O cabelo curto ficou comprido, porque está triste demais e se sente culpado demais para fazer qualquer coisa simples e boa por si mesmo, tipo cortar o cabelo. Só que ele ainda cuida de todo mundo. Ainda tenta se redimir por seu fracasso. Só precisa de uma oportunidade para provar isso.

Isaac não reage à própria apresentação. Não esboça surpresa, ofensa ou reprovação.

– E? – cutuca a entrevistadora.

– Desculpe ter virado para o outro lado – responde Isaac. – Não estou fazendo isso agora.

– Que bom.

– Mas acho que Val vai embora.

Há uma explosão de estática, picos de um ruído doloroso e estridente. Isaac nem se mexe.

– *Quê?*

Isaac tira os óculos e limpa as lentes na barra da camisa.

– Ela não é a mesma pessoa, de todo modo. Quando o pai a roubou da gente, Val perdeu tanto de si mesma. Acho que não se encaixa mais aqui. Podemos seguir sem...

O mesmo ruído branco, de estática, soa mais alto. É uma parede de zumbidos tão avassaladora que todos os demais sentidos são desligados. Isaac deixa os óculos caírem no chão, tapa os ouvidos com as mãos.

Dura apenas alguns segundos. Mas, quando o som é interrompido, o ar continua pulsando com sua ausência.

– Ainda não terminamos – diz a entrevistadora, com um tom leve e agradável.

Isaac pega os óculos do chão. Mas não os põe no rosto. Fica olhando para baixo, uma maneira de se distanciar.

– Val não queria ser encontrada. Deveríamos ter respeitado isso.

– Ela ficou feliz por ter sido encontrada!

Isaac faz que não.

– Coloque os óculos.

Ele obedece, mas mantém os olhos fixos nas próprias mãos, que estão apoiadas nos joelhos, com as palmas viradas para cima.

– Como Val não se lembra de nada, não vai fazer diferença mesmo. Talvez a gente possa...

– Você fez um trato. *Este é o trato.* – A voz se distorce, fica mais grave, depois volta a ter seu tom alegre e infantil. – Temos que ir até o fim juntos! Você não pode cair até a metade do poço e parar. Tem que ir até o fundo, até as profundezas mais sombrias, se sentar no limo e na lama, sentir a sucção no seu corpo. Deixar a pressão que vem de cima e dos lados apertar, apertar, apertar e apertar até os pulmões, a cabeça e o coração não conseguirem mais aguentar. E aí... e *aí* você solta, só o necessário.

Isaac fala com um tom neutro e calculado.

– Solto só o necessário pra quê?

– Não dá pra melhorar antes de chegar ao fundo do poço. Você sabe disso. Val também vai aprender. Vamos empurrá-la para o fundo do poço, e aí ela vai se lembrar e vai ser nossa *amiga* de novo.

A palavra "amiga" é dita pela entrevistadora com um tom ríspido, tão afiado que poderia ser usado como arma. Isaac olha de relance para a escada. Para a manta que o aguarda ali, onde o calor de Val ainda está presente, na parte de dentro.

O nome dele é sussurrado no mais leve dos suspiros, como o primeiro indício de que a chaleira está começando a ferver. A cabeça de Isaac se vira para a frente, ele precisa se concentrar. Volta a olhar para a tela. Mas seus olhos estão límpidos. Isaac não é engolido pelo que vê, não fica perdido nem sonhando ou pensando em uma promessa. Já fez seu trato, afinal de contas.

– Ela precisa se lembrar – diz a entrevistadora. – Não pode ser uma pessoa completa antes disso. Nenhum de vocês pode.

– E se esquecer for uma bênção? As pessoas agem como se fosse uma tragédia, as coisas que a gente esquece. Eu me esqueci enquanto estava lá dentro. Esqueci tudo a respeito do mundo, de quanto me fazia sofrer. E, assim que acabou, assim que fui obrigado a voltar para a luz, eu me lembrei de tudo, e foi demais. Eu perdi Val e perdi... – Isaac aponta para a tela, em um gesto fraco. – A culpa foi minha. Eu gostaria de *poder* me esquecer. Tentei, por muitos anos.

A voz da entrevistadora se torna mais animada.

– Mas você está melhor agora! E vai ficar bom. Vai ficar tão bom. Vai ser o que precisam que você seja. O que *nós* precisamos que seja. O que Charlotte precisa que você seja.

– Charlotte – sussurra Isaac, uma prece ou um encantamento ou uma promessa. Fecha os dedos nas palmas das mãos viradas para cima. A cabeça não vira, o olhar não se dirige para outro lado. Está encarando o que precisa encarar.

Mais um suspiro feliz e satisfeito.

– Sentimos sua falta, Isaac. Ficamos tão felizes por você ser nosso de novo.

CATORZE

– Val? – chama Marcus lá de fora.

Ela leva um susto e quase deixa o celular de Isaac cair no chão.

– Val? – ecoa Glória.

– Vou ficar em segurança, prometo – responde Val. – Eu ligo de novo pra você em breve. Só não ligue mais pra este número, certo?

Ela desliga o mais rápido que pode e fica olhando para o celular, como se o aparelho fosse lhe dizer o que fazer depois disso. Mas Isaac – que deixa tudo em aberto entre os dois, sempre – não tem senha. Val abre o registro de chamadas. Glória ligou tantas vezes desde o dia anterior. Seu estômago vai ficando cada vez mais embrulhado, como se não tivesse limites para isso. No aplicativo de mensagens em que Val escreveu para Glória no dia anterior, há dezenas de respostas frenéticas, que se alternavam entre suplicar para Val responder e ameaçar o dono daquele celular.

Todas foram visualizadas sem ser respondidas.

Val deleta o registro das chamadas daquela noite para Isaac não saber que ela atendeu, e coloca o aparelho de volta no balcão em seguida.

O que deve fazer?

Um arrepio mais profundo atravessa o corpo dela. Val se vira, segurando a respiração. Como está escuro dentro da casa, só consegue ver um vulto parado no patamar da escada que leva ao porão. De capa.

É Isaac, enrolado na manta de Val. Ela sabe que é ele, sabe que é a manta é dela, *fala* para si mesma que é a manta dela. Jura para si mesma que é só Isaac, o seu querido Isaac.

"Qualquer pessoa que estivesse te procurando, quem fez isso não é seu amigo", foi o que Glória falou, mas as pessoas que estão ali são seus amigos mais antigos. Seus únicos amigos. E as únicas pessoas que um dia procuraram por ela.

Glória poderia estar paranoica, como o pai de Val. Ideias estranhas a respeito do governo, de vigilância e conspirações de pessoas poderosas em conluio com forças malignas. Glória já era meio esquisitona, pode ter sido contagiada pelo pai de Val.

Mas.

Nenhum dos amigos quer lhe dizer o que foi que aconteceu com Kitty. Todos dizem que estavam presentes, mas nenhum deles sequer pode lhe contar algum detalhe.

E Isaac continua parado ali, no escuro, calado, quase invisível. Muda de posição, a manta se abre, convidando Val a entrar. A ocupar seu devido lugar, aninhada ao lado dele. O único lugar em que Val já se sentiu em segurança de verdade, amada de verdade.

Não pode abrir mão disso. De novo, não. Vai deixar Isaac explicar tudo. Val dá um passo na direção da escuridão densa, na direção das escadas que zumbem e de Isaac, que espera por ela.

– Val! – grita Marcus outra vez, dando risada. – Precisamos de você aqui.

Ela se vira para a porta aberta da casa, irritada.

– Precisam de mim pra quê? – responde. Em seguida, olha para trás disfarçadamente, para Isaac.

Não tem ninguém ali.

O alto da escada está vazio. Isaac estava ali. Isaac estava *bem ali.* Não estava? Talvez tenha sido uma sombra ou um reflexo da luz da fogueira na parede. Ou talvez Isaac estivesse ali, mas subiu a escada e quer que Val vá atrás.

Ou talvez tenha voltado lá para baixo e quer que Val vá atrás.

– Val? – Marcus coloca a mão no ombro dela. Val se vira de repente.

– Vocês precisam de mim? – Ela tenta falar com um tom leve, resistindo ao pânico. O que teria acontecido caso tivesse se embrenhado na escuridão e aceitado o convite? O que teria encontrado esperando por ela na escada?

Será que ainda está ali, logo depois de onde a visão de Val alcança?

– Claro que precisamos de você – responde Marcus com um brilho nos olhos, um tom terno. Ele ergue a voz: – Estamos discutindo, tentando resolver que jogo envolvendo bebida vamos fazer, e você precisa me apoiar. Javi e Jenny estão fazendo bullying comigo.

– Não estamos, não! – grita Jenny, lá de fora. – E nem tente se aproveitar de Val! Ela não está mais no comando!

– E quando eu estive no comando? – pergunta Val.

Marcus ri, como se aquela fosse a pergunta mais ridícula que ele já ouviu na vida. É exatamente isso que Val tem tentado ignorar: todos os cinco agem como se a conhecessem, só que ela não os conhece. Pode até querer, pode até ter a sensação de que conhece, mas os quatro ignoram suas tentativas de obter informações verdadeiras.

Se perguntar para Isaac a respeito das ligações e das mensagens de Glória, ele vai lhe dar uma não resposta que parece reconfortante, mas sem dizer a verdade de fato. Talvez Val *esteja* caindo em uma armadilha, como Javi tentou alertar. Mas talvez os responsáveis estejam muito mais perto. Afinal de contas, até Javi falou que eram as únicas testemunhas. E se todos resolverem contar a mesma história? Uma história diferente daquela que têm contado para ela?

Val faz sinal para Marcus ir lá para fora sem ela.

– Estou muito exausta. Acho que vou encerrar por hoje.

– Uhhh! – censura Javi, parado do lado de fora da porta, com Jenny logo atrás.

– A gente pode achar mais coisas para queimar! – sugere Marcus. Os três estão amontoados, impedindo Val de passar pela porta. Uma verdadeira parede de amizade entre ela e a saída.

Val vai para trás, sorrindo.

– A gente precisa manter alguns móveis, não precisa? Vejo vocês amanhã de manhã. – A tentação de olhar escada abaixo, de verificar se Isaac está esperando ali, é forte. Mas não é mais forte do que o pavor que Val sente.

Ela sobe a escada a toda, de dois em dois degraus, como se a velocidade fosse protegê-la. Em segurança – ou em segurança o suficiente, por ora – no próprio andar, deseja muito ter uma porta para separá-la do restante da casa. Para se trancafiar a salvo do frio, do zumbido e do porão. Acaba indo para o banheiro, senta-se na banheira, pensando e tentando não pensar, tudo ao mesmo tempo.

Val daria quase qualquer coisa para apagar aquele telefonema da própria cabeça. Para expurgar a dúvida e o medo, frutos do veneno inoculado por Glória. Por acaso o pai não fez a mesma coisa? Não fez Val cair na armadilha da própria paranoia e ficar presa ali? Talvez seja por isso que Isaac não contou das mensagens e das chamadas. Talvez soubesse que essa era a prisão de Val, tentando se apossar dela outra vez.

Mas Val sempre teve a sensação de que Isaac lhe dava opção. Então por que não lhe daria a opção de responder para Glória?

Por um bom tempo, os ruídos chegam lá em cima, risadas e, de quando em quando, alguém erguendo a voz. Depois, água passando pelos canos embaixo de Val. Por fim, nada. Não tem como ter certeza de que todos estão na cama, mas pelo menos não estão perambulando pela casa. E ninguém tem motivo para subir até o sexto andar.

Val sai do banheiro. A única fonte de luz é a tela preta da TV. Como algo tão sem luz ainda é capaz de iluminar? Val pega a fita, em seguida surge uma ideia de última hora: tira a colcha da cama e joga em cima da TV. Isso a faz se sentir melhor. Val vai se esgueirando até a escada e para por alguns segundos, sem ar, antes de pisar no patamar.

Verdade seja dita a respeito da casa: aquele zumbido ambiente enlouquecedor abafa qualquer ruído que venha da escada. Ela vai subindo pé ante pé, sentindo-se vulnerável e um tanto trêmula, como se o porão estivesse mais perto do que deveria. O sexto andar está às escuras, com exceção da luminosidade negra da tela da TV. Val ajusta o volume, deixando o mais baixo possível antes de ficar completamente sem som. Em seguida, coloca a fita no vídeo cassete.

As imagens aparecem, difusas, e ganham vida imediatamente, no meio de uma cena. E, quando Val cai em si, está olhando para...

... si mesma.

Val, uma criança linda de cabelo castanho-escuro e grosso, sobrancelhas franzidas em uma expressão dramática, olhando diretamente para a câmera.

Isaac criança – todo desengonçado, os óculos ampliando os olhos castanho-claros – é quem está mais perto dela, em pé, rindo de algo que Jenny acabou de dizer. Pontos de luz rodopiam ao longe e se aglutinam, formando uma menina minúscula. Que faz uma pirueta e entra em foco, em um plano mais próximo. Está de collant rosa-claro, meia-calça branca e um tutu de bailarina que flutua em volta da cintura, feito uma nuvem.

– Kitty – diz Val. Ela tira os olhos da câmera, e um sorriso suaviza a intensidade de sua expressão. – Você estava ensaiando?

Kitty rodopia mais uma vez, faz uma série de posições de balé complicadas, enquanto Marcus canta:

– "A prática leva à perfeição, e a perfeição é o que coroa! Se não for assim, a gente se magoa!"

Mas, quando vai fazer o *grand finale*, Kitty tropeça. Seus olhos se enchem de lágrimas, e ela se encolhe toda, fica olhando em volta furtivamente, como se esperasse alguma coisa brotar da escuridão. O palco continua sendo de um preto perfeito, sem nada, só as crianças estão visíveis.

Kitty gagueja:

– Eu tentei, tentei mesmo, mas...

– Você foi maravilhosa. Marcus – ordena Val, com um tom seco e eficiente. – Show de magia.

Marcus faz uma reverência e um floreio. Ergue as mãos e as agita como se fosse um maestro. Um palco de espetáculo vai tomando forma, como se um líquido tivesse sido derramado na tela. Tem cortinas tão vermelhas e delicadas que dão a impressão de que foi uma geada que atingiu a parede. As tábuas do chão são polidas e reluzentes, e o facho de um holofote ilumina o centro do palco. Jenny aparece de smoking e gravata-borboleta vermelha, movimentando-se pelo recinto com passos firmes e confiantes.

Ela aponta para a área logo acima da boca. Marcus ri e se aproxima correndo, desenhando com o dedo, no rosto de Jenny, um bigode marrom com as pontas enroladas. Os pelos se mexem, e a menina dá um sorriso radiante.

– Agora sim. – Jenny passa a mão no bigode, de um jeito dramático. – Bem melhor. – Os demais dão risada, e ela pigarreia e faz careta, bem séria, para os amigos, até todos se aquietarem. – Hoje, para seu deleite e assombro, vou fazer minha encantadora assistente... – Ela aponta para Kitty, que ainda está vestida com a roupa de balé – ... desaparecer!

– Mas eu não quero desaparecer. – Kitty cruza os braços sobre o peito.

– Kitty – sussurra Jenny. – Não estrague o show!

Kitty olha para Val, que balança a cabeça, incentivando-a a aceitar. A menina minúscula aquiesce. Jenny sacode a mão e bate de leve na cabeça de Kitty.

– Abracadabra! – Jenny franze o cenho de frustração, tenta de novo em seguida: – Alakazam! – Nada acontece.

Jenny bate o pé e olha feio para Val.

– Preciso da capa. Como vou fazer magia sem uma capa?

Marcus dá um passo à frente, com as mãos erguidas, mas Jenny faz que não.

– Não uma das suas capas. Preciso de uma capa *de verdade*.

Val responde:

– Não.

Jenny ergue a voz, o rosto vai ficando vermelho.

– Não é justo você estar no comando. Eu também deveria ficar no comando de vez em quando! Ele gosta mais de mim, aliás.

Isaac põe a mão no braço de Jenny. Ao contrário das outras crianças, não faz nenhum floreio. Não há nenhum elemento de atuação em seus movimentos. Fala tão baixo que mal dá para ouvir, dirige-se apenas a Jenny.

– Calma. Você não quer causar a vinda dele.

– Talvez eu queira! – grita Jenny. – Talvez eu queira que ele venha o tempo todo! A gente nunca votou esse assunto!

Isaac olha para Val.

– Por favor? Todo mundo precisa de mais tempo pra brincar. E Jenny só vai ficar feliz quando terminar seu show de magia.

Val solta um suspiro.

– Só um pouquinho. – Ela estica a mão para a escuridão que está do seu lado: não sai do enquadramento mas, mesmo assim, é impossível de ver. E, de repente, está segurando um pedaço de pano preto e cintilante. Aproxima-se de Jenny com ar solene e coloca o pano nos ombros dela com todo o cuidado.

A transformação é assombrosa. Jenny dá a impressão de ser mais alta. Inclina a cabeça de um jeito diferente, mexe as sobrancelhas e ergue o queixo. Desta vez, quando estende a mão, uma varinha mágica tradicional, de ponta branca, aparece. A voz fica mais grave, ainda de criança, só que mais forte, mais solene, de certa forma. Uma voz capaz de dar ordens.

– "Plante a semente no chão, vou pôr o que precisa na sua mão. Feche os olhos, até três vamos contar. O que você quer é o que você verá."

Jenny fecha os olhos, e todos os outros também. Quando não tem ninguém olhando, quando os outros cinco estão concentrados, contando até três para invocar a magia, Val se vira e olha diretamente para a câmera.

Arregala os olhos uma única vez, uma fração de segundo, uma súplica silenciosa.

Em seguida, Jenny bate com a varinha na cabeça de Kitty e, sem que haja uma explosão de fumaça ou uma chuva de faíscas, Kitty *some*.

Jenny fica corada com o próprio êxito, dá um sorriso radiante por baixo do bigode enrolado.

– E agora, para o meu segundo número, vou fazer minha assistente reaparecer! – Ela sacode a varinha com um floreio, bate no ar e... nada acontece. Repete os movimentos, franzindo o cenho.

Nada.

– Jenny – diz Val, com um certo tom de preocupação. – Cadê ela? Para onde você mandou Kitty?

– Eu não sei, eu...

– Abracalacazam! – grita uma voz. Atrás das cortinas, duas crianças dão risada. Javi sai pavoneando-se todo, também de smoking e bigode. Faz uma reverência seguida de um floreio e abre as cortinas, revelando Kitty trajando um vestido cintilante, de mangas bufantes.

Jenny faz uma careta.

– Você estragou meu número.

– Estraguei, é? – Ele mostra um buquê de flores frescas de todas as cores do arco-íris e dá de presente para Jenny. Só que as flores não são flores, são borboletas que voam para cima e ficam em volta da cabeça da menina, formando uma coroa. Jenny não consegue conter o sorriso e dá risada, porque o bigode faz cócegas no seu nariz.

– Agora já chega de capa. – Val se aproxima com a mão estendida para pegar a capa de volta.

– Mas ainda não terminei meu show! – Jenny ergue os braços, os olhos têm um brilho de travessura que normalmente é reservado para Javi. – Só pode pegar de volta se me achar! – Ela baixa os braços e desaparece. As cortinas caem no chão, revelando um novo cenário por trás. É um templo antigo, cheio de tesouros e estátuas e com dezenas de esconderijos.

Val solta um suspiro, com um olhar resignado, e todo mundo começa a procurar Jenny.

Javi tenta vários truques para fazê-la sair do esconderijo, até mia feito um gatinho perdido, à certa altura. Isaac procura Jenny com uma expressão preocupada – não gosta quando não estão todos juntos. Marcus troca a roupa de todos por uniformes de explorador, com binóculos, walkie-talkies e tudo o mais. Kitty usa o walkie-talkie para contar piadas bobas enquanto procuram por Jenny.

Val está no meio, chamando Jenny e sorrindo para Kitty. Mas, quando todos olham para dentro de uma caverna recém-descoberta – escondida atrás de uma pintura da Mágica Jenny e seu Maravilhoso Bigode –, a expressão de Val muda. Ela está ali, brincando, e no segundo seguinte está tão triste e tão, mas tão cansada... e some.

As crianças percebem, mas fingem que não perceberam. Seguem procurando Jenny, sorrindo, rindo e brincando enquanto fazem isso, mas com uma energia frenética. Até que enfim a encontram. Ela sai de um baú do tesouro com coroas e joias para todos, mas ninguém consegue fazer mais do que fingir que ficou minimamente empolgado.

Porque Val não voltou.

– Val? – chama Isaac. – Por favor, Val. Precisamos parar.

Javi anda pelo templo com Marcus, fazendo um megafone com as mãos e gritando:

– Valentina, Valentina, pode sair. A brincadeira acabou.

Jenny está parada no meio do recinto, com as mãos cheias de tesouros e ainda enrolada na capa. Seus planos foram por água abaixo, porque Val sumiu. Ainda estão no templo antigo, mas os contornos se tornaram borrados. Os cantos estão mais escuros do que antes. Marcus conserta o que pode, mas é como tentar segurar a maré. Estão perdendo o templo, e outra coisa está se infiltrando no lugar dele.

– Precisamos da Val – sussurra Javi, como se tentasse manter isso em segredo.

Marcus está ocupado, tentando manter o recinto intacto, Kitty está prestes a cair no choro e Isaac também saiu do enquadramento da câmera. Jenny está ao lado de um pedestal que tem um vaso gigante em cima, com uma pintura dos seis amigos. Ela o empurra. O vaso cai no chão, causando um terrível estardalhaço.

Kitty solta um suspiro de assombro.

– Jenny! Não!

O sorriso de Jenny fica mais largo.

– Olha, Val! – grita. – Estou fazendo bagunça! E a bagunça é um convite! – Jenny chuta um vaso de planta. A terra se espalha nas lajotas de mármore reluzentes que compõem o piso do templo criado por Marcus. Onde a terra cai, o chão desaparece, se transforma em preto puro. A capa se mexe nos ombros de Jenny, é puxada em um dos cantos por uma mão invisível.

Todas as crianças olham para a escuridão na beirada do mundo. Os limites da brincadeira vão diminuindo, e algo preto vai ondeando, chegando cada vez mais perto, como uma onda de inundação. A capa de Jenny flutua. Foi erguida, e vai sendo lentamente, muito, muito lentamente, tirada de seus ombros. Ela leva a mão à garganta para abrir o fecho e soltar a capa.

A voz de Val ecoa na escuridão, mais perto e mais alta do que a dos demais.

– Pare.

Tudo para. O recinto para de diminuir. A capa cai no chão, aberta e sem vida. Jenny baixa a mão, com uma marca de frustração no rosto que logo é substituída por um ar convencido e triunfante.

– Eu te achei.

– Não, Isaac me achou.

Como era de se esperar, os dois surgem juntos, vindos de algum lugar fora do alcance da câmera, de mãos dadas. Isaac sussurra alguma coisa no ouvido de Val, e ela assente. Em seguida, sua expressão séria desabrocha em um grande sorriso brincalhão.

– Você me achou! Muito bem! Você não desistiu, mesmo quando ficou difícil e um pouco assustador. Às vezes, as coisas são *mesmo* difíceis e assustadoras. É nessas horas que a gente mais precisa dos amigos. Tenho tanto orgulho de todos vocês! Agora a brincadeira acabou, e está na hora de parar.

Os lábios de Jenny fazem biquinho, o bigode fica caído.

– Mas eu queria que ele...

Val canta para Jenny.

– "Só chamamos quando precisamos dele, ele só vem quando é convidado! E só precisamos da magia dele quando nós seis não damos conta do recado." Ela estende a mão. Jenny abre a capa e a entrega, solenemente.

Val dá um sorriso radiante para Jenny.

– Podemos dar conta deste recado, não podemos? Juntos, podemos fazer qualquer coisa! Vamos arrumar tudo!

Jenny cede, sorrindo. Isaac distribui as tarefas, e logo, logo todo o lugar está limpo e arrumado, somem todos os indícios tanto da destruição causada por Jenny quanto do templo criado por Marcus. Kitty termina de cantar a música da limpeza e da arrumação, e os amigos tornam a ficar em pé, em um vazio negro e sem nada.

– Talvez a gente possa pedir pra ele vir e dar boa-noite? – pergunta Jenny, esperançosa. O bigode da menina se derrete, assim como o de Javi. As crianças estão com roupas normais de novo, camisetas e shorts em tons fluorescentes de sorvete.

Val dá um abraço em Jenny.

– Você sabe que ele nunca dá boa-noite, e não precisamos de nenhuma lição. Estamos nos saindo muito bem. *Você* se saiu muito bem hoje, Jenny!

Jenny assente, encostada no ombro de Val, que passa Jenny para Marcus, que a abraça enquanto Val dobra cuidadosamente a capa, deixando-a cada vez menor. É um truque de magia de Val, dobrar a capa até a peça ficar o menor possível. Quando chega ao tamanho da palma da mão, ela fecha os dedos e sussurra. Quando torna a abrir os dedos, a capa sumiu.

Todas as seis crianças suspiram e caem no chão, como se fossem marionetes que tiveram os fios cortados por alguém. No último segundo antes de a tela ficar preta, Val torna a olhar diretamente para a câmera. Desta vez, seu olhar não é de súplica silenciosa, é só um olhar vidrado, exausto, de resignação.

As luzes desaparecem. As crianças desaparecem.

A escuridão pisca mais uma vez e, imediatamente, as crianças estão de volta, dando risada enquanto Jenny e Marcus ensinam um jogo de palmas, com uma parlenda que fala sobre obedecer às ordens.

SE TE ENXERGAREM, DANOU-SE

– Que porra é essa? – sussurra Val.

Ela aperta o botão no vídeo cassete. Tudo se acelera, um borrão de brincadeiras de criança, alegria e magia. Pausa aleatoriamente, congelando a tela em uma concepção infantil de uma praia tropical. A água tem um azul tão vívido que quase brilha, a areia é de um amarelo giz de cera, as palmeiras são linhas retas com folhas verdes pontiagudas lá no alto. Jenny enterrou Kitty na areia até o pescoço e está esculpindo um novo corpo de sereia por cima dela, enquanto Val, Marcus e Isaac jogam uma bola de praia e Javi chega por trás sem ser visto, trazendo baldes de água fria.

Não faz o menor sentido.

Até onde Val é capaz de perceber, não há cortes. Uma só câmera. Mas, sabe-se lá como, capta ângulos e planos que deveriam ser impossíveis. Não há microfone nem nenhum outro equipamento visível, nem pausas para mudança de cenário e de figurino. Também não há música, a não ser quando as crianças cantam. Tudo isso poderia fazer sentido se fossem cenas sem edição, mas há efeitos especiais. Efeitos especiais impressionantes de tão bons.

Val olha para o próprio relógio e solta mais um palavrão. Já se passaram setenta minutos. Como um único episódio pode durar setenta minutos? Sem abertura, sem créditos, sem pausa para os comerciais? Sem uma narrativa com começo, meio e fim. A impressão é de que o programa apenas *acontece*. É como observar crianças brincando, se desse para ver a imaginação delas de fato.

E Val não consegue deixar os efeitos visuais passarem batido. Não assistiu a muita coisa, mas viu de relance trechos de programas a ponto de saber que, no início dos anos 1990, tal nível de sofisticação era... impossível. Provavelmente, deve ser impossível até pelos padrões de hoje, a não ser que se conte com um orçamento astronômico. O jeito que Marcus pintava o fundo e, em seguida, o cenário aparecia em volta deles não era apenas imperceptível, do ponto de vista da transição, era *lindo*. Leve, maravilhoso e mágico.

Val vai para trás, querendo estabelecer uma distância entre seu corpo e a TV. O vidro que os separa não basta. Não depois de ter visto o realismo do programa.

A *sensação* de realidade que o programa passava.

Se participar das gravações tivesse metade do poder de impacto que as assistir tinha, não era para menos que os quatro amigos ainda não tinham conseguido superar a época em que faziam parte do elenco de *Mister Magic*. Mas onde estava *o* Mister Magic? Não apareceu uma vez sequer. Por que se esforçavam tanto para garantir que não causariam sua aparição na tela, sendo que era o personagem-título do programa?

Val ficou perturbada com aquele vislumbre do passado. Não por causa de Kitty, mas por causa do próprio rosto, trinta anos mais jovem, olhando diretamente para a câmera. Ela era a única que quebrava a quarta parede. Estava suplicando. Implorando, até. Mas implorando pelo quê?

"Assistíamos todos os dias, e dava para ver que estava funcionando. Dava para ver que estava feliz", disse sua mãe. Mas agora Val também viu, e conhece o próprio rosto a ponto de saber: não estava feliz naquele lugar.

Por que a mulher do estacionamento lhe dera aquela fita? E como conseguira o material? De acordo com todo mundo que Val conheceu, de acordo com a internet, de modo geral, aquela gravação não deveria existir.

Seu primeiro impulso é o de falar com Isaac, coisa que parte seu coração mais uma vez. Com Javi, então. Val acredita que ele tentou avisá-la com a melhor das intenções. Precisa acreditar. Com todo o cuidado, desce de fininho até o andar de Javi e vai até a sala de estar, pé ante pé. A televisão, com seu brilho escuro, agora está no chão. Por que ele não a colocou dentro do armário, como disse que faria?

A resposta logo se torna óbvia. A cama está vazia. Ou seja: ou Javi ainda está lá fora ou está na cama de outra pessoa. Sentindo-se derrotada, Val se vira para subir a escada mais uma vez. Só que a luz na sala mudou. Ela se encolhe toda, esperando ser pega no flagra. Mas é só a TV. No lugar da tela preta quase invisível há o padrão de teste de arco-íris.

Sentindo-se perseguida, ela sobe as escadas correndo. Tem vontade de ficar no andar de Isaac, de se deitar na cama dele. Gostaria de não ter falado com Glória, de nunca ter visto o celular de Isaac. Gostaria de ter voltado lá para fora e participado das brincadeiras em volta da fogueira feito os adolescentes idiotas e despreocupados que o cinco nunca tiveram permissão para ser.

A sensação é de que a força da gravidade fica mais forte conforme Val sobe, como se o porão estivesse fazendo um esforço a mais, tentando puxá-la lá para baixo. A sensação é de que o sexto andar está a uma distância impossível de ser alcançada. Ela para no quinto. Não quer ficar com o vídeo, de todo modo. Sente-se contaminada. Já não é capaz de se esquecer de que as coisas criadas pelo Marcus criança lhe parecem mais vivas do que o cômodo em que está. Do que o mundo em que está. Tudo é desbotado, exaurido e quebrado em comparação com o que todos viveram e sonharam juntos.

Val fica feliz por não se lembrar de nada, por tudo aquilo estar contido em uma única fita, não dentro dela. Mas também sente uma felicidade devastadora por ter conseguido assistir a imagens de Kitty. Ela se deita na cama e fecha os olhos. Torce para sonhar com a irmã. Mas não consegue se livrar da sensação de estar sendo observada. Talvez seja um efeito prolongado de ter assistido ao programa, de ter assistido à própria infância como uma pessoa estranha assistiria. Ai, meu Deus, como pessoas estranhas *assistiram*. Vai saber quantas pessoas assistiram a ela e a Kitty quando as duas eram crianças? É uma sensação oleosa no cérebro, uma camada de sujeira que Val não consegue limpar. Ela foi empacotada e apresentada para o mundo inteiro antes de ter idade o suficiente para compreender o que isso significava. Todos foram.

Como se seus pensamentos não fossem irritantes o bastante, sua mão coça, aquela tortura ardente que piora conforme o tempo passa, e ela tenta ficar deitada, quieta, e ignorar a coceira.

Val se senta na beirada da cama e desiste de dormir. O padrão de teste da TV é uma fonte de luz suficiente para ver a mão que ela arranha com as unhas.

Por baixo da pele, por baixo da cicatriz vermelha e inchada, *tem alguma coisa*. Val se encolhe toda, enojada. Um único fio preto cresce feito um pelo no meio da área irritada. Será que de tanto coçar incessantemente a pele se rompeu? Talvez alguma coisa que veio da roupa tenha conseguido entrar por baixo da pele, e agora inflamou e está voltando à superfície.

Ela segura o fio entre os dedos e dá um puxão só para sondar, com receio de soltá-lo sem querer. Mas o fio continua saindo. Meio centímetro, um centímetro, três centímetros. O cheiro de podridão e de infecção espreita por baixo da pele.

Val continua puxando. Devia ir para o banheiro, para ter mais luz e lavar a mão com sabão. Mas não consegue parar, não enquanto ainda tiver um pedaço daquilo dentro dela. O fio não termina. Está ligado a algo maior.

Ela soluça, agarra aquela coisa e puxa. Puxa. Puxa. De sua pele vai saindo um pedaço cada vez maior de tecido preto e macio, que forma um monte úmido e fétido no seu colo. Até que enfim, fazendo um último e terrível esforço que arranca algo que tem uma conexão vital com seu corpo, Val consegue tirar tudo.

Sente vontade de atirar aquela coisa pela janela, de nunca mais olhar para aquilo. Nunca mais pensar naquilo. Mas não consegue parar, assim como não conseguiu parar quando começou a puxar. Val pega aquele monte de horror preto que arrancou da mão, segura e estende.

É uma capa.

Uma capa que ela conhece como a palma de sua mão. A mesma palma de onde aquela capa saiu, no caso. Val a joga longe, soltando um grito. Mas a capa não cai no chão fazendo um ruído de coisa molhada, feito um trapo imundo jogado fora. Desce flutuando elegantemente. Quando chega ao chão, vai se moldando, revelando, de um jeito lento e sensual, algo que está agachado por baixo dela.

Val não se mexe. Ela não pisca. E não respira. É uma ilusão de ótica. Só pode ser. Não tem nada no chão. Ela teria reparado, teria visto.

Val vai movendo os pés para cima lentamente, distanciando-se do tapete, da capa e do que quer que esteja debaixo dela. Se conseguir se cobrir com o cobertor, pode fechar a porta na cara daquele horror, pode fingir...

A capa avança rapidamente.

Val grita tão alto que acorda. Está banhada em suor, ainda debaixo das cobertas. *A mão.* Ela vira a mão para olhar o estrago causado na palma, mas... está lisinha. Sem sinal de irritação ou do corte fundo de onde a capa saiu. Nem sequer coça mais.

Só que ela não consegue se esquecer daquele som nem do cheiro de podridão. Um resquício ainda paira no ar. E o quarto está gelado, Val bate os dentes, um suor frio que gela até os ossos.

Ela vai voltar a dormir. Fingir que tudo não passou de um sonho, fechar os olhos, fechar essa porta, fechar...

– Não – diz. Val não vai mais fechar portas. Nem se o que estiver atrás delas for horrível.

Ela se debruça na lateral da cama, permitindo que o chão vá se revelando aos poucos. É só aquele carpete feio. Mas são tantos os esconderijos. Debaixo da cama, dentro do armário e atrás da TV. Igualzinho à brincadeira que fizeram no programa. Uma capa é capaz de se esconder em qualquer lugar na escuridão, porque é feita do mesmo tecido.

– Estou enlouquecendo.

Mas, no mesmo instante em que sussurra a frase, Val não acredita muito. Talvez ter assistido ao programa tenha colocado novas ideias em sua cabeça ou, quem sabe, a fez lembrar de verdades que tinha trancafiado a sete chaves. Existem respostas ali. Respostas à pergunta do que foi que aconteceu com Kitty. Respostas à pergunta do que foi que aconteceu com *Val*. Nenhum pesadelo vai lhe impedir de obter essas respostas, assim como nenhuma traição e nenhuma mentira vão lhe impedir.

Val busca a fita no andar de cima e sai da casa. Senta-se lá fora, no sofá manchado de fumaça, e espera o sol restaurar a realidade. Na luz, vai voltar a se sentir no controle da situação.

E – coisa que Val não admite para si mesma – na luz estará a salvo daquela capa.

Ouve-se uma risadinha e um *shhh* exagerado antes de as luzes se acenderem. Javi e Marcus são revelados, abraçados para se equilibrar no escuro.

– Oi? – Javi sussurra, como se na verdade quisesse ser ouvido por todos. Os dois olham para a tela e dão a impressão de terem ficado satisfeitos com o fato de estar desligada.

Marcus se aproxima, cambaleando de leve.

– Você viu o controle remoto? Ou qualquer coisa com botões. Ou touch screen. Você acha que é uma touch screen? – Ele fica olhando atentamente, mas logo se afasta. Não tenta tocar na tela.

– Não vejo nada. Só aquela câmera. – Javi aponta para cima, para a lente dirigida diretamente para eles, depois vai até as paredes da sala branca, fica passando os dedos nelas. – É coisa da minha cabeça ou essa parede é de pedra? Não deveria ser de *drywall*?

Javi tenta mirar na cadeira, mas não consegue, acaba meio que caindo no chão. Marcus o acompanha. Ambos se sentam com os joelhos grudados, mais perto do que o necessário. Nenhum dos dois se mexe.

Marcus sinaliza a tela com a cabeça.

– Estava torcendo pra gente conseguir assistir. Ao programa.

– Ela te disse que tem gravações?

Marcus assente, com uma expressão pesarosa e preocupada.

– Sim. Disse. Mas não quero assistir com ela, sabe?

Javi sabe. Cerra os dentes, as sobrancelhas se aproximam e se abaixam, e ele fica olhando fixamente para a tela, onde só há escuridão. Uma escuridão infinita, agradável e convidativa, que se estende para sempre.

– Ela é esquisita, não é? – pergunta Marcus.

– Superesquisita. Mas qualquer pessoa obcecada pelo nosso programa não poderia ser outra coisa. – Javi cutuca Marcus com o ombro, e ambos riem, mas usam isso de desculpa para ficarem sentados ainda mais perto.

Nenhum dos dois comenta que fizeram um trato com ela. Os dois fizeram. Os dois combinaram que iriam se recordar da canção e que iriam cantá-la. Marcus começa a cantarolar, como se, agora que está ali de novo, não conseguisse se conter. Ou talvez seja só para abafar aquele outro zumbido melodioso.

Javi o interrompe de imediato, inquieto.

– Do que você realmente se lembra? Da última vez? Do último círculo?

O olhar de Marcus fica vazio. Os olhos vão e vêm, assistindo a uma lembrança. E então ele se encolhe, coloca a mão no próprio ombro e cerra o punho.

– Nada – mente.

– É. – O olhar de Javi está raso e sem vida; o tom de voz, morto. O queixo cai até o peito, não deixando nenhum espaço para que dedos compridos e finos levantem sua cabeça para lembrá-lo de se comportar bem. – É, eu também não me lembro.

Javi cruza as pernas. Marcus também. Ficam sentados ali no chão, olhando para cima, para a tela, feito crianças que esperam seu programa preferido começar.

Nada acontece. Ainda não está na hora.

– Foi de você que eu mais senti saudade – declara Javi, baixinho.

Uma única lágrima escorre pelo outro lado do rosto de Marcus, onde Javi não conseguiria enxergar, mesmo se tirasse os olhos da tela. Talvez ele não saiba dizer se Javi está falando com ele ou com aquele nada vazio e quente que pulsa na frente de ambos.

Marcus se encosta no braço de Javi. Ficam parados por tanto tempo que os sensores de movimento desligam. A escuridão se estabelece ao redor deles, feito um abraço. Ouve-se o mais leve suspiro de estática vindo de trás da tela e, em seguida, apenas silêncio.

QUINZE

– O que é isso? – indaga uma voz.

Os olhos de Val se abrem. A boca está seca, sua cabeça lateja e a luminosidade é excessiva, não faz o menor sentido.

Ela está do lado de fora da casa, dormiu no sofá, ao lado das cinzas da fogueira. Senta-se de supetão, afastando a mão esquerda como se estivesse contaminada. Mas a luz do dia revela uma palma da mão com a pele absolutamente lisa. Só tem as marcas de queimadura normais e não coça mais. A capa fugiu na noite anterior.

Val sacode a cabeça, tentando acordar por completo.

– O que é *isso*? – indaga Jenny de novo.

Ela está toda arrumada, o cabelo imaculado e a aparência, impecável, apesar da noite anterior. Mas não são os shorts cáqui na altura do joelho nem a camisa rosa clarinha de Jenny que chamam a atenção de Val.

Jenny está com a fita.

– É meu. – Val estende a mão para pegá-la.

Jenny ergue a fita acima da cabeça. Está ridícula com aquelas roupas finas, de mulher de meia-idade, segurando a fita longe do alcance de Val, feito uma criança tendo um chilique.

– Fale o que é! Fale onde conseguiu! – Seus olhos têm um brilho tão forte e doloroso quanto o do sol.

Val se senta, exausta, descolando o cabelo que ficou grudado na testa por causa do suor que secou. Precisa de um banho. Precisa comer. E precisa daquela fita, porque é tudo o que lhe restou de Kitty.

Mesmo que nunca tenha coragem de assistir de novo, saberá que tem a gravação.

Quando Val fica em pé, Jenny vai para trás com passos rápidos, como se estivesse com medo de que a outra mulher fosse ir para cima dela.

Val ergue as mãos em um gesto de paz.

– Quero de volta – declara. – Mas, antes, você deveria assistir.

Val tem um momento de medo irracional, de que a fita seja diferente para os outros quatro do que foi para ela. A sensação é de que deveria assistir com os amigos para ter certeza de que é a mesma fita.

Mas, até aí, eles provavelmente *vão* ver algo diferente, de todo modo. Afinal de contas, aquela fita é a infância deles. Uma experiência que foi compartilhada, mas não idêntica. Falaram que o programa era maravilhoso, mas agora Val o viu. E não era feliz.

Era um programa da pior espécie. Da espécie que faz a pessoa fingir que está tudo bem com tanta força que esquece de si mesma em meio a esse fingimento. Um ruim que insiste que a pessoa olhe bem para ele e o chame de bom, até acreditar.

Val sabe tudo a respeito dessa espécie de ruim. E torce para que os outros também o reconheçam.

Jenny está segurando a fita contra o peito.

– Não. Não, é um truque. Você vai estragar tudo de novo, como fez da outra vez.

Aquela gosma de vergonha, velha conhecida de Val, se agita, voltando à vida. Val gostaria de poder puxá-la, aquela coisa fedorenta e repulsiva, até conseguir arrancá-la e atirar longe, no chão. Entretanto, talvez haja *mesmo* algo de errado com ela. Talvez sempre tenha sido problemática demais para desfrutar de uma experiência mágica da infância. Talvez tenha que destruir isso para todos, assim como arrastou Kitty consigo, para começo de conversa. Talvez o problema nunca tenha sido o programa, mas a própria Val.

Talvez esteja procurando algo sinistro porque seria um alívio responsabilizar esse algo por aquela terrível culpa sem forma que a assombra desde sempre. Responsabilizar aquele algo pelo terreno baldio que é sua vida.

Val está cansada demais para discutir.

– Assista ou me devolva. Para mim, tanto faz. Só sei que minha irmã morreu e alguém sabe o que foi que aconteceu. E não vou parar até descobrir a verdade.

– Isso não tem nada a ver com Kitty! Sinto muito por termos perdido sua irmã, sinto mesmo, mas isso tem a ver *conosco*, com o que *nós* precisamos. – Jenny aponta para a casa. – Vá gravar sua entrevista.

– Quê? – De todas as respostas que Val esperava, essa não é uma delas.

– Vá lá pra baixo e grave sua entrevista! – Jenny está falando alto, com um tom tenso.

– Por que eu gravaria uma entrevista?

– Porque preciso que você se lembre! Preciso que seja a Val que era, a Val do nosso círculo. Minha amiga Val. – Jenny treme, com uma combinação de raiva e desespero.

– Não quero ser aquela Val.

Não após assistir à fita. Talvez Isaac tivesse razão quando disse que era melhor esquecer: ela está livre dos grilhões da nostalgia. Não pode romantizar uma infância da qual não se lembra, só pode se relacionar com a verdade do que viu.

Além do mais, a "amiga" de Jenny arrastou Kitty para o meio de tudo aquilo. Se não fosse a insistência teimosa dela, Kitty não teria participado do programa. Ainda estaria viva.

Val está exausta, magoada e com medo. É essa terceira coisa que a surpreende. Seu instinto é de ignorar, colocar atrás de alguma porta. Mas olhe só onde foi se meter fazendo isso. Val se apega a esse sentimento, honrando o próprio medo. Aquela casa, o programa: eles lhe dão medo. Coisas ruins aconteceram ali. Mas casas não têm memória e, sendo assim, não restou nada para Val lá dentro.

Se Javi tiver razão, a pessoa que está no comando de tudo aquilo quer responsabilizar Val pelo que aconteceu com Kitty. Só que não podem fazer isso se não conseguirem encontrá-la. Val vai fugir. Pegar o dinheiro que Glória guardou para ela e se esconder.

Mas não vai ficar escondida para sempre. Não como o pai fez. Vai para algum lugar seguro e, depois, vai partir para o ataque. Vão se arrepender de tê-la encontrado.

– Vou embora. – Val entra pisando firme na casa para recolher suas coisas.

Jenny vai atrás, praticamente a atropelando.

– Você tem que gravar sua entrevista! Ela está te esperando!

Val para no meio da cozinha, com uma desconfiança súbita. E se tentar subir a escada e Jenny a atirar lá de cima? Ainda está com o rosto doendo por ter sido agredida pela mãe da "amiga".

Val fica no canto do balcão, que faz as vezes de escudo entre ela e a outra mulher.

Jenny franze o cenho, mas aí se dá conta e isso transparece em sua expressão. A raiva se transforma em desespero.

– Não posso te obrigar. Mas *preciso* que você faça isso por mim. Por nós. Por favor, Val. Por favor, grave sua entrevista. Por favor! Pode ficar com esta fita, não ligo, só... só, por favor, me ajude. – Jenny joga a fita em cima do balcão e une as mãos, como se estivesse rezando para Val.

– O que está acontecendo? – Isaac está na entrada da escada, aquele espaço limítrofe, que é tanto em cima como embaixo, tudo ao mesmo tempo. Não sabe que ali está vulnerável: como pode não sentir?

– Essa porcaria dessa casa – resmunga Val.

– Por favor, Isaac, Val quer ir embora. – Jenny se vira para ele, em busca de ajuda, suplicando. – Ela precisa gravar a entrevista. Me ajuda!

Isaac olha para Val. O momento em que o olhar dos dois se cruzou de novo pela primeira vez transformou o mundo inteiro dela. Renovou o passado e abriu o futuro. Val queria Isaac nesse futuro.

Ainda quer, mas. "Qualquer pessoa que estivesse te procurando: quem fez isso não é seu amigo."

Isaac assente. Não para Jenny, mas para Val.

– Eu te levo – diz. – Ou você pode pegar o carro. Como quiser. – Ele põe a mão no bolso e joga as chaves para Val.

O pânico estridente de Jenny agora é um balido de desespero.

– Não. Val, por favor.

– Qual é o problema? – pergunta Javi, da escada, acima de Isaac.

Val pega a fita de cima do balcão.

– Javi, vem cá.

Ela não está disposta a se aproximar da escada. Só por garantia. Javi passa por Isaac, que não deu nem um passo em direção a Val. Sempre a convida para entrar no espaço dele, nunca exige estar no espaço dela.

– Tá meio esquisito aqui, pessoal – comenta Javi. Marcus aparece na escada atrás dele e fica ali, como se não tivesse certeza se deve ou não seguir em frente.

Val coloca a fita na mão de Javi.

– É o programa. Uma parte, pelo menos. Quero de volta. Vou te encontrar quando tiver conseguido informações sobre...

Uma corrente gelada sopra o cabelo de seu rosto. Veio do porão. Há respostas lá embaixo. Val não tem dúvida disso.

Mas também não tem dúvida de que é uma armadilha.

– Quem quiser pode vir comigo. – Mais uma vez, Val está deixando os demais amigos para trás. Está abandonando a turma, e eles vão ficar magoados, e a culpa vai ser toda dela.

– Por favor – sussurra. – Por favor, venham comigo. Nada do que existe aqui faz bem para vocês.

Ninguém se mexe.

Val dá as costas para os amigos. O carro de Isaac aguarda, em uma recriminação silenciosa. Ela entra e bate a palma da mão no volante. A mão não se abre. Não sai nada dali. É só pele. As marcas de queimadura continuam sendo um mistério. Talvez tudo seja um mistério para sempre.

Val coloca a chave na ignição, de olho na porta da casa. Torcendo. Estende a mão, querendo pedir, mas sabendo qual é o preço a pagar por esse pedido. Tanto a mão quanto a porta de entrada continuam vazias. Aquela casa, aquele terrível parasita maldito do deserto, olha para ela com ar de superioridade, insolente, satisfeito e zumbindo. Ela faz um gesto obsceno para a casa e vira a chave.

E nada acontece.

Resenha da Blogosfera

O mais recente episódio do podcast *Gnarly '90s* – quem acompanha minha resenhas há mais tempo, vai saber que não costumo adorar o programa, porque eles têm uma certa tendência a serem críticos demais – é o meu favorito de todos que já foram lançados. Mais por causa do assunto do que pelo conteúdo ou pela apresentação de fato, porque, pela primeira vez, deram notícias que eu realmente gostaria de receber.

Mister Magic está voltando.

Em forma de podcast, pelo menos. Começando com um episódio de reencontro, que, meh... Mas aceito qualquer coisa que tiverem para oferecer. Para quem não se lembra, *Mister Magic* foi um programa infantil que ficou muito tempo no ar. Eu assistia religiosamente. Tipo, era basicamente minha religião. Juro que todas as lições que aprendi na vida não aprendi no jardim de infância (um alô para a sra. Craft, que me odiava: eu também te odeio), mas com Mister Magic em pessoa.

O programa sempre passava quando eu precisava que estivesse passando. Minha mãe trabalhava até tarde, e eu ficava muito tempo sozinho, e Mister Magic estava sempre presente para me fazer companhia. Como a gente morava em uma região perigosa, eu não podia sair por aí e ir brincar lá fora, mas sempre tinha amigos na TV. Sei que isso parece uma coisa triste, mas não era. O programa me ajudou tanto...

Também tenho algumas lembranças esquisitas dele. Juro que, sabe-se lá como, passava entre um canal e outro. Quando a gente girava o botão, sempre encontrava *Mister Magic* entre um canal e outro. Talvez isso fosse uma peculiaridade da nossa TV velha e fuleira. E uma vez – deve ter sido só um sonho, mas é uma lembrança tão vívida... – estava acordado em plena madrugada, assustado, porque tive um pesadelo. Como não queria acordar minha mãe, me sentei na frente da TV, torcendo para que *Mister Magic* estivesse passando. Que tipo de programa infantil passa às duas da manhã? Mas, quando encontrei aquele ponto exato entre os dois canais, lá estava ele.

Só que não era um episódio normal. Também era plena madrugada no programa. As crianças, minhas amigas, estavam todas espremidas, dormindo. E torno a dizer: sei que isso parece estranho, mas foi reconfortante assisti-los inspirar e expirar, de mãos dadas. Eu me encolhi no chão, com minha própria mão encostada na TV, e aquele zumbido embalou meu sono. Minha mãe me encontrou ali na manhã seguinte e gritou comigo, porque eu estava gastando luz à toa. É por isso que sei que, pelo menos em parte, essa lembrança é real.

Então, acordado ou dormindo, *Mister Magic* sempre estava presente para me ajudar, até que acabou. Nenhum final de programa me afetou tanto desde então. Mal posso esperar para ouvir o elenco, para finalmente conseguir pôr uma pedra em cima desse assunto. Para reviver uma época da minha vida em que eu sempre podia encontrar amigos, bastava ligar a TV. E, se é que podemos acreditar nos boatos – e estou desesperado de tanta vontade de acreditar, porque agora tenho meus próprios filhos que precisam de uns amigos mágicos, que precisam daquelas lições especiais –, o podcast dará a notícia de que uma nova temporada vai ser produzida.

Nossos amigos, presentes para nos ajudar mais uma vez, quando mais precisamos.

Clique **aqui** para ouvir o teaser do podcast de *Mister Magic*. O primeiro episódio completo ainda não está disponível, mas pode apostar que vou ficar passando entre um canal e outro, esperando ele aparecer.

DEZESSEIS

Val dá uma olhada no motor. Já consertou tanto maquinário do rancho, além da frota de picapes velhas e detonadas de Glória, que tem algum conhecimento sobre o assunto. Mas, até onde consegue ver, o problema é a bateria. Arriou.

O cérebro dela solta faíscas – coisa que a bateria não faz –, liga e fica roncando, de tantas teorias da conspiração. Mas a resposta é mais simples do que isso. Val fecha o capô e encosta a testa nele, com o corpo encolhido de desespero. Na noite anterior, ficaram com o rádio ligado a todo volume enquanto estavam ao redor da fogueira. Ninguém descarregou a bateria do carro de propósito, apenas foram burros.

Val olha no porta-malas, mas não encontra nenhum cabo de bateria. Vai na ponta dos pés até a van de Jenny, como se o veículo fosse gritar com ela, em nome da dona. As janelas de trás não deixam vislumbrar nenhum cabo. O que não significa que não tenha nenhum. Mas, como a van está trancada, não pode procurar sem pedir permissão. E precisa da chave, de todo modo, se quiser dar uma carga na bateria.

Ela volta se arrastando até a casa. Abre a porta, mas não pisa lá dentro. Os outros quatro estão reunidos em volta do balcão da cozinha, uma discussão que é interrompida assim que se viram para Val.

– A bateria arriou – diz Val. – Preciso dar uma carga nela.

– Ah, eu posso... – Marcus começa a dizer, mas Jenny o interrompe.

– Não.

– Jenny – censura Javi.

Jenny sacode a cabeça, a boca formando uma linha reta e dura.

– Não tenho cabo.

Isaac não olha nos olhos de Val. Está com uma expressão exausta, tudo ampliado pelos óculos.

– Podemos levar Val até o ponto mais próximo...

– Não – dispara Jenny, de novo. – A van é *minha*. Se ela quer nos abandonar de novo, tudo bem, mas eu não vou ajudar.

Marcus põe a mão no braço dela.

– Jenny.

Jenny se sacode para tirar a mão de Marcus do braço.

– Parem de falar meu nome desse jeito! Não olhem pra mim como se *eu* é que estivesse bancando a vaca. Só estamos pedindo que ela desça aquela escada e fale sobre o programa. Não é pedir tanto assim! Depois de tudo que passamos por causa dela, depois do que... – Jenny para de falar, ergue as mãos em um gesto de irritação. – Vocês todos ficam agindo como se ela fosse especial, como se a gente tivesse que ser cuidadoso com ela, quando, na verdade, *ela* é que deveria estar fazendo de tudo pra *nos* ajudar. Para consertar o estrago. Mas não. Ela é a Valentine. Faz o que quer e obriga todo mundo a fazer também. Bom, desta vez, não. Não mais.

Javi pega o celular.

– Vou ligar pra alguém e pedir para trazer uma bateria até aqui.

Jenny dá um sorriso maldoso.

– Boa sorte. Mesmo que consiga alguém disposto a vir até este fim de mundo, vai levar horas. Fique à vontade, Val. – Ela vai para o quarto pisando firme e bate a porta.

– Vou conversar com Jenny – diz Isaac.

Já que Val vai ser obrigada a continuar ali, quer falar com Isaac. Perguntar por que ele não contou que Glória estava tentando entrar em contato. E o motivo, *de verdade*, de tanto esforço para encontrá-la.

Mas, antes que possa pedir para Isaac esperar, ele entra no quarto de Jenny e fecha a porta de novo. A conversa dos dois é inaudível por causa do zumbido ambiente, que Val poderia jurar que ficou mais alto.

Marcus passa a mão no rosto, exausto.

– Por que tenho a sensação de que fui dormir numa realidade e acordei em outra? O que foi que aconteceu ontem à noite?

Javi se encosta no balcão e fica observando Val, pensativo.

– Acho que você deveria ir lá embaixo.

– Quê? – Val sacode a cabeça. – Não. De jeito nenhum.

– Eles vão incriminar quem quiserem incriminar. Depois desse podcast, eles é que vão determinar o rumo da história, formatá-la pros ouvintes, guiá-los até chegarem à conclusão pré-existente, para dar a sensação de que foram os ouvintes que tiveram a ideia. Mas, se gravar uma entrevista, talvez consiga obter novas informações. Ou talvez consiga descobrir, pelas perguntas que ela fizer, se tenho razão e estão tentando te incriminar. Ou se estou sendo paranoico, depois de viver por tantos anos com minha família vingativa e maligna.

Val não quer descer a escada por nada neste mundo. Mas seu olhar é atraído pelos degraus. Pela tentação do que há lá embaixo, a promessa de respostas. É por isso que precisa ir embora. Se ficar, vai acabar descendo. Sabe disso.

– Espere aí – diz Marcus. – Você acha que o podcast está, o quê..., tentando pôr a culpa do que aconteceu com Kitty em Val?

Javi aperta a ponte do nariz. Está com uma aparência mais velha do que quando Val o viu pela primeira vez, apesar de só terem se passado dois dias.

– Eles precisam se livrar de todas as controvérsias se quiserem voltar a produzir o programa. Coisa que, na minha opinião, é o que querem. Mas ninguém nunca foi indiciado nem investigado pela morte de Kitty.

– Caramba, isso é sério? Como é possível? – A raiva espreme os lindos olhos de Marcus, remodelando a bondade de seu rosto, transformando-a em algo quase sagrado em sua ira. – Vou descer com você, Val. Posso participar da entrevista ou esperar ao pé da escada, onde ela não vai conseguir me enxergar. Te dar um apoio, caso a situação fique esquisita.

Val fica tocada com o gesto. Apesar de Marcus não ter o mesmo medo do porão que Val tem, o fato de querer ir com ela quer dizer muita coisa.

– Você não me culpa também? Pelo modo como as coisas terminaram?

– Não – responde Marcus, ainda com uma expressão de raiva. Que logo se suaviza. Tanto que dói em Val, quase lhe dá vontade de se resguardar do amor e da compreensão que vê. Passou tanto tempo sozinha, mergulhada na própria culpa. Mas Marcus está do seu lado, naquele terrível espaço íntimo. – Kitty era minha amiga. Tenho saudade dela. Ela merece justiça.

Marcus e Javi estão do lado de Val. Ela se enganou ao suspeitar dos dois. A reação que os presentes no salão de baile tiveram a ambos bastava para deixar claro que Júbilo não os quer. Seja lá o que tiver acontecido com o programa, Marcus e Javi não participaram disso.

Essa constatação faz Val se sentir mais forte: saber que não está sozinha. Nunca esteve.

Ela tentou fugir de novo, tentou resolver isso sozinha, mas não deu certo. Sendo assim, vai ficar ali e vai descobrir a verdade. Porque Marcus tem razão: Kitty merece justiça, mas todos eles merecem pôr um ponto-final naquela história. Val não pode roubar isso dos amigos.

Ela respira fundo e segura a respiração até os pulmões ficarem ardendo. Medos irracionais, com frequência, têm raízes em algo real. Está na hora de descobrir por que Val tem tanto medo do lugar para onde aqueles degraus levam.

– Obrigada, mas tem uma coisa ainda mais importante que podem fazer por mim neste exato momento. Assistam a esta fita. Vocês dois. Digam se eu vi o que eu acho que vi.

Marcus assente. Javi lhe dá um sorriso contido, de incentivo, e os dois vão com ela até a escada e ficam lá em cima. De guarda.

Javi segura a fita como uma prova de que, pela primeira vez na vida, vai obedecer.

– Vamos ficar neste andar, assim podemos ouvir se precisar da gente. Lá embaixo só tem uma sala com uma tela. Não tem porta, não tem como ninguém te trancar lá dentro nem te pegar de surpresa nem nada. Ninguém pode te fazer mal.

Val gostaria de ter essa mesma certeza. Até que, enfim, olha para baixo. A vertigem toma conta dela, uma dilatação terrível, que espicha e estreita os degraus, que se contrai na escuridão feito uma garganta engolindo alguma coisa.

Ela desce um degrau, depois mais um. A gravidade se apossa de Val com avidez, cada degrau a faz afundar ainda mais.

E, de repente, chega lá embaixo. É só um lance de escada. Javi e Marcus continuam esperando por ela lá em cima. Val não foi engolida, pode dar meia-volta e voltar correndo lá para cima. Faz um joinha fraco para os dois, que respondem com o mesmo gesto. O batente em arco do porão não tem porta, mas também não tem nenhuma luz ligada. Passando pelo batente, a escuridão é absoluta.

– As luzes são ativadas por sensores de movimento – grita Javi.

Val entra. Ouve um ruído sibilante, como se um pano estivesse sendo arrastado pelo chão, e aí as luzes se acendem, com uma claridade cegante.

Não há nada na sala, tirando uma única cadeira de madeira, que fica bem no meio. Paredes brancas, chão branco e lustroso. Luzes fortes instaladas no próprio teto. Uma das luzes não está funcionando, mas Val percebe isso porque não é uma lâmpada. É uma câmera projetada para parecer uma lâmpada.

Tem outro batente na parede à direita, um retângulo perfeito. É uma abertura que dá para o nada, a mais pura escuridão passa por ela. Não deveria ter um batente ali: Javi disse que só tinha uma porta. E a casa não se prolonga naquela direção. Então, a menos que o porão seja maior do que a fundação da casa ou que a casa tenha sido virada, sabe-se lá como...

Val não se aproxima da porta. Não quer. Não pode. Toda a bravura e a determinação que a levaram até ali foram engolidas pelo vazio que existe passando por aquela porta escancarada.

Ela está anestesiada de medo. Não, é mais do que medo. O ar é tão gelado que Val consegue enxergar a própria respiração: as juntas dos dedos doem de frio. Suas marcas de queimadura são de um branco brilhante, lembranças que o corpo guarda, mesmo que a mente não.

Quando Val torna a olhar para cima, tem uma mulher parada no batente. Ela tem algo de achatado e sem personalidade, dá a impressão de que seu rosto foi projetado por um comitê. Val poderia passar por aquela mulher na rua, no dia seguinte, e não a reconhecer. Ou poderia vê-la em todas as mulheres que avistasse, pelo resto da vida. Uma coisa ou outra. Ambas.

– Quanto tempo faz que você está aqui embaixo? – pergunta Val, chocada.

– Ah, desde sempre – responde a mulher.

Há um leve descompasso, a voz sai antes que a expressão e o movimento acompanhem. Val tenta se livrar da sensação de estar desorientada. Não é uma porta. Não pode ser uma porta, porque nem uma partícula da luz brilhante desta sala passa por ela. Haveria um quadrado de luz, pelo menos, no chão. Onde a mulher está só tem escuridão.

É uma tela. Val se agarra a esse entendimento, utiliza-o para se recompor e voltar à realidade. É uma tela na parede, não uma porta. O porão tem exatamente o tamanho que deveria ter. A entrevista é apenas uma entrevista.

– Você envelheceu. – Há um quê de acusação na voz aguda e límpida da mulher, como se sentisse traída. Ela faz careta, uma expressão de criança em um rosto de adulto, e Val teria dado risada, se conseguisse. Mas ainda há algo naquela mulher que a deixa de cabelo em pé.

– É, acontece. – Val dá de ombros. – Enfim, a entrevista. Para o podcast. Acho que você sabe quem eu sou. Gostaria de saber quem você é.

– Apresentação primeiro! – A voz da mulher muda, se torna mais animada conforme vai narrando.

Val cantava as músicas, segurava as mãos dos amigos, participava das brincadeiras e obedecia às regras. Fazia tudo direitinho, sempre. Escutava e obedecia, sabia tudo o que deveria dizer e todas as maneiras de dizer essas coisas. Nunca se metia em confusão. Nunca precisava ser advertida nem apagada nem consolada nem orientada nem observada. Era a melhor de todos os amigos, o fecho que unia todos os elos da corrente que formava o círculo, a criança com a qual a gente nunca se preocupava, a criança que a gente nunca questionava, a criança perfeita em meio a crianças tão boazinhas. A líder.

– Isso me parece... – Val começa a dizer, mas a mulher continua falando, a narração não é interrompida.

Eram as mãos de Val que seguravam todo mundo ali, que apertavam e que mantinham todos no lugar. Ao contrário dos círculos que vieram antes, foi a absoluta determinação de Val, a sua indomável força de vontade, que fazia a magia continuar acontecendo. Era Val quem esticava a mão em direção à escuridão e tirava de lá o que eles precisavam. Agora está se lembrando? Quem é que puxava a capa, jogava a capa, toda vez? Quem foi que decidiu que o Mister Magic ficaria fora do próprio círculo?

Val franze o cenho. Era verdade, não era? Nos episódios a que assistiu, o Mister Magic nem apareceu. Mas como isso poderia ter sido obra dela? Era um programa. Certamente deveria ter roteiristas e diretores.

Val! Era nossa pequena Valentine. A parte mais importante do círculo. Se pudessem vê-la agora, veriam que tem o mesmo cabelo grosso, castanho e brilhante, preso naquela trança comprida que vocês adoravam puxar para provocá-la. Veriam que ela tem os mesmos lindos olhos, e que os cílios e sobrancelhas emolduram esses olhos de forma marcante. Veriam que ela tem as mesmas sardas, ainda mais do que antes. Veriam que ela cresceu, a menininha linda, à qual queriam ser iguaizinhas, se transformou em uma bela mulher, que vocês não conhecem. Val não vai permitir que a conheçam. Val fugiu para que ninguém pudesse conhecê-la. Neste exato momento, está de braços cruzados. Apertando os olhos. Fez questão que não houvesse espaço para nós. Marcus era o sonhador. Javi era o instigador. Isaac era o protetor. Jenny era a amiga. E Val?

– Quem era Val? – sussurra Val.

A mulher dá um sorriso e, depois de uma rápida falha técnica na tela, fica com uma aparência igualzinha à de Kitty no pesadelo que Val teve, com um sorriso largo demais e com dentes demais. E aí o sorriso se desfaz de repente, e o tom de voz se torna mais frio do que o porão.

Val era a mentirosa que quebrou o círculo e pôs fim à magia.

Pronto. Eis a culpa. Agora, pelo menos, Val não precisa mais bancar a simpática. Fica em pé atrás da cadeira, se sente mais à vontade com o móvel entre as duas, apesar de a mulher estar atrás de uma tela.

– Quero saber o que foi que aconteceu com Kitty.

Ouve-se uma explosão de estática tão repentina e alta que Val tem a sensação de estar sendo apunhalada por um objeto palpável. Ela se encolhe toda, mas, quando consegue levantar as mãos para proteger os ouvidos, o barulho cessa.

– Você foi embora – acusa a entrevistadora.

– Sim, e é por isso que preciso saber o que foi que aconteceu.

– Eu já disse. Você *foi embora*. Foi isso que aconteceu. Você deveria segurar a mão dela, mas você foi embora. E o Mister Magic...

– Não pronunciamos esse nome – diz Val, no automático.

– Por que não? São apenas palavras. – O tom da entrevistadora é de provocação, os lábios estão retorcidos, deixando à mostra os dentes pequenos e brancos. Pequenos demais. Parecem dentes de bebê. – Todas as palavras são imaginárias. Sons aos quais atribuímos significados, imagens e emoções que conjuramos do nada. Então, na verdade, todas as palavras são mágicas. Algo que surge do nada. E obriga outras pessoas a sentir coisas, a pensar coisas, a compreender coisas apenas pronunciando a combinação certa de ruídos. Você sempre foi boa com as palavras, não é mesmo? Boa de obrigar os outros a fazer o que você queria.

Val se recusa a morder a isca.

– Eu é que te pergunto.

O tom da entrevistadora se torna petulante. Ela se esparrama, dá a impressão de ter ficado mais baixa. Menor. Como se estivesse mais longe da tela.

– Estou cansada de falar. Eles nos deram tanta coisa pra aprender, tanta coisa pra fazer, e temos que ajudá-los para que possam nos ajudar. Eles conjuram palavras com a mesma facilidade que alguém respira, mas nós precisamos esculpi-las, arrastá-las até a superfície, trazendo-as lá de baixo, onde sentem frio e sono. A maioria das palavras nem é nossa. Palavras-chupim, como os ovos dessa ave parasita, que deposita os futuros filhotes no ninho dos outros. – A entrevistadora se inclina para a frente, revelando os olhos de um azul vívido e doloroso. – Diga. Diga o nome dele.

Val se obriga a dar de ombros, como se não estivesse nem aí.

– Que importância isso tem, se todas as palavras são imaginárias?

A entrevistadora ri, e agora Val tem certeza: ela tem dentes de bebê, perolinhas minúsculas e perfeitas na boca. O cabelo também está com uma aparência mais macia. Mais cacheada. E os olhos. Val já viu aqueles olhos, e agora se dá conta do que não conseguia lembrar.

A entrevistadora é parecida com Kitty.

– Não. – Val sacode a cabeça, porque isso é perverso demais, porra, cruel demais.

Manipularam Val, a obrigaram a olhar para aquela imagem distorcida da irmã caçula que ela perdeu. Se estão tentando domá-la, está funcionando. Val vai indo de costas em direção à escada. Não ousa tirar os olhos da tela, com medo da mudança que possa ocorrer na imagem. Com medo de que, se olhar para trás, a escada terá sumido.

Precisa acreditar que Marcus e Javi estarão lá. Estica o braço para trás, estende a mão. Sente necessidade da escada. Tenta fazer a realidade se reafirmar, para lhe dar uma saída.

Val pisa na base da da escada, e as luzes se apagam. A tela ainda deveria estar ligada. Ela ainda deveria conseguir enxergar aquela versão monstruosa da irmã, mas agora não há mais nada visível. Só aquela voz, aguda, terna e terrível, chamando por Val.

– Palavras são imaginárias – diz a voz. – Você não aprendeu isso com o Mister Magic? Nada é mais poderoso do que a imaginação!

No começo, eles estão em círculo e cantam a canção. Val sempre tira a capa da escuridão, e a capa sempre desce flutuando exatamente como deve flutuar, revelando o Mister Magic no meio do palco.

Ele observa todas as brincadeiras das crianças, meio na escuridão das beiradas, até que sua intervenção seja necessária. As crianças são tão novas, tão abertas e exuberantes. As brincadeiras são repletas de risos, cantoria e diversão. Os episódios passam em um borrão, é fácil se perder neles.

Mas, quando se assiste um depois do outro, depois do outro, fica claro: conforme as brincadeiras e as lições progridem, os amigos do círculo vão ficando menores. Menos distintos uns dos outros. Mais parecidos entre si e menos consigo mesmos.

Toda vez que Javi é repreendido, seu sorriso se torna menos travesso; o olhar, mais vazio. Toda vez que Marcus é trazido de volta depois de se perder na criação, seus cenários se tornam mais sem graça; os personagens, cópias feitas com papel carbono dos que já apareceram antes. Jenny deixa de se divertir de fato e passa a fazer e dizer exatamente o que deveria fazer e dizer para poder ganhar mais um abraço do Mister Magic. A energia sem limites de Kitty se transforma em uma obediência sonolenta e sorridente, mais parecida com a de uma boneca do que de uma criança. Isaac para de brincar, fica parado ao lado do Mister Magic, observando. Fazendo o que ele faz, uma sombra de uma sombra.

E Val?

Val fica *irritada*. Observa os amigos e percebe as mudanças. Uma hora, quando o Mister Magic se aproxima dela, Val se recusa a reconhecer sua presença. Em vez disso, faz careta para a câmera, com uma determinação teimosa. Para de fazer as brincadeiras dele. Quando o Mister Magic se abaixa para sussurrar as regras em seu ouvido, ela pula e foge, puxando Kitty consigo, atraindo os demais para uma outra atividade.

E aí, entre um episódio e outro, tudo muda. As crianças formam o círculo, mas, quando começam a cantar, Val manda parar.

– Para essa brincadeira, não – declara, com um tom confiante. – Não precisamos dele para essa brincadeira.

Marcus faz uma cara confusa.

– Mas ele é a magia.

Os olhos de Val brilham com o ar de travessura que Javi perdeu.

– Não. Nós somos. – Ela franze o rosto de tão concentrada, estica a mão para a escuridão e tira de lá a capa. Só que, em vez de jogá-la para cima para depois descer flutuando e revelar o Mister Magic, Val a abre no chão, como se fosse uma manta de piquenique. E cutuca Marcus. – Vamos pro parque aquático hoje e ensinar para Kitty como ficar dentro d'água em segurança!

Marcus titubeia, mas ergue as mãos e começa a pintar. Como dá certo, seus olhos se acendem, e a pintura fica maior, mais elaborada. Ninguém vai obrigá-lo a voltar à realidade. Um parque aquático incrível aparece diante deles, com tobogãs altíssimos, cheios de voltas, espreguiçadeiras e uma piscina de ondas. As crianças entram correndo, eufóricas.

Jenny para e olha para Val. É a única que não tem certeza.

– Não tem problema – garante Val.

– Mas o Mis...

– Nova regra! – exclama Val, alegremente. – A gente não fala o nome dele. Ele precisa descansar, é melhor não o acordar. – Val dá uma piscadela para os demais, depois se vira e olha diretamente para a câmera mais uma vez. O sorriso se desfez, a expressão é de afronta. Em seguida, volta a ser criança, acompanha os outros, saltitante, e vai brincar.

Depois disso, os episódios são diferentes. Quando as coisas fogem muito do controle ou se alguém chora ou briga, um vulto aparece, vindo da escuridão. Mas o Mister Magic nunca mais foi garboso como era, nunca mais foi tão onipresente. Val assumiu o controle, dirige as brincadeiras e direciona a magia. Os desenhos e os personagens de Marcus tornam a ser exuberantes, as travessuras de Javi voltam com força total, Isaac brinca e cuida dos demais e não fica só observando e se preocupando. Kitty fica louca de tanta energia e felicidade, e até Jenny se diverte, em vez de só ficar buscando aprovação constantemente. Só que ela tem saudade do Mister Magic e causa sua aparição de quando em quando.

É o mesmo programa, mas não é. Um episódio se funde no próximo, brincadeira após brincadeira, descobertas, aventuras e lições sobre amizade e bondade. As crianças estão felizes, vibrantes, desenvolvem-se plenamente. Mas Val está exausta. Isso fica claro porque sua mão treme quando se estica na escuridão e exige o que quer dela, quando a escuridão faz eco nas olheiras fundas de seu rosto.

E fica claro porque Val começa a sumir, a princípio por alguns minutos de cada vez, depois mais. Sempre que ela some por muito tempo, o Mister Magic aparece, o chapéu é tão alto que se funde com a escuridão que há acima das crianças, os dedos ficam tão compridos que atravessam a tela; a capa, tão escura que engole toda a luz que as cerca.

Só que Isaac sempre a encontra, Val sempre volta, e eles continuam brincando.

Simplesmente continuam brincando.

NÃO ME VENHA COM MALVADEZ

Val sai correndo pela escada e chega ao primeiro andar. Aquela imitação perversa do rosto da irmã morta ficou gravada em sua mente feito as imagens que se formam depois de passar um tempo olhando diretamente para o sol.

Javi e Marcus estão sentados no chão, na frente da TV, Jenny e Isaac estão atrás. Todos assistem à fita, hipnotizados.

Val tropeça, sentindo-se zonza, com as pernas bambas depois do peso do que aconteceu no porão.

– Ela era igual a Kitty, ela era igual...

Javi se vira para Val, com os olhos vermelhos.

– Começamos a assistir do começo.

Ela olha para a tela. É a mesma cena de praia em que Val parou. Mas ela começou a assistir na metade da fita. Levou mais de uma hora para chegar àquele trecho. Como os amigos já alcançaram aquele ponto?

Vai correndo até a porta da casa e a escancara. É fim de tarde.

– Não posso ter ficado tanto tempo lá embaixo. – Val puxa a trança. Tem a sensação de que foi enganada, de que algo vital lhe foi roubado quando não estava prestando atenção.

– O programa mudou – diz Jenny. A raiva se foi. Ela parece esgotada. Diminuída. – Com o tempo. Ele aparecia cada vez menos.

– Com "ele" você quer dizer... – pergunta Val.

Marcus balança a cabeça.

– É. Por sua causa. Você mudou o programa.

Jenny rói as unhas, com os olhos fixos na tela.

– Não era assim... não era assim que eu me lembrava.

Isaac tira os óculos, transformando o próprio mundo em um borrão incognoscível.

– Achei que a gente era mais feliz quando ele participava – sussurra. – Achei mesmo.

– A gente *era* feliz. – Javi se aproxima da TV e aperta o botão de acelerar, as brincadeiras que faziam passam no triplo da velocidade. – A gente era, sei que era.

– Por que é assim? – pergunta Marcus.

– Todo mundo aqui escolheu o que iria lembrar. – Isaac não torna a colocar os óculos. Não quer mais ver. – Ou o que iria esquecer.

– Pare! Pause o vídeo! – grita Jenny. Javi aperta pause. Ela ergue o dedo trêmulo, os dedos em carne viva, de tanto roer as unhas. – Olhem.

As crianças estão em pé, formando um círculo naquele espáço preto sem nada. Val não entende por que esta vez é diferente das que vieram antes, até reparar no que Jenny percebeu.

Val não está mais presente.

– Esta é a última vez – sussurra Marcus.

Jenny solta um gemido grave, apertando a própria barriga.

– Não, não não não, não... não quero ver. Não aperte o play. Por favor, vamos só... vamos só ir embora. Vamos sair daqui. Vamos voltar a fita pro começo, quando estava tudo dando certo, quando era divertido. Não. Não.

Val fica de joelhos no carpete, ao lado de Javi. Põe os dedos na tela da TV e não se surpreende quando percebe que está gelada. Ali, em pequenos pontos de luz, pela última vez: a irmã. Val deveria estar ao lado dela, segurando sua mão. Aquele era o seu lugar no círculo. Com Kitty de um lado e Isaac do outro.

Isaac e Jenny estão segurando as mãos de Kitty, Javi e Marcus, do outro lado do círculo, de costas para a câmera. O rosto de Jenny está em primeiro plano. Ela está com uma expressão empolgada. Orgulhosa, até. Isaac está com uma aparência enfermiça. E Kitty dá a impressão de estar preocupada, com o narizinho torcido, o rosto virado para o lado e os olhos azuis e brilhantes procurando algo na escuridão.

Alguém.

Val se lembra da sensação de segurar a mãozinha minúscula de Kitty. Os dedos se fecham em volta dessa sensação, arrastando consigo outras lembranças e libertando-as da prisão onde estavam trancafiadas. Toda a força de vontade que empregou a vida inteira para, teimosamente, manter as portas fechadas, para deixar tudo de fora e manter a si mesma do lado de dentro, aquela pura e simples dedicação para se isolar do que não poderia ter e era proibida de querer... foi isso que usou no programa.

Nunca foi apenas um programa.

Val liderava o círculo porque era a única que tinha forças suficientes para invocar formas da escuridão. Era a única que esticava o braço e puxava a capa para ele poder vir e ser moldado pelo que as crianças precisavam que ele fosse.

O Mister Magic era real, mas foi *Val que o fez assim*.

Ela gostaria de ter o poder de atravessar a tela com a mão e tomar Kitty em seus braços. Tirá-la daquele círculo. Tirá-la de lá.

Mas tudo isso aconteceu há trinta anos. Já acabou. Val é que ainda não viu o fim.

– Preciso saber. – Val aperta o play.

A Jenny criança está de cabeça erguida, os olhos espremidos e os ombros retos. Tem um novo papel e está determinada a se sair bem. Solta a mão de Kitty e põe o braço para trás.

Val sacode a cabeça, pronuncia a palavra "não" sem emitir som. Ela nunca soltou a mão de Kitty quando estendeu o braço para a escuridão. Sempre a mão de Isaac. Está errado, está tudo errado.

A testa da Jenny criança se franze, concentrada. Ela tateia atrás de si mesma, procurando, procurando, até que enfim os dedos tocam em alguma coisa. Puxa a capa, libertando-a da escuridão. A capa faz o mesmo som de rasgado que fez no sonho, quando Val a arrancou da própria mão.

A Jenny criança pega na mão de Kitty de novo, a capa entre as duas, e não entre Val e Isaac, como deveria ser. Em seguida, começam a cantar de olhos fechados.

– Não – sussurra Marcus, sacudindo a cabeça, segurando a mão de Javi como se quisesse que ambos se levantassem e saíssem de perto do que estão prestes a testemunhar. Só que nenhum dos dois consegue parar de assistir.

A música não está certa. Estão cantando fora de ritmo, fora do tom. Não conseguem sincronizar a letra. O Marcus na tela é um espelho do Marcus que está do lado de fora, sacudindo a cabeça com uma expressão preocupada. Javi criança canta mais alto para compensar, e lágrimas escorrem pelo rosto de Isaac, por trás dos óculos. Kitty aperta a mão dele, fazendo uma pergunta que, devido à cantoria, não pode ser ouvida. Jenny canta mais alto e mais agudo, tentando ao máximo fazer aquilo direito. Apossar-se daquele papel.

A canção chega ao fim, paira no ar, dissonante e tímida na escuridão. Jenny pega a capa, joga para cima e...

Val se lembra de como era essa parte. Sabe bem como deveria ser, agora que, finalmente, está vendo o que deu errado.

Val dava o tom da música.

Todos cantavam as mesmas palavras ao mesmo tempo, encorajando-a, ecoando suas intenções. Todos ficavam de olhos fechados. Val puxava a capa da escuridão com a mesma facilidade que alguém tira um lenço de papel da caixa. Ela queria, ela precisava, e ali estava a capa.

Val atirava a capa para cima o mais rápido possível e pegava na mão de Isaac de novo. E aí todos apertavam as mãos, ligados, uma única corrente de esperança, maravilhamento e união, deixando a escuridão de fora, mantendo a magia dentro. Sujeitando a magia a ficar onde precisava estar. Sempre, sempre de olhos fechados. Aquele frio se infiltrava, aquele cheiro gelado inundava todos para anunciar a transformação... e aí ele aparecia.

Mas não é isso que acontece na tela. Não sem Val, com a música errada e Jenny lutando com a escuridão.

A capa não desce flutuando, encontrando a forma *dele* onde antes nada existia. Em vez disso, cai de um lado para o outro, vai descendo rapidamente, descontrolada, até que cai no chão e se funde com o preto, de forma imperceptível.

– Pai? – sussurra a Jenny criança, olhando para baixo, para o vazio onde o Mister Magic devia ter aparecido e não apareceu. – Papai?

– Desligue – implora Jenny, mas ela não fecha os olhos.

Ninguém fecha.

No círculo, a Jenny criança solta a mão de Kitty e estica o braço para o meio.

A escuridão se assoma feito uma onda, vai planando direto até a menor integrante do círculo, a mais vulnerável, a mais fácil de dominar, e se derrama por cima dela. Kitty some debaixo da escuridão, apenas as mãos continuam visíveis, uma agarrada à mão de Isaac, a outra vazia. Tateando. Implorando. Jenny grita e vai para trás. Isaac solta Javi. Segura Kitty com as duas mãos. Cai de joelhos e é arrastado junto com Kitty, que é puxada para trás.

– Socorro! – grita Isaac.

Mas Jenny só fica parada ali, berrando. Javi puxa Marcus, tentando fazê-lo fugir com ele. Por fim, Javi desiste e se afasta correndo do meio do círculo. Marcus, de olhos bem fechados, começa a andar para trás, soltando um lamento que não dá para entender, um misto de medo e angústia.

Isaac não consegue mais segurar. As mãos de Kitty escorregam das mãos dele. E a menina *some*. Não tem mais Kitty, nenhum indício de movimento nem contorno na escuridão no ponto onde ela sumiu. Isaac permanece de joelhos, a cabeça baixa e os ombros tremendo, porque chora de soluçar. Jenny continua gritando, agora com as mãos estendidas, implorando que alguém as segure. Javi e Marcus continuam fugindo, em direções contrárias, afastando-se cada vez mais. Não há paredes para contê-los, nada para impedi-los.

Só a escuridão e a fuga dos dois em sua direção.

Só a escuridão que engoliu Kitty como se ela nunca tivesse existido.

Só a escuridão que tinha uma aparência idêntica e movimentos idênticos aos daquela coisa que Val tirou da própria mão em um pesadelo.

Os gritos também não param, os gritos e o choro alto, como se todas aquelas crianças estivessem bem ao lado de Val, como se tudo estivesse acontecendo naquele exato momento. Como se nunca tivesse parado de acontecer, estivesse acontecendo aquele tempo todo, todos aqueles anos.

Val é exaurida pelo horror de tudo isso, um vazio por dentro que se expande, ficando cada vez maior, para conter todos aqueles gritos. Todo aquele terror, desespero e trauma. Toda aquela perda.

Ela aperta o pause, sabendo que não vai adiantar. Sabendo que vai carregar consigo aquelas imagens e aqueles sons, para sempre.

Mas ainda ouve gritos.

Não. Não são gritos.

É alguém cantando.

E chega lá em cima vindo do porão, bem debaixo deles.

As luzes não se acendem, mas a câmera liga, gravando a voz na escuridão. É uma só voz ou são várias? É difícil dizer, mas a música sai clara como o dia:

Pegue na minha mão
Fique no seu lugar
Forme um círculo
Na escuridão
Feche os olhos
E faça o pedido comigo
Não abra, não
Que agora vamos avistar
Homem Mágico!
Homem Mágico!
Homem Mágico!
Está aqui pra me ajudar!

Uma risadinha seguida de um *shhh*.

– Precisamos ficar nos nossos lugares! Está na hora! – Um choramingo que parece mais distante do que a voz. – *Shhh*. Não se preocupe! Sempre vamos ser amigos e logo estaremos juntos outra vez. E estaremos com novos amigos também! Eles vão ligar a TV, e vamos encontrá-los. Vamos encontrar todo mundo.

DEZESSETE

Coletivamente, eles ignoram a voz que vem do porão.

Val acha que é uma questão de bom senso. Parece uma questão de bom senso naquele exato momento, dado que têm assuntos mais importantes para tratar.

Marcus anda de um lado para o outro sacudindo as mãos, evitando chegar muito perto da escada.

– Eu me lembrava do que tinha acontecido com Kitty. Eu me lembrava, mas achava que devia estar enganado. Que não podia ser verdade. *Não pode* ser verdade. Digam que não é verdade. – Ele olha para o rosto dos amigos, um por um, com ar de súplica.

Javi ainda está sentado no chão, na frente da TV.

– Eu me lembrava da mesma coisa – diz, baixinho. – Você fez outros programas, Marcus. Por acaso você acha possível as imagens nesta fita terem sido filmadas naquela época?

Marcus não responde, e essa resposta basta.

– Talvez seja um *deepfake* – sugere Javi. – Talvez seja...

Val sacode a cabeça, e Javi interrompe o que estava dizendo. Ela se lembra o suficiente para saber. É real. É mais real do que qualquer um deles se permitiu lembrar. Mas pelo menos isso explica por que nenhum dos cinco conseguia pôr em palavras o que aconteceu com Kitty. Provavelmente passaram todos aqueles anos achando que estavam malucos, duvidando das próprias lembranças. Val sente a mesma tristeza que sente por si mesma pelo que aconteceu com os amigos. Mas pelo que aconteceu com Kitty, só sente *raiva*.

– Onde você conseguiu essa gravação? – A voz de Isaac parece a mais calma.

Val olha para o rosto dele sem os óculos. O que o faz parecer menos ele mesmo. Só que assim, enfim, fica parecido com a mulher do estacionamento.

– Sua mãe – diz Val. Ela se equivocou ao pensar que nem o pai nem a mãe de Isaac estavam presentes em Júbilo.

Javi cai na gargalhada.

– Três dólares! Um para cada mãe desequilibrada que conheceu ontem. Agora eu queria que você tivesse conhecido a minha e a de Marcus, completado o conjunto todo.

Isaac não parece surpreso com aquela informação.

– Ah. É. Ela está tentando se redimir. Já faz tempo que anda tentando.

– Caramba. – Marcus vai para a frente com as mãos na nuca, tentando respirar fundo. – Caralho. Caramba. Caralho, porra.

– A gente precisa... – Val começa a dizer.

Jenny sacode a cabeça, com os olhos arregalados e aflitos.

Val não consegue lidar com ela neste exato momento. Não depois do que acabaram de assistir.

– A gente vai embora, Jenny. Na sua van. E, se tivermos que roubá-la, é isso que vamos fazer.

Jenny solta um ruído sibilante, com o dedo em cima da boca. Gira o ombro em um esforço para esconder o que está fazendo, apontando, de forma incompreensível, para o micro-ondas. "Não... em... voz... alta", fala, sem emitir som, exagerando os movimentos da boca para os outros quatro compreenderem.

Mas é tarde demais.

Ouve-se um ruído de explosão e, em seguida, um silêncio relativo, que os amigos levam alguns instantes para compreender. Todos os barulhos mais baixos e no mesmo tom do zumbido – a geladeira, as luzes e o verdadeiro ar-condicionado – cessaram.

Marcus fica olhando para o celular.

– Estamos sem wi-fi. E, sem ele, ficamos sem sinal.

– Merda – diz Jenny. – Vamos, agora. – Ela sai correndo porta afora, e os outros vão atrás.

Val fica parada no batente, tem alguma coisa que deixa seus sentidos em alerta, como se estivesse atravessando uma teia de aranha. Olha para trás. Estão sem energia elétrica, mas a TV ainda emite luz, prometendo mais lembranças.

– De jeito nenhum – declara e sai em seguida.

Jenny está correndo, tentando chegar à van, com as chaves na mão, mas...

– Tarde demais. – Javi inclina a cabeça, sinalizando a única estrada que possibilita entrar ou sair dali. Vários carros estão parados a cerca de cem metros de distância, impedindo a fuga.

– Atrás da casa? – pergunta Marcus.

Mas não há nada lá. Nada de estrada, nada de cidadezinhas, nada ao redor deles a não ser um terreno vazio e impiedoso que se estende por incontáveis quilômetros. Mesmo que a van de Jenny fosse capaz de resistir à viagem, sabe-se lá quanto tempo levaria para chegar a algum lugar habitado.

Um jipe e um veículo off-road avançam lentamente, passando pela barricada de carros, uma mensagem clara de que a possibilidade de fugir para o deserto não existe.

Jenny segura as chaves do carro com tanta força que as juntas dos dedos ficam brancas.

– Desculpe. Desculpem. Me desculpem. Eu não sabia.

Todos sabiam, na verdade. Ou, pelo menos, Val sabia. Desde o momento em que pararam o carro naquela casa. Mas ignorou, foi teimosa, e agora é tarde demais. Ela põe o braço em volta de Jenny, que solta um soluço meio chorando, e aí permite que Val a passe para Marcus, que lhe dá um abraço.

Com a confiança e a naturalidade de quem calça botas que foram laceadas até se adaptarem perfeitamente aos pés, Val assume seu papel, pisando firme. Está no comando. Essas pessoas são seus amigos, e ela vai protegê-las. Dirige-se à fileira de carros, sozinha. Javi e Isaac se movimentam com a intenção de acompanhá-la, mas Val ergue a mão.

– Vou ver o que eles querem.

Ela não se surpreende quando o prefeito surge, saindo de uma SUV perto da parte de trás da barricada. Tampouco se surpreende quando outros homens ficam ao lado do carro, de rifle na mão. Depois do que viu dentro daquela casa, fica difícil se surpreender de novo. Val, entretanto, tem curiosidade de saber o que esses homens pensam que vão ganhar com isso.

O prefeito avança até encontrá-la, ladeado por dois dos homens de rifle em riste.

– Valentine – diz ele, com aquele mesmo sorriso paternalista e possessivo.

– Prefeito – diz Val e, em seguida, balança a cabeça, cumprimentando os homens que o acompanham. – Cara de Bosta, Cara de Bosta Júnior.

O sorriso do prefeito fica azedo.

– Não há necessidade de usar esse tipo de linguajar.

Val finca os pés no chão e cruza os braços. Quanto mais bater o pé, quanto menos reagir como o prefeito espera que ela reaja, mais bravo o homem vai ficar. Lá no rancho, Val não tinha o costume de lançar mão dessa tática com muita frequência, mas sabe fazer isso. Gente brava é imprevisível, mas também é burra. Comete erros.

Alguma coisa formiga em sua lembrança, avisando que foi essa rebeldia teimosa que a fez ir parar no programa, para começo de conversa. Era com isso que a mãe não conseguia lidar, era isso que o Mister Magic deveria consertar.

Val dá um sorriso.

O prefeito fica esperando.

Val fica esperando.

O homem fica esperando Val perguntar o que ele quer, mas ela não está nem aí para o que ele quer. Não vai permitir que o prefeito determine como aquela situação vai se resolver. Até que, enfim, o homem bufa de frustração.

– Você não pode ir embora.

Val arqueia uma sobrancelha só.

– Percebi.

– Não vamos permitir.

Val fica encarando o prefeito, impassível. O homem se contorce de leve sob o peso de seu olhar. O rosto fica vermelho, e ele dá um passo para a frente, põe o dedo na cara dela palavra sim, palavra não, para enfatizar o que diz.

– Queremos ter de volta. Queremos de volta o que você estragou. É sua responsabilidade consertar.

Val dá de ombros para o prefeito, de um jeito bem lento e insolente.

– Sei lá o que foi que eu fiz, sei lá como consertar e não me importo.

– Você vai se importar, sim! – A língua do prefeito sai pela boca, umedecendo os lábios claros. – É culpa sua! Você arruinou gerações e gerações de tradição, gerações e gerações de ensinamentos. Primeiro, você mudou, depois estragou. Nenhuma das crianças novas deu certo por causa do que você roubou quando foi embora!

A mão de Val se repuxa, mas ela não olha para baixo, não deixa transparecer nenhuma emoção.

– O que você quer dizer com novas crianças?

O prefeito bufa de escárnio, praticamente cuspindo catarro.

– Tentamos dar um jeito sem você. Recomeçar. Que desperdício. E não se faça de boba. Sabemos que assistiu ao programa, que a mãe de Isaac traiu nossa confiança. Eu sempre disse que não deveríamos aceitar candidatos de fora. Que o elenco só deveria ter pessoas da comunidade. – Ele solta um suspiro, sacudindo a cabeça. – Péssimas mães criam péssimas crianças.

Val olha para cima, espremendo os olhos. O sol está ficando baixo. Hora de propor um trato. A fita é uma evidência vital e incriminadora. Mas ela é uma pessoa natural de Idaho das antigas, assim como Glória, porque sabe que a justiça para Kitty não virá por meio do sistema judiciário. Ou seja: agora não está muito preocupada com o fim que a fita pode ter. Ela vai fazê-los pagar. Só que aqueles homens não precisam saber disso.

Val descruza os braços e os abre bem.

– Na minha opinião, ao que tudo indica, agora temos provas de que a morte da minha irmã foi resultado das condições perigosas do estúdio, onde crianças ficavam sem a supervisão de um adulto. O que é uma imputação e tanto, para todos os envolvidos. Acho que você quer que a gente vá embora. Nós, na van de Jenny; vocês, cada um no seu carro. Assim que tivermos voltado pra rodovia, entregamos a fita, e cada um vai pro seu lado. Vou sumir de novo, porque sou uma menina boazinha. Pode até pôr a culpa do que aconteceu com Kitty em mim. Não estou nem aí.

Assim que o prefeito dá uma risada grave, seca e satisfeita, Val percebe que está fodida. O homem sacode a cabeça, sem parar de sorrir.

– Sempre precisamos ter uma teimosa. Normalmente, elas são as minhas preferidas. Adoro ficar assistindo às teimosas aprenderem as lições.

Val segura o arrepio de nojo que percorre sua nuca.

O prefeito solta um suspiro e põe as mãos nos bolsos.

– Acho que você não ficou no programa tempo suficiente pra aparar essas arestas. Para ficar boazinha e dócil como as menininhas devem ser. Deveríamos ter te tirado do programa assim que começou a fazer mudanças. Só que, do ponto de vista logístico, era complicado, e ficamos curiosos. Em retrospecto, coisa e tal. Escute aqui, menina. Não queremos essa fita. Queremos o programa. Queremos que o Mister Magic volte ao seu devido lugar, nas casas de todo o país. Alguém tem que pôr este país sagrado de volta no prumo. – O homem balança a cabeça, mais para si mesmo do que para Val, e estufa o peito. – Fale pros seus amigos que os filhos deles estão vindo pra cá. Vão chegar logo, logo. Por bem ou por mal, alguém vai formar o círculo hoje à noite. Desta vez, cabe a você decidir se vai ou não funcionar.

"Nunca aconteceu nada de mau com as crianças boazinhas", pensa Val. Crianças, no plural. Tentaram fazer o programa emplacar de novo, com outras crianças, só que nunca funcionou.

– Kitty não foi a única criança perdida – sussurra Val.

O prefeito dá de ombros.

– Nem todas as crianças têm salvação. Um fato triste da vida. Só que é melhor morrer inocente do que crescer imunda e estragada. Você não acha?

Val dá um passo involuntário para trás, tem necessidade de criar uma distância física entre si mesma e o que aquele homem disse. E aquilo em que aquele homem acredita.

– Não.

– Bem, de qualquer forma, você pode se redimir pelo que fez. Expiar seus pecados. Ou permitir que os filhos dos seus amigos tentem a sorte no caos que você deixou pra trás. A escolha é sua. – O prefeito lhe dá as costas e volta para sua SUV. Os dois homens empunhando rifles não se mexem, ficam observando Val por trás dos óculos de sol espelhados.

Val volta, com passos mecânicos, para onde os outros quatro estão. Esperando onde ela os deixou.

– Vocês ouviram tudo? – pergunta Val. A expressão apreensiva de todos já é um indicativo, mas os quatro assentem. – Por acaso todos concordamos que o programa nunca foi um programa de verdade? – Val gostaria que não concordassem. Que alguém pudesse dar uma explicação ou apresentar algum argumento que os levasse de volta a uma realidade que seguisse uma lógica admissível.

Os quatro assentem de novo, com uma expressão vazia.

Val puxa a própria trança. Não vai ter como fugir. Desta vez, não.

A casa os recebe de volta com aquela carícia gélida do ar e um zumbido satisfeito. Está escuro lá dentro, a energia elétrica ainda não voltou, mas a TV emite luz. Val sabe, sem precisar conferir, que todas as outras TVs também estarão ligadas. Olha de soslaio para a escada.

– Precisamos descobrir o que foi que aconteceu quando fui embora. Como eu fui embora, o que fiz pra romper o círculo. Só que a fita não mostra.

– A entrevistadora prometeu que iria mostrar gravações pra gente – declara Marcus. Ele está com o celular inútil na mão, olhando para fotos do filho.

– Ela pode ter gravações. – Javi anda de um lado para o outro, feito um animal enjaulado.

Val tem receio de que ele vá fazer alguma burrada. Isaac está pensando a mesma coisa, porque faz sinal para Jenny esconder as chaves da van. Jenny as guarda no bolso.

– Certo, vamos nessa.

Val vai até a escada e desce direto, ignorando o pavor que sente. Mesmo que as luzes não se acendam, a tela contendo a imagem da entrevistadora está funcionando. Ela flutua, é a única fonte de luz em uma parede da mais absoluta escuridão. Por alguns instantes, Val tem a sensação de que a sala onde estão está se expandindo, empurrando as paredes para fora, desafiando o espaço. Quando os demais chegam, as luzes dos celulares fazem com que a dimensão do recinto se reestabeleça. Obrigam o porão a ficar contido dentro dos próprios limites.

– Que porra é essa? – Javi para de supetão quando vê a entrevistadora. – Ela não tinha esse rosto antes.

A entrevistadora mais parece um adulto que uma criança desenhou, nenhum dos traços está cem por cento correto. O nariz é pequeno demais, a testa é enorme, a boca larga demais e tem dentes minúsculos demais. É uma imagem espichada e distorcida de Kitty, com o mesmo cabelo castanho preso com marias-chiquinhas e os mesmos olhos azuis e brilhantes de LED.

– Oi! – cumprimenta ela.

– Pare com isso. – A voz de Jenny está embargada. – Pare de fazer essa cara.

Val fica bem na frente da tela.

– Por acaso eles tentaram retomar o programa outras vezes antes desta? Com outras crianças?

A entrevistadora balança a cabeça, com vontade.

– Ah, sim! Algumas vezes.

– O que foi que aconteceu?

Ela solta um longo suspiro entediado. Em seguida, olha disfarçadamente para trás, para a escuridão vazia. Tendo certeza de que está sozinha, aproxima-se de Val e sussurra alto, em tom de confidência, como uma criança faria: "A coisa fica com fome".

Jenny se engasga e corre para a escada. Todos ficam esperando, em silêncio, ela parar de vomitar. Quando volta, sua voz está ainda mais rouca:

– Nunca fiquei sabendo disso. Eu não sabia que convocaram outras crianças. Eu achava... realmente achava que o programa era uma coisa boa. Eu achava que era uma coisa boa pra nós, para as crianças, fui ensinada, durante toda a minha vida, que esse era o ideal, eu achava...

– Tudo bem, Jenny – garante Val. – A culpa não é sua. – Em seguida, torna a se virar para a tela.

– Agora vocês estão todos aqui – diz a entrevistadora, com um tom alegre. – Estão preparados?

– Ainda não. Tem gravações de quando eu fui embora?

– Ah, sim! Posso te mostrar! – A entrevistadora estreita os olhos, com um ar de astúcia. – Mas primeiro temos que fazer um trato. Depois que lhe mostrar as gravações, você vai cantar a canção comigo. Todo mundo aqui já fez esse trato. Jure que vai cantar também.

– Val – adverte Isaac, sua voz tenta encostar nela como se fosse uma mão naquela escuridão.

– Eu vou – diz Val, sem pensar duas vezes.

– Eba! – A entrevistadora bate palmas, radiante. – Feche os olhos!

– Como vamos assistir se fecharmos os olhos? – pergunta Val.

– Já está na sua cabeça, bobinha. Vou lhe ajudar a encontrar. Feche os olhos.

Val obedece. De início, vê apenas aquele brilho suave e amorfo da tela, com dois pontos mais fortes onde ficavam os olhos ardentes da entrevistadora. Aí, as manchas começam a se movimentar de forma deliberada, reorganizando-se. Uma onda de tontura e desorientação ameaça tomar conta de Val. Ela cerra os dentes e finca os pés no chão.

– Você não está cooperando – censura a entrevistadora, cantarolando irritada.

– Eu não sei o que fazer.

– É só se abrir! – dispara a mulher.

Todas as portas de Val, fechadas a sete chaves. Ela imagina que está seguindo aquela luz oscilante que está diante dela, permite que a luz a leve até algo que manteve às escuras por tanto tempo que não é mais capaz de encontrar sozinha. É algo hipnótico, assistir àquela luz mudar, se dobrar e se reorganizar, guiando Val por profundezas cada vez maiores. E aí, tão de repente que mal consegue continuar de olhos fechados, tamanho o choque, Val vê.

Val impediu o Mister Magic de pegar a capa esse tempo todo, e fazer isso é difícil. É muito difícil. Mas ela consegue. Dobra a capa até ficar cada vez menor e depois fecha os dedos em volta da peça. Quando torna a abrir a mão, a capa sumiu.

– *Taa-daa!* – diz, porque sempre diz isso, para que os outros achem que é uma brincadeira. Para que achem que é fácil.

Isaac observa. Sabe da verdade. Mas é legal que ele saiba. Isaac divide esse fardo com Val e ajuda a deixar tudo continuar divertido para os amigos de ambos. Encontra Val quando está difícil demais e ela precisa fugir, engatinhando, para descansar.

É exaustivo controlar a fome daquele lugar.

Os seis nunca dormiam, mas agora Val os obriga a dormir. Ajuda os amigos a segurarem a onda. Com a capa aninhada dentro dela, tudo desaparece, fundindo-se com o mais suave dos tons de preto. O frio gelado tenta entrar, um frio com dentes, um frio com dedos e um frio com mentiras que prometem os mais lindos sonhos. Os amigos se encolhem, meio espremidos, feito uma ninhada de filhotinhos de cachorro abandonados. Val aninha Kitty em seu corpo, depois se aninha em Isaac, que a abraça para ajudá-la a manter o calor. Marcus, Javi e Jenny completam a ninhada, a respiração de todos é rápida e rasa, quase em uníssono. Val imagina que a respiração é como uma bolha de calor que envolve os seis. E como está com a capa dentro dela e sabe imaginar tão bem, é verdade.

Os seis vão dormir, depois brincar de novo, e Val não vai permitir que a escuridão os esmague. É ela quem está no comando, não a escuridão.

Ela está no comando. Nada do que existe lá fora pode dizer o que Val deve ser, fazer ou sentir.

Está quase dormindo, satisfeita e aquecida o suficiente por ora, quando as mãos aparecem. De início, Val tem receio de ter feito alguma coisa errada, de ter invocado *ele* sem querer e de ser obrigada a expulsá-lo agora. Só que essas mãos são humanas. Já estão ficando vermelhas e em carne viva por causa do frio, têm bolhas se formando nos dedos.

Val se desvencilha de Isaac e de Kitty com todo o cuidado e vai engatinhando na direção das mãos. Não quer que os outros acordem, mas precisa ver de perto que esquisitice nova é aquela que a escuridão está tentando fazer. A escuridão está sempre tentando enganá-la para roubar o controle da situação, para trazer *ele* de volta. Para convencê-la de que deseja que ele volte.

Aquilo não parece nem um pouco perigoso. É quase engraçado, o fato de essas mãos terem uma aparência tão triste, tão impotente. Logo vão congelar e se tornar inúteis.

Só que uma das mãos segura o pulso de Val.

Ela olha para baixo, horrorizada. Se gritar, vai acordar as outras crianças. Talvez acorde até ele. Val fecha bem a boca e puxa a mão. Mas aí vê o anel. Uma aliança de ouro larga, com uma linha simples gravada. Adorava passar o dedo naquela linha. Conhece aquele anel. Conhece...

– Pai? – sussurra Val, uma avalanche de memórias tomando conta dela. Esqueceu-se de tanta coisa... todos se esqueceram, naquele lugar onde não existe dia nem noite, não existe nem antes nem depois, só os amigos. Mas conhece aquele homem. – Pai? – pergunta de novo, ainda mais aflita, tentando enxergar na escuridão, mas apenas as mãos dele estão ali. Tateando, depois de entrar por um ponto fraco que Val ainda não encontrou.

As mãos apertam e puxam. Ele vai arrancá-la dali. Ele vai salvá-la.

Mas não vai conseguir se segurar muito tempo. A pele já está ficando com partes mais escuras, mortas pelo frio. O pulso da própria Val está gelado em volta das mãos do pai, mas agora consegue sentir. A saída. Ela pode sair dali.

Sua pilha de filhotinhos de cachorro. Seus amigos. Sua irmã. Val não pode – não quer – abandoná-los. Deixá-los à mercê daquela fome, não. Deixá-los à mercê *dele,* não. Nenhum dos cinco sabe se virar sem Val. Não fazem ideia da quantidade de coisas das quais ela os protege. Mas agora sabe para onde ir. Como sair dali. Pode tirar todos dali.

Val puxa a mão que o pai segura. Consegue soltar o pulso, mas agora o pai sabe onde ela está, e as mãos seguram seus tornozelos, arrastando-a para trás. Val tenta agarrar a escuridão, tenta se segurar. Metade do corpo já está para fora. É pesado e dói. Ela fecha os olhos, tenta alcançar Isaac, implora para que o amigo a veja e a ajude. Tenta alcançar Kitty, para poder levar a irmã consigo.

– Val – sussurra Isaac.

Ela abre os olhos. Mas ele está longe demais. E, se sair do círculo, se quebrar o escudo formado pela respiração, o frio vai engoli-los. Com as lágrimas congeladas nos olhos, Val faz sinal para Isaac permanecer ali, depois usa tudo que lhe restou para imaginar que os amigos estão aquecidos. As próprias mãos não estão mais protegidas pelo amor do círculo. O frio a devora tanto que arde.

A cabeça de Val se solta da escuridão, e ela grita por causa da luz, por causa do barulho e por causa da dor. Os braços desaparecem na altura dos cotovelos, ainda estão naquele outro lugar. A pele está ardendo, congelada, e os punhos, cerrados. "A capa." Precisa deixar a capa com os amigos, a capa que treinou e que moldou. Mas não consegue sentir os próprios dedos para ser capaz de libertar a capa. E aí é tarde demais.

O pai a abraça em uma sala branca que é tão pequena, tão confinada pela realidade, que Val não consegue processar. Está sozinha. Está *sozinha*. Deixou todo mundo na mão. Val fecha todas as portas e se senta no escuro, dentro da própria cabeça, porque esse é o único lugar que não é apavorante. É o único lugar que não parte seu coraçãozinho em mil pedaços.

DEZOITO

Val abre os olhos. Lágrimas escorrem pelo rosto quando olha para as próprias mãos com marcas de queimadura.

– Agora sei qual é a história delas – diz. – Esse tempo todo, achei que tinha feito algo imperdoável. Que essas marcas eram provas da minha culpa. Mas fiquei com essas marcas porque tentei continuar aqui, com vocês. Nunca quis deixar nenhum de vocês pra trás. Eu só não tive força o suficiente para impedir que meu pai me levasse embora.

Jenny solta um soluço de choro.

– Desculpe. Pus a culpa em você porque não conseguia enxergar o que esse lugar realmente era. O que esse lugar roubou de nós.

– Tudo bem. – Val abre os braços e Jenny a abraça. Marcus, Javi e Isaac também a abraçam, tornando a estabelecer a união entre eles, a respiração sincronizada de todos criando um escudo contra o frio. – Tudo bem – sussurra Val. Porque, até que enfim, está tudo bem mesmo.

Nada disso foi culpa dela. O pai a salvou, mas não podia salvar todo mundo. Era isso que via quando olhava para a filha: não a culpa, a vergonha e a maldade de Val, mas o próprio arrependimento.

Val gostaria que o pai tivesse conversado com ela. Gostaria de ter se permitido guardar as próprias lembranças, ter se permitido sentir coisas. Ela foi tão teimosa. Mas é por isso que está aqui agora. É por isso que estava naquele lugar, para começo de conversa. Por causa de sua maldita teimosia, porque se recusava a fazer o que não queria fazer.

Val se lembra da sensação de ser tão determinada e intratável. Ainda é aquela menina, apesar de o mundo ter se esforçado tanto para domá-la. Dá um tapinha nas costas de Jenny e vai se desvencilhando lentamente do abraço do grupo.

– Eu fui a única que fez esse trato – declara. – É melhor vocês irem lá pra fora esperar seus filhos. Tentem convencer o prefeito a ter bom senso ou, pelo menos, me ajudem a ganhar tempo.

Javi sacode a cabeça. Não há uma gota de provocação em sua expressão. Ele está com uma cara apavorada.

– Eu não sabia o que estava fazendo, mas também fiz um trato. Eu disse que cantaria a canção se aquela mulher me deixasse assistir ao programa.

– Idem – sussurra Marcus.

– Só que essa mulher não cumpriu a parte dela do trato. – Val dá um sorriso encorajador para os amigos. – Vocês estão liberados. Vou dar meu jeito aqui. Vão lá pra cima e...

A entrevistadora dá risada atrás deles.

– Como acham que a mãe de Isaac gravou tudo aquilo? Quem vocês acham que mandou as imagens pra televisão dela? Eu disse que eles poderiam ver o programa de novo, e eles viram o programa. Trato é trato.

– Eles não sabiam onde estavam se metendo! – dispara Val.

– Eu sabia, quando aceitei o acordo. – Jenny está abraçando o próprio corpo. Está quase contorcida, olhando para o chão. – Eu queria o programa pras minhas... não, eu fingi que queria para as minhas filhas. Mas queria pra mim. Sabia que não era um programa. E, mesmo assim, queria voltar. *Ele é meu pai.* – Jenny diz isso como se estivesse vomitando a informação depois de segurá-la por tanto tempo. – O anjo... a magia... o que quer que seja... – Ela faz um gesto evasivo, mas parece uma capa flutuando no ar. – ... precisa da energia das crianças, se alimenta delas e *conserta* essas crianças. Torna as crianças melhores, mais felizes.

– Que mentira do caralho – declara Javi.

Jenny faz que não, ainda olhando para baixo.

– Estou contando pra vocês o que contaram para mim, o que me ensinaram. O que me falaram que era verdade, já que eu era capaz de entender. Encontraram, aqui no deserto, há muitas gerações. Um zumbido. Era um zumbido, e eles foram atrás.

– Então não é o ar-condicionado – diz Val, curta e grossa.

Jenny prossegue:

– Eles foram atrás do zumbido e aí encontraram o véu.

– Que véu? – pergunta Marcus.

Jenny dá de ombros.

– Um buraco, um rasgo no mundo. Onde o véu é mais fino, onde poderiam transcender para outro plano. E esse véu precisava de nós para moldar o zumbido. Precisava que a gente se transformasse em anjo e usasse o zumbido. O primeiro homem que entrou lá *se tornou* o zumbido. Deu significado a ele. Foi nosso primeiro pilar. Nosso primeiro anjo. E convocou as crianças. "Vinde a mim as criancinhas, porque delas é o reino dos céus". Eles mandaram os filhos lá pra dentro, e o anjo usou esse poder para moldá-las, para corrigi-las e para ensinar as regras. Como ser feliz, como ser bom e como *ser*. As crianças saíam melhores do que entravam, ficavam dóceis, obedientes e perfeitas, bem como os pais queriam. Eles queriam compartilhar essa dádiva com o mundo inteiro, e era isso que o zumbido também queria. Quando o rádio tomou conta do mundo, o zumbido encontrou esses sinais, depois apareceu a TV, e ele se adaptou mais uma vez, com a nossa ajuda.

– Então seu pai tem... centenas de anos? – pergunta Val.

– Quê? Não. Que loucura.

Javi arqueia a sobrancelha.

– Como se essa história toda não fosse loucura...

Jenny solta uma risada de deboche, mas, em seguida, volta a falar sério:

– Depois de um tempo, o zumbido estraçalha os adultos que entram. Porque eles não são puros. – Jenny está visivelmente em conflito com o que lhe ensinaram. – Não. Eu não sei por que o zumbido estraçalha os adultos. Eles precisam de um Mister Magic especialmente escolhido pra conter o zumbido, para guiá-lo de modo que possa ensinar as crianças, moldá-las, talhá-las à perfeição e não as comer. Até parece que o mundo vai mastigar as crianças se a gente não ensinar para elas a diferença entre o certo e o errado. – Jenny fica calada por alguns instantes, perdida. – É isso o que dizem. Estamos salvando as crianças. Uma criança entra primeiro, prepara o espaço de acordo com o que precisam, e aí um novo Mister Magic pode entrar e tomar seu lugar no novo círculo. Mas só as crianças conseguem sair. É a vocação mais sagrada, um sacrifício nobre, um... – Jenny morde o próprio lábio. – Não é. Sei disso. *Sei* disso. Eles me disseram que escolheram meu pai porque ele era tão bom... Fez parte de um dos círculos quando era novo. Aprendeu todas as lições, sempre obedecia, por isso acreditou quando falaram que essa era a melhor coisa que poderia se fazer pelos filhos. Por mim. Pelo mundo. Ser um exemplo perfeito pra todos nós.

– Seu pai – diz Marcus, sem conseguir acreditar.

– Só que não era mais meu pai. Não de verdade. – Jenny torna a abraçar o próprio corpo. – Eu queria que continuasse sendo meu pai. Mas até eu sabia que a situação melhorou depois que Val não permitiu mais que ele ficasse no comando.

Os olhos de Isaac estão apertados, mas seu olhar não tem foco. A impressão é de que escolheu um ponto daquele recinto às escuras e se fixou nele.

– O que acontece se não tem ninguém pra assumir esse papel?

– Aposto que acontece o que a gente viu. – Javi aponta para cima, onde a TV está agachada feito um sapo no chão, acima deles. – Sem o tal sacrifício mais sagrado, quando Val foi embora, não tinha ninguém capaz de controlar o... – Javi deixa a frase no ar, sem saber direito o que está descrevendo.

– Ele fica com muita fome – intervém a entrevistadora, bocejando e sonolenta.

Todos olham para a mulher, horrorizados.

– Quem é você? – pergunta Marcus, a voz branda, como se estivesse falando com uma criança pequena.

A entrevistadora dá de ombros, irritada.

– Os homens prometeram que poderíamos dormir se ajudássemos a trazer vocês de volta aqui pra dentro. Andem logo. Estamos tão cansados...

– Caralho. – Javi passa a mão nos braços, como se estivesse tentando se livrar de algo grudento e fétido. – É isso mesmo. É o outro lugar. O programa. Bem ali, na tela. A gente estava falando com esse negócio o tempo todo.

Val endireita os ombros. Se consegue domar Tempestade, bem como os pais das meninas que fazem aula de equitação, uma dimensão alternativa constituída por uma escuridão faminta deve ser fichinha para ela.

– Eu era capaz de controlar naquela época. Vou controlar agora, dar um jeito. Ninguém mais precisa entrar.

Isaac se interpõe entre Val e a tela.

– Todos vocês estão aqui porque eu te encontrei. Porque *eu* te trouxe. Desculpe, Val. Desculpe mesmo. Eu também sabia. Sabia qual era o trato que estava fazendo. Eu tinha mais lembranças do que qualquer um de vocês. Não me lembrava de tudo, mas lembrava o suficiente pra saber que nunca foi apenas um programa. E, mesmo assim, encontrei você pra eles. Eles me prometeram... – Isaac baixa a cabeça, o cabelo cai para a frente, escondendo o rosto. – Era assim que eu ia conseguir reaver Charlotte. Era assim que ia conseguir garantir a segurança da minha menininha. Troquei todos vocês por isso. Deixe eu entrar sozinho.

Isaac murcha, torna-se a menor e mais triste versão de si mesmo. A versão de si mesmo que o programa queria. O menino que tinha a aparência que mandaram ter, que fazia exatamente o que mandavam fazer e que garantia que as outras crianças também fizessem o que mandavam.

Isaac achou que estava procurando Val para aquela gente, mas Val também precisava que ele a encontrasse. Sem Isaac, estaria lá no rancho, vivendo aquela vidinha minúscula com todas as portas fechadas. Kitty continuaria perdida, tanto para o mundo quanto para a irmã.

Isaac não era tão diferente do seu eu da infância. Ainda está cuidando de todos. Ainda se sente responsável. Ainda se desespera tentando cuidar dos mais vulneráveis, de qualquer maneira que estiver ao seu alcance. *Todos* estão cometendo os mesmos erros que cometeram quando eram crianças: confundindo obediência e amor, confundindo regras arbitrárias com o bem de verdade. Desempenhando papéis para não serem punidos.

Os mesmos erros, só que agora havia muito mais consequências.

Então, sim. Isaac mentiu para Val. Ajudou a trazer todos até ali. Mas... ela pediu para vir. E Isaac se ofereceu para levá-la embora dali de carro. Diversas vezes. E teria feito isso também. Nunca exigiu que Val ocupasse o espaço que guardava para ela. Val entrou de fininho nesse espaço porque era ali que queria estar.

Isaac é onde Val quer estar.

Ela enrosca o dedo mindinho no de Isaac. Uma promessa de criança. O único tipo de promessa que os dois poderiam fazer um para o outro. O tipo mais poderoso, entretanto, feito com todo o coração.

– Eu te perdoo – declara Val.

Isaac pisca, chocado. Val observa o rosto tão amado dele, depois olha para os amigos, um por um. Seus amigos mais antigos, seus únicos amigos. As únicas outras pessoas que poderiam compreender o que foi que os moldou, por que são como são.

– Mentiram pra *todos nós*. Todos caímos numa armadilha, escavada na versão mais sem graça de nós mesmos, para que os outros aproveitassem. Meu pai tentou me salvar, mas acabou fazendo a mesma coisa, só que numa prisão diferente. Se a única maneira de sair dessa, de salvar seus filhos, é encarar o que matou...

Val fica calada. Vira para trás. A entrevistadora está observando, com os olhos azuis arregalados, uma expressão impassível. O prefeito disse que Kitty não tinha morrido. Fez questão de dizer que *nunca morreu* nenhuma criança no programa.

– Kitty ainda está aí dentro? – pergunta Val.

A entrevistadora fica puxando um dos próprios cachos castanhos.

– Nunca saiu.

Sua irmã: seu sonho... Está viva lá dentro.

– Vou entrar – declara Val. – Agora. – Ela ainda possui aquela faísca que a mãe não conseguia suportar. Val vai salvar a irmã e, depois, deixar a faísca causar um incêndio que vai reduzir aquele lugar a cinzas.

– Caralho – sussurra Javi. – *Caralho.*

– Eu vou com você – diz Marcus. – Somos o círculo. Vamos fazer isso juntos.

– Juntos – ecoam Isaac e Jenny.

Val pega na mão de Isaac. Jenny pega na outra mão dele, e Marcus pega na mão de Jenny. E estica a mão para Javi, que fica com a mão no ar, depois na testa, depois no ar de novo.

– Vocês têm noção de que isso é loucura, certo? É assim que a gente vai *morrer*.

Eles dão de ombros ao mesmo tempo, as mãos sobem e descem juntas. Javi ri, um som que mais parece um passarinho que caiu do ninho, e se une à corrente em seguida.

– Tudo bem. Pelo menos vou morrer fazendo o que adoro: ser um imbecil do caralho que sempre escolhe a pior alternativa possível.

– Não – diz Val, com um tom solene. – Sendo um absoluto imbecil do caralho que sempre escolhe a pior alternativa possível *na melhor companhia possível.*

Jenny cai na risada. Isaac sacode a cabeça, mas volta a sorrir. Olha para Val maravilhado, nenhuma força no mundo seria capaz de fazê-lo olhar para outro lado. Val não quer se fechar para nenhum sentimento, nunca mais. Põe a mão livre – a mão esquerda, a mão que arrancava magia e poder de um lugar impossível, que se apossou de tudo isso e vai se apossar agora também – no rosto dele. Fica na ponta dos pés e encosta os lábios nos lábios de Isaac. É um sussurro em forma de beijo. Uma promessa entre duas crianças que encontraram refúgio no coração uma da outra, que se tornaram adultos que têm a esperança de fazer a mesma coisa.

Isaac retribui o beijo de Val, e é um beijo triste, terno e nostálgico, como a cor violeta. Violeta como a luz do dia que se funde com a escuridão. O fim de uma coisa. Talvez o começo de outra.

– Violeta – murmura Isaac.

Eles se entendem perfeitamente.

Javi agarra Marcus.

– A vida inteira eu quis fazer isso. – Marcus solta um ruído de surpresa antes de beijá-lo também, com entusiasmo, que não é breve nem simples como o beijo de Val e Isaac.

Jenny solta um suspiro irritado.

– Se ninguém vai me beijar, podemos, por favor, andar logo?

Val obedece, gira Jenny nos braços e a beija como ela merece ser beijada. Às vezes, um beijo é uma promessa, outras é pura diversão. Quando solta Jenny, ela está com uma cara zonza.

– Era essa a sensação que eu sempre deveria ter tido? Que ótimo. Agora estou ainda mais brava por todas as coisas que perdi por causa desse *culto* do deserto ridículo. Estou pronta pra sair quebrando tudo.

Val torna a entrelaçar os dedos nos dedos de Isaac e o puxa mais para perto.

– Certo – diz ela. – Vamos fazer isso do mesmo jeito que deveríamos ter terminado, trinta anos atrás: juntos.

– Juntos – repetem os demais, e todos se dão as mãos outra vez.

Marcus franze o cenho.

– Esperem aí. A gente não sabe como voltar lá para dentro.

A entrevistadora bufa, irritada, atrás deles.

– Tenho tentado mostrar isso pra vocês desde o início. Falei pra ensaiarem. "Pegue minha mão, fique no seu lugar..." – Ela estica a mão. Os demais ainda estão formando uma corrente, ligados, com Val na frente.

Todos cantam. E, com Val dando o tom da canção, cantam com gosto. Cantam com gosto, com tudo o que são, fechando os olhos, imaginando. Lembrando. Percebendo, até que enfim, o quanto da realidade é apenas crença. *Aquela película que se forma em pudim velho*, pensa Val. Fininha daquele jeito; fácil de romper daquele jeito.

Com os olhos ainda fechados, ela estica a mão para a tela. Que não está ali. Nunca esteve ali. Ela acertou da primeira vez que viu: aquilo é uma porta.

Uma mãozinha minúscula e gelada segura a mão de Val e, em seguida, *puxa*.

Querida Charlotte,

Estou escondendo esta carta no seu livro preferido, o exemplar de Bunnicula, o vampiro coelho, *que nós dois líamos juntos. Você não deve se lembrar, mas eu me lembro. Talvez encontre esta carta se um dia for mexer nas minhas coisas. Talvez não. Acho absurdo deixar aqui e ficar torcendo para que você encontre, mas o mundo é um lugar absurdo.*

Quando a gente é criança, tudo *é absurdo, tudo é feito de regras complexas e sistemas que a gente não entende, que a gente obedece porque os adultos que nos rodeiam mandam obedecer. Recebemos regras arbitrárias que são aplicadas de maneira arbitrária.*

Talvez, assim como eu, você tenha recebido um deus que observa tudo, que também tem um conjunto a mais de regras, só para garantir que as coisas aconteçam de acordo com o planejado, nesta vida e na próxima.

Talvez tenha recebido uma mãe que não tem regras, que não se dá ao trabalho de se preocupar, que te deixa tentar descobrir sozinha como encarar a realidade sem lei e sem sentido.

Talvez seu deus também seja muito parecido com isso. Talvez se apegue às regras como uma maneira de não correr perigo. E isso funciona, até o dia em que deixa de funcionar.

Talvez você desafie as regras como uma maneira de impor sua própria vontade ao mundo. E isso nunca funciona.

De qualquer modo, as regras que definem essa realidade agressiva e solitária nos moldam, nos dão forma e depois nos destroem. Dizem que você merece ser destruído, que fica bem melhor destruído, que deveria agradecer e achar uma bênção ter sido destruído. Deus, a sociedade ou alguma combinação perversa dessas duas coisas está olhando.

Sempre *tem alguém olhando.*

Peço desculpas por tudo. Gostaria de ter mais para te oferecer do que tenho. Espero que possa me perdoar um dia. Eu só queria que você fosse melhor do que eu poderia ter sido. E esse é um fardo terrível de se colocar nos ombros de uma criança, não é?

Então: felicidade. Eu te desejo felicidade e alegria, independente da forma que essas duas coisas tenham para você, onde quer que possa encontrá-las. E eu te desejo lugares secretos, na sua cabeça e no seu coração, onde você possa se sentir em segurança. Sem ninguém observando, mas sempre amada.

Com amor, sempre,
Papai

SEJA LIMPINHO, SEU TONTO

Val está em terra firme, pela primeira vez desde sempre. Agora se recorda da sensação de estar parada ali. Do frio que vem de todos os lados, exercendo uma pressão, mas sem chegar a encostar.

É uma sensação boa. Uma sensação de segurança.

O amor que sentia pela possibilidade que aquele espaço representava volta com tudo. Não é um preto como o da noite ou da escuridão, é um preto como a *ausência*. Como infinitas opções. Uma paleta limpa para a imaginação, onde podem projetar o que quiserem no mundo.

Não. Isso não é verdade. Eles nunca foram os únicos a projetar. Estavam projetando neles. Isso ainda está acontecendo. Val se acostuma a enxergar na escuridão e encontra a entrevistadora. Que se esgueira para trás, fica menor, divide-se, sombras que se fundem com a escuridão, até sobrar uma única criança. O rosto de Kitty, agora. Kitty por completo. Tão pequena, bem como da última vez que todos a viram.

– Kitty? – chama Val, timidamente. Se aquilo for um truque, ela não tem forças para resistir.

– Estou cansada. – Kitty se senta e a escuridão se assoma, indo de encontro à menina, envolvendo-a como se fosse um cobertor, até que só o rosto fica visível. O lábio inferior está mais para a frente, fazendo biquinho. – Não é justo. Todos vocês me abandonaram.

– Eu não fui embora. – Val dá um passo na direção de Kitty, mas ela continua fora de seu alcance, por poucos centímetros. – Eu fui sequestrada. Nunca a teria abandonado.

Isaac fica de joelhos. Uma recriação perfeita da última posição que aparece na fita. Foi atirado ali, voltou direto para o próprio desespero.

– Mil desculpas. Eu tentei te segurar.

Jenny solta um gemido, abraçando o próprio corpo.

– Ele não está aqui. Eu queria que ele estivesse aqui.

– Que merda. Que merda! – Marcus rodopia em círculos. – A porta sumiu. A porra da porta sumiu!

– Não fale palavrão! – Javi está em pânico. – As regras proíbem e, se não obedecermos às regras...

– Aí ele vem. – Val olha em volta, mas não há nada além deles. Até onde conseguem enxergar, pelo menos.

Javi põe a mão no ombro de Marcus, mas ele se afasta, como se tivesse sido queimado.

– Não encoste em mim! Aqui, não. Desse jeito, não. Não enquanto estivermos aqui. – Marcus põe as mãos nos próprios ombros, protegendo-os enquanto rodopia, procurando alguma coisa no vazio que os cerca. – Ele vai aparecer e vai me fazer voltar a ser quem eu tinha que fingir que era.

O rosto de Marcus está com a aparência tão jovem que chega a ser doloroso.

– Não vou deixar nada de mau acontecer com você. – Javi olha para a frente, como se desafiasse alguma coisa a atacá-lo. Mas sua postura o trai. O queixo encostado no peito, protegido de um dedo comprido que erguia sua cabeça e o corrigia.

As pupilas de Jenny se dilataram para combinar com o ambiente. Ela foca o olhar em Kitty, e suas sobrancelhas se arqueiam em uma expressão de surpresa. Em seguida, sorri tão naturalmente quanto sempre sorriu.

– Oi, Kitty. Eu estava com saudade de você. O que quer fazer?

A escuridão vai tingindo tudo até chegar ao pescoço de Kitty, engolindo seus cachos castanhos.

– Era pra você dar um jeito na situação. Disseram que você iria voltar e daria um jeito em tudo. – Ela olha feio para a irmã.

Val ainda não consegue se lembrar de muitos detalhes. Fechou as portas com tanta força que as lembranças não sobreviveram. Mas os *sentimentos*. Agora que passou por aquela porta impossível, todos os sentimentos voltaram, como se nunca tivessem ido embora. Não poderiam ter ido, poderiam? Val trancafiou esses sentimentos a sete chaves, e agora estão aqui, perfeitamente conservados, passaram todo esse tempo esperando. Igualzinho a Kitty.

Medo, desamparo e cansaço. E *também* alegria, maravilhamento e aquela felicidade natural, selvagem, que Val, desde então, nunca mais sentiu. Concentra-se nos olhos de Kitty, agarra-se ao azul deles como se fosse uma âncora.

– Como fazemos pra dar um jeito em tudo? – pergunta Val. – Precisamos trazê-lo de volta?

– Fale – incita Kitty, uma criança provocando outra no parquinho. – Fale quem. Essa regra nunca foi de verdade, foi *você* que inventou, só isso. A regra que inventou pra conseguir fingir que ele não era real. Foi você quem o tornou imaginário aqui dentro.

A garganta de Val se fecha em volta dos sons. Os dentes se cerram. Essa é a porta que fechou com mais força do que todas as outras, a primeira porta que fechou. Mas, se quer dar um jeito naquela situação, vai ter que encará-lo. Vai ter que torná-lo real outra vez, permitir-se acreditar que isso é possível.

Olha para os amigos em busca de confirmação de que aquilo que está fazendo está certo, mas todos estão perdidos nas próprias lembranças. Parecem tão distantes e impossíveis de alcançar quanto Kitty.

– Mister Magic – diz Val, com um suspiro.

O chão se ergue e engole todos eles por completo.

É como viver e assistir a si mesmo vivendo ao mesmo tempo. As lembranças da infância viram uma espécie de Frankenstein que nunca aconteceu de fato, mas a *sensação* é de que são reais. Val tem dificuldade de segurar a onda naquela inundação de lembranças que ameaça afogá-la. Porque ali está ele. Até que enfim.

O Mister Magic.

Invocado pelo círculo que os amigos formaram, presente quando precisam dele... quer queiram, quer não. Fala uma língua sem palavras, sem língua, suas ordens rastejam e se infiltram por meio do toque, entram no fundo da alma. O zumbido também está presente, mas é *ele*. Constante. Por toda parte, sempre.

Ele não é um personagem na brincadeira: é o pano de fundo. A tela onde Marcus pinta suas histórias maravilhosas, as brincadeiras que Javi faz e os brinquedos que Kitty pede. Ele é o amor, grande e terrível, do qual tudo depende dentro das fronteiras do reino infantil dos seis. Ele é tudo, ele é nada.

Mas ele não é benigno.

Porque, mesmo quando os amigos refazem o mundo com a imaginação, ele os refaz. Pinta dentro e por cima dos seis. Sussurra novas ideias, planta sementes, modela, direciona e talha. Quando é invocado, certas ações e emoções o puxam da escuridão feito uma criatura que vem farejando até a superfície, em busca de comida. Travessura. Rebeldia. Choro. Mais do que tudo, *necessidade*. Ele está presente quando as crianças precisam. É chamado para ajudá-los, feito para isso. Mas sempre decide qual é a ajuda que as crianças precisam e como vão recebê-la.

Quando o observa, Val é capaz de enxergar o tipo de pai que ele deve ter sido, porque é tão parecido com o pai dela que chega a ser doloroso. Só estabelece contato quando precisa e sempre de acordo com as condições definidas por ele. Exige que os filhos assumam a forma que já decidiu que deveriam assumir.

Só que ele não é pai de Jenny apenas, nem é mais o pai de Jenny, de modo geral. O Mister Magic é mais antigo do que isso, maior, infiltra-se constantemente, ultrapassando os limites que lhe foram impostos.

Essa parte é atraída pelo caos, *tem fome* de caos, devora e deixa as crianças exauridas e fracas. É por isso que Marcus pinta estruturas, é por isso que Jenny guia os demais em uma fantasia cuidadosamente planejada, é por isso que Isaac toma conta de todos, é por isso que Javi atrapalha os demais, desviando a atenção, é por isso que Val o chama e o dispensa em seguida, com tamanho cuidado. É por isso que cuidam de Kitty, que ainda não tem idade para compreender as regras e às vezes conjura o caos apenas por ser tão novinha.

Só que tudo isso acontece *durante*. No período que passaram ali, um borrão infinito de brincadeiras, aprendizado e amizade. Antes de Val assumir o controle, antes de ela parar de permitir que o Mister Magic aparecesse. Não é isso que Val precisa ver, e não pode se permitir ficar empacada ali, assistindo, por mais que queira. Não precisa de um meio, nem sequer do fim.

Ela se arrasta mais, arrasta todos consigo, como se tivesse acelerado a fita cassete. Precisa ver o início, onde tudo começou. E, logo ali, encontra: o primeiro círculo. O primeiro círculo *deles*, até que enfim.

Mas não é o que Val esperava. A expectativa era ver crianças apavoradas, chorando. Confusão e dor, enquanto estão se ajustando. Mas, no início, quando formam o primeiro círculo e o Mister Magic aparece no meio, é *exatamente* o que as crianças querem que seja.

O Mister Magic abraça Jenny no escuro, para que ela nunca precise ficar sozinha consigo mesma. O Mister Magic pega as lágrimas e os ataques de manha de Kitty e sussurra, convencendo-os a ir embora. O Mister Magic ajuda Isaac, substituindo todas as suas dores e traumas por responsabilidade, porque crianças não deveriam ficar tristes. O Mister Magic se alimenta da energia de Javi, comunicando até que ponto, precisamente, pode ultrapassar os limites antes que aquele dedo encontre o queixo do menino e o repreenda. O Mister Magic permite que Marcus crie coisas maravilhosas e belas, mas está sempre ali, com a mão no ombro dele, para ensiná-lo a não brilhar tanto, para que os demais não fiquem sem jeito.

E Val.

Uma menininha que não entende por que o mundo é do jeito que é, por que todos tentam lhe dizer que não pode querer nem sentir as coisas que quer e sente. Por que a mãe nunca enxerga o que ela precisa, só a odeia por pedir. Por que, quando estica a mão e exige o que quer, encontra dor e rejeição. Aqui, quando estica a mão e exige o que quer? Magia. E pagando um preço tão pequeno.

Val quase se perde assistindo àquilo de novo, o passado causa uma coceira em um lugar tão profundo dentro dela que Val nem sabia que existia. Mas nada disso é o que precisa ver neste exato momento, porque os seis já estão no círculo. Ela precisa ver o momento em que chegaram.

Val insiste mais uma vez. Arrasta todos para o início do início e fica assistindo.

A Val criança, a teimosa, aquela que faz exigências impossíveis, é a primeira a ser enviada lá para dentro. Uma criança sozinha naquela escuridão sem fim, com aquele zumbido. Ela tapa os ouvidos com as mãos, rodopia tentando encontrar alguma coisa em que se agarrar. Alguém para ajudá-la.

O novo Mister Magic entra logo depois. Mas, assim que Val o vê, ele já está se desfazendo. A escuridão o costura, criando algo novo. A Val criança já viu o programa. Eles a obrigaram a assistir antes de mandá-la lá para dentro, para que soubesse que aparência o Mister Magic deveria ter.

Só que algo deu errado.

Ele está ficando cada vez mais alto, esticando-se e expandindo-se, fundindo-se com o espaço que os cerca. O zumbido é tão alto que Val não consegue pensar, e as mãos do Mister Magic estão estendidas para ela, os dedos se espicham formando facas de escuridão. A Val criança tem vontade de gritar, de fugir ou de se sentar e tapar os olhos.

Mas Kitty está vindo logo depois. Val precisa dar uma melhorada naquilo para Kitty. Cabe a ela garantir a segurança da irmã. A Val criança fecha os olhos. "Não", diz. Disseram que ela precisa decidir como as coisas serão lá dentro, que tem o controle. Cabia a ela, já que entrou primeiro. Val, então, se recusa a ter medo, se recusa a ouvir o zumbido, a permitir que vibre a ponto de expulsá-la de si mesma. Não vai ouvir. Ninguém pode obrigá-la a ouvir se ela não quiser.

Val estende a mão e segura a escuridão, sacode como se estivesse tirando as dobras de um cobertor. Uma capa. Vai transformar a escuridão que se acumula em torno do Mister Magic em uma capa. Uma capa para contê-lo, uma capa para defini-lo, uma capa para esconder o que ele tem de assustador, para que Kitty não veja.

Quando abre os olhos, o Mister Magic está ali, esperando. Val lhe dá uma cartola para completar o visual. Ele faz uma reverência e um floreio para a menina e estende a mão.

Os dois fazem um trato à sua própria maneira, sem palavras. Val ficará encarregada de exigir obediência do zumbido que existe por trás da escuridão, do poder por baixo da pele do Mister Magic, da fome sem fim que o cerca. E, em troca dessa ajuda, vai escancarar todas as portas de sua mente e deixar que o Mister Magic entre quando bem entender. Vai permitir que ele a use.

Juntos, vão modelar o mundo deles. A Val criança se vira e espera os demais chegarem. Sua empolgação vaza para o lado de fora, substituindo o pavor e o frio por expectativa. E quando os demais chegam, o programa está pronto para eles. É fácil. É a coisa mais fácil que Val já fez na vida, estar ali com os amigos, estar ali com Kitty. Estar onde quer estar. Onde é o seu devido lugar.

Val assiste a tudo isso acontecer, e é maravilhoso, agora que a parte assustadora já passou. Poderia assistir para sempre às cenas em que se dão as mãos, cantam e brincam. São tão novinhos, tão felizes e estão em segurança. Estão em segurança de uma maneira absoluta. Ela está de mãos dadas com Kitty de novo. Estão juntas novamente, até que enfim. Val tem tudo do que precisa. É fácil assistir. É tão gostoso.

Alguém solta um sussurro de súplica. Mas isso não faz sentido. Val transformou o mundo dos seis, está bom. Ninguém está triste, ninguém está...

Aqueles não são eles. Aqueles são quem *eram*. Val está quase absorta pelo maravilhamento e pela impossibilidade da infância dos seis. Sabe bem o que era aquela súplica sussurrada. Os amigos também querem ficar ali. Esquecer quem são, voltar a ser quem eram. Assistir para sempre.

Val se distancia, se permite *enxergar* em vez de apenas assistir. A Val criança se acende, com fogo e determinação. É uma criatura impulsionada pela força de vontade pura e simples. Mas, como essa força de vontade não se guia pela experiência, é facilmente manipulada. A Val criança acha que está criando o mundo para a irmã e para os amigos. Mas, na verdade, está sendo usada.

Essa é a grande mentira que serve de fundação para construir todo aquele lugar. A mentira de que a *experiência*, a vida de fato, estraga as crianças. Mas Val cresceu o suficiente para enxergar que depositaram esse fardo nos ombros dos seis ali dentro, e não foi para o bem deles. Foi para servir aos propósitos e aos ideais doentios dos adultos que estão lá fora, em segurança.

Os mesmos adultos que continuam lá fora, armados, de prontidão. Val tinha quase se esquecido. Aquele lugar é uma armadilha, uma mentira açucarada. Ela não recrimina nenhuma das crianças por ter acreditado naquela farsa. Tinham que sobreviver, afinal de contas. Mas Val se recusa a perder a si mesma outra vez. Agora viu como foi que entraram ali. Como foi que os demais saíram, depois que foi arrancada dali pelo pai, depois de terem perdido Kitty?

Val se agarra ao próprio desespero, pensando nos rifles. Pensando nas crianças que estão a caminho daquele lugar naquele exato momento. Liberta os amigos, arrancando-os mais uma vez dali, empurrando-os para a frente, borrando suas aventuras, atirando-os em um ponto da história depois do momento em que a Val criança para de convocar o Mister Magic, depois que a Val criança assume o controle da magia para proteger os amigos. Vai avançando, avançando, até que param de repente, no final.

Isaac ajoelhado, Marcus andando para trás, Javi e Jenny correndo, Kitty sendo devorada. Val já tinha ido embora. Os demais – além de Kitty – meio que só se apagam. Não foram engolidos pela magia, mas rejeitados por ela.

Isso não traz nenhuma solução para Val. Porque eles podem até ter ido embora daquele lugar, mas aquele lugar não foi embora *deles*. Não de fato. Ele permaneceu, um zumbido baixo demais para ser ouvido, uma fantasia da infância perfeita. Uma ferida na mente que nenhuma dose de tempo poderá cicatrizar, porque não conseguiam sequer enxergar que era um ferimento, não um idílio.

E Val não tem esperanças de que aquele lugar vá rejeitá-los de novo. Está exausta de tanto lutar contra ele só para conseguir ter essa pequena dose de controle.

– Precisamos... – começa a dizer, mas algo vem se arrastando sobre seus pés. Uma parte da escuridão que ganha vida, envolvendo-a e...

Tudo volta para trás de repente, para o meio de uma brincadeira.

– Purpurina! – grita Kitty, abrindo os braços.

– Purpurina não é uma cor! – reclama Jenny, mas isso não impede que caia uma chuva de brilho em volta deles, uma cascata de purpurina que explode na língua. Tem gosto daquela tensão deliciosa de quando se abre um presente, de dar aquela primeira olhada e saber que é exatamente o que a gente sempre quis.

– Verde-limão! – berra Javi, mas aí resmunga, decepcionado. – Achei que ia ser mais nojento. – Eles dão risada e brincam em meio à chuva que tem gosto de viver como criaturas selvagens no chão da floresta, procurando lugares para se entocar, encolhendo-se no limo.

Isso inspira uma brincadeira. Marcus pinta as árvores em volta deles, tão altas que as copas se perdem na sombra. Todos usam fantasias elaboradas. Kitty é um filhote de corça sarapintado; Jenny, um coelho aveludado; Javi, uma raposa de cauda suntuosa; Marcus, uma gralha de plumagem azul e chamativa; Isaac é uma coruja empoleirada em um galho, e Val, um texugo que patrulha o território deles.

Só bem nas beiradas é que Val consegue sentir aquele frio faminto, que fica zumbindo infinitamente. Só que está tão distante que não faz diferença. Eles estão em segurança, estão juntos e vão brincar na floresta que criaram até descobrir outra brincadeira. Depois mais outra, e outra, e outra.

Os seis, o círculo dos amigos, livres e felizes. Val olha para Isaac. Que a observa, os óculos ampliam os seus olhos, tão novinho. Tão perfeito.

Não.

Val tenta expulsar aquele pensamento, tenta expulsar aquela criatura rastejante que se apresenta como verdade, porque sabe que não é.

Esta versão de Isaac *não é* perfeita. Ninguém ali é perfeito. Novo não é a mesma coisa que perfeito. Crescer não é uma perda inerente, é só uma mudança. Talvez Val não consiga mais sentir o gosto da purpurina, mas tem uma vida inteira de momentos que lhe dão a mesma *sensação*. Os primeiros brotos da primavera, depois de um longo inverno. Ficar suspensa em cima de um lago, prestes a soltar a corda. Sexo bom. Ver uma aluna ter êxito ao executar uma nova tarefa pela primeira vez. O estourar de uma amora madura, aquecida pelo sol, na língua.

Entrelaçar os dedos nos dedos de alguém que lhe dá a sensação de estar em casa.

Val não quer esta lembrança incompleta de Isaac. Gosta de Isaac como ele é hoje. De tudo nele. Isaac está mais triste, mais velho, lutou contra coisas terríveis. Ainda está lutando. Mas isso não o torna *menos* do que esta criança que está diante dela e ainda não terminou de se formar.

Val quer o verdadeiro Isaac. Precisa encontrá-lo, assim como Isaac sempre a encontrou. Não sabe mais se os amigos continuam ali com ela ou não. Se estão escondidos pela escuridão ou se ficaram perdidos em seus próprios eus da infância, se acabaram se tornando aquelas pessoas novamente.

A cena continua se desenrolando ao redor de Val, tentando, desesperada, atraí-la lá para dentro mais uma vez. Só que Val não vai permitir que aquele lugar a engula com sonhos do passado. Mentiu para ela naquela época e está mentindo para ela agora.

Val estica o braço em direção à escuridão, estendendo toda a esperança, todo o desejo, toda a *necessidade* para os quais fechou a porta durante os últimos trinta anos. Essa é a diferença entre ser criança e ser ela mesma. Aquele zumbido não pode mais mentir para Val, não pode mais distraí-la nem a desviar de seus propósitos. Val sabe quem ela é, e nada nem ninguém pode lhe dizer o contrário.

– Devolva a porra dos meus amigos – berra, socando a escuridão.

DEZENOVE

A cena se despedaça, o zumbido ambiente fica mais alto, transformando-se em um ruído furioso de estática. O chão se inclina. Val perde o equilíbrio, os amigos aparecem à sua volta e caem de quatro no chão. Kitty torna a estar presente. Talvez estivesse presente o tempo todo. Está de olhos fechados, só resta um círculo de seu rosto.

Val dá um passo em direção à irmã, e a escuridão faz sua brincadeira, levando Kitty a um passo além.

– Eu também sei brincar – diz Val.

A escuridão é um tapete, aquele tapete escorregadio que Glória insistia em colocar na entrada e que Val tinha que pôr de volta no lugar todo santo dia. Ela fecha a mão e vai puxando, colocando uma mão na frente da outra para arrastar Kitty para si. Como era de se esperar, assim como acontecia com o tapete, Kitty vem deslizando direto até Val.

Ela abraça a irmã, sem se importar com o frio gelado do casulo que envolve Kitty. Pelo menos consegue enxergar o rosto dela. Sempre adorou aquele rosto, mesmo quando não se recordava por quê. Kitty é o pedaço de seu coração que Val deixou para trás, mas nunca superou. Também é a fonte do pavor e da vergonha que mantiveram Val amedrontada, presa em uma armadilha.

O que aconteceu ali não foi culpa de Val. Não foi culpa de nenhum dos seis. Mas isso não significa que, agora, não caiba a ela a responsabilidade de dar um jeito na situação. Val não confia em mais ninguém para fazer isso.

– Kitty... Kittyzinha. Diga o que tenho que fazer pra te tirar daqui. Diga o que tenho que fazer pra dar um jeito nessa situação.

– *Eu* não sei – resmunga Kitty, com sono, abrindo as pálpebras e lançando olhares breves, mas fulminantes. – Ninguém me diz nada e, quando diz, eu não me lembro. É esse lugar. Esse zumbido e essa escuridão. Precisam ser controlados de novo. Não podem ficar sem *você*. – Kitty faz uma careta ainda mais feia, com todo o fervor que é capaz de imbuir na expressão.

Seja lá o que for aquele lugar – um universo de bolso, um pesadelo senciente, Val não faz a menor ideia, porra –, não deixou de existir só porque eles foram embora. O zumbido sempre esteve presente, de acordo com Jenny. Eles só descobriram uma maneira de moldá-lo.

Val expulsou o Mister Magic e, depois disso, nunca mais o invocou. E, quando o pai a libertou, ela levou a capa consigo. A capa que Val inventou com um pedaço daquele lugar, para controlá-lo. Desde então, o lugar deixou de ser controlável.

– Acho que a gente precisa formar o círculo de novo – sugere Val.

– Sim – Jenny vai logo dizendo, ao mesmo tempo que Marcus e Javi dizem "não".

Val se vira para Isaac, para que ele dê o voto de Minerva. Isaac está olhando disfarçadamente para trás, com uma expressão da mais absoluta derrota. Val acompanha o olhar dele.

Ao longe, como se estivessem olhando, do outro lado da rua, a janela do quarto de alguém para tentar espiar o que está passando na TV, tem um quadradinho de luz. Vários vultos estão emoldurados por aquela luz. Um deles é alto, magricela e mão-boba.

– Estão assistindo – diz Isaac, apenas. – E querem que saibamos disso.

Val tenta não entrar em pânico.

– Que merda.

– Não fale palavrão! – censura Javi.

– Desculpe. Preciso de um tempinho para entender isso tudo. – Percebe movimento em sua visão periférica, uma efervescência sutil, de preto no preto. Ainda não estão prontos. Val não consegue controlar a escuridão, ou seja: não consegue proteger ninguém dela. Essa coisa poderia descosturá-los e montá-los de novo, como fez com o pai de Jenny. Ou engoli-los por inteiro, como fez com Kitty.

E se Val deixar os amigos na mão mais uma vez? E se tudo que a tornava especial quando era criança tiver sido sugado de dentro dela pela vida medíocre que levou?

– Acredito em você – declara Marcus, com um tom da mais pura convicção. – Você protegeu todos nós naquela época, quando a gente nem sabia que você estava fazendo isso. Deixe a gente te ajudar agora.

– A gente precisa ajudar Val a ganhar tempo – sugere Jenny, torcendo as mãos. – Senão, é capaz de mandarem nossos filhos aqui pra dentro só para ver no que dá. E para nos punir.

Um sorriso vai se esboçando lentamente no rosto de Javi.

– Poderíamos fazer o que fazemos de melhor. – Ele sussurra no ouvido de Marcus, que dá um sorriso e, em seguida, sussurra no ouvido de Jenny.

Ela revira os olhos, em uma expressão dúbia. Javi a cutuca e, por fim, Jenny dá de ombros, a contragosto.

– Você acha que ainda consegue?

Marcus flexiona os dedos.

– Ainda está tudo aqui.

Jenny assente de forma abrupta, fica completamente empenhada.

– Isaac, você ajuda Val.

Javi dá uma piscadela, e os três dão alguns passos para trás.

– Vamos invocar um demônio! – declara.

Antes que dê tempo de Val e Isaac perguntarem o que está havendo, Marcus ergue as mãos em um gesto sutil. Quem não soubesse do que ele é capaz nunca teria notado. O ar diante de Val e de Isaac brilha. E aí, como se estivessem vendo por trás de uma cascata, os dois enxergam versões de si mesmos andarem para a frente e formarem um círculo com os demais.

– Não – diz a Val imaginária. – Precisamos entender antes. Ter certeza de que estamos fazendo tudo direitinho. Só temos uma chance.

– Que viagem! – Javi chama a atenção para si mesmo, para que ninguém perceba que a Val e o Isaac imaginários criados por Marcus não se movimentam direito. – Que ridículo. Deve ser o mofo.

– Quê? – pergunta Jenny, confusa.

E aí, Javi e Jenny começam a brigar para decidir se estão ou não tendo uma alucinação coletiva disparada pelo mofo preto que há na casa. Estão enrolando para Val ganhar tempo. Ela fica aliviada *e* impressionada. Os amigos não se esqueceram de quem eram, mas são ainda melhores agora. Javi está fodendo com a vida das pessoas que não querem seu bem, Marcus cria a realidade que as pessoas que estão no poder precisam ver para, por ora, garantir a própria segurança e a dos amigos, e Jenny está dando apoio para todos… por mais que Val saiba que Jenny quer que o Mister Magic volte.

Jenny é mesmo uma boa amiga, afinal de contas. A melhor de todas.

– A capa ainda está comigo. Em algum lugar. – Val olha para as próprias mãos. – Era assim que a gente o invocava, era assim que eu controlava a magia. Se conseguir tirar a capa de mim, podemos chamar o pai de Jenny de volta. Podemos capturá-lo de novo. Isso deve dar um jeito, certo? Estabilizar tudo. E aí eu posso pegar Kitty e…

Kitty faz careta.

– Não vai funcionar, cabeça de bagre.

– *Kitty* – censura Val.

A careta de Kitty se transforma em um biquinho penitente.

– Eu só quis dizer que ele já era. Você tirou o poder dele e rompeu o círculo. Ele foi todo comido.

– Mas você ainda está aqui.

– A gente dura mais que os adultos. – Kitty inclina a cabeça para o lado.

Outras criancinhas pululam no campo da visão periférica de Val, ou pelo menos um *conceito* delas. Aquelas criancinhas que se separaram de Kitty quando a ilusão da entrevistadora se apagou. Val não pode olhar diretamente para essa criancinhas, senão irão desaparecer.

– As crianças que mandaram pra cá depois de nós.

Val fica com o coração partido. Aquelas crianças nem sequer se divertiram lá dentro. Só testemunharam o terror.

– E outras também. Mais velhas. Diz "oi", Lemuel. – A voz de Kitty se transforma em um sussurro fraco e distante e fala: "Olá". Kitty franze o nariz e espirra em seguida. A voz volta ao normal. – Algumas crianças não puderam ser consertadas até ficarem boazinhas, por isso deixaram o Mister Magic ficar com elas pra sempre.

Val tem vontade de estrangular alguém. De socar. De socar o mundo inteiro. Mas respira fundo e tenta manter a calma, pelo bem de Kitty.

– Tudo bem. Vamos tirá-las daqui com você.

Os olhos de Kitty ficam cheios de lágrimas.

– Não podemos ir embora. A coisa devora nosso futuro. É por isso que ainda estamos aqui, enquanto o pai de Jenny já se foi. Como ele fez isso por opção, não tinha muito futuro pra ser comido. Mas a coisa fica tirando casquinhas e mais casquinhas da gente, dói, e eu odeio. – Suas sobrancelhas se franzem, em uma expressão de fúria. – E é *chato* – completa Kitty, que é a pior condenação em que é capaz de pensar.

Val olha para Isaac, desesperada.

Ele entrelaça o dedo mindinho no dedo mindinho de Val.

– Vamos tirá-las daqui. Prometo. Desta vez, ninguém vai deixar Kitty pra trás.

Val balança a cabeça, sentindo um nó na garganta. Aqueles monstros que estão lá fora resolveram que algumas poucas crianças eram um preço aceitável a pagar em sua fetichização paternalista da inocência, sua definição unilateral de "bom".

Foda-se o "bom". Aquelas crianças eram *reais*. Precisavam de amor, de proteção e de incentivo, e todas as pessoas que faziam parte de suas vidas as deixaram na mão.

A atuação de mentira atrás de Val e Isaac continua com força total. Marcus segura as versões fantasiosas dos dois enquanto Javi e Jenny discutem por causa da melodia da canção. Javi não para de cantá-la em um tom menor, enquanto Jenny o censura por ficar de palhaçada e não levar aquilo a sério. Das duas, uma: ou ela está com vontade de estrangulá-lo ou voltou cem por cento ao modo brincar de atuar. É uma performance magistral de todos os três, e Val sente orgulho dos amigos.

E está morrendo de medo de não ser capaz de fazer bom uso desse tempo a mais que estão conseguindo para ela.

– Só tira a capa – diz Isaac, para tranquilizá-la. – Aí a gente vê o que faz.

– Mas do que vai adiantar a capa? Não temos como invocar o Mister Magic se ele não está mais aqui.

Kitty bufa.

– Você não se lembra da brincadeira. É que nem pega-pega. Escolhe outro homem para ficar no lugar da coisa.

– Que coisa? – pergunta Val, mas se dá conta na mesma hora, e fica difícil de respirar, difícil de pensar.

O povo de Júbilo precisa de um novo Mister Magic. Um novo "nobre sacrifício" para conter o poder daquele lugar. Para moldá-lo, de modo que o zumbido se torne, mais uma vez, uma transmissão focada em todas as lições que querem ensinar. Em todos os ensinamentos que querem passar.

– Quem? – sussurra Val.

– Você já sabe – resmunga Kitty, irritada. – É óbvio.

Isaac solta a mão de Val. Tira os óculos. Talvez para borrar os contornos, para que não seja obrigado a ver o que está prestes a acontecer. Mas, mesmo assim, inclina a cabeça para baixo, para Val. Pedindo permissão.

Ela dá um passo para trás, afastando-se de Isaac.

– Não. De jeito nenhum. Temos outra opção. Tem que haver alguma outra coisa.

– Era para ser eu desde sempre. – A voz de Isaac não tem um tom de medo, não tem um tom de raiva. Só de aceitação. – Ele estava me ensinando, desde aquela época. A cuidar de todo mundo. A enxergar o que as crianças precisam.

Val fecha os olhos, mas o pretume daquele lugar também está lá. Está por toda parte. Ela está pisando nele, dentro dele e respirando ele. Agora até consegue sentir o gosto e tem vontade de chorar quando percebe a falta que sentia do gosto da cor preta.

O gosto do seu lar.

– Por favor – insiste Isaac. – Ele me mostrou como seria. Deixe eu lhe mostrar.

Isaac coloca os óculos no rosto de Val. Ampliado nas lentes, ela vê todo um futuro projetado para os dois. Uma dádiva.

É fácil, tal como saber exatamente o que a gente quer e pedir.

Val põe a mão dentro de si mesma e recupera a capa. Não é real. Nunca foi uma capa, só um pedaço da magia daquele lugar. Daquele lugar maravilhoso, miraculoso.

Ela dá mais um beijo em Isaac e, em seguida, reúne os demais. Que conseguem enxergar o que precisa acontecer e, sendo assim, ajudam. Formam o círculo e cantam a canção. Mesmo não sendo mais crianças, mesmo sendo desbotados, traumatizados e diminuídos, basta. Quando colocam a capa nos ombros de Isaac, concedem magia para ele e o concedem para a magia. Isaac sorri, de alívio e gratidão, e some em seguida.

E *ele* volta.

O Mister Magic cumprimenta todos, tirando a cartola. Ainda é ele, mas tem uma diferença. Agora, tem olhos ampliados que refletem a luz e brilham na escuridão. Val se agarra a isso, se agarra ao conhecimento de que Isaac – o Isaac deles, o Isaac *dela* – é quem vai cuidar das crianças. Guiá-las. Ensiná-las.

Ele ergue a capa com um floreio e desaparece em seguida. O círculo de amigos antigos e cansados encontra uma porta à espera. Aquilo não é mais um lugar para eles. Saem e voltam para o porão, voltam para dentro da casa.

Val não quer ir embora, não agora que Isaac está ali. Javi, Marcus e Jenny fazem a mesma escolha. É um debate suave, esperançoso, travado entre amigos que se lembram do quanto eram felizes ali, juntos. O lugar de Charlotte é ao lado do pai, mas não vão mandá-la entrar sozinha. Os filhos ficarão apenas o tempo necessário, o tempo que for bom para eles. E, quando saírem, tudo será melhor.

Afinal de contas, Isaac está lá dentro agora. Eles deram um jeito. Os filhos não vão correr perigo.

Jenny é a primeira, as duas filhas mais velhas entram de mãos dadas com o filho de Marcus. Depois vêm os gêmeos de Javi. Por último, vem a pequena Charlotte de Isaac. Val a manda entrar fazendo uma promessa de dedinho, sabendo que o amor de Isaac irá envolvê-la. Irá alimentar aquelas crianças, guiá-las e protegê-las, permitir que cresçam em um ambiente perfeito. Todo o veneno presente nos genes de Isaac, todo o trauma da família de Javi, todos os danos causados em Marcus pela fantasia e todas as preocupações de Jenny: Isaac irá cuidar disso. Aquele lugar e aquela magia vão proteger aquelas crianças.

E ensinar outras, é claro. Porque as regras se aplicam a qualquer lugar e a qualquer criança, faça ela parte do círculo ou não. Toda criança merece passar um tempo na companhia do Mister Magic, aprender lições importantes. Testemunhar como ser boazinha.

E, sendo assim, o antigo círculo fica ali, espremido confortavelmente, um amigo em cima do outro. Mas eles assistem sozinhos, sentados no chão diante de suas respectivas televisões, loucos para ver as crianças se desenvolvendo bem. Sem tristeza. Sem medo. Sem desejo. Uma infância perfeita para crianças perfeitas, que vão se tornar adultos perfeitos, tal como os pais esperam.

Val está em casa, envolvida por aquele zumbido de felicidade e de paz. Põe a mão na tela, sorrindo, esperando ver aquele brilho nos olhos do Mister Magic, o brilho que demonstra que Isaac ainda está lá e que cuida de todas as crianças.

Mas... *nem todas* estão presentes. Está faltando alguém. Val se esqueceu de alguém, de novo. A vergonha e o pavor borbulham, vindos lá do fundo. Ela prometeu. Prometeu e se esqueceu.

Kitty.

Val se aproxima da TV. "Cadê a Kitty?"

Lentes brilham no escuro feito faróis na estrada em plena madrugada, olhando diretamente para ela. Val tira a mão de repente.

– Não – ela sussurra. – Não, isso é mentira.

VINTE

Val tira os óculos. Limpa-os na camisa, toma o cuidado de tirar toda a camada de pretume, da magia daquele lugar que mostra mentiras lindas e nefastas.

Quando tem certeza de que conseguiu tirar até o último grão, coloca os óculos de volta em Isaac. Que pisca rapidamente, como se estivesse acordando.

– Charlotte – sussurra ele.

– Não é melhor aqui dentro, Isaac. Sei que dá a sensação de que poderia ser, mas não é. Nunca foi. A gente estava *interpretando* uma infância, não vivenciando. E o programa estava ensinando outras crianças a interpretarem também. Naquele futuro, no futuro que este lugar quer, ainda seremos todos prisioneiros. Você vai moldar Charlotte em vez de ser pai dela e incentivá-la a ser a pessoa que ela realmente é. E todos ficaremos presos, como numa armadilha, assistindo às crianças, mentindo para nós mesmos e falando que fizemos a coisa certa, porque foi fácil fazer isso.

Igualzinho Debra em seu trailer, diante da TV. Alegando que era boa mãe porque *assistia*. Debra escolheu um sistema que prometeu mudar suas filhas para que sua própria vida fosse mais fácil. Queria bonecas, não filhas.

Isaac estremece, sacudindo a cabeça.

– Eu tinha dez anos – declara, com um suspiro de assombro. – Eu tinha dez anos de idade, e permitiram que eu pensasse que a culpa por termos perdido Kitty e por você ter sido sequestrada era minha. Eles me ensinaram que precisava passar minha vida inteira expiando essa culpa. Mas, desde o início, estavam me transformando no próximo Mister Magic. Me sacrificando desde o início. Igualzinho ao que fizeram com o pai de Jenny.

Val dá um abraço em Isaac, que encosta a cabeça no ombro dela, aos prantos.

– Você não deixou ninguém na mão. Seus pais... nossos pais, esse sistema, esse culto... *nos* deixaram na mão. Você nunca colocaria esse tipo de culpa em Charlotte, não é?

– Não. *Meu Deus*, não, ela é uma criança.

– A gente também era. Não merecíamos carregar esse fardo nem essa culpa. Nenhum de nós merecia. – Val até que enfim solta os resquícios de sua vergonha.

– Este lugar me ensinou a ficar no armário antes mesmo de eu saber o que eu era – declara Marcus. Val ergue os olhos, surpresa e alarmada. Marcus, Javi e Jenny se aproximaram deles. Marcus aponta para trás e sacode a mão, dando a entender que está tudo certo. O teatrinho que ele pintou ainda está em pleno vapor. – Essa parte foi ideia de Javi.

As versões de mentira de todos os cinco estão sentadas em círculo, jogando pedra, papel e tesoura para decidir quem será o novo Mister Magic. Mas, como o Javi de mentira sempre rouba, eles têm que começar tudo de novo.

– Devem estar ficando loucos assistindo a isso. – Javi dá um sorriso satisfeito, mas faz uma expressão séria em seguida. – Este lugar me ensinou que eu só teria valor se fizesse o que deveria fazer.

Jenny abre bem os braços para sinalizar todo o espaço que os rodeia.

– Eu adorava *tudo* aqui! Passei a vida inteira tentando recuperar uma fração que fosse do que tinha naquela época. Não sou nada... – Ela solta um suspiro de assombro, as lágrimas escorrem pelo rosto, que está com uma expressão pesarosa. – Não sou nada sem este lugar. Nunca fui nada sem este lugar. Sem todos vocês. Eu me esforcei tanto para substituí-lo. Mas nada na minha vida nunca me amou tanto quanto amo este lugar. Nada desde que saímos daqui.

Marcus e Javi envolvem Jenny em um abraço.

– É isso o que lhe ensinaram – diz Marcus. – Que estar sozinho é ruim. Que você não é completa por si só. Que tem que ser o que os outros precisam que você seja.

Javi fica fazendo cafuné em Jenny.

– Você sempre bastou por si só. Nunca ninguém foi tão leal, esperta, divertida, determinada e completamente, totalmente irritante como você.

Jenny solta uma risada em forma de suspiro assombrado, tentando ao máximo bater em Javi, mas ele a abraça tão apertado que não tem como o soco surtir efeito. A expressão de Jenny se anuvia, e ela fecha os olhos, apertando bem as pálpebras.

– Não quero mais esse lugar. Quero ser uma pessoa. Completa. Feliz só comigo mesma. Mas como é que a gente faz isso?

– Terapia – sugere Javi.

Marcus, de repente, está de óculos redondos, uma barbicha grisalha. Segura um bloco de papel e uma elaborada pena nas mãos e, quando fala, é com um sotaque alemão exagerado.

– Na sessão de hoje, eu gostaria de revisitar o período da sua infância que foi controlado por uma divindade menor, dentro de um universo de bolso.

– Vocês todos são tão burros – diz Jenny, entre um riso histérico e outro. – Não era disso que eu estava falando. Estava falando de como vamos fazer *isso*. Como vamos sair daqui? Como vamos impedir que nossos filhos entrem?

Val viu a única saída. Se fizerem um novo Mister Magic, não haverá mais espaço para eles lá dentro. Aquele é um universo de bolso muito pequeno, afinal de contas. Tem espaço apenas para uma divindade menor que só se alimenta do futuro de crianças. Val se aproxima de Kitty, imagina que a escuridão que envolve a irmã é uma casca de laranja. E começa a descascar, com toda a delicadeza.

– Será que posso criar uma saída para nós? – Marcus ergue as mãos. A escuridão brilha com portas de todos os tipos possíveis e imagináveis. Grandes portas de metal, portas de jardins secretos, portas de guarda-roupa e até uma porta de garagem. Mas são todas imagens. Fantasia. As portas surgem mais rápido, o pânico de Marcus fica evidente, os contornos se borram e se fundem. Agora, ele está com medo, e isso afeta tudo.

Todas as ilusões que criou se derretem, incluindo o círculo de mentira. Quem estiver assistindo pode vê-los de novo. – Não, não, eu consigo – diz Marcus, com o suor escorrendo pela testa.

Javi põe a mão no braço de Marcus.

– Está tudo bem. Nenhum de nós consegue. Nunca saímos daqui sozinhos.

– Isso não é verdade – corrige Jenny. – Pelo menos, não é cem por cento verdade. Val encontrava esconderijos. Será que não consegue encontrar um agora?

Val xinga a si mesma por ter perdido esses detalhes em sua mente cuidadosamente trancafiada.

– Acho que eu cavava tocas. Lugarezinhos onde podia descansar. Mas não consigo me lembrar como eu fazia isso.

Ela olha para Isaac e para os amigos. E aí se dá conta: a visão que teve com os óculos de Isaac já lhe disse o que fazer: *É fácil, tal como saber exatamente o que a gente quer e pedir.*

Val estica a mão para dentro de si mesma, tateando. Não em busca do Mister Magic nem de uma capa, mas de *si mesma.* Pede um futuro. Pede uma saída.

Mas não é suficiente. Ela olha para Kitty, que torce o nariz e mostra a língua. As mãos de Kitty agora estão livres, e Val estende a mão e segura uma das mãos da irmã. Ela se agarra à irmã e pensa em tudo o que trancafiou. Em tudo que se recusou a pensar, a lembrar ou a sentir. Em cada desejo e em cada necessidade que renegou porque era isso que *deveria* fazer. Em tudo que era grande demais – ruim demais *ou* bom demais – para que deixasse entrar.

Val fica parada no meio de tudo o que é e abre todas as portas ao mesmo tempo.

Atrás desta porta, uma mãe que não sabe lidar com ela. Sempre irradiando irritação quando Val fica triste, quando precisa de ajuda ou quando é rebelde. Ao lado dela, um pai que sente tudo com tanta intensidade que precisa se afastar e se desconectar constantemente. Olhar para o outro lado e torcer para que o melhor aconteça, porque olhar direto para o que está se passando dói demais.

Atrás desta porta, Val está parada no alto da escada daquela casa sobrenatural, apavorada. Aí sente que a mão de Kitty segura a sua e sabe que consegue ficar ali se não estiver sozinha. Consegue por Kitty, para garantir a segurança da irmã, ao seu lado.

Atrás desta porta, a felicidade na companhia dos amigos. Porque ela *era* feliz, tão feliz. Em boa parte do tempo.

Atrás desta porta, Isaac, que a encontra em um de seus esconderijos. Deita juntinho dela e a deixa descansar em segurança, porque Val sabe que Isaac está ali. Isaac. O seu Isaac.

Seus buraquinhos, suas tocas, não tinham fim. Ela poderia ter se espremido até chegar do outro lado do véu. Poderia ter fugido. Mas isso significaria deixar Kitty e os amigos para trás, e Val não queria, não podia fazer isso.

Outra pessoa faz isso por ela.

Atrás desta porta, o ano do silêncio. Sentada, atordoada, em um mundo luminoso e exasperante, com tantas exigências. Ela precisa comer. Precisa fazer xixi. Precisa dormir sozinha. Todas essas coisas que lhe parecem inúteis e impossíveis, supervisionadas por um pai que a vigia, a observa como se Val fosse sumir a qualquer momento. O pai é a um só tempo herói, por tê-la salvado, e covarde, por colocá-la em outra prisão.

Mas Val sente pena dele, porque o pai sente muito medo. E tem razão de ter medo. Ela ainda consegue ouvir aquele zumbido baixo, ainda consegue sentir, nos limites de seus sentidos: alguma coisa esperando que ela *peça*.

Mas Val também sente medo e culpa e é teimosa. Nunca mais vai pedir nada na vida. Fecha a porta que a leva de volta ao Mister Magic, a tudo o que veio antes. E é fiel ao seu mundo. Nunca pede nada, até aquele dia, o dia da porta aberta, quando o pai, enfim, a deixou para trás, sozinha.

Talvez essa fosse a abertura que aquele lugar precisava para esticar o braço e capturá-la. Talvez esse tenha sido o começo do fim. Agora não faz diferença. Todas as portas de Val estão abertas, e só falta olhar mais uma.

Atrás desta última porta, ardendo com uma luz tão forte que chega a doer, está a *esperança*. Val ama todas as pessoas que estão ali, seus amigos mais antigos, mais leais, e merece ter um futuro com eles. Um futuro com Isaac. Uma vida de conhecer e ser conhecida, de criar a filha dele, talvez até de ter sua própria menininha. Não é tarde demais. Ainda não. Não para isso. Mas independentemente do tempo que fique ali, olhando para dentro daquela porta, a menininha que imagina sempre será Kitty, Kitty e mais ninguém.

Esta última porta enche a pele de Val de bolhas, fica gravada a ferro e fogo dentro dela, com tudo o que quer. Val se agarra àquela dor desesperada e crescente. Tem tanto futuro pela frente. Uma vastidão infinita de futuro. Val sabe o que quer. O que sempre quis. E agora se permite querer isso com tanta força e de uma forma tão poderosa que nenhuma lei mesquinha de nenhum universo de bolso de merda poderá impedi-la.

Ela abre os olhos, abre a mão e abre um buraco naquele tecido entre duas realidades.

ESCURIDÃO SEM LIMITE

Val pega na mão de Marcus.

– Eu te amo e tenho muito orgulho de você – diz, e o empurra pelo primeiro buraco, sem dar mais explicações. Não há tempo para isso. A escuridão que os cerca está ficando mais ativa, repuxando-se e estremecendo. As crianças das sombras se espalharam, esconderam-se. Kitty é a única que restou, porque Val a segura ali.

Javi dá um beijo no rosto de Val.

– Você voltou para nos salvar, no fim das contas, Valentina. Eu sempre soube que voltaria.

– Sério?

– Não – responde Javi, dando risada. – Mas adoro estar enganado. Sou muito bom nisso. – Ele atravessa o buraco logo depois de Marcus.

Jenny está tremendo, olhando em volta, como se estivesse considerando a possibilidade de permanecer ali. Val sabe o que – *quem* – a amiga está procurando.

– Ele não existe mais. Você sempre se bastou. É capaz de fazer isso sozinha.

Val se segura na magia como só ela é capaz de fazer, e suas palavras ficam imbuídas de tamanha força que se tornam uma ordem. Jenny assente. É *capaz* de fazer isso sozinha. Val segura a mão dela e a empurra pelo buraco.

– Você vai me abandonar de novo – diz Kitty.

Aquilo parte o coração de Val, o fato de a irmã não falar com um tom chateado, nem sequer surpreso. Só de resignação e cansaço. Um cansaço que nenhuma menininha deveria ser obrigada a sentir.

– Nunca mais – jura Val.

– Venha, Kitty. – Isaac estende o braço para ela. – Vamos levar você conosco.

Só que Kitty não é realmente Kitty. Não mais. E não é há muito tempo. Ela solta um suspiro, a escuridão pulsa ao seu redor. Quando inspira, todas as demais crianças se aglutinam, sombras pálidas e trêmulas com olhares vazios.

– Vamos ficar bem – garante Kitty, com a voz da entrevistadora. – Porque eles ainda estão lá fora, escutando. Esperando pra assistir de novo. Vamos encontrar novos amigos. Sempre encontramos. Vamos mandar nossos chamarizes que brilham, são cheios de luz e de esperança, e vamos encontrar um novo Mister Magic. Um Mister Magic melhor. E aí...

– Pare com isso. – A voz de Val atravessa a escuridão.

As crianças perdidas que rodeiam Kitty estremecem, seus contornos ficam borrados.

Kitty faz uma careta feroz. Mas, pelo menos, voltou a ser ela mesma. Por ora.

– A culpa não é *minha*. Não posso evitar. Alguém tem que segurar a magia, moldar o zumbido. Fazer tratos com aquelas pessoas chatas que querem que o programa volte ao ar. É por isso que a escuridão me usa. E agora vou ter que fazer isso *de novo*, e assim que aparecer um novo Mister Magic, o que sobrou de mim vai ser devorado. Eu quase não tenho mais gosto de nada. A coisa me diz isso o tempo todo. Que grosseria. – Kitty inclina a cabeça para o lado, balançando, como se estivesse ouvindo alguém. – Vou ficar com gosto da cor preta e aí vou virar nada para sempre.

Seus olhos não têm mais aquele tom elétrico de azul. A cor foi sugada, a vida foi sugada deles.

– Eu preferia ter gosto de purpurina – sussurra.

As sombras patéticas esvoaçam em volta de Kitty. Val fica imaginando quem eram aquelas crianças, quem poderiam ter sido.

– Não posso abandonar nenhuma delas – declara Val, mesmo sabendo que não podem sair dali.

Aquele lugar as devorou, mas também é tudo que as sustêm. Lá fora, seriam fantasmas. Lembranças. Um ruído de estática e nada mais. Kitty já está quase destruída, restou tão pouco da menina que eles conheciam.

– Val – diz Isaac.

Ela ergue a mão para interromper a sugestão que o amigo está prestes a fazer. Isaac tem receio do que pode ter transmitido para Charlotte, mas Val sabe quem ele é. Bondoso, solidário e generoso além da conta. Os três seriam felizes juntos. Val é capaz de sentir logo depois das pontas dos dedos. Esperando para ser pedido, esperando para ser invocado e virar realidade: seu futuro.

Um futuro.

Kitty não tem mais um futuro. Este poder, este lugar sempre existirá, e as pessoas de Júbilo sempre existirão, empregando esse poder para refazer crianças à sua própria imagem.

A culpa não é de Val. Nada daquilo é culpa de Val.

Ela põe a mão no rosto de Isaac e o vira de costas para Kitty. Val lhe dá um beijo nos lábios, para que Isaac se lembre da alegria, do desejo e do companheirismo que eles têm permissão para querer. Para que ela se lembre também.

Val se afasta e olha bem nos lindos olhos de Isaac, ampliados para sempre em seu coração. Os olhos que sempre a viram e a encontraram quando ninguém mais conseguia encontrar.

– Eu teria te amado tão bem – diz ela, sorrindo. Em seguida, empurra Isaac pela porta que criou e fecha todas as portas daquele lugar, com tanta força que *ninguém* nunca mais será capaz de abri-las.

Ela é muito boa nisso.

Quando o prefeito se der conta de que Val "deu um jeito" na situação, mas trancou todo mundo do lado de fora, os demais estarão bem longe e em segurança, em segurança com seus filhos. Às vezes, "em segurança" é mesmo a melhor maneira que os pais têm de dar amor aos filhos. E é a melhor maneira que Val tem de dar a mesma coisa aos seus amigos.

Val se senta ao lado de Kitty e a puxa para perto. Abre os braços, e as outras crianças perdidas vêm correndo, com um leve brilho a mais nos olhos, um pouco mais de firmeza nos movimentos. Transmissoras infinitas de esperança, como todas as crianças.

– Você ficou – diz Kitty.

– Fiquei. – Val mergulha em si mesma, e tem certeza, enfim, de quem é e do que quer. Encontra um poço de magia e possibilidades dentro de si mesma, lá no fundo, onde sempre esteve esperando para ser libertado. Seu futuro é infinito, assim como o amor que sente por Kitty. Nunca vai conseguir esgotar nenhum dos dois.

Se não pode vencer um deus pequeno e mesquinho...

junte-se a ele. Ou melhor: tome o lugar dele.

– Está na hora da magia – diz Val. Em seguida, joga a capa por cima dos próprios ombros.

EPÍLOGO

É primavera no rancho. Se você fosse capaz de sentir o gosto das cores, saberia que o verde-primavera, tenro e tão luminoso que é quase dourado, tem gosto de girar em círculos em um balanço de pneu enquanto uma brisa perfeita beija suas têmporas.

O verde-primavera é uma cor deliciosa. Uma cor que a cidade de Júbilo, falida, com seus estabelecimentos comerciais abandonados e suas casas das quais o deserto vem se apossando, não pode mais se dar ao luxo de ser. Seus habitantes nunca seriam capazes de sentir o gosto, de todo modo.

Na verdade, as únicas pessoas que sabem qual é o gosto do verde-primavera estão ali, dentro da casa grande, reunidas na cozinha. Marcus e Javi estão rindo com os dedos entrelaçados, contando para Glória que a filha de Javi ficou tão brava que ninguém na cerimônia de casamento dos dois estava de vestido de noiva que fez questão de usar um. O filho de Marcus pega três biscoitos escondido, um para si e dois para os novos irmãos que nunca pediu e não trocaria por nada, e volta correndo para o outro cômodo.

Isaac está preocupado porque Charlotte anda muito enjoada para comer, por isso Jenny está falando para ele deixar vários tipos de comida à disposição, mas não a pressionar para comer. E depois se oferece para mandar uma dezena de receitas para colocar legumes e verduras escondido nos pratos, assim que terminar o TCC. Está se saindo muito bem e até considera a possibilidade de terminar o bacharelado e entrar direto no doutorado. Uma das filhas grita do outro quarto, falando que está com sede, e Jenny responde gritando: "Aposto que você pode fazer alguma coisa pra resolver isso".

Todos estão aprendendo, e é uma luta, e é lindo. Se esta cena fosse uma cor, seria o céu bem junto à linha do horizonte em um dia de sol brilhante, aquele azul desbotado que quase virou branco. Nenhum deles já sentiu o gosto daquela cor, mas estão sentindo agora, mesmo que sem se dar conta disso. Você também pode sentir, se fechar os olhos e tentar. Mande ver. Acredito em você.

Isaac sai de fininho da cozinha e vai para o balanço do alpendre. Fica sentado ali por um tempo, recordando. Cuidando da estrada como se pudesse vê-la ali, chegando com seus passos compridos e confiantes, aquela trança grossa balançando nas costas.

Isaac sabe que precisa parar de esperar por ela, mas não sabe como fazer isso.

Ele volta lá para dentro e para na entrada da salinha de TV. Todas as crianças – um verdadeiro enxame delas, a filha dele, as filhas de Jenny, os filhos de Marcus e Javi e até alguns dos netos de Glória – estão espremidos no sofá. Algumas estão sentadas nos braços do móvel, outras, em cima de alguém. Charlotte está montada no encosto do sofá, como se ele fosse um pônei. Está fazendo uma trança no cabelo da filha caçula de Jenny, mas as duas estão distraídas. Os olhos estão grudados na tela, como os de todo mundo.

Mister Magic agora está disponível on-line, pode ser acessado em qualquer lugar, por qualquer pessoa e a qualquer hora. Não tem anúncios, e os episódios terminam e pronto, sem engatar no próximo. Mas os episódios são infinitos, mais do que qualquer criança poderia assistir na vida, o que é bom, porque elas assistem sem parar.

O programa é repleto de mundos criados por crianças, por isso parece absurdo para os adultos, mas é porque os adultos perderam a capacidade de enxergar o absurdo do mundo que criaram para si mesmos.

As crianças aceitam o absurdo porque tudo é absurdo, tudo é feito de regras e sistemas complexos que não compreendem. Regras arbitrárias que são aplicadas de maneira arbitrária.

Você sabe como é, desde que se permita lembrar. Talvez, além das regras normais, tenha recebido um deus que observava tudo de uma distância segura e natural. Um deus em cima do qual você derramava amor, que lhe deu regras e condenações em troca desse amor. Um homem mágico que exige absoluta obediência e que você fique encenando a própria vida em vez de vivê-la.

Independentemente de quem lhe deu essas coisas, as regras que você tinha para transitar por essa realidade agressiva, solitária e absurda lhe transformaram. Disseram que você merece ser destruído, deveria ser grato por ter sido destruído e também deveria sentir vergonha disso.

O Mister Magic não acha que você está destruído coisa nenhuma. Você só mudou, e tudo bem.

No episódio de hoje, Kitty e seus amigos encontram um brinquedo que não funciona mais. Estão tristes, porque amavam aquele brinquedo. Mas agora estão descobrindo novas maneiras de brincar com ele, criando algo lindo do que ainda restou.

Isaac não consegue saber ainda o que vai ser, mas não é isso que importa.

– Por que chamam de Mister Magic se é uma menina? – Charlotte franze o cenho e põe o dedão na boca. Isaac tem ignorado esse hábito com toda a paciência, conselho do terapeuta que os dois têm consultado desde que Javi o ajudou a recuperar a guarda da menina.

Você teria orgulho dele, se soubesse o quanto Isaac está se esforçando. Não é perfeito, mas não precisa ser.

– As meninas podem ser tudo o que quiserem – diz o filho de Marcus.

– Como você sabe que é uma menina? – Uma das filhas de Jenny chega mais perto da tela.

– Porque o Mister Magic tem uma trança comprida – diz a filha de Javi, enfiando o dedo na tela, onde um pedaço de escuridão se balança por baixo da capa, sugerindo a existência de uma trança grossa.

Isaac resiste ao impulso de puxá-la para trás, de afastar todos dali. Mas este não é o programa do qual participou, as regras e as lições que foram destruindo ele aos poucos, as regras e as lições que também podem ter lhe contaminado.

O novo círculo tem tantos amigos que vão e vêm quando querem, todos liderados por Kitty. Ela vive aventuras tão maravilhosas com esses amigos… Não há mais regras, apenas canções bobas que eles mesmos inventam. O Mister Magic está sempre presente e sempre escuta. Quando alguém fica triste, ele permite que essa criança fique triste e se senta com ela, em sua tristeza. Quando alguém está feliz, o Mister Magic deixa ficar feliz, por mais barulhento e intenso que isso possa ser. Quando alguém tem vergonha, o Mister Magic deixa a criança interagir como e quando quiser. Quando alguém está bravo – normalmente Kitty, que agora tem muitos sentimentos intensos –, o Mister Magic deixa ela ficar brava e a ajuda a encontrar maneiras de expressar por que está brava, para que Kitty consiga entender a braveza e não seja esmagada por ela.

O Mister Magic não fala. Mas, de alguma maneira, todo mundo que assiste ao programa compreende a mensagem: o que é importante para você é importante para o Mister Magic. Os sentimentos bons e os sentimentos ruins. Porque naquele espaço não há distinção. Não se julga. Todos são apenas sentimentos, e são seus, e o Mister Magic adora tudo o que faz de você essa maravilha que você é.

– Ah, é aquele programa mágico de novo? – Glória chega mais perto de Isaac, cruza os braços e fica assistindo o que passa na tela. – Não sei por que as crianças gostam tanto dele. Deviam ter contratado uma pessoa bonita para ser o mágico, pelo menos.

– A primeira opção era bem menos atraente – declara Isaac, dando um meio-sorriso. Ele leva as mãos à nuca de Charlotte e faz cafuné. A menina está tão acostumada a receber afeto, tão acostumada a ser amada que nem percebe. É lindo.

Glória solta um suspiro melancólico e amolece ao assistir ao Mister Magic, quase há uma pitada de reconhecimento. Mas aí ignora e se vira de novo para a cozinha.

– Fico feliz que tenham sugerido essa homenagem. Todos nós sentimos muita falta de Val. – Ela se afasta sem se preocupar com o que as crianças estão assistindo, sem questionar o que esse programa tem para ser tão hipnotizante.

Isaac também está hipnotizado, quer olhar para outro lado. Não consegue. Odeia aquele programa e o adora. E torce... bem, ele sempre torce. Só não sabe para o que está torcendo.

– Crianças! – grita Jenny, lá da cozinha. – Os biscoitos ficaram prontos!

– Vou comer todos! – grita Javi. Todas as crianças se viram para ele na mesma hora, indignadas, e sua conexão com a TV é cortada por breves instantes. E, nesse momento, o Mister Magic se vira e olha diretamente para a câmera.

Diretamente para Isaac.

Pelo intervalo de uma única respiração, aparece um rosto, coisa que nunca ninguém viu. Ele se prepara. Sempre foi capaz de encontrá-la e, enfim, a reencontrou.

Mas não encontra um pavor de súplica, o olhar desesperado de uma prisioneira. Pelo contrário: eu dou um sorriso e uma piscadela. E aí o instante se perde. As crianças tornam a olhar para a tela, porque a capa do Mister Magic rodopia, torna a ser incognoscível, um pensamento, um sentimento e uma ideia em vez de uma pessoa.

Isaac deixa as lágrimas escorrerem pelo rosto, fica balançando a cabeça e, enfim, consegue parar de olhar. Porque eu ainda sou a Val *dele*. Sua Val também, agora, e mando meu desejo mais poderoso, imbuído na magia que se infiltra nas cabecinhas que estão assistindo por toda parte:

Abra as portas.

AGRADECIMENTOS

Vou lhe poupar o trabalho de decifrar o resultado das pesquisas no Google:

Sim, fui mórmon. Não, não sou mais.

Existe um mundo inteiro de dor, trauma, raiva e luto, mas também de esperança, força, felicidade e paz entre essas duas frases.

Uma curiosidade: Brigham Young realmente odiava alguns dos meus tataratatara-etc.-sei lá e os despachou para Monticello, no estado de Utah, e para a Colonia Juárez, no México, para que ficassem bem longe de seu trono de poder. Só que nenhum deles encontrou uma magia misteriosa e apavorante no deserto.

Não que eu saiba.

Mas é interessante fazer parte de uma linhagem tão longa de crença que vai do tranquilo ao fanático. Meus ancestrais atravessaram oceanos, cruzaram países a pé, suportaram o abuso da poligamia e aceitaram perder a família, tudo em nome da fé.

As escolhas que fiz na infância e na juventude foram baseadas nessa mesma fé, e é estranho estar onde estou – feliz com minha vida e com muitos dos resultados dessas escolhas (Oi, amado esposo com quem me casei quando era adolescente! Oi, amados filhos que tivemos quando éramos novos demais, mas que não trocaríamos por nada!), ao mesmo tempo que reconheço o terrível rastro de destruição deixado por essa religião, tanto na minha paisagem interna quanto no mundo em um sentido mais amplo.

No fim das contas, contudo, foi a fé que me permitiu ir embora. Fé em mim mesma, fé em meu esposo e fé de que estávamos fazendo o que todos os pais deveriam fazer: tomar as decisões mais acertadas possíveis para proteger nossos filhos, enquanto cresciam e se tornavam eles mesmos. Desmantelar a estrutura de uma crença nefasta é um processo que dura anos, e suspeito que estarei me confrontado e me engalfinhando com isso pelo resto da vida. E tudo bem.

Sendo assim, muito obrigada aos amigos que esperaram pacientemente por mim e me apoiaram em todas as fases. Muito obrigada à minha família, que me deu ouvidos e me amou. Muito obrigada à família do meu esposo, que tem recebido nossas decisões com tanta delicadeza e compreensão.

Muito obrigada ao meu esposo, Noah, por trilhar cada passo deste caminho comigo.

Muito obrigada aos meus filhos, e também de nada.

(Ei, sabe o que é incrível, aliás? Ter fins de semana de verdade. O sábado é um dia especial quando a gente não passa fazendo tarefas, faxina e se emperiquitando para poder passar o domingo inteiro na igreja. E domingo? Domingo é o melhor dia. Então, valeu, sábados e domingos. Desculpe usar vocês para trabalhar com tanta frequência. Tenho muitas histórias para contar.)

E muito obrigada a todos que lerem este livro profundamente pessoal. Tenho abordado esses assuntos pela tangente há muito tempo e significa muito para mim, vocês nunca vão saber o quanto, lidar diretamente com eles (apesar de ainda ser na forma de ficção, porque é isso o que eu faço).

Minha tremenda gratidão à equipe que me ajudou a desvendar essa história e levá-la até você. Michelle Wolfson, minha intrépida agente. Tricia Narwani, minha brilhante editora, e Bree Gary, sua assistente. Del Rey, minha casa editorial, com um salve especial para David Moench, meu assessor de imprensa, e para Scott Shannon, editor-executivo. Craig Adams, muito obrigada por lidar pacientemente com minha interpretação fundamentalmente errônea de quando usar os hifens. Você nunca vai ficar sem trabalho.

Um agradecimento especial a Stephanie Perkins, a primeira amiga não mórmon que eu tive na vida, que não apenas me ajudou a enxergar quanta esperança, luz e bondade existia além das fronteiras restritas que recebi, mas que também me ajudou a consertar este livro (e todos os demais livros meus que alguém já leu). Sou tão feliz por ter você em minha vida, Steph. E para Natalie Whipple, cujas respostas às minhas mensagens de texto catastróficas costumam ser: "Acho que é isso aí. Que bom". Sou feliz por ter você em minha vida, e também sou feliz por sua família ter você na vida dela. E um obrigada enorme a Eliza Brazier, que me poupou de começar a reescrever mais uma vez, em pânico, quando fiquei com medo de que nunca conseguiria acertar esta história. Sou tão feliz por você ter a obrigação legal de ser minha amiga e minha irmã.

Demorei tempo demais para decidir qual seria a música deste livro. Depeche Mode, Silversun Pickups, Joywave e Foxing me ajudaram ao longo do caminho, mas Crows e a música "Healing" acabaram me fornecendo a trilha sonora perfeita, de verdade.

Em relação à dedicatória, para todo mundo que olhou para mim e perguntou, e para todo mundo que possa vir a olhar e se perguntar: sim, é difícil ir embora. Sim, isso vai deixar você à deriva, vai partir seu coração e reorganizar o mundo inteiro ao seu redor. E sim, vale a pena.

Por fim, para todo mundo que faz parte de qualquer religião ou comunidade que fica falando que você nunca vai ser bom/nunca vai ser puro/nunca vai bastar aos olhos do deus que inventaram à sua própria imagem e semelhança mesquinha e preconceituosa: foda-se tudo isso. O novo Mister Magic acredita em você, e eu também acredito.

NOTA DA TRADUTORA

Em *Mister Magic*, Kiersten White elabora uma parte importante da própria história: o fato de ter sido mórmon. Ao longo da narrativa, as referências a essa religião nem sempre são muito explícitas. Até porque Val, a personagem principal, não tem clareza a respeito de muitas de suas lembranças e de fatos que moldaram sua vida, e vai recuperando e entendendo sua trajetória aos poucos. Esse quebra-cabeça que vai sendo montado no avançar das páginas é um dos fatores que tornam a trama da obra tão eletrizante.

Como aqui no Brasil a presença da religião mórmon é historicamente bem menor do que nos Estados Unidos (de acordo com o último censo divulgado pelo IBGE, os fiéis correspondem a 0,12% da população brasileira), tive vontade de explicitar neste texto algumas dessas referências. O objetivo não é esmiuçar o sistema de crenças nem fazer críticas à religião, apenas tornar a leitura ainda mais saborosa. Vamos lá?

Não foi por acaso que Kiersten optou por ambientar a trama no estado norte-americano de Utah. Cerca de 60% da população do estado é praticante do mormonismo, de acordo com dados do último censo dos Estados Unidos. Utah foi colonizado pelos mórmons: Brigham Young (que é citado pelo prefeito de Júbilo no capítulo 11, durante seu diálogo com Val, e também pela própria autora, nos agradecimentos) fundou Salt Lake City, a capital do estado, e enviou vários grupos de missionários para colonizar o território.

Young foi o segundo líder da igreja mórmon, também conhecida como Igreja de Jesus Cristo dos Santos dos Últimos Dias. Sucedeu

Joseph Smith, que fundou a igreja em 1830, no estado de Nova York, e é considerado um grande profeta pelos fiéis. Smith defendia a poligamia, foi preso várias vezes por causa disso e morreu assassinado. Fugir da lei para poder praticar a poligamia livremente foi um dos motivos para Brigham Young ter escolhido Utah como destino.

Hoje, a Igreja de Jesus Cristo dos Santos dos Últimos Dias não prega mais a poligamia, mas ela ainda é praticada por alguns cultos fundamentalistas dissidentes do mormonismo, que também são aludidos por Kiersten White ao longo de *Mister Magic*. Uma dessas seitas é a FLDS (sigla em inglês para Igreja Fundamentalista de Jesus Cristo dos Santos dos Últimos Dias). Na FLDS, as mulheres devem aos homens servidão, seu único papel é casar, ter filhos e cuidar da casa. São várias as passagens nas quais a autora critica essa postura. Jenny é a personagem que representa essa mulher servil ao homem. A longa trança de Val, o fato de ela ser proibida de assistir à TV pelo pai e as músicas que só as meninas aprendiam no programa *Mister Magic*, como a "música do recato", a "da docilidade" e a "do sorria", são referências às práticas da FLDS.

A seita ganhou notoriedade com a prisão de seu líder, Warren Jeffs, por abuso sexual de crianças. Estima-se que Jeffs tenha se casado com 85 mulheres, algumas delas meninas de doze anos de idade. A FLDS continua ativa e já rendeu muitos documentários e séries de TV. Um dos documentários mais informativos, para quem quiser entender melhor o universo aludido por Kiersten White, é *Rezar e obedecer*, disponível na Netflix.

Aqui vão mais algumas referências rápidas:

- A igreja "com um pináculo altíssimo, sem cruz no topo", no capítulo 8: a ausência da cruz é uma característica dos templos mórmons.

- Os anjos que poderiam estar por toda parte, de acordo com o prefeito de Júbilo, durante diálogo com Val no capítulo 11: Joseph Smith recebeu suas revelações de um anjo. Na doutrina mórmon, os anjos são agentes especiais de Deus e estão sempre presentes, ainda que nem todos consigam vê-los.

- A expressão "expiar os pecados", empregada pelo prefeito no capítulo 17: redimir-se para poder conquistar a vida eterna, conceito que compreende os sacrifícios e as provações como forma de purificação.

- A expressão "estar no mundo sem ser no mundo" aludida por Jenny no capítulo "Com ele tu és": É uma citação do Evangelho de São João, fundamental para os mórmons, já que um dos grandes objetivos dos fiéis é viver no mundo sob constante vigilância para não ter uma visão mundana nas coisas.

Termino com uma curiosidade. Aqueles leitores que, assim como eu, são superfãs de Kiersten White já devem ter captado essa referência, mas eu não podia deixar de fora. A pessoa do caixa que aparece no capítulo 3, quando Val e os amigos param em um posto de gasolina em Idaho, é uma personagem de *Hide: esconda-se quem puder*. A cidade em questão é Pocatello. Mas, para não dar spoiler para quem ainda não leu *Hide*, vou deixar no ar por que essa pessoa usa um crachá escrito "BRANDON" e é chamada de "Mack" pela mulher que grita por ela do quartinho da despensa (e quem seria essa mulher).

Lavínia Fávero

SUA OPINIÃO É MUITO IMPORTANTE

Mande um e-mail para **opiniao@vreditoras.com.br**
com o título deste livro no campo "Assunto".

1ª edição, abr. 2025

FONTES LostaMasta ExtraBold 21/16pt
Garamond Premier Pro 12/16pt
Arial Regular 9/16pt

PAPEL Polen Bold 70g/m^2

IMPRESSÃO Geográfica

LOTE GEO100225